숨바꼭질

HIDE AND SEEK

숨바꼭질

HIDE AND SEEK

존 리버스 컬렉션

이언 랜킨 지음
최필원 옮김

오픈하우스

마이클 쇼에게 바친다.
진작 그랬어야 했는데.

작가의 말

『숨바꼭질』이 출간되고 1, 2년쯤 지났을 때 에든버러 경찰 본부에 도둑이 들었다. 소문에 의하면, 에든버러 사교계 유명 인사들의 명단도 도난당했다고 한다. 그들이 남창들과 부적절한 관계를 가져왔다는 주장이 제기되었고, 경찰은 즉각 수사에 착수했다. 물론 그들은 숱한 공갈과 협박에 시달려야 했다. 그 사건과 내 소설 사이의 유사점들 때문인지 어떻게 그토록 많은 정보를 그렇게 빨리 입수할 수 있었느냐는 질문을 많이 받았다. 그럴 때마다 나는 정체를 밝힐 수 없는 정보원이 있다고 대답했다.

물론 정보원 같은 건 없었다. 다 내가 지어낸 이야기였다.

나는 『숨바꼭질』을 『매듭과 십자가』의 자매편으로 보았다. 평론가들은 첫 작품이 로버트 루이스 스티븐슨의 『지킬 박사와 하이드 씨』를 모델로 삼았다는 사실을 알아채지 못했다. 그래서 나는 또 한 번 스티븐슨의 이야기를 고향인 에든버러로 끌어들이게 되었다. 현대 독자들을 위해 주제는 조금 바꿨다. 한동안 '데드 비트(Dead Beat)'라는 제목으로 불렸던 이 소설의 최종 가제는 'Hide & Seek'이 아니라 'Hyde & Seek'이었다. 제목을 바꾸게 된 건 이 책의 헌사 페이지에 이름을 올린 내 에이전트의 명령에 따른 것이다.

이런 과정을 거쳐 출간된 『숨바꼭질』은 『지킬 박사와 하이드 씨』에서 따온 구절로 시작된다. 또한 각 단락의 맨 앞에도 스티븐슨의 작품에서 따온 구절을 실어놓았다. 그뿐 아니라, 이 소설 속 여러 캐릭터들의 이름도 스티븐슨의 걸작에서 따왔다. 엔필드, 풀, 커루, 래니언. 한술 더 떠서, 리버스는 밤마다 짬을 내어 『지킬 박사와 하이드 씨』를 꺼내 읽는다.

그렇다고 독자들이 그런 노력을 알아주길 바라는 건 아니다.

『매듭과 십자가』에서 경사였던 리버스는 『숨바꼭질』에서 경위로 진급한다. 이후로 추가 진급은 없었다. 적어도 아직까지는. 다른 변화도 있다. 리버스에게 브라이언 홈스라는 파트너가 생겼다(『셜록 홈스』를 창조해낸 또 다른 에든버러 출신 작가, 아서 코난 도일 경에게 경의를 표하는 차원에서).

잠들어 있던 경제가 조금씩 기지개를 켜면서 에든버러에도 변화의 바람이 분다. 이 작품의 집필은 1988년에 시작되어 1989년에 끝이 났다. 대처리즘이 절정에 달했을 당시 나는 런던에 살고 있었다. 빨간 멜빵과 '모엣 앤드 상동(Moët & Chandon)' 샴페인이 큰 인기를 끌었다. 와인 바에서는 모두가 치솟는 부동산 가격에 대해서만 수다를 떨어댔다. 런던 생활 2년째에 접어든 내게는 아무 상관이 없는 문제였다. 아내와 나는 토트넘의 복층 주택에 살았다. 전업 작가의 꿈을 이루지 못한 나는 크리스털 팰리스(Crystal Palace, 1851년 런던에 세웠던 만국박람회용 건물—옮긴이)에서 잡지 저널리스트로 일했다. 출퇴근으로 매일 세 시간씩을 허비하면서. 주변의 모든 사람이 나보다 잘나가는 것 같았다. 높은 급여를 받거나 다섯 자리 액수에 달하는 출판 계약을 따낸 사람들에게 에워싸인 듯한 기분이었다. 『숨바꼭질』을 집필하는 내내 그런 열등감에 사로잡혔던 것 같다. 그리고 그런 열등감은 브라이언 홈스가 런던에서의 학창 시절 기억을 더듬는 장면에 고스란히 투영되었다('지옥에서 한 계절을 보내는 것'. 그는 그렇게 표현했다).

이 작품은 『매듭과 십자가』에 바로 뒤이어 출간되지 않았다. 속편이 나오기까지 두 편의 다른 작품이 있었다. 하나는 스파이 스릴러 『워치맨(Watchman)』이고, 또 하나는 테크노 스릴러 『웨스트윈드(Westwind)』였다. 후자는 출간해주겠다는 출판사를 찾지 못해 애를 먹었고, 전자는 양장

본으로 달랑 500권이 팔려나갔을 뿐이다. 『숨바꼭질』의 집필은 1988년 여름에 시작되었지만 진행이 무척 더뎠다. 본업도 있었고, 첫 소설 『홍수(The Flood)』를 쓸 만한 시나리오로 각색하는 작업과 인기 드라마 「더 빌(The Bill)」의 각본가가 되기 위한 필사적인 노력도 집필에 장애가 되었다. 그뿐 아니라, 새로 발간된 『스코틀랜드』 일요판에 신간들의 서평을 싣는 것 또한 쉬운 일이 아니었다.

집필이 늦어진 또 다른 이유가 있었다. 『매듭과 십자가』의 영화화 작업이 바로 그것이었다. 레슬리 그랜덤(영국 드라마 「이스트엔더스」에서 '더티 덴' 역할을 맡았던 배우)이 리버스 역을 맡을 예정이었다. 하지만 그 프로젝트는 1989년 1월에 공식적으로 무산되었다. 그랜덤이 『매듭과 십자가』의 배경을 런던으로 옮기고 싶어 했기 때문이다. 그가 리버스를 포기했을 때 나는 곧바로 에든버러를 배경으로 한 두 번째 리버스 시리즈를 쓰기 시작했다. 최종 원고는 5월에 넘겼다.

이번에는 힘을 조금 뺐고, 문체는 담백하게 유지하려 애썼다. 그는 월트 휘트먼을 인용하는 등 여전히 박식한 모습을 보이고 있다. 나는 대학에서 휘트먼을 배운 적이 있지만 리버스가 그를 안다는 건 의외다. 또한 그는 낭만파 시인을 인용하고, 차에서는 라디오 3(클래식 음악을 중심으로 방송하는 영국의 라디오 채널-옮긴이)을 듣는다. 집에서는 하이파이로 재즈와 비틀스의 《화이트 앨범》을 틀어놓는다(나중에는 롤링스톤스까지 듣게 된다). 나는 하이파이 저널리스트답게 소설 속 한 캐릭터를 린 턴테이블 소유자로 그려놓았고, 홈스를 내가 대학원 시절 3년간 들락거렸던 에든버러 대학 도서관의 5층으로 올려 보내기도 했다.

문학적인 언급은 또 있다. 제임스 호그의 『사면된 죄인의 사적 일기와 고백(Confessions of a Justified Sinner)』에서부터 몇 년 전 나와 작가 워크숍을 함께했던 시인 조지 맥베스까지. 처음 몇 페이지에서 『홍수』의 한 캐릭터가 불쑥 등장하고, 리버스와 홈스는 이제는 경위가 된 리버스의 고향이자 내가 자랐던 파이프 서중앙구를 방문하게 된다. 리버스는 『매듭과 십자가』에서와 달리 자신의 옛 사냥터에 대해 별로 냉소적이지 않다. 내 눈에는 그게 뚜렷이 보인다. 어쩌면 내 안의 분노가 많이 누그러졌기 때문인지도 모른다. 사실 내게는 유년 시절의 행복한 추억이 많다. 1990년 2월, 아버지가 세상을 떠났을 때 모처럼 어릴 적 추억에 흠뻑 젖어볼 수 있었다.

이제 런던은 내게 적이나 마찬가지다. 런던, 그리고 내가 그곳에서 찾은 냉혹한 물질만능주의. 『숨바꼭질』의 출간을 앞두고 있을 때 미란다와 나는 런던과 대처 부인을 떠나기로 결심했다. 우리는 프랑스에 가서 살 계획을 세웠다. 부디 내 책이 그 꿈을 이룰 수 있게 해주기를 간절히 바라면서. 토트넘을 떠나온 후에야 비로소 나는 런던에 대한 솔직한 감정을 글로 풀어낼 수 있게 되었다. 그래서 존 리버스가 수사를 위해 런던으로 향하게 된 것이다. 바로 다음 작품인 『이와 손톱(Tooth and Nail)』에서.

"오랫동안 울타리에 갇혀 지내온
내 안의 악마가 포효하며 뛰쳐나왔다."

-로버트 루이스 스티븐슨, 『지킬 박사와 하이드 씨』 중

"숨어!"

흥분한 남자가 하얗게 질린 얼굴로 소리쳤다. 그가 허둥대며 계단 맨 위에 서 있는 여자에게로 뛰어 올라갔다. 남자는 여자의 손을 잡아끌며 아래층으로 데려갔다. 그녀는 중심을 잃지 않으려 애쓰며 말했다.

"로니! 그게 무슨 소리야?"

"숨어야 돼!" 남자가 다시 소리쳤다. "숨어! 그들이 오고 있어! 그들이 온다고!"

그는 현관문 앞으로 여자를 떠밀었다. 예전에도 이렇게 난리를 친 적이 있었지만 이번처럼 심했던 적은 없었다. 지금 그에게는 약이 필요했다. 남자를 진정시킬 수 있는 건 마약뿐이었다. 여자는 그가 방에 모든 재료를 갖춰두었다는 걸 알고 있었다. 쥐꼬리처럼 축 늘어진 그의 머리에서 땀이 비 오듯 쏟아져 내렸다. 불과 2분 전까지만 해도 화장실에 다녀올지 말지를 놓고 무의미한 고민에 빠져 있던 그녀였다. 하지만 지금은……

"그들이 오고 있다니까!" 남자가 다시 말했다. 이제 그의 목소리는 속삭임에 가까웠다. "숨어!"

"로니." 여자가 말했다. "무섭게 왜 이래?"

그가 심상치 않은 눈빛으로 여자를 응시하다가 다시 고개를 돌렸다. 남자의 입에서는 뱀처럼 쉭쉭거리는 소리가 새어나왔다.

"숨어!" 그가 현관문을 벌컥 열었다. 밖에는 비가 내리고 있었다. 잠시 망설이던 여자가 겁에 질린 얼굴로 문지방을 넘어갔다. 하지만 그가 그녀를 안으로 잡아끌었다. 남자는 여자를 와락 끌어안았다. 연신 땀을 쏟는 그의 몸이 욱신거렸다. 그가 여자의 귀로 입을 가져다 댔다. 그의 입에서 뜨거운 입김이 흘러나왔다.

"그들이 날 죽였어." 남자가 말했다. 그리고 또다시 우악스럽게 여자를 떠밀었다. 그녀가 밖으로 나가자 그는 거칠게 문을 닫아버렸다. 이제 집 안에는 남자 혼자뿐이었다. 여자는 뜰에 난 작은 길에 서서 현관문을 응시 했다. 노크를 해야 할지 그냥 둬야 할지 갈피를 잡을 수 없었다.

하긴, 어떤 결정을 내리든 달라질 건 없었다. 여자는 그걸 잘 알고 있었 다. 그래서 그녀는 울기 시작했다. 자기연민을 떨쳐내지 못한 그녀는 1분 간 격하게 흐느꼈다. 그리고 세 차례의 심호흡으로 감정을 추스른 뒤 길을 따라 빠르게 걸어 나갔다. 누군가는 그녀를 받아줄지도 몰랐다. 그녀를 위 로하고, 두려움을 없애주고, 젖은 옷을 말려줄지도.

존 리버스는 앞에 놓인 접시를 유심히 들여다보았다. 식탁을 둘러싸고 흐르는 대화와 배경음악과 깜박이는 촛불에는 전혀 관심을 두지 않았다. 반튼의 집값이나 그래스마켓에 새 델리카트슨(delicatessen, 조리된 육류나 치즈, 흔하지 않은 수입 식품 등을 파는 가게-옮긴이)이 문을 연다는 소식은 그의 흥미를 전혀 자극하지 못했다. 솔직히 그는 함께 자리한 누구와도 말 을 섞고 싶지 않았다. 오른쪽에 앉은 여자 교수든 왼쪽에 앉은 남자 서적 상이든 그 어떤 주제에 대해서도 함께 대화하고 싶지 않았다. 완벽한 만찬 회인 것은 분명했다. 오가는 대화는 애피타이저만큼이나 톡 쏘았다. 그는 리안의 초대가 고마웠다. 진심이었다. 하지만 접시에 놓인 바닷가재를 보 면 볼수록, 그의 안에서 뭔지 모를 절망이 점점 끓어올랐다. 이 사람들과 난 대체 어떤 공통점이 있는 걸까? 내가 경찰견과 잘린 머리 얘길 꺼내면 과연 이들이 웃어줄까? 절대 아니겠지. 그냥 품위 있게 미소를 지으며 각자의 접시로 시선을 돌려버릴 거야. 내가 자신들과 조금······ 다르다는 걸 알아차리고.

"채소 더 들래요, 존?"

리안의 목소리였다. 부담 갖지 말고 대화에 끼어들라는 메시지였다. 최소한 듣는 척이라도 하라는. 리버스는 미소를 지으며 커다란 타원형 접시를 넘겨받았다. 하지만 그녀와 눈은 맞추지 않았다.

리안은 좋은 여자였다. 굉장한 미인이기도 했다. 단발로 자른 눈부신 빨강머리. 폭 파인 초록색 눈. 얇지만 매력 있는 입술. 리안은 좋아할 수밖에 없는 여자였다. 그렇지 않았다면 리버스는 초대를 거절했을 것이다. 그가 브로콜리 한 덩이를 힘겹게 잘라 자신의 접시에 옮겨 담았다.

"요리가 아주 훌륭하네요, 리안." 서적상이 말했다. 미소를 머금은 리안의 얼굴이 살짝 붉어졌다. 봐, 어렵지 않지, 존? 그 한마디 툭 던지는 게 힘들어? 저 행복해하는 얼굴을 좀 보라고. 하지만 그의 입에서 같은 말이 나왔다면 보나 마나 비꼬는 투로 들렸을 게 뻔했다. 불행하게도 오랜 세월에 걸쳐 그의 일부가 되어버린 말투는 마음에 들지 않는 옷처럼 아무 때나 벗어던질 수 있는 게 아니었다. 교수도 서적상의 평가에 동의했고, 리버스는 미소를 흘리며 고개를 끄덕였다. 미소는 어색했고, 고개의 끄덕임을 적절한 타이밍에 끊지도 못했다. 그들의 시선이 다시 그에게 집중되었다. 리버스가 접시에 담긴 브로콜리를 반으로 자르자 소스가 사방으로 튀었다.

"빌어먹을!" 리버스가 말했다. 상황에 맞지 않는 부적절한 말이었지만 돌이키기에는 너무 늦어버렸다. 머릿속에 유의어 사전을 넣고 다니는 것도 아니고.

"실례했습니다." 리버스가 말했다.

"실례는요 뭐." 리안이 차갑게 말했다.

완벽한 주말의 완벽한 마무리. 토요일, 리버스는 오늘 밤에 걸칠 양복을 사기 위해 쇼핑을 다녔었다. 하지만 터무니없는 가격에 좌절하고 말았다. 그는 양복 대신 책을 몇 권 사왔다. 그중 하나는 리안에게 줄 선물 『닥터 지바고(러시아 작가 보리스 파스테르나크의 장편소설-옮긴이)』였다. 하지만 어쩌다 보니 자신이 먼저 읽게 되었다. 리버스는 책 대신 꽃과 초콜릿을 선물로 준비했다. 그녀가 백합을 무척 싫어한다는 사실을 깜빡 잊은 채 (아니, 처음부터 몰랐던 게 아니고?). 한창 다이어트 중인 여자에게 초콜릿을 선물하는 것 역시 예의에 어긋나는 행동이었다(젠장!). 오늘 아침, 그는 자신의 아파트에서 멀지 않은 새 교회에 나가보았다. 그곳 역시 스코틀랜드 국교 소속이었다. 지난번에 가본 교회는 견디기 힘들 만큼 추웠었다. 또한 오직 죄악과 회개만이 약속된 곳이었다. 하지만 이번 교회는 정반대였다. 사랑과 환희가 있었다. 세상에 회개할 게 뭐 있다고. 그래서 그는 신나게 찬송가를 불러 젖히고 가벼운 마음으로 교회를 나섰다. 정문 밖에서 목사와 악수를 나누며 다음에 또 오겠노라고 약속까지 했다.

"와인 더 들겠습니까?"

서적상이 자신이 사온 와인 병을 불쑥 내밀었다. 나쁜 와인은 아니었지만 리버스는 거절했다. 도가 지나친 서적상의 자랑이 영 거슬렸기 때문이다. 서적상이 살짝 미간을 찌푸렸다가 이내 인상을 폈다. 리버스가 거절함으로써 자신이 더 마실 수 있게 된 것이다. 서적상은 신이 나서 자신의 잔을 다시 채웠다.

"건배." 서적상이 말했다.

그들은 눈에 띄게 혼잡해진 에든버러에 대해 계속 대화를 이어나갔다. 그 부분에 대해서는 리버스도 동의할 수밖에 없었다. 5월 말에 접어들면서 본격적인 관광 시즌이 시작되었다. 혼잡함의 원인은 또 있었다. 5년 전만 해도 누군가가 1989년에 잉글랜드 남부 사람들이 로디언(Lothian, 스코틀랜드의 포스 만 남쪽에 위치한 주-옮긴이)으로 우르르 몰려올 거라 예언했다면 그는 배꼽을 잡고 웃었을 것이다. 하지만 그것은 현실이 되어버렸다.

두 사람이 떠난 후 리버스는 리안을 위해 뒷정리를 도왔다.

"대체 왜 그랬어요?" 리안이 말했다. 하지만 리버스의 머릿속에는 목사와 나눈 악수 생각뿐이었다. 내세를 약속하는 듯한 자신감 넘치는 악수.

"나도 모르겠어요." 그가 말했다. "정리는 내일 아침에 마저 합시다."

리안이 주방을 훑으며 닦아야 할 냄비와 반쯤 먹다 남긴 바닷가재와 기름으로 얼룩진 와인 잔의 수를 찬찬히 헤아렸다.

"좋아요." 그녀가 말했다. "그럼 지금은 뭘 할까요?"

리버스가 눈썹을 올렸다가 천천히 내렸다. 그의 입술에는 음흉해 보이는 미소가 머금어져 있었다. 리안이 살짝 얼굴을 붉혔다.

"이런." 그녀가 말했다. "그게 힌트인가요?"

"여기 또 있어요." 리버스가 그녀에게 달려들며 말했다. 그는 리안을 끌어안고 그녀의 목에 얼굴을 묻었다. 그녀가 꺅 소리를 지르며 주먹으로 그의 등을 두드렸다.

"이건 경찰의 만행이에요!" 리안이 숨을 가쁘게 쉬며 말했다. "도와줘요! 어디 착한 경찰 없나요? 도와줘요!"

"부르셨나요, 마담?" 리버스는 그녀를 번쩍 들고 주방을 나왔다. 그러고는 그림자에 파묻혀 주말을 마무리할 수 있는 침실로 향했다.

늦은 저녁, 에든버러 변두리의 한 건축 부지. 사무실용 건물 공사가 한창 진행 중이었다. 공사장과 간선도로 사이에는 4.5미터 높이의 울타리가 세워져 있었다. 간선도로는 도시 주변의 교통 혼잡을 완화시키는 역할을 했다. 덕분에 교외 지역 통근자들은 도심부를 편하게 오갈 수 있게 되었다.

오늘 밤, 도로는 조용했다. 들리는 소리라고는 콘크리트 혼합기의 칙칙소리뿐이었다. 남자는 한 삽 가득 뜬 회색 모래를 혼합기에 넣었다. 그는 막노동하며 살았던 자신의 먼 과거를 회상했다. 고된 세월이었지만 정직하게 벌어먹고 산다는 자부심이 있었다.

또 다른 두 남자는 깊은 구덩이 안을 물끄러미 들여다보고 있었다.

"그 정도면 됐어." 한 남자가 말했다.

"그래." 그 옆의 남자가 말했다. 그들은 다시 낡은 자주색 메르세데스로 향했다.

"이 바닥에서 입김이 좀 센 모양이지? 이곳 열쇠까지 구해온 걸 보면 말이야."

"그건 우리가 신경 쓸 일이 아니야." 칼뱅주의자인 남자는 셋 중 가장 나이가 많았다. 그가 차의 트렁크를 열었다. 그 안에는 축 늘어진 십대 소년의 시체가 누워 있었다. 소년의 피부는 검은 멍자국들로 뒤덮여 있었다.

"가엾은 놈." 칼뱅주의자가 말했다.

"그러게." 옆의 남자가 말했다. 그들은 트렁크에서 꺼낸 시체를 끌고 가서 구덩이에 떨어뜨렸다. 시체의 한쪽 다리가 끈적거리는 흙벽에 달라붙으면서 옷 밑으로 맨발목이 드러났다.

"부어." 칼뱅주의자가 혼합기 앞에 선 남자에게 말했다. "빨리 끝내고 가자고. 배고파 돌아가시겠어."

월요일

거의 한 세대 동안, 어느 누구도
이렇게 들이닥치는 방문자들을 쫓아내지 않았고
그들이 벌인 참상을 바로잡으려 하지 않았다.

이렇게 또 한 주가 시작되었다.

빗물에 젖은 앞 유리 밖으로 보이는 주택 개발 단지는 건축업자들이 몰려들기 한참 전의 황무지로 서서히 되돌아가고 있었다. 1960년대만 해도 이 지대는 다가올 주택난에 대한 완벽한 해결책이었다. 에든버러 구석구석에 세워진 동지들과 마찬가지로. 이곳을 보고도 도시계획 설계자들이 교훈을 얻지 못했다면 오늘날의 '이상적인' 해결책들 역시 같은 운명에 처하게 될 것이 분명했다.

조경했던 지역들은 높이 자란 잔디와 우거진 잡초들로 뒤덮여 있었고, 아스팔트가 깔린 놀이터들은 폭격 지대처럼 변해버렸다. 뛰어놀다가 유리 파편에 무릎이나 손바닥을 베인 아이가 한둘이 아니었다. 테라스마다 판자를 친 창문, 빗물을 폭포수처럼 쏟아내는 파열된 홈통, 그리고 울타리가 부서지거나 문이 뜯겨져 나간 앞뜰을 뽐내고 있었다. 왠지 화창한 날에는 지금보다 훨씬 더 우울해 보일 것 같았다.

몇백 미터 앞에서는 어떤 개발업자가 민영 아파트를 짓고 있었다. 공사장 위에 걸린 광고판에 의하면, 이 '초호화 아파트'의 이름은 '뮤어 빌리지'였다. 그런 광고 따위에 현혹될 리버스가 아니었다. 수많은 젊은 구매자들은 그 함정에 빠지겠지만. 아무리 미화해도 이곳은 쓰레기 처리장, 필뮤어였다.

그는 제대로 찾아왔다. 심하게 낡은 포드 코티나 옆에는 순찰차 두 대와 구급차가 세워져 있었다. 이렇게 법석을 떨지 않았어도 리버스는 이 집을 어렵지 않게 찾을 수 있었을 것이다. 양옆 이웃집들과 마찬가지로 창문에 판자를 쳐놓았지만 현관문은 활짝 열려 있었다. 집 안에 썩어가는 시체가 있지 않고서는 이런 날 문을 열어놓을 이유가 없었다.

집에서 멀리 떨어진 곳에 간신히 차를 세운 리버스는 투덜거리며 차 문을 열었다. 그리고 레인코트를 여며 쥔 채 후드득 떨어지는 빗줄기를 헤쳐 나갔다. 그의 주머니에서 튀어나온 무언가가 길가에 떨어졌다. 종이쪽지. 그는 그것을 집어 주머니에 쑤셔 넣고 계속 달려나갔다. 열린 문으로 통하는 길은 곳곳에 금이 가 있고 비 맞은 잡초가 우거져 미끄러웠다. 미끄러져 나자빠질 뻔한 위기를 간신히 넘긴 그는 문지방에 올라서서 빗물을 털어냈다.

문간으로 걸어 나온 경관 하나가 인상을 찌푸렸다.

"리버스 경위라네." 리버스가 자신을 소개했다.

"이쪽으로 들어오시죠, 경위님."

"잠시만."

경관이 사라지자 리버스는 현관 안을 찬찬히 둘러보기 시작했다. 여기저기 벽지가 찢어져 너덜거렸고, 사방에서 젖은 석고와 썩은 나무의 퀴퀴한 냄새가 진하게 풍겼다. 집이라기보다는 동굴에 가까운 분위기였다. 따스함이 전혀 느껴지지 않는 상스러운 임시 거처.

리버스는 썰렁한 계단통을 지나 어둠 속으로 파고들었다. 창틀마다 판자가 쳐져 있어 바깥의 빛이 새어 들어올 틈이 없었다. 노숙자들 때문인가? 그는 궁금했다. 에든버러의 노숙자 부대가 이런다고 막아지나? 얼마나 똑똑한 사람들인데. 보나 마나 이곳도 불법 거주자들로 북적거렸을 것이다. 그들 중 하나가 살해된 것이고.

리버스가 들어선 방은 놀라운 만큼 컸다. 하지만 천장은 낮았다. 경관 두 명이 두꺼운 고무 손전등으로 현장 구석구석을 비춰 보고 있었다. 플라스터보드(Plasterboard, 두꺼운 판지 사이에 석고 반죽을·넣어 굳힌 건축 재료-옮긴이)로 된 벽에서 그림자들이 춤을 추었다. 꼭 카라바조의 그림을 보고 있는 듯했다. 온갖 탁함으로 에워싸인 빛의 중심. 마룻장에는 달걀 프라이 모양의 타다 남은 양초 두 개가 놓여 있었다. 그리고 그 사이에는 시체가 누워 있었다. 다리는 가지런히 모은 상태였고 두 팔은 넓게 벌려져 있었다. 못이 빠진 십자가. 시체의 상반신은 옷이 벗겨져 있었다. 그 옆에는 인스턴트커피나 따라마셨을 것 같은 유리 병에 일회용 주사기 여러 개가 담겨 있었다. 십자가형(crucifixion)에 마약(fix)이 빠지면 안 되지. 리버스가 씁쓸하게 미소를 지었다.

수척하고 불행해 보이는 검시관이 시체 옆에 무릎을 꿇고 앉아 있었다. 마치 병자성사를 하고 있는 듯한 모습이었다. 사진사는 한쪽 벽에 붙어 서서 노출계를 살피고 있었다. 리버스는 시체 쪽으로 다가가 검시관 뒤에 멈춰 섰다.

"손전등 줘봐." 리버스가 한 경관에게 말했다. 리버스는 맨발부터 시작해 시체를 차근차근 살펴보았다. 청바지로 덮인 다리, 깡마른 몸통, 창백한 피부 아래로 선명히 드러난 흉곽. 시체의 목과 얼굴도 살펴보았다. 입은 벌어져 있었고, 눈은 감겨져 있었다. 이마와 머리에는 땀이 말라붙은 자국이 남아 있었다. 잠깐…… 입술엔 아직 물기가 남아 있는데. 그때 어딘가에서 떨어진 물방울이 시체의 열린 입 속으로 사라졌다. 리버스는 흠칫 놀라며 물러났다. 왠지 시체가 물을 꿀꺽 삼키거나 마른 입술을 핥으며 눈을 번쩍 뜰 것만 같았다. 하지만 그런 일은 벌어지지 않았다.

"지붕에서 물이 새는 겁니다." 시체에게서 눈을 떼지 않은 채 검시관이 설명했다. 리버스는 손전등으로 천장의 젖은 부분을 비춰보았다. 불안한 기분은 가실 줄 몰랐다.

"늦어서 죄송합니다." 리버스가 애써 차분하게 말했다. "어떻게 된 겁니까?"

"과다 투여." 검시관이 무뚝뚝하게 말했다. "헤로인입니다." 그가 자그마한 폴리에틸렌 봉지를 리버스 앞으로 내보였다. "이 봉지에 담긴 내용물이 사인입니다. 내가 틀리지 않았다면 말이죠. 피해자의 오른손에도 한 봉지 쥐어져 있습니다." 리버스가 손전등으로 축 늘어진 시체의 손을 비췄다. 손에는 하얀 가루가 담긴 작은 봉지가 쥐어져 있었다.

"그렇군요." 리버스가 말했다. "요즘은 주사보다 피우는 걸 선호하는 줄 알았는데."

마침내 검시관이 고개를 들고 그를 쳐다보았다.

"순진하군요, 경위님. 왕립병원에 한번 가봐요. 에든버러에 정맥주사로 헤로인을 하는 사람들이 얼마나 많은지 알게 될 겁니다. 모르긴 해도 수백 명은 족히 될걸요. 이곳이 영국의 에이즈 수도라고 불리는 이유죠."

"시민의 한 사람으로서 자랑스럽네요. 심장병과 의치로도 모자라 이젠 에이즈로 정상에 오르다니."

검시관이 미소를 지었다. "눈여겨볼 부분이 있습니다." 그가 말했다. "피해자의 몸에 타박상 흔적이 남아 있습니다. 조명이 좋지 않아 잘 보이진 않지만 분명 있어요."

리버스가 쪼그려 앉아 손전등으로 시체의 몸통을 다시 훑어나갔다. 그도 타박상의 흔적을 눈으로 확인할 수 있었다. 멍자국은 한둘이 아니었다.

"대부분 늑골 쪽에 몰려 있습니다." 검시관이 이어서 말했다. "얼굴에도 몇 개 보이고요."

"넘어진 모양이죠?" 리버스가 말했다.

"그랬는지도 모르죠." 검시관이 말했다.

"경위님?" 한 경관이 리버스를 불렀다. 경관의 눈과 목소리는 의욕이 넘쳤다. 리버스가 그를 돌아보았다.

"왜?"

"잠깐 와보시죠."

리버스는 검시관과 시체를 뒤로 한 채 경관을 따라 한쪽 벽 앞으로 다가갔다. 손전등으로 벽을 훑던 리버스는 경관이 자신을 찾은 이유를 대번에 알 수 있었다.

벽에는 그림이 그려져 있었다. 두 개의 동심원 안에 담긴 오각형 별. 바깥쪽 원의 지름은 1.5미터쯤 되었다. 굉장히 공들여 그린 것이었다. 별은 반듯했고, 원들도 완벽했다. 다른 그림은 보이지 않았다.

"이게 뭘까요, 경위님?" 경관이 물었다.

"평범한 낙서 같진 않은데."

"주술?"

"점성술일 수도 있고. 마약쟁이들이 별의별 신비주의에 빠지는 건 이상한 일이 아니지. 오히려 당연하지 않나?"

"촛불도 그렇고……"

"성급하게 단정 짓지는 말자고. CID(Criminal Investigation Department, 범죄 수사과)에 들어오는 게 목표라면 절대 그래선 안 돼. 우리가 왜 이렇게 손전등을 들고 있지?"

"전기가 끊어졌으니까요."

"맞아. 그게 바로 촛불을 켤 수밖에 없었던 이유야."

"경위님께서 그렇다고 하시면 그런 거겠죠."

"참, 시체는 누가 발견했지?"

"제가 발견했습니다. 익명의 여성으로부터 신고를 받았습니다. 그녀도 불법 거주자였을 겁니다. 와 보니 다들 흩어지고 없더군요."

"도착했을 때 아무도 없었다고?"

"그렇습니다."

"피해자 신원은 확인했고?" 리버스가 손전등으로 시체를 가리켰다.

"아직 못했습니다. 이웃집들도 노숙자들로 득실거리는데요, 뭐. 수사에 별 도움은 안 될 겁니다."

"오히려 그 반대일 거야. 그들 중 저 친구의 신원을 아는 사람이 있을지도 몰라. 파트너랑 같이 가서 만나보고 와. 쫓아낼 것처럼 위협하진 말고 최대한 부드럽고 자연스럽게."

"알겠습니다, 경위님." 경관은 별로 내키지 않는 표정이었다. 귀찮은 과제인 데다 비까지 억수같이 쏟아지고 있으니 그럴 만도 했다.

"어서 가봐." 리버스가 나지막이 말했다. 경관은 발을 질질 끌며 파트너와 집을 나섰다.

리버스가 사진사에게 다가갔다.

"많이 찍는군." 리버스가 말했다.

"조명이 이래서 어쩔 수 없습니다. 이렇게 찍어대도 건질 게 별로 없을 겁니다."

"이렇게 빨리 나타날 줄 몰랐는데."

"왓슨 총경님의 특별 지시가 있었습니다. 캠페인에 쓸 마약 관련 사건 현장 사진이 필요하다고 하셨습니다."

"그래도 이건 좀 섬뜩하지 않나?" 리버스는 새 총경을 알고 있었다. 그를 만난 적도 있었다. 사회 인식의 확립과 주민 참여를 특히 강조하는 인물이었다. 기발한 아이디어는 많았지만 그것들을 시행할 인력은 턱없이 부족했다. 리버스의 뇌리에 아이디어 하나가 스쳤다.

"기왕 찍는 김에 저쪽 벽도 좀 찍어봐."

"알겠습니다."

"고마워." 리버스가 검시관을 돌아보았다. "언제쯤 상세히 알 수 있을까요?"

"오늘 오후 늦게나 내일 아침이면 될 겁니다."

리버스는 고개를 끄덕였다. 흥미로운 사건이었다. 날이 음울해서인가? 아니면 심상치 않은 실내 분위기나 시체의 위치 때문에? 아무튼 집 안에서는 묘한 기운이 감지되었다. 굳은 날씨에 뼈마디가 쑤셔오는 것도 같았다. 리버스는 방을 나와 다른 곳을 살피기 시작했다.

가장 끔찍한 곳은 화장실이었다.

변기를 보아하니 몇 주째 막힌 상태인 듯했다. 바닥에는 플런저(손잡이 끝에 흡착 고무판이 붙어 있는 배관 청소 용구—옮긴이)가 나뒹굴고 있었다. 직접 뚫어보려는 최소한의 노력은 했던 모양이었다. 헛고생이었겠지만. 작은 세면대에는 소변이 묻어 있었고, 욕조에는 새까만 파리 떼로 뒤덮인 대변이 널려 있었다. 욕조는 쓰레기 수거통으로도 쓰인 듯했다. 수북이 쌓인 쓰레기 봉지와 나무토막들…… 리버스는 잽싸게 튀어나와 문을 닫았다. 나중에 뒤처리를 떠맡게 될 사람들이 불쌍했다.

한 침실은 깨끗했지만 또 하나는 그렇지 못했다. 두 번째 침실 바닥에는 빗물에 젖은 침낭이 깔려 있었다. 벽에는 누군가의 작품집에서 꺼내온 듯한 사진이 여러 장 붙어 있었다. 대충 봐도 프로가 찍은 것들임을 알 수 있었다. 축축하고 안개 낀 날 찍은 에든버러 성의 사진이 몇 장 보였다. 특히 암울해 보이는 이미지들이었다. 눈부시게 화창한 날 찍은 것들도 있었다. 그것들도 암울해 보이기는 마찬가지였다. 나이를 가늠할 수 없는 소녀의 사진도 한두 장 붙어 있었다. 포즈를 취한 사진 속 소녀는 해맑게 웃고 있었다.

침낭 옆에는 옷으로 반쯤 채워진 쓰레기 봉지가 놓여 있었다. 그 옆에는 모서리가 접힌 페이퍼백 소설들이 몇 권 쌓여 있었다. 할런 엘리슨, 클라이브 바커, 램지 캠벨. 공상과학 소설과 공포소설들이었다. 리버스는 책들을 내려놓고 다시 아래층으로 내려왔다.

"다 찍었습니다." 사진사가 말했다. "내일 보내드리겠습니다."

"고마워."

"인물사진도 잘 찍습니다. 가족사진은 말할 것도 없고요. 조부모님이나 자제분들이랑 찍으러 오십시오. 자, 여기 명함 받으시고."

리버스는 명함을 받아 쥐고 다시 레인코트를 걸쳤다. 그는 사진을 좋아하지 않았다. 특히 자신의 사진을. 사진이 잘 받지 않아서이기도 하지만 다른 이유도 있었다.

사진이 피사체의 영혼을 훔쳐간다는 막연한 두려움 때문에.

경찰서로 돌아가는 길에 리버스는 아내, 그리고 딸과 함께 찍은 가족사진을 떠올려보았다. 이미지가 머릿속에 잘 그려지지 않았다. 로나가 사만다를 데리고 런던으로 떠나버린 후로 서로 멀리 떨어져 살고 있기 때문일 것이다. 새미(사만다의 애명-옮긴이)는 자주 편지를 보내왔지만 리버스는 제때 답장을 쓰지 못했다. 그것에 대한 새미의 불만이 쌓여갈수록 편지를 보내오는 횟수도 점점 줄었다. 마지막 편지에서 새미는 질과 그가 행복하기를 바란다고 했었다.

리버스는 질 템플러가 몇 달 전 떠났다는 소식을 비밀로 하고 있었다. 사만다에게 사실대로 말하는 건 문제가 아니었다. 다만 실패한 관계에 대한 소식이 로나의 귀로 들어가는 게 싫을 뿐이었다. 요즘 질은 지역 라디오 방송국 디제이와 사귀고 있다. 리버스가 가게나 주유소에 들를 때마다, 그리고 공동주택의 열린 창문들 밑을 지날 때마다 듣게 되는 의욕에 찬 목소리의 주인공.

요즘도 매주 한두 차례씩은 질과 마주쳤다. 미팅에서, 경찰서에서, 그리고 사건 현장에서. 그녀와 같은 계급이 된 후로는 마주칠 일이 더 많아졌다.

존 리버스 경위.

진급 한 번 하기가 이렇게 힘들 줄이야. 그래도 그동안 참고 버틴 보람이 있긴 하네.

솔직히 리안과도 다시 볼 일이 없을 것 같았다. 어젯밤 파티에서 그런 꼴을 보였으니. 섹스도 형편없었고. 이번 교제도 실패였다. 리안과 나란히 누워 있을 때 그는 깨달았다. 그녀도 질 템플러 경위의 눈을 가졌다는 걸. 대리 파트너라도 찾아봐야 하나? 하긴, 그러기엔 내가 너무 늙긴 했지.

"넌 너무 늙었어, 존." 그가 중얼거렸다.

허기가 느껴지자 그는 다음 블록에 자리한 술집으로 향했다. 왠지 그럴 자격이 있는 것 같았다.

월요일 점심시간의 서덜랜드 바는 특히 한산했다. 돈은 주말에 다 써버렸을 테고, 다음 주말까지 낙이 사라져버렸으니. 서덜랜드는 원래 점심 손님을 받지 않는다는 것이 바텐더의 설명이었다.

"뜨거운 음식은 안 됩니다." 바텐더가 말했다. "샌드위치도 마찬가지고요."

"그럼 파이는요?" 리버스가 애원하듯 말했다. "뭐라도 갖다 줘요. 맥주랑 먹게."

"제대로 된 걸 먹고 싶으면 카페로 가봐요. 여긴 맥주, 라거와 증류주 따위만 파는 술집이니까. 치피(Chippie, 튀김 음식 전문점—옮긴이)가 아니란 말입니다."

"감자칩은요?"

바텐더가 그를 잠시 쏘아보았다. "무슨 맛?"

"치즈와 양파."

"그건 다 나갔어요."

"소금만 뿌린 것도 괜찮아요."

"그것도 다 나갔습니다." 바텐더가 실실 웃으며 말했다.

"그럼……" 리버스는 짜증이 났다. "대체 무슨 맛이 남았습니까?"

"두 가지 중에 골라요. 카레맛, 아니면 달걀과 베이컨과 토마토를 섞은 맛."

"달걀?" 리버스가 한숨을 내쉬었다. "좋습니다. 각각 한 봉지씩 갖다 줘요."

바텐더가 카운터 아래서 작은 봉지들을 꺼냈다. 전부 유통기한을 훌쩍 넘긴 것들이었다.

"땅콩은 없습니까?" 리버스의 마지막 희망이었다. 바텐더가 고개를 들었다.

"기름 없이 볶은 것, 소금과 식초, 칠리 맛, 세 가지 있습니다." 바텐더가 말했다.

"그것도 각각 하나씩 줘요." 리버스가 말했다. "에이티 실링(eighty shilling, 스코틀랜드 맥주-옮긴이)이랑."

그가 두 잔을 막 비웠을 때 술집 문이 벌컥 열리면서 눈에 익은 형체가 들어왔다. 남자는 안으로 들어서기가 무섭게 손짓으로 술을 주문했다. 그가 리버스를 발견하고 환하게 미소를 지었다. 그는 리버스 옆의 높은 의자에 자리를 잡았다.

"안녕, 존."

"어서 와, 토니."

육중한 토니 맥콜 경위는 작은 의자에 위태롭게 걸터앉아 있다가 더 버티지 못하고 일어났다. 그는 한쪽 발을 발걸이에 올려놓고 양쪽 팔꿈치를 반들반들한 바에 얹었다. 그가 갈망하는 듯한 눈으로 리버스를 쳐다보았다.

"칩 좀 먹어도 돼?"

리버스가 사발을 내밀자 그가 칩을 한 움큼 집어 들고 입에 쑤셔 넣었다.

"오늘 아침에 어디 갔었어?" 리버스가 말했다. "자네가 없어서 내가 대신 다녀왔다고."

"필뮤어? 이런, 미안해, 존. 어젯밤에 좀 무리를 했거든. 오전 내내 숙취로 고생했어." 맥콜의 앞에 탁한 맥주 한 잔이 놓였다. "해장술이야." 그가 말했다. 그리고 네 번에 나누어 맥주를 천천히 들이켰다.

"마침 심심하던 차에 잘됐지 뭐." 리버스가 맥주를 홀짝이며 말했다. "맙소사, 거기 집들, 정말 장난이 아니더군."

맥콜이 진지한 얼굴로 고개를 끄덕였다. "거기가 처음부터 그랬던 건 아니야, 존. 사실 나도 그 동네 출신이야."

"그래?"

"그 집들이 지어지기 전에 태어났지. 토박이들 얘길 들어보니 정말 끔찍했다더군. 그래서 싹 밀어버리고 필뮤어를 짓게 된 거래. 지금은 지옥처럼 변해버렸지만."

"지옥 얘기가 나와서 말인데……" 리버스가 말했다. "경관 하나가 오컬트랑 연관이 있을지 모른다고 했어." 그 말에 맥콜이 고개를 들었다. "벽에 흑마술 그림도 그려져 있었고." 리버스는 설명했다. "바닥에는 양초들이 널려 있었지."

"인간 제물을 바친 거야?" 맥콜이 씩 웃으며 말했다. "우리 집사람이 그런 공포영화를 무지 좋아하거든. 내가 출근하면 하루 종일 그런 영화만 보는 것 같아."

"실제로 그런 일이 벌어지긴 하는 모양이야. 악마 숭배, 주술. 그걸 다 일요신문 편집자들이 꾸며냈을 리도 없고."

"팁 하나 줄까?"

"뭔데?"

"대학." 맥콜이 말했다. 리버스는 못 믿겠다는 표정을 지었다. "농담이

31

아니야. 대학에 유령이나 뭐 그런 것들을 연구하는 학과가 있다고 들었어. 어떤 작가가 죽으면서 기부한 돈으로 만들었다나." 맥콜이 고개를 저었다. "참 재밌는 세상이지?"

리버스가 고개를 끄덕였다. "나도 어디선가 읽은 기억이 있어. 아서 쾨슬러라는 작가였지 아마?"

맥콜이 어깨를 한 번 으쓱였다.

"난 아서 데일리(Arthur Daley, 영국 TV 드라마 「마인더(Minder)」에서 사기꾼 역할을 맡은 인물로, 기만적이고 부정직한 사람의 대명사로도 쓰인다-옮긴이)가 취향에 맞는데." 리버스가 남은 맥주를 마저 비우고 말했다.

리버스가 책상에 수북이 쌓인 서류를 훑고 있을 때 전화벨이 울렸다.

"리버스 경위입니다."

"당신한테 연락해보라고 해서요." 젊은 여자의 목소리에서는 의심이 묻어났다.

"잘했어요. 무슨 일입니까, 미스……?"

"트레이시……" 그녀가 기어들어가는 목소리로 말했다. 이미 한 번 속아서 신원을 드러낸 모양이었다. "내가 누군지는 중요하지 않아요!" 그녀는 히스테리 상태인 듯했지만 이내 스스로를 진정시켰다. "그 필뮤어 사건 문제로 전화한 거예요. 당신들이 발견한……" 그녀가 다시 말끝을 흐렸다.

"오, 그렇습니까?" 리버스의 정신이 번쩍 들었다. "처음에 신고했던 것도 당신이었죠?"

"네?"

"누군가가 죽었다고 신고한 사람 말입니다."

"그래요. 내가 했어요. 불쌍한 로니……"

"그 시체가 로니였습니까?" 리버스가 미결 서류함에서 파일 하나를 꺼내 그 뒷면에 이름을 적었다. 그리고 그 옆에는 '트레이시 – 제보자'라고 적어놓았다.

"네." 그녀의 목소리가 다시 갈라졌다. 당장이라도 울음이 터질 것만 같았다.

"로니의 성을 알려주겠어요?"

"아뇨." 그녀가 잠시 머뭇거렸다. "나도 몰라요. 솔직히 로니가 그의 본명인지도 확실치 않아요. 거기서 누가 본명을 쓰겠어요?"

"트레이시, 로니에 대해 좀 알아야겠어요. 전화로 해도 상관없지만 기왕이면 만나서 얘기했으면 합니다. 겁먹을 거 없어요. 당신이 곤란해질 일은 없으니……"

"이미 곤란해진 상태예요. 그래서 전화를 한 거라고요. 로니가 말해줬어요."

"뭘 말입니까, 트레이시?"

"자기가 살해당했다고."

순간 사무실이 어디론가로 증발해버린 듯했다. 뚝뚝 끊어지는 목소리와 전화기와 리버스 자신만이 덩그러니 남겨진 느낌이었다.

"그가 그런 얘길 했다고요, 트레이시?"

"네." 그녀는 코를 훌쩍이며 흐느끼고 있었다. 리버스는 겁에 질린 젊은 여인을 머릿속에 그려보았다. 학교를 갓 졸업한 소녀가 공중전화 박스에 갇혀 있는 모습을. "난 숨어야 해요." 그녀가 말했다. "로니가 계속 말했어요. 숨어야 한다고."

"내가 데리러 갈까요? 지금 어디에 있죠?"

"안 돼요!"

"로니가 어떻게 죽었는지 알려줘요. 그가 어떤 상태로 발견됐는지는 알고 있죠?"

"창가 바닥에 누워 있었겠죠. 마지막에 봤던 대로."

"아닙니다."

"맞아요. 거기 누워 있었어요. 창가에. 몸을 잔뜩 웅크린 상태로요. 처음엔 그냥 잠들었나 보다 했어요. 하지만 팔을 만져보니 싸늘하게 식어 있더군요. 난 곧장 찰리를 찾아봤어요. 하지만 벌써 떠나버렸더라고요. 난 겁에 질려 발만 동동 굴렀죠."

"로니가 몸을 웅크린 채 누워 있었다고 했죠?" 리버스는 파일 뒷면에 연필로 작은 원 몇 개를 그려나갔다.

"네."

"그리고 거실에 누워 있었고요?"

그녀는 당황한 듯했다. "뭐라고요? 아니에요. 거실이 아니에요. 그는 2층 자기 방에 누워 있었어요."

"그렇군요." 리버스는 계속해서 원을 그려나갔다. 그는 로니가 죽어가는 모습을 상상해보았다. 어쩌면 로니는 트레이시가 떠난 후 아래층으로 기어 내려와 거실로 들어갔는지도 몰랐다. 그러면 몸 구석구석에 나 있는 멍자국들도 설명이 가능했다. 하지만 양초들은…… 어떻게 그 안에 완벽하게 누울 수 있었을까? "그게 언제였죠?"

"어젯밤이었어요. 정확히 몇 시였는지는 모르겠고요. 그때 난 공황 상태였어요. 간신히 마음을 진정시킨 다음엔 경찰에 신고했고요."

"신고를 한 시간은 알고 있습니까?"

그녀가 잠시 기억을 더듬었다. "오늘 아침 7시쯤이었어요."

"트레이시, 방금 내게 들려준 걸 다른 사람들에게도 들려줄 수 있나요?"

"왜요?"

"만나서 얘기해줄게요. 지금 어디 있는지 알려줘요."

그녀는 한동안 말이 없었다. "여기 필뮤어예요." 마침내 그녀가 말했다. "다른 집에 들어왔어요."

"그렇군요." 리버스가 말했다. "내가 가면 좀 그렇겠죠? 그럼 쇼어 가(街)에서 만나는 건 어때요?"

"글쎄요……"

"거기 독 리프라는 술집이 있어요." 리버스가 말했다. "알고 있나요?"

"거기서 몇 번 쫓겨난 적이 있어요."

"나도 마찬가지예요. 한 시간 뒤에 술집 밖에서 만납시다. 괜찮죠?"

"알겠어요." 그녀가 마지못해 말했다. 리버스는 그녀가 과연 약속을 지켜줄지 궁금했다. 어쩌면 그녀는 관심을 받으려고 거짓말을 했는지도 몰랐다. 따분한 일상에 활기를 불어넣고 싶어서.

하지만 그게 사실이라면 내가 짚어내지 못했을 리 없잖아, 안 그래?

"알겠어요." 그녀가 말했다. 그리고 전화는 끊어졌다.

쇼어 가는 공장, 창고, 그리고 DIY 용품 상점과 실내 장식품점들이 늘어선 도시 북부에 자리하고 있었다. 그 너머로는 잿빛의 조용한 포스 만(灣)이 펼쳐져 있었다. 평소에는 파이프 해안이 아득하게 보였지만 차가운 안개가 수면 위에 깔린 오늘은 아니었다. 도로 한쪽에는 창고들이 줄지어 세워져 있었고, 그 건너편에는 콘크리트 고층 건물의 전신이라 할 수 있는 4층짜리 공동주택들이 버티고 있었다. 주민들의 수다방인 구멍가게와 외부인을 거의 찾아볼 수 없는 케케묵은 술집들도 있었다.

독 리프는 한때 밑바닥 인생들만 드나들던 곳이었다. 하지만 요즘은 인근의 방 세 칸짜리 임대 아파트에 사는 젊은 백수들로만 넘쳐났다. 이 동네에서 경범죄는 거의 발생하지 않았다. 자신들이 사는 동네를 어수선하게 만드는 건 어리석은 일이라는 나름의 공동체 규범 덕분이었다.

약속 시간보다 일찍 도착한 리버스는 안에 들어가 한잔 하며 기다리기로 했다. 맥주는 싸지만 맛이 별로였다. 다들 리버스가 누구인지는 몰라도 그가 무슨 일을 하는 사람인지는 아는 듯했다. 시끌벅적하던 실내는 금세 조용해졌다. 누구도 리버스와 눈을 맞추려 하지 않았다. 그는 3시 반에 술집을 나왔다. 눈부신 햇빛에 그의 얼굴이 찌푸려졌다.

"경찰인가요?"

"그래요, 트레이시."

그녀는 술집의 외벽에 몸을 기댄 채 서 있었다. 리버스는 손을 올려 햇빛을 가리며 그녀를 쳐다보았다. 놀랍게도 여자는 스무 살에서 스물다섯 살 사이로 보였다. 얼굴에서는 그 나이가 보였지만 스타일은 반항적인 십대 소녀를 연상케 했다. 과산화수소수로 탈색한 머리는 짧게 깎여져 있었고, 왼쪽 귀에는 단추형 귀걸이가 두 개가 붙어 있었다(오른쪽 귀에는 아무것도 붙어 있지 않았다). 홀치기염색한 티셔츠에 몸에 딱 붙는 색 바랜 청바지, 그리고 빨간 농구화. 그녀는 리버스만큼이나 키가 컸다. 햇빛에 눈이 적응되자 여드름 흉터로 뒤덮인 얼굴과 양쪽 볼에 남아 있는 눈물자국이 똑똑히 보였다. 그녀의 눈 주위에는 잔주름이 많았다. 한때 웃음이 많았던 모양이었다. 하지만 황록색 눈은 슬퍼만 보일 뿐이었다. 트레이시는 순간의 실수로 길을 잘못 든 게 분명했다. 왠지 리버스의 눈에는 그녀가 자신의 선택을 뼈저리게 후회하고 있는 것처럼 보였다.

리버스가 마지막으로 보았을 때 그녀는 웃고 있었다. 로니의 침실 벽에 붙은 사진 속에서. 그녀는 사진 속 여자가 틀림없었다.

"트레이시가 본명입니까?"

"그런 셈이죠." 그들은 천천히 걸음을 옮기기 시작했다. 그녀가 횡단보도에서 길을 건넜다. 차가 오는지 확인도 하지 않은 채. 리버스는 묵묵히 그녀를 따라갔다. 그녀는 걸음을 멈추고 두 팔로 자신의 몸을 감쌌다. 그녀의 시선이 포스 강 수면 위로 떠오르는 안개에 고정되었다.

"그건 내 가운데 이름이에요." 그녀가 말했다.

리버스는 건물 외벽에 몸을 기댔다. "언제부터 로니를 알고 지냈습니까?"

"3개월밖에 되지 않았어요. 내가 필뮤어에 도착한 직후에 처음 만났으니까."

"그 집에 또 누가 살고 있었죠?"

그녀가 어깨를 한 번 으쓱였다. "많은 사람들이 들락거렸어요. 우린 거기서 달랑 몇 주 지냈을 뿐이고요. 아침에 일어나 내려가 보면 항상 모르는 사람 대여섯 명이 서로 엉겨 붙어 자고 있었죠. 하지만 누구도 개의치 않았어요. 다들 가족이라고 여겼죠."

"무슨 근거로 로니가 살해됐다고 생각하는 겁니까?"

그녀가 성난 얼굴로 그를 돌아보았다. 하지만 그녀의 눈은 흐려져 있었다. "전화로 얘기했잖아요! 그가 말했다고. 잠깐 사라졌다가 뭘 들고 다시 나타났어요. 한눈에 봐도 심각한 문제가 있어 보였죠. 헤로인 때문은 절대 아니었어요. 약을 했을 땐 크리스마스 선물을 뜯는 아이처럼 해맑고 들뜬 모습을 보였거든요. 하지만 이번엔 달랐어요. 이유는 알 수 없지만 잔뜩 겁에 질려 있었어요. 온몸이 뻣뻣해진 게 꼭 로봇을 보는 것 같았다니까요. 그는 반복해서 숨으라고만 당부했어요. 그들이 오고 있다면서."

"그들이라면?"

"그건 나도 몰라요."

"약을 하고 나서 그런 건 아니고요?"

"아니에요. 그래서 이상하다는 얘기예요. 약도 하지 않은 사람이 그랬으니까. 약봉지는 그의 손에 쥐어져 있었다고요. 그는 다급하게 날 문밖으로 떠밀어버렸어요."

"그가 약을 하는 동안 같이 있지 않았습니까?"

"아뇨. 난 마약을 싫어해요." 그녀가 다시 그를 쏘아보았다. "난 마약쟁이가 아니라고요. 담배는 가끔 피우지만 약은 한 번도…… 정말이에요."

"로니에 대해 이상한 점은 또 없었고요?"

"이상한 점?"

"그의 상태가 어땠느냐는 거죠."

"멍자국들 말인가요?"

"네, 그런 거."

"늘 그런 꼴을 하고 다녔어요. 어쩌다 그렇게 됐는지는 들려주지 않고요."

"많이 싸우고 다닌 모양이군요. 성마른 타입이었습니까?"

"나한텐 화를 낸 적이 없었어요."

리버스는 두 손을 주머니에 찔러 넣었다. 강에서 쌀쌀한 바람이 불어왔다. 그는 그녀가 춥지 않을지 걱정이 되었다. 면 티셔츠 밖으로 돌출된 그녀의 유두가 자꾸 그의 시선을 잡아끌었다.

"재킷을 벗어줄까요?" 리버스가 물었다.

"지갑이 들어 있으면 벗어줘요." 그녀가 씩 웃으며 말했다.

리버스도 미소를 지으며 담배를 꺼내 권했다. 그녀는 기꺼이 받아 들었지만 리버스는 피우지 않았다. 남은 세 개비는 밤을 위해 남겨두어야 했다.

"로니에게 약을 판 딜러가 누군지 알아요?" 리버스가 물었다. 그녀는 그의 재킷 안으로 얼굴을 밀어 넣고 떨리는 손으로 담배에 불을 붙였다. 그녀의 고개가 천천히 가로저어졌다. 바람막이에서 얼굴을 뺀 그녀가 필터를 힘차게 빨았다.

"그것도 몰라요." 그녀가 말했다. "그가 가르쳐준 적이 없었어요."

"그와 주로 어떤 얘길 나눴죠?"

잠시 생각에 빠졌던 그녀가 다시 미소를 지었다. "진지한 대화는 거의 나누지 않았어요. 난 그의 그런 점이 좋았죠. 왠지 비밀로 똘똘 뭉친 사람 같아서 말이에요."

"비밀이라면?"

그녀가 어깨를 한 번 으쓱였다. "뭐 대단한 비밀일 수도 있고, 하찮은 비밀일 수도 있고요."

리버스의 예상과 달리 소득이 별로 없었다. 날도 점점 추워졌다. 좀 더 속도를 높일 필요가 있을 것 같았다.

"그를 침실에서 발견했습니까?"

"네."

"당시 집은 비어 있었고요?"

"네. 아침엔 몇 명 있었는데 시체를 발견했을 땐 아무도 없었어요. 로니의 방에서 함께 지내던 사람도 보이지 않았고요. 그리고 찰리도."

"전화로 얘기했던 그 친구 말이죠?"

"맞아요. 동네 어딘가에서 구걸을 하고 있었을 거예요. 아주 이상한 사람이죠."

"어떻게 이상한데요?"

"거실 벽에 그려진 거 못 봤어요?"

"별 말이죠?"

"네. 그건 찰리가 그린 거예요."

"오컬트에 빠졌나 보죠?"

"아주 푹 빠져 있어요."

"로니는요?"

"로니? 절대 아니에요. 공포영화도 못 보는 사람인데. 겁이 보통 많은 게 아니었어요."

"하지만 침실에 공포소설이 몇 권 보이던데요."

"그건 찰리가 보는 책들이에요. 로니에게 읽어보라고 항상 권했죠. 하지만 로니는 그런 걸 보면 악몽을 꾸거든요. 악몽을 꾸고 나면 헤로인이 필요했고."

"약은 무슨 돈으로 구했습니까?" 리버스는 안개를 헤치고 나아가는 작은 보트를 바라보았다. 보트에서 무언가가 툭 떨어져 물속으로 가라앉았다. 그는 그것이 무엇일지 궁금했다.

"난 그의 회계사가 아니었어요."

"그럼 누가 알고 있을까요?" 보트는 포물선을 그리며 퀸스페리가 있는 서쪽으로 방향을 틀었다.

"그 돈이 어디서 났는지 아무도 궁금해하지 않았어요. 정말이에요. 그럼 우리 모두 방조자가 되는 건가요?"

"그건 좀 더 깊이 따져봐야겠죠." 리버스가 몸을 바르르 떨었다.

"아무튼 난 알고 싶지 않았어요. 그가 알려주려 했다면 아마 귀를 막아버렸을 거예요."

"그가 무슨 일을 해왔는진 모르고요?"

"몰라요. 학교를 그만두고서 사진작가가 되려고 했다는 얘긴 들은 것 같아요. 아무리 약이 절실해도 그것만큼은 절대 전당포에 잡히지 않을 거라고 했었죠."

리버스가 어리둥절한 표정을 지었다. "뭘 말입니까?"

"카메라 말이에요. 오랫동안 모아온 사회보장연금으로 샀다더군요."

사회보장연금. 아주 소득이 없는 건 아니군. 리버스는 로니의 침실에서 카메라를 보지 못했었다. 살인으로 모자라 강도짓까지 벌였군.

"트레이시, 당신의 진술서가 필요해요."

그녀가 갑자기 경계 모드로 들어갔다. "그건 왜요?"

"그걸 받아놔야 로니의 죽음을 본격적으로 수사할 수 있거든요. 협조해주겠습니까?"

한동안 고민하던 그녀가 마침내 고개를 끄덕였다. 보트는 사라져버린 후였다. 강에는 아무것도 떠 있지 않았다. 리버스가 트레이시의 어깨에 살며시 손을 얹었다.

"고마워요." 그가 말했다. "차는 저쪽에 있어요."

트레이시가 진술서 작성을 마치자 리버스는 그녀를 집 근처까지 태워다주었다. 목적지에서 몇 블록 떨어진 곳에 내려주었지만 상관없었다. 그녀의 주소를 알고 있었으니.

"앞으로 10년 동안 그쪽엔 발을 들이지 않을 수도 있어요." 그녀는 말했다. 하지만 그것도 상관없었다. 리버스는 그녀에게 사무실과 집 전화번호를 알려주었다. 왠지 나중에 연락이 올 것만 같았다.

"한 가지 더 있습니다." 그녀가 차 문을 닫으려는 찰나에 리버스가 말했다. 인도에 선 그녀가 앞으로 몸을 기울였다. "로니가 '그들이 오고 있다', 뭐 이렇게 소리쳤다고 했죠? 그게 누굴 얘기한 것 같습니까?"

그녀가 어깨를 으쓱했다. 그날의 현장이 떠올랐는지 바짝 얼어붙은 모습이었다. "그는 마약 때문에 몹시 쇠약해진 상태였어요. 어쩌면 뱀과 거미들을 보고 그런 소릴 했는지도 몰라요."

뭐 그랬는지도 모르지. 리버스는 생각했다. 그녀가 차 문을 닫았고, 리버스는 다시 시동을 걸었다. 그래, 그에게 약을 제공해준 뱀과 거미 같은 놈들 얘기였는지도 몰라.

리버스는 그레이트 런던 가의 경찰서로 돌아왔다. 사무실로 오라는 왓슨 총경의 메시지가 그를 기다리고 있었다. 리버스는 상관의 사무실에 전화를 걸어보았다.

"지금 가도 되겠습니까?"

비서는 총경의 스케줄을 훑고 나서 그러라고 했다.

총경이 에든버러로 부임해온 이후 리버스는 그와 자주 마주쳤다. 왓슨은 살짝 촌티가 나기는 했지만 꽤 합리적인 사람이었다. 경찰서 사람들은 애버딘 출신의 그에게 '농부' 왓슨이라는 별명을 붙여주었다.

"들어오게, 존. 들어와."

총경이 책상 뒤에서 잠깐 일어나 리버스에게 앉을 자리를 지정해주었다. 리버스는 책상이 꽤 깔끔하게 정리되어 있다는 사실에 주목했다. 두 개의 미결 서류함에는 파일들이 반듯하게 쌓여 있었고, 왓슨 앞에는 새것으로 보이는 두툼한 파일 하나와 공들여 깎은 연필 두 자루가 놓여 있었다. 파일 옆에는 두 아이의 사진이 든 액자가 세워져 있었다.

"우리 애들이야." 왓슨이 설명했다. "지금은 많이 컸지만 아직도 다루기가 쉽지 않아."

왓슨은 떡 벌어진 가슴이 어떤 것인지 몸소 보여주는 당당한 풍채를 가지고 있었다. 얼굴은 불그레했고, 머리숱은 적었으며, 관자놀이 주변은 희끗희끗했다. 리버스는 오버슈즈(overshoes, 방수용으로 신는 덧신-옮긴이)와 송어낚시 모자 차림으로 황야 지대를 가로지르는 그의 모습을 상상해보았다. 그의 뒤를 졸졸 쫓아가는 콜리(collie, 흔히 양치기 개로 많이 쓰이는 종류의 개-옮긴이)의 모습도. 대체 왜 날 찾은 걸까? 인간 콜리가 필요해서?

"오늘 아침에 약물 과다 투여로 죽은 시체를 보고 왔지?" 그것은 질문이 아니라 사실의 진술이었다. 그래서 리버스는 굳이 대답하지 않았다. "맥콜 경위가 가기로 돼 있었는데…… 어쩌다 보니 이렇게 돼버렸어."

"그는 좋은 형사입니다, 총경님."

왓슨이 리버스를 쳐다보며 미소를 지었다. "맥콜 경위의 능력을 의심하는 게 아니네. 그래서 자넬 부른 것도 아니고. 자네가 현장에 다녀왔다는 얘길 듣고 아이디어가 떠올랐어. 내가 이 도시의 마약 문제에 지대한 관심을 갖고 있다는 거 알고 있지? 통계를 보니 아주 끔찍하더군. 내가 애버딘에 있을 땐 이런 문제가 전혀 없었는데, 석유 굴착하는 놈들 몇 명을 빼곤 말이지. 그것도 대부분 회사 간부들이었어. 미국 본사에서 온. 자기들 나라에서 하던 못된 짓을 여기 와서도 하고 있지. 그리고 이젠 여기도……" 그가 파일을 열고 서류 몇 장을 들어 보였다. "하데스(Hades, 고대 그리스 신화에 나오는 죽은 자들의 나라—옮긴이)가 다 돼버렸어. 무슨 말인지 알겠나, 경위?"

"네, 총경님."

"자네 교회 다니나?"

"네?" 리버스는 불편한 듯 앉은 채로 몸을 들썩였다.

"질문이 어려웠나? 교회에 다니는지 물었잖아."

"규칙적으로 나가진 않고요, 가끔 다녀오곤 합니다, 총경님." 어제도 다녀왔고. 리버스는 속으로 대답했다. 그는 도망치고 싶은 마음이 굴뚝같았다.

"그런다고 들었네. 아무튼, 교회에 다닌다니 이 도시가 하데스로 변해가고 있다는 내 말을 이해하겠군." 왓슨의 얼굴은 평소보다 더 불그레했다. "병원에 가면 열한 살, 열두 살 된 마약쟁이들도 볼 수 있어. 자네 동생도 마약 밀매 죄로 복역 중이지 않나." 왓슨이 다시 고개를 들었다. 리버스의 반응을 살피려는 듯이. 하지만 날카로운 리버스의 눈은 이글거리고 있었다. 얼굴이 상기되었지만 난처함 때문은 아니었다.

"대단히 죄송하지만, 총경님." 리버스가 차분하면서도 독기 서린 목소리로 말했다. "그게 저랑 무슨 상관입니까?"

"들어보게." 왓슨이 파일을 덮고 의자 등받이에 몸을 붙였다. "난 새로운 마약 퇴치 캠페인을 계획하고 있네. 대중의 인식을 한번 높여보려고 말이야. 지원도 있고, 자금도 충분히 준비됐네. 지역 사업가들도 이 캠페인에 5만 파운드를 내놓기로 했고."

"다들 공공심이 장난 아니군요."

왓슨의 표정이 한층 어두워졌다. 그가 앉은 채로 몸을 앞으로 기울였다. 리버스의 시야가 총경의 얼굴로 가득 찼다. "장난들이 아니지." 그가 말했다.

"왜 제게 그걸……"

"존." 한층 누그러진 목소리가 말했다. "자넨…… 경험이 있지 않나. 개인적인 경험. 자네가 우리 캠페인을 좀 이끌어주었으면 하네."

"총경님, 그건……"

"자네가 잘해주리라 믿네." 왓슨이 자리에서 일어났다. 리버스도 일어나려 했지만 다리에 힘이 풀려버렸다. 리버스는 팔걸이를 잡고 힘겹게 몸을 일으켰다. 내게 대가를 치르라는 건가? 그런 동생을 둔 죗값을 치르라고? 왓슨이 사무실 문을 열었다. "다음엔 구체적인 얘길 좀 나누자고. 그때까진 진행 중인 수사에 만전을 기해주게. 인수인계 문제는 나중에 내가 처리해줄 테니까."

"알겠습니다, 총경님." 리버스가 상관이 내민 손을 잡았다. 왓슨의 손은 억세고, 차갑고, 건조했다.

"다음에 뵙겠습니다, 총경님." 리버스가 복도에 서서 말했다. 하지만 문은 이미 닫혀버린 후였다.

그날 저녁, 멍하니 텔레비전을 보던 리버스가 무작정 아파트를 나섰다. 드라이브를 하며 바람을 쐬고 싶었다. 마치몬트는 조용했다. 여느 때와 마찬가지로. 리버스의 차는 아파트 밖 자갈길에 세워져 있었다. 그는 시동을 걸고 시내 중심가를 향해 차를 몰아나갔다. 캐넌밀스의 한 주유소로 들어간 그는 차에 기름을 넣고 손전등과 건전지, 그리고 초콜릿을 몇 개 구입했다. 계산은 신용카드로 했다.

리버스는 초콜릿을 까먹으며 다시 차를 몰아나갔다. 담배 생각을 떨치

려 라디오까지 틀어놓았다. 질 템플러의 애인, 캘럼 맥캘럼의 8시 반 프로
그램이 막 시작되었다. 리버스는 꾹 참고 몇 분 들어보았다. 가식적인 목
소리, 형편없는 조크, 예상을 벗어나지 않는 진부한 선곡, 그리고 따분한
청취자들과의 통화. 리버스는 주파수를 라디오 3에 맞추었다. 모차르트가
흘러나오자 그가 볼륨을 높였다.

리버스는 자신이 결국 이곳을 찾게 되리라는 걸 진작 알고 있었다. 차
는 미로 같은 어둡고 구불구불한 도로를 달렸다. 도착해서 보니 집의 현관
문에는 새것으로 보이는 맹꽁이자물쇠가 채워져 있었다. 하지만 상관없었
다. 리버스에게는 복사한 열쇠가 있었으니까. 그는 손전등을 앞세우고 거
실로 들어갔다. 맨바닥에는 열 시간 전 시체가 누워 있었던 흔적이 하나도
보이지 않았다. 주사기가 담겨 있던 유리병과 양초들도 증발해버린 후였
다. 리버스는 벽에 그려진 그림을 무시하고 위층으로 올라갔다. 그는 로니
의 침실 문을 열고 창가로 다가갔다. 트레이시가 시체를 보았다고 주장한
지점이었다. 리버스는 쪼그려 앉아 손전등으로 바닥을 살펴보았다. 어디
서도 카메라를 찾을 수 없었다. 쉽게 해결될 사건 같지는 않았다.

리버스에게 주어진 것은 트레이시의 진술뿐이었다.

리버스는 방을 나와 계단 쪽으로 이동했다. 계단의 맨 위 칸 구석에서
무언가가 번뜩였다. 리버스는 그걸 집어 들고 유심히 살펴보았다. 작은 금
속 조각이었다. 싸구려 브로치에서 떨어져 나온 클립 같아 보였다. 리버스
는 그것을 주머니에 넣고 계단을 훑어나갔다. 의식을 되찾은 로니가 아래
층으로 내려가는 모습을 상상하면서.

가능해. 충분히 가능한 일이야. 하지만 거기 그런 꼴로 누운 건? 전혀
현실성이 없잖아.

그리고 주사기가 담긴 유리병은 왜 챙겨 내려온 거지? 리버스는 미로
에 빠진 자신이 적어도 바른 방향으로 나아가고 있다는 사실에 안도했다.

그는 아래층으로 내려가 거실로 들어갔다. 쾨쾨한 악취는 잼이 든 병에 핀 곰팡이 냄새를 연상시켰다. 달콤한 흙냄새랄까. 메마른 흙, 역겨운 달콤함. 리버스는 낙서가 된 벽 쪽으로 다가가 손전등으로 비춰보았다.

순간 리버스는 움찔했다. 갑자기 심장박동이 빨라졌다. 원들과 오각형 별은 여전히 제자리를 지키고 있었다. 하지만 두 원 사이에 못 보던 이미지가 추가되어 있었다. 빨간색으로 그려진 별자리와 다른 상징들. 리버스는 그림에 손을 가져가 대보았다. 아직 페인트가 끈적거렸다. 그는 페인트에서 손을 떼고 손전등으로 벽 윗부분을 비춰보았다. 누군가가 적어놓은 메시지가 눈에 들어왔다.

안녕 로니

겁이 난 리버스가 몸을 틀고 잽싸게 집을 나왔다. 현관문도 잠그지 않은 채. 차를 향해 황급히 걸어나가는 내내 그는 계속해서 어깨 너머의 집을 살폈다. 잠시 후, 그는 다가오던 누군가와 충돌했다. 그와 부딪친 형체는 뒤로 나자빠졌다. 리버스가 힘겹게 몸을 일으키는 형체에게 손전등을 비추었다. 반짝이는 눈을 가진 십대 소년의 얼굴은 멍자국과 베인 상처들로 뒤덮여 있었다.

"맙소사." 리버스가 속삭였다. "얼굴이 왜 그래?"

"맞았어요." 소년이 한쪽 다리를 절며 말했다.

간신히 차로 돌아온 리버스는 문부터 걸어 잠갔다. 그리고 등받이에 몸을 붙인 채 눈을 감고 심호흡을 했다. 흥분하지 마, 존. 그는 스스로에게 말했다. 차분하라고. 겁에 질린 자신의 모습이 어색한지 그가 미소를 흘렸다. 내일 다시 와야겠어. 환할 때.

오늘은 이만하면 됐어.

화요일

거짓말을 해야 할 명분이 인간 본성 깊숙이 내재되어 있으며
그것은 증오의 원칙보다 몇몇 고결한 경첩을 중심으로 움직인다고,
나는 믿게 되었다.

리버스는 자신이 좋아하는 의자에 축 늘어져 앉은 채로 잠에 빠져들었다. 그의 무릎에는 책이 펼쳐진 채 놓여 있었다. 간신히 눈을 붙이는 데 성공한 그를 깨운 건 아침 9시에 걸려온 전화였다.

허리와 다리와 팔이 뻐근했다. 리버스는 황급히 바닥을 더듬어 새로 산 무선전화기를 집어 들었다.

"네?"

"과학수사 연구소입니다, 리버스 경위님. 최대한 빨리 알려달라고 하셔서."

"뭐 찾아낸 게 있습니까?" 리버스는 다시 따끈하게 데워진 의자에 몸을 기대고 한 손으로 눈을 비볐다. 손목시계는 그가 늦잠을 잤음을 확인시켜 주었다.

"검출된 헤로인의 순도가 꽤 높더군요."

리버스가 고개를 끄덕였다. 다음 질문을 군이 던질 필요가 없어진 것이다. "그걸 주사하면 사망하는 겁니까?"

들려온 대답은 그를 움찔하게 만들었다.

"전혀요. 생각보다 깨끗했습니다. 조금 희석됐는데 아주 드문 경우는 아닙니다. 오히려 자연스럽죠."

"그러니까 그걸 주사해도 별 탈 없다는 얘기죠?"

"질적으로는 아주 괜찮은 편입니다."

"그렇군요. 감사합니다." 리버스가 통화 종료 버튼을 눌렀다. 역시……

49

쉽게 풀릴 일이 아닌 것 같아. 그가 주머니에서 전화번호가 적힌 쪽지를 꺼냈다. 그러고 나서 모닝커피 생각이 더 간절해지기 전에 일곱 자리 번호를 빠르게 눌러나갔다.

"리버스 경위입니다. 엔필드 박사님 계십니까?" 그는 잠시 기다렸다. "박사님? 전 괜찮습니다. 박사님은 어떠십니까? 잘됐군요. 다행입니다. 어제 그 시체 말인데요, 필뮤어 단지의 그 마약쟁이 말입니다. 무슨 소식 없습니까?" 그는 상대의 대답을 집중해서 들었다. "네, 기다리겠습니다."

필뮤어. 토니 맥콜이 뭐라고 했었지? 한때 살 만한 곳이었다고 했던가? 타락하기 전까지는? 하긴, 그땐 어디든 다 그랬었지. 그 점은 리버스도 잘 알고 있었다.

"여보세요?" 리버스가 전화기에 대고 말했다. "네, 그렇습니다." 그는 서류가 부스럭거리는 소리에 귀를 기울였다. 잠시 후 엔필드의 차분한 목소리가 다시 흘러나왔다.

"몸 곳곳에 타박상이 있어요. 높은 데서 떨어졌거나 물리적 충돌이 있었던 것 같습니다. 위(胃)는 텅 빈 상태였고요. 에이즈 검사는 음성으로 나왔습니다. 놀랍죠? 그리고 사인은, 그게……"

"헤로인 아닙니까?" 리버스가 말했다.

"헤로인은 순도가 5퍼센트밖에 되지 않습니다."

"정말입니까?" 리버스의 정신이 번쩍 들었다. "뭘로 희석시킨 겁니까?"

"그렇잖아도 지금 그걸 알아보고 있는 중입니다. 갈아 부순 아스피린부터 쥐약까지, 가능성은 무궁무진하죠."

"피해자가 그 정체불명의 물질 때문에 사망한 게 분명합니까?"

"그렇습니다. 딜러가 그에게 판 약은 안락사를 위한 약이었던 셈이죠. 그 약이 거리에서 불티나게 팔려나가고 있다면…… 상상만으로도 끔찍합니다."

만약 그게 사실이라면? 섬뜩한 상상에 리버스의 두피가 따끔거려왔다. 누군가가 돌아다니며 마약쟁이들을 독살하고 있는 걸까? 하지만 완벽한 헤로인 한 봉지는 대체 뭐란 말인가? 완벽한 한 봉지, 그리고 심각하게 오염된 또 한 봉지. 도무지 앞뒤가 맞지 않았다.

"감사합니다, 엔필드 박사님."

리버스는 전화기를 의자 팔걸이에 내려놓았다. 적어도 한 부분에 대해서만큼은 트레이시가 옳았다. 로니가 그들에게 살해당했다는 것. '그들'이 정확히 누구인지는 모르겠지만. 그리고 로니는 알고 있었다. 그걸 몸에 주사하자마자. 아니, 잠깐…… 주사하기 전에 이미 알고 있진 않았을까? 과연 그게 가능한 일일까? 리버스는 문제의 딜러부터 찾아봐야 했다. 어째서 로니가 그들의 표적이 되었는지 밝혀내야 했다. 왜 제물이 되어야 했는지……

이곳은 토니 맥콜의 고향이었다. 필뮤어를 탈출한 그는 담보대출을 받아 간신히 장만한 근사한 집에 살고 있었다. 그의 아내는 집이 마음에 쏙 든다면서 남편이 이런 집을 두고 허구한 날 밖으로만 나도는 이유를 도무지 모르겠다고 투덜거렸다. 결국에는 그의 집이기도 한데.

집. 맥콜의 아내에게는 궁전이나 다름없었다. 그들의 두 아이도 어릴 적부터 집을 상전으로 모셔왔다. 음식 부스러기를 흘리거나 지문을 남기는 것은 절대 금물이었다. 집을 어질러서도, 무얼 깨뜨려서도 안 되었다. 형 토미와 함께 거친 유년기를 보낸 맥콜은 자신과 달리 공포 속에서 덜덜 떨며 자라온 아이들을 늘 안쓰럽게 여겨왔다. 이제 크레이그는 열네 살, 이사벨은 열한 살이었다. 두 아이 모두 수줍음이 많았고, 병적일 만큼 내성적이었으며, 어딘지 모르게 이상한 구석도 있었다. 아들을 프로 축구 선수로, 딸을 영화배우로 키우겠다는 맥콜의 꿈은 산산이 부서지고 말았다. 크레이그는 집에 틀어박혀 체스만 둘 뿐 운동은 거의 하지 않았다(소년은 교내 토너먼트 대회에서 상을 받아오기도 했었다. 맥콜은 그걸 보고 체스를 배워보았지만 오래 버티지 못하고 포기해버렸다). 이사벨은 뜨개질을 좋아했다. 그 아이들은 어머니가 완벽하게 꾸며놓은 거실에 말없이 앉아 뜨개질바늘과 체스 말을 분주히 움직여댔다.

그 친구가 자꾸 밖으로만 나도는 이유였다.

그래서 그는 오늘도 필뮤어를 찾았다. 볼일이 있어서가 아니라, 단지 바람을 쐬고 싶어서. 초현대식 집에서는 숨이 막혀 도저히 살 수가 없었다. 동네 전체가 그런 구두상자 같은 집과 볼보 자동차들로 넘쳐났다. 그는 잠시나마 꽉 막힌 도로와 불모의 땅을 벗어나고 싶었다. 그래서 학교 운동장을 가로지르고 공장들을 지나 필뮤어로 오게 되었다. 그는 이 동네와 이곳에 사는 부류들을 잘 알고 있었다.

결국에는 그도 그들과 한패였으니까.

"안녕, 토니."

갑자기 들려온 목소리에 그가 몸을 홱 틀었다. 존 리버스가 두 손을 주머니에 찔러 넣은 채 미소 짓고 있었다.

"존! 맙소사, 깜짝 놀랐잖아."

"미안. 여기서 운 좋게 마주치다니." 리버스가 주위를 살피며 말했다. "전화를 걸어보니 쉬는 날이라고 하더군."

"그래, 비번이야."

"여긴 무슨 일이야?"

"그냥 바람을 쐬고 있었어. 난 저쪽에 살아." 맥콜이 턱으로 남서쪽을 가리켰다. "여기서 멀지 않아. 내가 이곳 출신이라는 거 알지? 여기 애들도 살펴볼 겸 가끔 와서 둘러보곤 해."

"사실 나도 그 얘길 하고 싶었어."

"그래?"

리버스는 인도를 따라 걸어나가기 시작했다. 맥콜도 어리둥절한 얼굴로 그를 뒤따랐다.

"그래." 리버스가 말했다. "자네에게 피해자의 친구를 아는지 물어보고 싶었어. 이름은 찰리."

"그게 다야? 찰리?"

리버스가 어깨를 한 번 으쓱였다.

"어떻게 생긴 친구인데?" 맥콜이 다시 물었다.

리버스가 어깨를 다시 한 번 으쓱였다. "그건 나도 몰라. 로니의 여자친구 트레이시가 그 친구 얘길 들려줬어."

"로니? 트레이시?" 맥콜의 눈썹이 실룩거렸다. "못 들어본 이름들인데."

"로니는 그 죽은 친구 이름이야. 그 집에서 발견된 마약쟁이."

맥콜이 천천히 고개를 끄덕였다. "시작부터 엄청 달리는데." 그가 말했다.

"수사는 신속할수록 좋지. 로니의 여자친구가 흥미로운 얘길 들려줬어."

"어떤 얘기?"

"그녀는 로니가 살해됐다고 했어." 그 말에 리버스를 따라 걷던 맥콜이 멈춰 섰다. "잠깐!" 맥콜이 리버스를 불러 세웠다. "살해됐다고? 존, 자네도 그 자식을 봤잖아."

"주사된 쥐약이 정맥을 엉망으로 만들어놨어."

맥콜의 입에서 나지막한 휘파람이 새어나왔다. "맙소사."

"충격이지?" 리버스가 말했다. "난 그 찰리라는 친구를 찾아야 해. 젊은 친구가 오컬트에 빠져 산다더군."

맥콜이 잠시 머리를 굴렸다. "뒤져볼 만한 데가 한두 곳 있어." 마침내 그가 말했다. "하지만 생각처럼 쉽진 않을 거야. 치안과는 워낙 거리가 먼 동네라서."

"우리가 환영받지 못할 거란 말이야?"

"아무래도."

"그냥 주소만 알려줘. 비번이라니 오늘은 쉽게 해줘야지."

맥콜은 살짝 기분이 상한 듯했다. "명심해, 존. 여긴 내 고향이라고. 이 사건은 내가 맡는 게 당연해. 수사할 가치가 있는진 모르겠지만."

"자네가 숙취 때문에 놓친 거잖아." 두 사람의 얼굴에 미소가 떠올랐다. 하지만 리버스는 궁금했다. 만약 토니 맥콜이 사건을 맡았다면 과연 자신만큼 성의껏 수사를 진행했을지. 그냥 대충 수습해버리지 않았을지. 자신도 그냥 대충 해치워버리는 게 좋을지.

"뭐, 아무튼." 맥콜이 때맞춰 말했다. "자네도 많이 바쁠 텐데."

리버스가 고개를 저었다. "그렇진 않아. 수사 중이던 모든 사건에서 손을 떼게 됐어."

"왓슨 총경 때문에?"

"마약 퇴치 캠페인에 힘을 보태라더군. 다른 사람도 아니고 나한테 그런 요청을 했어."

"좀 어색하겠는데."

"그렇겠지. 그 얼간이는 내게 '개인적인 경험'이 있어서 잘할 거라고 했어."

"뭐 틀린 말은 아니네." 발끈한 리버스가 받아치려고 하자 맥콜이 잽싸게 덧붙였다. "그래서 한가해진 거야?"

"왓슨이 호출할 때까진 한가해."

"부럽군. 그렇다고 달라지는 건 없어. 여기서 자넨 내 손님이야. 내가 제풀에 지칠 때까진 날 따돌릴 수 없을 거라고."

리버스가 미소를 지었다. "고마워, 토니." 그가 주위를 찬찬히 돌아보았다. "자, 그럼 어디부터 뒤져야 하지?"

맥콜이 지금껏 걸어온 쪽을 가리켰다. 두 사람은 돌아서서 걸음을 옮겼다.

"정말 집이 싫은가 보군." 리버스가 말했다. "쉬는 날에 여길 어슬렁거리는 걸 보면."

맥콜이 웃음을 터뜨렸다. "티가 많이 나지?"

"자네 집을 구경해본 사람들에겐 그럴걸."

"글쎄, 나도 모르겠어, 존. 원치 않는 것들만 잔뜩 갖고 있는 기분이야."

"여전히 만족이 안 되나보군." 리버스가 말했다.

"실라는 좋은 엄마야. 애들도 착하고. 하지만……"

"남의 떡이 커 보이는 법이지." 리버스가 파탄으로 끝난 자신의 결혼생활과 한기 서린 아파트, 그리고 항상 자신의 뒤에서 공허한 소리를 내며 닫히는 문을 떠올리며 말했다.

"난 우리 형이 남부러울 것 없이 살고 있다고 믿었어. 돈도 잘 벌고, 자쿠지(Jacuzzi, 물에서 기포가 생기게 만든 욕조-옮긴이) 딸린 집에 자동으로 개폐되는 차고까지……" 맥콜이 리버스의 미소를 보고 따라 웃었다.

"전기 블라인드." 리버스가 말했다. "개별 번호판, 카폰……"

"말라가(Malaga, 스페인 남부의 항구도시-옮긴이)엔 별장이 있지." 맥콜이 웃음을 참으며 말했다. "대리석으로 뒤덮인 주방이 아주 끝내주더군."

유치한 말장난에 두 사람이 일제히 웃음을 터뜨렸다. 잠시 주위를 살피던 리버스가 현재 위치를 깨닫고 걸음을 멈췄다. 웃음도 뚝 멎어버렸다. 그의 원래 목적지가 눈앞에 나타난 것이다. 그가 재킷 주머니에서 손전등을 꺼내 들었다.

"자, 토니." 리버스가 진지해진 얼굴로 말했다. "자네에게 보여줄 게 있어."

"그는 여기서 발견됐어." 리버스가 손전등으로 맨바닥을 비추었다. "두 다리를 모은 채로 여기 누워 있었지. 두 팔은 쭉 뻗어져 있었고, 우연히 그런 자세로 눕게 된 것 같진 않은데, 자네 생각은 어때?"

맥콜이 현장을 유심히 살폈다. 그들은 어느새 형사 본연의 모습으로 돌아와 있었다. "여자친구는 그를 위층에서 발견했다고 했어?"

"그래."

"그 말을 믿어?"

"그녀가 거짓말을 할 이유가 없잖아."

"그야 모르는 거고. 내가 알 만한 여자야?"

"필뮤어에 온 지 얼마 되지 않았다던데. 나이는 좀 많아. 스물다섯쯤 된 것 같은데. 몇 살 더 먹었을 수도 있고."

"그러니까 누군가가 로니의 시체를 끌고 내려와 여기 눕혀놓았다는 거지? 촛불도 켜놓고?"

"그래."

"자네가 오컬트에 빠져 있다는 그 친구를 찾아 헤매는 이유를 알겠군."

"이번엔 이쪽을 한번 봐." 리버스가 맥콜을 한쪽 벽 앞으로 이끌었다. 리버스의 손전등이 오각형 별을 비추었다.

"안녕 로니." 맥콜이 벽에 적힌 메시지를 큰 소리로 읽었다.

"어젠 저게 없었어."

"정말?" 맥콜이 놀랍다는 듯이 말했다. "애들이 장난친 걸 거야, 존."

"오각형 별은 애들이 그린 게 아니야."

"그건 그래."

"오각형 별은 찰리가 그린 거야."

"그래." 맥콜이 주머니에 두 손을 찔러 넣고 허리를 폈다. "자, 이제 사냥을 나가볼까?"

하지만 그들이 찾아낸 불법 거주자들은 아무것도 모른다고 했다. 모두가 무관심한 반응이었다. 맥콜이 지적한 대로 둘은 시간을 잘못 골랐다.

대부분 불법 거주자들이 도심에서 한창 소매치기를 하거나 구걸을 하거나 들치기를 하거나 마약을 팔고 있을 시간이었다. 리버스는 마지못해 아까운 시간을 허비하고 있음을 인정했다.

맥콜은 녹음된 트레이시의 인터뷰 내용을 듣고 싶어 했고, 리버스는 그를 태우고 그레이트 런던 가로 돌아갔다. 맥콜은 그녀의 인터뷰를 듣고 나면 찰리를 찾는 데 도움이 될지 모른다고 했다. 인터뷰 당시 리버스가 놓친 부분이 있을지도 모른다면서.

리버스와 맥콜은 축 늘어진 모습으로 경찰서의 육중한 나무문을 향해 계단을 올라갔다. 데스크에는 교대 근무를 막 시작한 당직 경관이 앉아 있었다. 그는 아직도 클립식 넥타이와 씨름을 하는 중이었다. 심플하지만 현명한 아이디어야. 리버스는 생각했다. 심플하지만 현명해. 모든 제복 경관들은 클립식 넥타이를 맸다. 덕분에 상대에게 넥타이를 잡혀도 목을 내줄 우려가 없었다. 내근 경사의 안경도 특수 렌즈를 써서 제작한 것이었다. 상대로부터 안경을 맞아도 렌즈는 깨지지 않았다. 그냥 안경테에서 툭 떨어져 나올 뿐이었다. 그것 역시 심플하지만 현명한 아이디어였다. 리버스는 책형(磔刑)을 당한 마약쟁이 사건도 그것만큼이나 심플하게 해결되기를 바랐다.

문제는 자신이 별로 현명한 것 같지 않다는 점이었다.

"안녕, 아서." 그가 데스크를 지나 계단으로 향하며 말했다. "나한테 온 메시지는 없나?"

"숨 좀 돌리게 해줘요. 여기 앉은 지 2분도 안 됐다고요."

"알았어." 리버스가 주머니에 손을 찔러 넣었다. 그의 오른손 끝에 금속 물체가 닿았다. 그는 브로치에서 떨어져 나온 듯한 클립을 꺼내 유심히 살펴보기 시작했다. 순간 그의 몸이 바짝 얼어붙었다.

맥콜이 어리둥절한 얼굴로 그를 쳐다보았다.

"자네 먼저 올라가 있어." 리버스가 그에게 말했다. "금방 따라 올라갈게."

"그러지."

다시 테스크로 돌아온 리버스가 경사 앞으로 왼손을 내밀었다. "아서, 그 넥타이 좀 줘봐."

"네?"

"넥타이 좀 볼게."

내근 경사가 넥타이를 뽑자 클립에서 딱 소리가 났다. 심플하지만 현명한 아이디어. 리버스는 생각했다. 그가 두 손가락으로 쥔 넥타이를 잠시 응시했다.

"고마워." 그가 말했다.

"고맙긴요." 경사가 계단으로 향하는 리버스를 바라보며 말했다. "언제든 말씀만 하세요."

"이게 뭔지 알아, 토니?"

맥콜은 리버스의 책상 뒤에 자리를 잡은 상태였다. 한 손을 서랍에 넣은 그가 흠칫 놀라며 올려다보았다. 리버스가 넥타이를 앞으로 내밀었다. 맥콜이 고개를 끄덕이며 서랍에서 손을 뺐다. 그의 손에는 위스키 한 병이 쥐어져 있었다.

"넥타이잖아." 맥콜이 말했다. "잔은 없어?"

리버스가 넥타이를 책상에 내려놓았다. 그리고 서류 캐비닛에서 잔을 하나 꺼내 왔다. 맥콜은 책상에 놓인 파일을 훑고 있었다.

"로니." 맥콜이 큰 소리로 읽어나갔다. "트레이시, 제보자. 평소보다 수사에 공을 많이 들이고 있는 것 같군."

리버스가 맥콜에게 잔을 건넸다.

"자넨?" 맥콜이 잔을 가리키며 물었다.

"난 생각 없어. 사실 요즘엔 거의 마시지 않고 있어." 리버스가 턱으로 술병을 가리키며 말을 이었다. "그건 손님 접대용이야." 맥콜이 입을 오므리고 눈을 크게 떴다. "요즘 내 몸 상태가 말이 아니야." 리버스가 계속 말했다. "이놈의 두통 때문에 정말 미치겠어. 세상의 모든 고민을 떠안은 것처럼 머리가 터질 듯이 아프다고." 리버스의 시선이 책상에 놓인 커다란 봉투로 돌아갔다.

사진-구부리지 말 것.

"내가 경사였을 땐 며칠씩 걸렸었는데 말이야, 토니. 경위가 되니 확실히 달라졌어." 리버스가 봉투를 열고 흑백사진들을 꺼냈다. 그러고는 그중 하나를 맥콜에게 건넸다.

"봐." 리버스가 말했다. "벽에 그 메시지가 없잖아. 오각형 별도 그리다 말았고. 하지만 오늘 보니 마저 그려져 있었어." 맥콜이 고개를 끄덕였다. 리버스는 또 다른 사진을 건넸다. "피해자야."

"끔찍하군." 맥콜이 말했다. "우리 애들 중 하나가 그랬을까, 존?"

"아니." 리버스가 단호하게 말했다. 그가 봉투를 돌돌 말아 재킷 주머니에 넣었다.

맥콜이 넥타이를 집어 들더니 리버스 앞으로 살랑살랑 흔들어 보였다. 설명을 요구하는 제스처였다.

"그거 매본 적 있어?" 리버스가 물었다.

"물론이지. 결혼식 때. 장례식이나 세례식 때도……"

"아니. 이렇게 생긴 것 말이야. 클립식 넥타이. 어릴 적에 아버지가 킬트

(kilt, 전통적으로 스코틀랜드 남자들이 입던, 격자무늬 모직으로 된 짧은 치마─옮긴이)를 사주신 적이 있어. 그때 타탄 무늬 나비넥타이도 받았는데 이런 클립식이었지."

"나도 매본 적 있어." 맥콜이 말했다. "누구나 제복 시절에 한 번씩 매보지 않았을까? 자네도 그랬을 거고."

"아니." 리버스가 말했다. "내 자리에서 나와봐."

맥콜이 벽 앞에서 또 다른 의자를 끌어와 앉았다. 리버스는 자신의 의자에 앉아 넥타이를 집어 들었다.

"경찰 지급용이야."

"뭐가?"

"클립식 넥타이." 리버스가 말했다. "또 누가 이걸 매고 다니지?"

"맙소사, 그걸 내가 어떻게 알아?"

리버스가 맥콜에게 클립을 던졌다. 제때 반응하지 못한 맥콜은 바닥에 떨어진 그것을 집어 들었다.

"클립이잖아." 맥콜이 말했다.

"로니의 집에서 찾았어." 리버스가 말했다. "계단 맨 위 칸에서."

"그래서?"

"누군가의 넥타이 클립이 부러졌다는 뜻이잖아. 로니를 아래층으로 질질 끌고 내려올 때. 제복 경관이 그랬는지도 모르고."

"경찰이 그랬다고 생각하는 거야?"

"그냥 가능성을 얘기하고 있을 뿐이야." 리버스가 말했다. "물론 시체를 발견한 경관들 중 하나가 떨어뜨린 것일 수도 있지." 리버스가 손을 내밀자 맥콜이 클립을 돌려주었다. "그들을 한번 만나봐야겠어."

"존, 대체 뭘……" 맥콜이 묻고 싶은 질문을 잇지 못하고 캑캑거렸다.

"술이나 마저 마셔." 리버스가 배려하듯 말했다. "테이프를 유심히 들어보라고. 트레이시가 진실을 얘기했는지 직접 판단해봐."

"자넨 뭘 할 건데?"

"나도 모르겠어." 리버스가 내근 경사의 넥타이를 주머니에 집어넣었다. "미진한 부분들을 하나씩 매듭지어가야겠지." 리버스가 사무실을 나가자 맥콜이 잔에 위스키를 콸콸 따랐다. 기다렸다는 듯이 문밖에서 리버스의 목소리가 들려왔다.

"차라리 악마를 만나러 가는 게 나을라나?"

"그렇군요. 심플한 오각형 별입니다."

대학에서 심리학을 가르친다는 풀 박사는 의욕에 찬 눈빛으로 사진들을 훑어나갔다. 그의 아랫입술은 윗입술을 완전히 덮어버린 상태였다. 리버스는 빈 봉투를 만지작거리며 사무실 창밖을 내다보았다. 화창한 날이었고, 조지 스퀘어 가든은 학생들로 북적였다. 그들은 교과서를 멀찍이 밀어내고 와인을 나누고 있었다.

리버스는 불편했다. 소박한 지방 대학교에서부터 명문 에든버러 대학까지, 모든 고등교육기관들을 보면 바보 같다는 생각이 들었다. 그는 모든 말과 행동이 심판과 해석의 대상이 되는 분위기가 영 마음에 들지 않았다. 똑똑한 사람이 더 똑똑해지려 하지 않는다고 질책하는 분위기는 말할 것도 없고.

"현장에 다시 돌아가 보니 말입니다." 리버스가 말했다. "누군가가 두 원 사이에 상징들을 그려놓았더군요. 별자리 같은 걸요."

심리학자가 책장 앞으로 다가갔다. 그를 찾는 건 어려운 일이 아니었다. 그를 쓸모 있게 다루는 건 또 다른 문제였지만.

"보나 마나 아르카나(arcana, 타로 점을 치는 카드─옮긴이) 같은 걸 겁니다." 풀 박사가 뽑아든 책에서 원하는 부분을 찾아 리버스에게 보여주었다. "이런 거였나요?"

"네, 바로 그겁니다." 리버스는 삽화를 유심히 들여다보았다. 오각형 별은 그가 본 것과 달랐지만 차이는 크지 않았다. "오컬트에 빠진 사람들이 많습니까?"

"에든버러에 말입니까?" 풀이 다시 자리에 앉아 코끝에 걸린 안경을 고쳐 썼다. "오, 물론이죠. 그 수가 엄청납니다. 악마에 관한 영화들이 흥행하는 것 좀 보십시오."

리버스가 미소를 지었다. "그렇죠. 사실 저도 한때는 공포영화를 무척 좋아했습니다. 하지만 전 더욱 적극적이고 진지하게 관심을 갖고 있는 사람들을 말씀드린 겁니다."

박사가 미소를 지었다. "저도 압니다. 그냥 농담을 좀 해 봤습니다. 많은 사람들이 오컬트 하면 이렇게들 생각하는 경향이 있습니다. 악마를 되살려내는 것. 하지만 오컬트는 그게 다가 아닙니다, 경위님. 어쩌면 그 정도도 아닐 수 있고요. 각자의 관점에 따라 다르겠죠."

리버스는 잠시 그 설명을 곱씹어보았다. "오컬티스트들을 아십니까?" 그가 물었다.

"오컬티스트, 알죠. 선의의 마술과 흑마술에 빠진 사람들 아닙니까."

"여기 에든버러에도 그런 사람들이 있습니까?"

풀이 다시 미소를 지었다. "오, 그럼요. 여기라고 예외겠습니까. 에든버러에만 그런 그룹이 여섯 개 있습니다." 그가 잠시 생각에 잠겼다. 다시 계산해 보는 듯했다. "아니, 일곱 개였나? 아무튼 다행스러운 건 그들 대부분이 선의의 마술을 행하고 있다는 사실입니다."

"오컬트를 소위 '선을 위한 힘'으로 사용한다는 말씀입니까?"

"그렇습니다."

"그럼 흑마술은……?"

박사의 입에서 한숨이 터져 나왔다. 그의 시선이 창밖 풍경으로 돌아갔다. 여름날. 리버스의 뇌리에 기억 하나가 스쳐갔다. 아주 오래전, 그는 기거(H. R. Giger, 스위스의 초현실주의 화가이자 시각디자이너-옮긴이)의 화집을 구입한 적이 있었다. 신녀(神女)들 틈에 낀 사탄의 그림들. 그걸 왜 샀는지는 모르지만 왠지 아직도 아파트 어딘가에 처박혀 있을 것 같았다. 로나의 눈에 띄지 않게 숨겨놓았었는데……

"에든버러에 딱 하나 있긴 합니다." 풀이 말했다. "흑마술을 쓰는 그룹."

"혹시 그들이…… 희생을 치르는 의식 따위를 하진 않습니까?"

풀 박사가 어깨를 한 번 으쓱였다. "그건 우리 모두가 하고 있지 않습니까." 자신의 농담에 리버스가 반응하지 않자 그가 앉은 채로 자세를 바로잡았다. 그의 얼굴에 다시 진지한 표정이 떠올랐다. "아마 그런 것도 할 겁니다. 쥐나 닭, 뭐 그런 걸 제물로 삼겠죠. 하지만 대부분은 상징적인 의식으로 대신하지 않을까 싶네요. 저도 잘은 모르겠습니다."

리버스가 책상에 펼쳐진 책에서 사진 하나를 골라 손가락으로 톡톡 두드렸다. "현장에서 이 오각형 별을 발견했습니다. 시체도 있었고요." 그가 시체 사진 몇 장을 꺼내 박사 앞으로 내밀었다. 박사가 미간을 찌푸리며 그것들을 들여다보았다. "헤로인 과다 투여로 사망했습니다. 다리는 가지런히 모아져 있었고요, 두 팔은 넓게 벌려져 있었습니다. 시체는 두 개의 양초 사이에 누워 있었고요. 이게 무슨 의미일까요?"

풀은 공포에 질린 표정이었다. "맙소사." 그가 말했다. "그러니까 경위님은 악마숭배자들이……"

"아직은 모릅니다, 박사님. 모든 가능성을 열어놓고 수사를 하고 있습니다."

풀이 잠시 생각에 잠겼다. "저보다 더 도움을 드릴 수 있는 학생이 하나 있습니다. 전 살인사건 얘기까지 나올 줄은 미처……"

"학생이라고요?"

"네. 잘 아는 친구는 아니고요. 오컬트에 깊이 심취해 있는 친구입니다. 이번 학기에 그 주제와 관련해서 아주 길고 심층적인 리포트를 제출했었죠. 요즘엔 악마주의에 관한 프로젝트를 준비하는 것 같더군요. 2학년생입니다. 프로젝트는 여름 과제이고요. 그 친구라면 경위님께 도움이 돼드릴 수 있을 겁니다."

"그 친구 이름이……?"

"찰스입니다. 성은 기억을 못하겠네요."

"찰스?"

"찰리라고 불리는 것 같던데. 맞아요, 찰리."

로니의 친구 이름. 순간 리버스의 목에서 잔털이 곤두섰다.

"찰리가 맞는 것 같습니다." 풀 박사가 고개를 끄덕이며 확신에 찬 목소리로 말했다. "좀 괴짜입니다. 학생회관에 가보시면 찾을 수 있을 겁니다. 거기 있는 비디오게임에 중독됐다고 하더군요."

비디오게임이 아니었다. 핀볼 기계였다. 이런저런 흥미로운 옵션이 잔뜩 갖춰진 최신식 기계. 찰리는 그 게임을 광적으로 좋아했다. 열아홉이라는 나이에 어울리지 않는 집착이었다. 세월은 빠르게 흘러갔지만 그는 떠내려가는 나무둥치를 아슬아슬하게 붙들고 최대한 버티려 하고 있었다. 그의 청소년기에서 핀볼은 거의 존재감이 없었다. 그는 핀볼보다 책과 음악에 더 심취했었다. 그가 다닌 기숙학교에 핀볼 기계가 없었던 탓이기도 했지만.

대학생이 된 찰리는 유년기로 돌아가고 싶어졌다. 아이로 돌아가 핀볼도 마음껏 해 보고 싶었다. 그리고 그 시절 못해 봤던 모든 일을 하나씩 해보고 싶었다. 감성적인 수필도 써보고, 자기성찰도 하고. 찰리는 누구보다도 빨리 달리고 싶었다. 하나의 인생으로 만족하지 못하고 두 개, 세 개, 네 개의 인생을 살고 싶어 했다. 은색 공이 왼쪽 플리퍼(핀볼 기계에서 구슬이 떨어지려 할 때 구슬을 쳐내는 받침-옮긴이)에 떨어지자 그는 다시 세게 쏘아 올렸다. 공은 보너스 구멍에 빠졌고, 그는 1천 점을 추가로 획득했다. 그가 맥주로 목을 축이고 다시 버튼으로 손가락을 가져갔다. 10분 후면 그는 최고 점수를 갈아치우게 될 것이다.

"찰리?"

자신의 이름이 불리자 그가 고개를 홱 돌렸다. 어리석은 실수였다. 순진한 실수. 그가 다시 게임으로 시선을 돌렸을 때 공은 이미 밑으로 빠져버린 후였다. 한 남자가 그의 앞으로 성큼성큼 다가오고 있었다. 굉장히 진지해 보이는 남자였다. 미소도 짓지 않는 사람이었다.

"찰리, 나랑 몇 마디 나눌 수 있겠어?"

"그럼요. 제가 먼저 하죠. 탄수화물. 전 그 단어를 좋아해요."

"유머 감각이 괜찮은데." 리버스가 말했다. "아주 재치 있어."

"누구시죠?"

"로디언 CID. 리버스 경위야."

"만나서 반갑습니다."

"나도, 찰리."

"사람을 잘못 찾으셨군요. 전 찰리가 아닙니다. 그 친구를 만나면 경위님이 찾고 계시다고 전할게요."

찰리는 새로운 기록을 세우기 직전이었다. 예상보다 5분 일찍 달성할 수 있을 것 같았다. 리버스가 그의 어깨를 붙잡고 홱 돌렸다. 오락실에는 두 사람뿐이었다. 리버스의 손은 학생의 어깨에서 떨어지지 않았다.

"너랑 장난할 시간이 없어, 찰리. 내 인내심을 시험하지 말라고. 날 짜증나게 하면 너만 힘들어지니까."

"이 손 치워요." 찰리의 얼굴에 새로운 표정이 떠올랐다. 하지만 겁에 질린 표정은 아니었다.

"로니." 리버스가 학생의 어깨에서 손을 떼고 차분하게 말했다.

찰리의 얼굴에서 핏기가 싹 가셨다. "그 친구는 왜요?"

"죽었어."

"알아요." 찰리가 나지막이 말했다. 그의 눈빛이 갑자기 멍해졌다. "들었어요."

리버스가 고개를 끄덕였다. "트레이시가 널 찾고 있어."

"트레이시." 찰리의 목소리에서 독기가 서렸다. "그녀는 몰라요. 아무것도 모른다고요. 그널 만나봤나요?" 리버스가 고개를 끄덕였다. "한심한 여자죠. 그녀는 로니를 이해하지 못했어요. 이해해보려는 노력조차 안 했다고요."

리버스는 찰리에 대해 조금씩 알아나가고 있었다. 스코틀랜드 사립학교 학생의 악센트는 그를 놀라게 했다. 리버스가 특별히 어떤 악센트를 예상한 건 아니었지만. 찰리는 체격도 좋았다. 한때 럭비를 했던 모양이었다. 수수해 보이는 여름옷 차림의 그는 곱슬곱슬한 흑갈색 머리를 가지고 있었다. 운동화, 청바지, 그리고 티셔츠. 검은 티셔츠의 소매는 헐렁하게 늘어나 있었다.

찰리가 말했다. "로니가 죽다니. 죽기 딱 좋은 나이에 가버렸네요. 열심히 살고 빨리 죽어버렸어."

"너도 빨리 죽고 싶어, 찰리?"

"저요?" 찰리가 웃음을 터뜨렸다. 작은 동물이 내는 고음의 울음소리 같았다. "전 백 살 넘게 살 거예요. 가능하다면 영원히 살고 싶어요." 그가 리버스를 쳐다봤다. 그의 눈이 번뜩이고 있었다. "경위님은요?"

리버스는 그 질문을 잠시 곱씹어보았다. 하지만 대답을 내놓을 마음은 없었다. 그는 중요한 볼일을 보러 온 것이지 삶과 죽음에 대해 논하러 온 게 아니었다. 풀 박사에게 죽음의 본능에 대한 설명을 듣고 오기는 했지만.

"로니에 대해 알고 있는 대로 얘기해봐."

"절 경찰서로 데려가 심문하실 건가요?"

"그걸 원한다면. 하지만 여기서도 충분히 할 수 있잖아."

"아뇨, 안 돼요. 전 경찰서에서 하고 싶어요. 절 데려가주세요." 찰리가 갑자기 나이에 어울리지 않게 의욕을 보였다. 경찰서로 데려가 심문을 해달라고 애원하는 경우가 다 있다니.

찰리는 리버스보다 몇 걸음 앞서 걸어나갔다. 수갑이 채워진 것처럼 두 손을 등 뒤에 갖다 붙였고, 고개는 푹 숙였다. 그는 리버스의 차에 도착할 때까지 그런 모습으로 걷고 싶다고 했다. 그럴듯한 연기에 사람들의 시선이 집중되었다. 누군가가 리버스를 향해 "개자식!"이라고 소리쳤다. 하지만 리버스는 개의치 않았다. 찰리가 따라나서는 대신 조심히 돌아가라고 했다면 그게 더 거슬렸을 것이다.

"이거 제게 파실래요?" 자신이 그린 오각형 별 사진들을 유심히 들여다보며 찰리가 물었다.

취조실에서는 언제나처럼 음울한 기운이 감돌았다. 찰리는 그런 분위기가 무척 마음에 드는 눈치였다.

"아니." 리버스가 담배에 불을 붙이며 말했다. 찰리에게는 권하지 않았다. "이걸 왜 그려놓았지?"

"아름다워서요." 찰리는 사진에서 눈을 떼지 못했다. "안 그래요? 의미심장하잖아요."

"로니랑 알고 지낸 지 얼마나 됐지?"

찰리가 어깨를 한 번 으쓱였다. 그가 처음으로 녹음기를 쳐다보았다. 리버스가 인터뷰를 시작하기 전에 녹음을 해도 되는지 묻자 그는 말없이 어깨를 한 번 으쓱였었다. 이제는 걱정이 좀 되는 모양이었다. "1년쯤요." 그가 말했다. "1년쯤 됐어요. 작년 시험 기간에 처음 만났으니까. 제가 진짜 에든버러에 관심을 갖기 시작했을 때였죠."

"진짜 에든버러?"

"네. 성곽에서 백파이프 부는 사람이나 로열 마일이나 스콧 기념탑(Royal Mile, Scott Monument는 모두 에든버러의 대표적인 명소들이다-옮긴이), 그런 것들 말고요." 리버스는 로니가 찍은 성의 사진들을 떠올렸다.

"로니가 침실 벽에 붙여놓은 사진들을 봤어." 그 말에 찰리의 얼굴이 일그러졌다.

"아, 그 사진들 말씀이세요? 로니는 전문 사진작가가 되고 싶어 했어요. 작품 사진을 찍어 엽서에 담고 싶어 했죠. 하지만 그 꿈은 물거품으로 끝나버렸어요. 로니가 벌인 모든 일이 그랬듯이."

"카메라가 꽤 좋아 보이던데."

"네? 오, 맞아요. 카메라. 그는 그 카메라에 큰 자부심을 갖고 있었어요." 찰리가 다리를 꼬았다. 리버스는 오각형 별 사진들에서 눈을 뗄 줄 모르는 찰리를 빤히 지켜보았다.

"방금 얘기한 '진짜' 에든버러에 대해 설명해봐."

"브로디 조합장(윌리엄 브로디. 에든버러 시의회의원이자 석공 조합의 조합장으로 당시 많은 이들의 존경을 받았지만 밤마다 도둑질을 하다 발각되어 교수형을 당했다-옮긴이)." 찰리가 말했다. "버크와 헤어(에든버러에서 일어난 연쇄 살인사건의 범인들로, 17명의 시체를 에든버러 의대에 해부용으로 팔았다-옮긴이), 사면된 죄인들, 뭐 그런 것들 말이죠. 하지만 관광사업 어쩌고 하면서 싹 치워버렸잖아요. 제가 좀 찾아봤는데 스코틀랜드 저지대의 하류 인생들이 아직도 존재하더라고요. 그래서 본격적으로 주택 개발 단지들을 들쑤시고 다니기 시작했어요. 웨스터 헤일즈, 옥스강스, 크레이그밀라, 필뮤어. 놀랍게도 과거의 흔적이 고스란히 남아 있어요."

"그러니까 필뮤어에도 가봤다 이거지?"

"네."

"관광객의 입장이 돼서?" 리버스는 찰리 같은 부류를 여럿 본 적이 있었다. 하지만 그런 부류의 대부분은 나이 든 사람들이었다. 재미 삼아 누추한 곳을 찾는 성공한 사업가 같은. 리버스는 그런 부류를 좋아하지 않았다.

"관광객의 입장이라뇨?" 찰리가 낚싯바늘에 매달린 지렁이에게 달려드는 송어처럼 발끈했다. "전 원해서 거길 갔던 거라고요. 그들도 절 원했고요." 그가 부루퉁하게 말했다. "전 거기서 소속감을 느꼈어요."

"부모님이 바라시는 대로 공부 열심히 해서 큰 집에서 떵떵거리며 살아야지."

"싫어요." 벌떡 일어난 찰리가 한쪽 벽으로 다가가 머리를 갖다 댔다. 리버스는 그가 갑자기 자해라도 하지 않을까 걱정이 되었다. 그래 놓고서 나중에 경찰의 만행이라고 둘러댈까 봐. 하지만 그는 말없이 서서 화끈 달아오른 얼굴을 식히고 있을 뿐이었다.

취조실은 숨 막힐 듯 답답했다. 리버스는 재킷을 벗어젖힌 상태였다. 리버스가 셔츠 소매를 걷어 올리고 담배를 비벼 껐다.

"좋아." 찰리는 많이 진정된 모습이었다. 본격적인 인터뷰에 들어갈 시간이었다. "로니가 과다 투여로 숨진 날 밤, 넌 그와 그 집에 함께 있었어. 그렇지?"

"네. 오래 있진 않았고요."

"거기 또 누가 있었지?"

"트레이시도 있었어요. 내가 집을 나온 후에도 그녀는 거기 남아 있었죠."

"다른 사람은?"

"이른 저녁에 어떤 남자가 왔었어요. 하지만 오래 머물진 않았어요. 그가 로니와 함께 있는 걸 예전에도 두어 번 본 적이 있었어요. 뭔가 꿍꿍이를 가지고 만나는 사이 같았죠."

"마약 딜러야?"

"아뇨. 로니는 언제든지 약을 쉽게 구할 수 있었어요. 적어도 최근까지는 그랬죠. 하지만 지난 보름 동안은 그게 여의치 않았던 모양이에요. 뭐 어쨌든 그들은 꽤 가까웠어요. 보통 가까운 사이가 아니었다니까요. 무슨 뜻인지 짐작하시겠죠?"

"무슨 뜻이지?"

"사랑하는 사이였다고요. 게이 말이에요."

"하지만 트레이시는……?"

"알아요, 알아. 하지만 그게 뭘 증명하는데요? 대부분 마약쟁이들이 어떻게 돈을 버는지 아세요?"

"어떻게? 절도?"

"네, 절도, 강도, 뭐 다 그렇죠. 하지만 칼튼 힐 부업도 꽤 쏠쏠해요."

칼튼 힐. 프린스 가 동쪽에 자리한 높은 언덕이었다. 리버스는 칼튼 힐에 대해 잘 알고 있었다. 으슥한 언덕 기슭과 리젠트 가의 칼튼 공동묘지에서 밤마다 무슨 일이 벌어지는지도.

"그러니까 로니가 남창이었단 얘기야?" 막상 지르고 나니 촌극 대사처럼 터무니없게 들렸다.

"거기서 좀 놀았어요. 돈도 항상 부족함 없이 있었고요." 찰리가 마른침을 한 번 삼켰다. "돈을 벌어온 날엔 예외 없이 멍자국이 보였죠."

"맙소사." 리버스는 점점 추잡해져가는 머릿속 사건 파일에 그 정보를 넣어두었다. 그깟 약 때문에 사람이 얼마나 더 추해질 수 있는 거지? 갈 데까지 가야 할 만큼 절박했었나? 그가 새 담배를 꺼내 물고 불을 붙였다.

"확실해?" 리버스가 물었다.

"아뇨."

"로니가 원래 에든버러 출신이었나?"

"스털링(Stirling, 스코틀랜드 중부에 있는 주-옮긴이)이요."

"그 친구 성이……"

"맥그래스일 거예요, 아마."

"로니와 친밀하게 지냈다는 그 친구는? 그의 이름을 알고 있나?"

"닐이에요. 로니는 닐리라고 불렀고요."

"닐리? 두 사람이 서로 알고 지낸 지 오래된 것 같았어?"

"네. 꽤 오래됐을 거예요. 서로를 그런 별명으로 부르는 것만 봐도 알수 있죠, 안 그래요?" 리버스는 감탄의 눈빛으로 찰리를 쳐다보았다. "제가 심리학 전공이라는 거 잊지 마세요, 경위님."

"그래." 리버스가 소형 녹음기를 체크해보았다. 테이프가 조금 남아 있었다. "그 닐이라는 친구의 인상착의를 얘기해봐."

"키가 크고, 빼빼 말랐어요. 짧은 갈색 머리에 여드름으로 뒤덮인 얼굴이에요. 하지만 늘 깔끔하게 하고 다녀요. 청바지와 데님 재킷 차림으로. 커다란 검은색 여행가방을 들고 다니고요."

"그 안에 뭐가 들었는지 알아?"

"옷이겠죠 뭐."

"그래."

"다른 질문은요?"

"그 오각형 별에 대해 얘기해보자고. 경찰이 현장 사진을 찍고 난 후 누군가가 들어와 추가로 낙서를 해놨어."

찰리는 대꾸가 없었다. 그는 전혀 놀라는 기색이 없었다.

"그게 너였지? 안 그래?"

찰리가 고개를 끄덕였다.

"집엔 어떻게 들어갔지?"

"아래층 창문으로요. 거기 있는 목판들은 또 다른 문이나 다름없어요. 여기서는 대부분 그런 방법으로 들락거리죠."

"그 집으론 왜 되돌아갔지?"

"하던 걸 마무리 지으려고요. 상징 몇 개를 덧붙이고 싶었어요."

"그리고 메시지도?"

찰리가 미소를 머금었다. "네, 메시지도요."

"안녕 로니." 리버스가 말했다. "그게 무슨 뜻이지?"

"그냥 적힌 그대로예요. 그 친구 영혼이 집에 남아 있으니까. 그냥 그에게 인사를 하고 싶었어요. 마침 페인트도 남았고 해서. 사람들을 놀라게 해주고 싶은 마음도 조금은 있었고요."

리버스는 그 메시지를 확인하는 순간 가슴이 철렁 내려앉았던 자신의 반응을 떠올렸다. 얼굴이 화끈 달아오르려 하자 그는 잽싸게 다음 질문으로 넘어갔다.

"양초들은 기억해?"

찰리가 고개를 끄덕였다. 그는 조금씩 몸을 꼬아대기 시작했다. 경찰 수사에 협조하는 게 자신이 기대했던 만큼 즐겁지 않은 모양이었다.

"네 프로젝트는?" 리버스가 화제를 돌리려 물었다.

"그게 왜요?"

"악마주의에 관한 거지?"

"그럴지도 모르죠. 아직 정해지지 않았어요."

"악마주의의 어떤 측면을 다루려는 거지?"

"글쎄요. 통속적인 신화를 다뤄볼까도 생각 중이고, 어떻게 오랜 공포가 아직까지 통하는지, 뭐 그런 문제들 말이죠."

"혹시 에든버러의 오컬트 그룹을 알고 있어?"

"그런 그룹에 소속됐다고 주장하는 사람들은 알고 있어요."

"넌 그런 데 들어가본 적 없고?"

"불행하게도 없어요." 풀이 죽어 있던 찰리가 생기를 되찾았다. "지금 뭐하시는 거죠? 로니는 헤로인 과다 투여로 죽었잖아요. 그런데 왜 이런 질문을 계속하시는 거죠?"

"양초들에 대해 얘기해봐."

마침내 찰리가 폭발했다. "대체 양초들이 어쨌는데요?"

리버스는 차분한 태도를 유지했다. 그가 담배 연기를 길게 내뿜으며 말했다. "거실 바닥에 양초가 몇 개 놓여 있었어." 리버스는 찰리에게 그가 모르는 사실을 살짝 흘려주려 했다. 사실 리버스는 인터뷰를 진행하는 동안에도 이 순간을 위해 치밀하게 준비하고 있었다.

"그랬죠. 커다란 양초들. 로니가 양초 전문점에서 사온 것들이에요. 그는 양초를 좋아했어요. 그걸 켜놓으면 묘한 분위기가 만들어진다나요."

"트레이시는 침실에서 숨져 있는 로니를 발견했어." 리버스의 목소리는 여전히 나지막하게 유지되고 있었다. "하지만 그녀의 신고를 받고 경관이 달려갔을 때 로니의 시체는 아래층에 내려와 있었지. 두 개의 양초 사이에 누워 있었어. 양초들은 바닥까지 완전히 타버린 후였고."

"제가 집을 나섰을 때도 거의 다 타버린 상태였어요."

"언제 나왔는데?"

"자정 직전에요. 이 구역 어딘가에서 파티가 있다는 얘길 들었거든요. 거기 가보려고 나왔었죠."

"양초가 얼마나 남아 있었지?"

"한두 시간 정도 버틸 만큼이었던 것 같아요."

"로니는 헤로인을 얼마나 한 상태였고?"

"그건 제가 모르죠."

"평소엔 한 번에 어느 정도 투여하는지 아나?"

"정말 몰라요. 전 약 같은 건 안 하거든요. 마약 얘기만 나와도 두드러기가 나요. 대학 입시생 때 친구 둘이 약을 좀 했었는데 지금은 두 녀석 다 민간 클리닉에 들어가 있어요."

"치료라도 받고 있다니 다행이군."

"말씀드린 대로 로니는 며칠간 약을 구하지 못해 애를 먹었어요. 정신이 반쯤 나간 상태였죠. 그러다 용케 어디서 약을 조금 구해왔더군요. 그게 다였어요."

"공급이 부족했던 건가?"

"공급이 부족한 경우는 있을 수 없죠."

"그런데 로니는 왜 그리 약을 구하기가 어려웠던 거지?"

"그야 모르죠. 그 친구 스스로도 그 이유를 몰랐던 것 같아요. 왜 갑자기 자기가 골치 아픈 인물로 찍혀버렸는지. 하지만 나가서 어떻게 해결을 본 모양이에요. 어디서 약봉지 하나를 구해서 돌아온 걸 보면."

이제 충격을 줄 시간이었다. 리버스가 셔츠에서 보이지도 않는 실 가닥을 털어냈다.

"그 친구는 살해당한 거야." 리버스가 말했다. "그게 아니라도 살해당한 거나 다름없어."

찰리의 입이 떡 벌어졌다. 그의 얼굴에서 핏기가 싹 가셨다. "뭐라고요?"

"그가 살해됐다고. 부검 결과 상당한 양의 쥐약이 검출됐어. 자기가 직접 주사하긴 했지만 공급자는 약이 인체에 치명적이라는 걸 알고 건넸을 거야. 그가 숨진 후 누군가가 들어와 시체를 거실로 옮겨놓은 게 틀림없어. 네가 오각형 별을 그려놓은 곳으로 말이야. 거기서 무슨 의식 같은 걸

74

치른 것 같던데."

"잠깐만요."

"에든버러에 그런 그룹이 몇 개나 있지?"

"네? 여섯, 일곱, 모르겠어요. 이봐요, 경위님……"

"그들을 알고 있어? 누구 하나라도 아는 사람이 없느냔 말이야, 개인적으로."

"절 용의자로 몰아가시는 겁니까?"

"그럼 안 돼?" 리버스가 담배를 비벼 껐다.

"황당하잖아요!"

"그래도 아귀가 딱딱 들어맞는 것 같지 않아, 찰리?" 계속 몰아붙여야 해. 리버스는 생각했다. 극한점이 멀지 않았어. "내가 잘못 짚었다는 걸 증명할 수 있겠나?"

찰리가 결의에 찬 얼굴로 문을 향해 걸어 나가다가 이내 멈춰 섰다.

"가도 돼." 리버스가 말했다. "문은 열려 있어. 그렇게 가버리면 의심은 받겠지만."

찰리가 휙 돌아섰다. 그의 눈가가 촉촉이 젖어 있었다. 빗장을 지른 창문의 젖빛 유리로 햇빛이 쏟아져 들어왔다. 찰리는 유유히 춤을 추는 먼지를 헤치고 다시 책상으로 돌아왔다.

"나랑은 아무 상관 없는 일이에요. 정말이라고요."

"앉아." 리버스가 다정한 삼촌처럼 말했다. "좀 더 얘기해보자고."

하지만 찰리는 삼촌들을 싫어했다. 한 번도 좋아해본 적이 없었다. 그가 두 손을 책상에 얹어놓고 리버스를 내려다보았다. 그의 태도가 많이 달라져 있었다. 살짝 드러난 그의 이는 독으로 반짝거렸다.

"그만둬요. 난 당신의 계략을 알고 있어요. 내가 그렇게 호락호락해 보였나요? 원한다면 날 체포해도 좋아요. 하지만 비열한 속임수는 쓰지 말아요. 날 과소평가하지 말란 말이에요."

찰리가 다시 돌아서서 문을 열고 나가버렸다. 리버스는 책상에서 일어나 녹음기를 껐다. 그런 다음, 그 안에서 꺼낸 테이프를 주머니에 찔러 넣고 찰리를 따라 나갔다. 그가 로비로 나왔을 때 찰리는 이미 사라지고 난 후였다. 리버스가 데스크로 다가갔다. 내근 경사가 서류에서 눈을 떼고 그를 올려다보았다.

"방금 뛰쳐나가던데요." 경사가 말했다.

리버스가 고개를 끄덕였다. "상관없어."

"표정이 좋지 않더군요."

"용의자들이 모두 포복절도하며 나간다면 내가 심문을 제대로 못한 거겠지."

경사가 미소를 지었다. "하긴. 저한테 뭐 하실 말씀 있으세요?"

"필류어 마약 과다 투여 사건 말이야. 피해자의 이름을 알아냈어. 로니 맥그래스. 스털링 출신이라고 하더군. 그 친구 부모부터 찾아봐야겠어."

경사가 노트에 이름을 휘갈겨 적었다. "아들이 에든버러에서 어떻게 지내는지 알면 많이 기뻐하겠네요."

"그래." 리버스가 경찰서 정문 쪽을 돌아보며 말했다. "아무래도 그렇겠지."

존 리버스에게 자신의 아파트는 성이나 다름없었다. 문으로 들어서자마자 그는 도개교(跳開橋)를 세워놓고 최대한 오래 머릿속을 비워둘 것이다. 술을 따라온 후에는 카세트 플레이어로 다가가 테너색스(tenor sax, 알토보다 낮고 바리톤보다 높은 음역을 가진 색소폰-옮긴이) 음악을 틀어놓을 것이다. 그리고 책을 집어 들 것이다. 몇 주 전, 갑자기 무슨 바람이 불었는지 그는 거실의 한쪽 벽에 선반을 만들어놓았다. 여기저기 나뒹구는 책들을 모아 정리해놓을 참이었다. 하지만 책들은 여전히 바닥을 뒹굴고 있었다. 그는 그것들을 디딤돌 삼아 밟고 복도와 침실로 향하곤 했다.

집으로 돌아온 리버스는 거실을 가로질러 퇴창으로 향했다. 창문에는 먼지 덮인 블라인드가 쳐져 있었다. 그 틈으로 새어 들어오는 붉은 저녁 빛이 그로 하여금 취조실을 떠올리게 했다.

안 돼, 안 돼, 안 돼. 그러면 안 돼. 그는 어느새 수사를 걱정하고 있었다. 머릿속을 깨끗이 비우려면 책이 필요했다. 집에서만큼은 에든버러의 풍경과 냄새를 잊고 싶었다. 그는 체호프, 헬러, 랭보, 그리고 케루악을 디딤돌 삼아 밟고 주방으로 들어갔다. 와인을 찾아보기 위해서였다.

주방 조리대 밑에는 판지 상자 두 개가 놓여 있었다. 한때 그곳에 붙어 있었던 식기 세척기는 로나가 가져가버렸다. 하지만 리버스는 개의치 않았다. 덕분에 자신만의 와인 저장실이 생겼으니까. 그는 가끔 골목 모퉁이의 작은 가게에서 다양한 와인을 주문해 상자 안을 채워놓곤 했다. 그가 한 상자에서 샤또 포탕삭(Chateau Potensac)이라는 와인을 꺼냈다. 그래, 언젠가 마셔본 기억이 있어. 오늘은 이걸로 해야지.

커다란 와인 잔을 들고 거실로 나온 그는 바닥에서 아무 책이나 골라 들었다. 그리고 안락의자에 앉아 표지를 확인했다. 『네이키드 런치(The Naked Lunch, 마약중독자였던 윌리엄 S. 버로스의 자전적인 체험이 담긴 소설-옮긴이)』. 안 돼. 이건 별로야. 그가 책을 떨어뜨리고 또 다른 걸 집어 들었다. 『지킬 박사와 하이드 씨』. 그래, 이 정도는 돼야지. 그렇잖아도 재독을 오랫동안 별러왔던 책이었다. 무엇보다도 짧다는 점이 마음에 들었다. 그는 와인을 한 모금 입에 머금고 책을 펼쳤다.

바로 그때 현관문에서 노크소리가 들려왔다. 연극에서나 가능한 완벽한 타이밍이었다. 리버스는 한숨과 포효를 섞은 듯한 묘한 소리도 들을 수 있었다. 그가 의자 팔걸이에 책을 엎어놓고 천천히 일어났다. 그가 공용 계단을 청소할 차례라고 일러주러 온 아래층 코크런 부인인 것 같았다. 보나 마나 그녀는 명령조의 커다란 카드를 들고 있을 것이다. '당신이 계단을 청소할 차례입니다.' 남들처럼 그냥 문고리에 걸어두면 될 것을……

리버스는 애써 미소를 지으며 현관문을 열었다. 방문자를 확인하는 순간 리버스 안에서 대기하고 있던 배우가 싹 달아나버렸다. 그는 애매한 표정을 지으며 현관에 서 있는 방문자를 쳐다보았다.

트레이시였다.

트레이시의 얼굴은 상기된 상태였고, 눈에는 눈물이 맺혀 있었다. 몹시 지쳐 보였고, 머리카락은 땀에 절어 있었다.

"들어가도 되나요?" 트레이시가 힘겹게 입을 열었다. 리버스는 차마 안 된다고 할 수 없었다. 그가 문을 마저 열자 그녀가 비틀거리며 들어왔다. 그녀는 곧장 거실로 향했다. 마치 수백 번 와본 것처럼 자연스러운 모습이었다. 리버스는 호기심 많은 이웃이 보고 있지는 않은지 계단통을 빠르게 살폈다. 매우 어색하고 불편한 상황이었다. 그는 집에서 손님을 맞는 것을 좋아하지 않았다.

특히 집에서까지 업무 관련 걱정을 하는 건 정말 원치 않았다.

리버스가 거실로 들어섰을 때 트레이시는 잔에 남은 와인을 깨끗이 비우고 안도의 한숨을 내쉬는 중이었다. 리버스는 불길한 기운을 감지할 수 있었다.

"여긴 어떻게 알고 찾아온 겁니까?" 리버스가 문간에 서서 물었다.

"쉽지가 않더군요." 트레이시가 한층 차분해진 목소리로 말했다. "마치몬트에 산다고 했잖아요. 그래서 당신의 차를 찾아 이 동네를 뒤져봤죠. 그러다가 아래층에서 당신 이름을 발견했고요."

인정할 수밖에 없었다. 그녀가 웬만한 형사들보다 훨씬 낫다는 걸. 발로 뛰는 것은 수사의 기본이었다.

"누군가가 날 미행했어요." 트레이시가 말했다. "너무 무서웠어요."

"미행?" 리버스가 불편한 마음을 뒤로한 채 그녀에게 다가갔다.

"네. 두 명이 따라왔어요. 두 남자가. 오후 내내 졸졸 따라오더라고요. 프린스 가에서부터요. 하지만 너무 티가 났어요. 애써 몸을 숨기려 하지도 않더군요."

"그래서 어떻게 됐죠?"

"가까스로 따돌렸어요. 막스 앤드 스펜서(Marks and Spencer, 의료품 중심으로 대량 생산한 물품을 파는 백화점-옮긴이)로 들어가 열나게 뛰었죠. 로즈 가로 나와서는 술집 화장실에 한 시간 정도 숨어 있었어요. 그들을 따돌리고 나서 곧장 이리로 왔죠."

"왜 전화하지 않았습니까?"

"돈이 없어서요. 내가 프린스 가에 왜 나갔겠어요?"

트레이시는 두 팔을 축 늘어뜨린 채 의자에 앉아 있었다. 리버스가 턱으로 빈 잔을 가리켰다.

"한 잔 더 할래요?"

"됐어요. 싸구려 와인은 질색이에요. 아깐 목이 너무 말라서 어쩔 수 없었던 거고요. 와인 대신 차 한잔 줄 수 있어요?"

"물론이죠." 싸구려 와인이라고? 내 참, 어이가 없어서. 리버스가 돌아서서 주방으로 들어갔다. 그는 그녀가 늘어놓은 주장을 차분하게 곱씹으며 차를 준비했다. 찬장에는 개봉도 하지 않은 티백 상자가 들어 있었다. 신선한 우유는 없었지만 그건 분말 우유 두 스푼으로 대체가 가능했다. 그리고 설탕…… 그때 거실에서 요란한 음악 소리가 터져 나왔다. 비틀스의 《화이트 앨범》이었다. 맙소사. 내가 저 테이프를 여태껏 갖고 있었단 말이야? 그가 찻숟가락을 찾아 식사용 도구를 넣어둔 서랍을 열었다. 그 안에는 구내식당에서 몰래 훔쳐온 일회용 설탕봉지 몇 개가 들어 있었다. 이런 행운이 있나! 주전자에서 물이 끓기 시작했다.

"이 아파트 되게 크네요!"

트레이시의 목소리에 리버스가 흠칫 놀랐다. 집에서 남의 목소리를 들어보는 건 무척 오랜만이었다. 그가 고개를 돌려 문설주에 몸을 기댄 그녀를 쳐다보았다. 그녀의 머리는 옆으로 살짝 돌아간 상태였다.

"그래요?" 리버스가 머그잔을 닦으며 말했다.

"네. 천장 높은 것 좀 봐요! 로니가 살던 집에선 천장이 손에 닿을락 말락 했었는데." 트레이시가 발끝으로 서서 한쪽 팔을 길게 내뻗었다. 리버스는 자신이 주방에 들어와 있는 동안 그녀가 몰래 약을 하지 않았을까 걱정이 되었다. 그의 생각을 읽었는지 그녀가 미소를 지어 보였다.

"그냥 안심이 돼서 그래요." 그녀가 말했다. "너무 뛰어다녔나 봐요, 어지러운 걸 보면. 너무 무섭기도 했고요. 여기 오니 마음이 놓여요."

"그들은 어떻게 생겼습니까?"

"모르겠어요. 당신과 비슷하게 생겼던 것 같기도 하고." 트레이시가 다시 미소를 흘렸다. "한 사람은 콧수염을 길렀어요. 뚱뚱한 편이었고, 머리가 좀 벗겨졌어요. 나이가 많아 보이진 않았고요. 또 다른 하나는 기억이 잘 안 나요. 특징이 별로 없었던 것 같아요."

리버스가 머그잔에 뜨거운 물을 따르고 그 안에 티백을 띄웠다. "우유는요?"

"괜찮아요. 설탕만 조금 넣어줘요."

리버스가 설탕봉지 하나를 들어 보였다.

"그거면 됐어요."

거실로 나온 리버스는 스테레오로 다가가 볼륨을 낮추었다.

"미안해요." 트레이시가 의자 밑으로 다리를 접어 넣고 앉아 차를 홀짝였다.

"이웃들 생각도 해야 하거든요." 리버스가 말했다. "벽은 꽤 두껍지만 천장은 그렇지 못해서."

트레이시가 고개를 끄덕였다. 차에서 떠오른 김이 베일처럼 그녀의 얼굴을 감쌌다.

리버스가 테이블 아래에서 접는 의자를 끌어와 앉았다. "그 두 미행자를 어떻게 해야 할까요?"

"나야 모르죠. 경찰은 당신이잖아요."

"그냥 영화 속에서나 볼 법한 상황이라서 말이죠. 누군가가 당신을 미행할 이유가 없지 않습니까."

"그냥 겁을 주려는 거 아닐까요?" 트레이시가 말했다.

"그래야 할 이유가 있나요?"

잠시 생각에 잠겼던 그녀가 어깨를 한 번 으쓱였다.

"그건 그렇고, 오늘 찰리를 만나봤습니다." 리버스가 말했다.

"그래요?"

"그 친구를 좋아합니까?"

"찰리를요?" 트레이시가 새된 소리로 웃음을 터뜨렸다. "끔찍한 소리 말아요! 다들 그랑 어울리는 걸 좋아하지 않아요. 모두가 그를 싫어한다고요."

"모두가?"

"네."

"로니도 그를 싫어했나요?"

그녀가 잠시 머뭇거렸다. "아뇨." 마침내 그녀가 말했다. "하지만 로니는 원래 그런 센스가 부족했어요."

"그럼 로니의 또 다른 친구는요? 닐인지 닐리인지 하는 친구. 그를 알고 있습니까?"

"어젯밤에 거기 있었던 남자 말이죠?"

"그래요."

그녀가 또다시 어깨를 한 번 으쓱했다. "난 그를 본 적이 없어요." 그녀가 의자 팔걸이에 엎어놓은 책을 집어 들고 몇 장 넘겨보았다.

"로니가 닐이나 닐리라는 친구를 언급했던 적은 없었고요?"

"없었어요." 그녀가 책을 쥔 손을 리버스 쪽으로 살랑거렸다. "하지만 에드워드라는 사람을 언급한 적은 있었어요. 그에게 화가 많이 나 있는 것 같았어요. 혼자 자기 방에 틀어박혀 있을 때 그의 이름을 외쳐댄 적도 있었죠. 약에 취한 채로."

리버스가 천천히 고개를 끄덕였다. "에드워드. 마약 딜러일까요?"

"모르겠어요. 그럴지도 모르죠. 로니는 약만 하면 미치광이로 돌변했어요. 완전 딴 사람이 돼버렸다니까요. 하지만 평소엔 아주 온화하고 다정했죠." 트레이시의 말끝이 흐려졌다. 그녀의 눈가가 어느새 촉촉해져 있었다.

리버스는 손목시계를 들여다보았다. "내가 집까지 데려다줄게요. 미행자가 따라붙는지도 확인할 겸."

"글쎄요……" 그녀의 얼굴에 다시 공포의 그림자가 드리워졌다. 그림자와 유령을 무서워하는 아이의 모습 같았다.

"내가 같이 있어줄게요." 리버스가 덧붙였다.

"저기…… 가기 전에 뭘 좀 해도 되나요?"

"뭔데요?"

트레이시가 축축이 젖은 옷을 만지작거렸다. "샤워." 그녀가 미소를 지으며 말했다. "뻔뻔한 부탁인 거 알아요. 하지만 내가 사는 집에 수도가 끊겼거든요."

리버스가 미소를 지으며 천천히 고개를 끄덕였다. "편하게 사용해요." 그가 말했다.

트레이시가 샤워를 하는 동안 리버스는 그녀의 젖은 옷을 복도의 라디에이터에 걸쳐놓았다. 중앙난방장치를 켜놓으니 아파트 안은 금세 사우나가 되어버렸다. 거실의 내리닫이창이 열리지 않아 실내는 더 답답해졌다. 리버스는 주방으로 들어가 커피포트로 차를 만들었다. 화장실에서 트레이시의 목소리가 들려왔다. 리버스를 부르는 소리였다. 그녀는 김이 새어나오는 문틈으로 고개를 빠끔히 내밀고 있었다. 그녀의 머리와 얼굴과 목은 물기로 반짝거렸다.

"수건이 없네요." 그녀가 말했다.

"미안해요." 리버스가 말했다. 그는 침실 옷장에서 수건을 찾아 그녀에게 몇 장 건네주었다.

"고마워요." 그녀가 말했다.

리버스는《화이트 앨범》을 빼고 재즈 테이프를 작게 틀어놓았다. 그가 의자에 앉아 차를 홀짝이고 있을 때 트레이시가 걸어 나왔다. 그녀는 커다란 빨간 수건을 몸에 두르고 있었다. 머리에도 작은 수건이 둘러져 있었다. 리버스는 수건을 옷처럼 걸치고 다니는 여자들의 능력을 늘 신기하게 생각했었다. 트레이시의 가느다란 팔과 다리는 창백했다. 하지만 몸매는 나쁘지 않았다. 화장실에서 흘러나온 불빛이 후광처럼 그녀를 감쌌다. 리버스는 로니의 방에서 본 사진들을 떠올렸다. 순간 사라진 카메라가 그의 뇌리를 스쳤다.

"로니가 여전히 사진을 좋아했습니까? 아, 근래 들어서 말이에요." 리버스의 단어 선택이 적절치 못했지만 트레이시는 알아차리지 못한 듯했다.

"그랬던 것 같아요. 나름 실력도 괜찮았어요. 예술적 감각도 있었고요. 하지만 운은 따라주지 않았죠."

"그가 얼마나 노력했었죠?"

"사진을 위해 모든 걸 다 바쳤어요." 트레이시의 목소리에서 분노가 살짝 묻어났다. 리버스의 전문적인 의구심이 거슬린 모양이었다.

"그렇군요. 잘 모르지만 사진이 호락호락한 분야는 아닐 겁니다."

"맞아요. 사실 로니의 능력을 알아준 사람도 몇몇 있긴 했어요. 하지만 그들은 불필요한 경쟁을 원치 않았죠. 그래서 어떻게든 그의 앞길을 막으려고 애를 썼어요."

"다른 사진작가들이요?"

"네. 환멸감에 휩싸이기 전까지 로니는 어떻게든 기회를 잡아보려 자신의 열정을 불살랐어요. 몇 군데 스튜디오를 돌며 자신의 작품들을 보여주기도 했고요. 그에겐 훌륭한 작품이 여럿 있었어요. 기묘한 각도에서 평범한 피사체를 담아내는 재능이 남달랐죠. 에든버러 성, 웨이벌리의 기념탑, 칼튼 힐."

"칼튼 힐?"

"네. 거기."

"장식용 건물 말이죠?"

"맞아요." 트레이시의 어깨에서 수건이 살짝 흘러내렸다. 그녀가 의자에 앉아 차를 받아 들었다. 수건 아래로 허벅지 전체가 드러났지만 리버스는 그녀의 얼굴에 집중하려 애썼다. 그것은 쉽지 않은 일이었다. 그녀가 다시 입을 열었다. "어떤 놈들은 그의 아이디어를 무단으로 도용하기도 했어요. 언젠가 그가 쓰레기 같은 지역신문에서 사진 하나를 발견하고 경악을 금치 못했던 적이 있어요. 누군가가 그와 똑같은 피사체를 똑같은 각도에서 촬영한 사진이었죠. 촬영된 시간대도 비슷했고 사용한 필터까지도 일치했어요. 그들이 로니의 아이디어를 훔쳐 쓴 거였다고요. 그는 사진 밑에 적힌 이름을 확인했어요. 아니나 다를까, 그의 포트폴리오를 심사한 적이 있는 사진작가들의 작품이었어요."

"그들의 이름을 알고 있습니까?"

"지금은 다 까먹었어요." 트레이시가 흘러내린 수건을 끌어올렸다. 왠지 방어적으로 느껴지는 동작이었다. 이름을 기억하는 게 힘든 일인가? 그녀가 갑자기 킥킥 웃었다. "그는 내게 포즈를 취해달라고 했었어요."

"그 사진 봤어요."

"그거 말고요. 그 왜 있잖아요. 누드 사진. 그는 그걸 잡지에 팔면 큰돈을 벌 수 있다고 했어요. 하지만 난 그러고 싶지 않았어요. 돈은 좋지만 그런 사진이 실린 잡지가 세상에 돌아다닌다고 생각하니 아찔하더라고요. 길에서 날 알아보는 남자들도 생길 거고." 트레이시는 리버스의 반응을 기다렸다. 하지만 그의 무표정한 얼굴에는 변화가 없었다. 그녀가 목 쉰 소리로 웃음을 터뜨렸다. "그게 사실이었군요. 경찰을 당혹스럽게 만드는 게 가능하다는 거."

"가끔은요." 리버스의 볼이 따끔거렸다. 그가 부끄러운 듯 한 손을 볼에 갖다 댔다. 빨리 화제를 돌려야 할 것 같았다. "로니의 카메라는 비싼 거였나요?" 그가 말했다.

예기치 못한 질문에 트레이시는 살짝 당황해하는 기색이었다. 그녀가 수건을 조금 더 끌어올렸다. "가격과 가치는 다르지 않나요?"

"그런가요?"

"그걸 10파운드 주고 샀다고 해서 그가 10파운드의 가치로 여겼을까요? 무슨 얘긴지 이해해요?"

"그러니까 10파운드를 주고 샀단 말이죠?"

"아뇨, 그런 얘기가 아니에요." 트레이시가 수건을 붙잡은 채 고개를 저었다. "CID에 들어가려면 똑똑해야 하지 않나요? 내 말은……" 그녀가 고개를 들고 천장을 올려다보았다. 그녀의 머리에서 수건이 풀려버렸고, 물에 젖은 머리가 그녀의 이마로 흘러내렸다. "그 카메라는 150파운드 정도 했어요. 됐나요?"

"됐어요."

"사진에 관심이 많은가 보군요."

"관심을 가진 지 얼마 안 됐습니다. 차 더 하겠어요?"

리버스가 찻주전자를 끌어와 잔을 다시 채운 후 설탕 한 봉지를 타주었다. 트레이시는 단맛을 즐기는 타입이었다.

"고마워요." 트레이시가 머그잔을 받아들며 말했다. "저기……" 머그잔에서 피어오르는 김이 그녀의 얼굴을 적시고 있었다. "부탁 하나 해도 되나요?"

드디어 올 것이 왔군. 리버스는 생각했다. 돈. 그는 나중에 집에서 뭔가 사라진 게 없는지 샅샅이 살펴볼 생각이었다. "뭔데요?"

트레이시가 다시 그에게로 시선을 돌렸다. "오늘 밤만 자고 가도 돼요?" 그녀가 말했다. "소파에서 잘게요. 바닥도 상관없고요. 정말이에요. 오늘 밤엔 정말 그 집으로 돌아가고 싶지 않아요. 요즘 들어 흉흉한 일도 많이 생기고, 날 미행하는 사람들도……" 그녀의 몸이 바르르 떨렸다. 연기로 보기에는 너무나 그럴듯했다. 리버스가 어깨를 으쓱이며 일어나 창가로 다가갔다.

할리우드 영화 촬영장의 조명을 연상시키는 주황색 가로등 불빛이 인도를 밝혀주고 있었다. 아파트 맞은편에는 차 한 대가 세워져 있었다. 2층 창문에서는 차 안을 제대로 살필 수 없었다. 유리창이 내려진 운전석에서는 연기가 새어 나오고 있었다.

"그래도 돼요?" 리버스의 뒤에서 풀 죽은 목소리가 말했다.

"네?" 리버스가 흠칫 놀라며 말했다.

"그래도 돼요?" 리버스가 트레이시 쪽으로 돌아섰다. "하룻밤만 신세를 져도 돼요?" 그녀가 말했다.

"물론이죠." 리버스가 현관문을 향해 걸어 나가기 시작했다. "오래 있다 가도 돼요."

리버스는 계단통을 반쯤 내려와서야 자신이 신발을 신지 않았음을 깨달았다. 그가 멈춰 서서 머리를 굴려보았다. 기왕 내려온 거 그냥 나가보지 뭐. 그의 어머니는 신발을 신지 않으면 동상에 걸린다고 항상 법석을 떨어댔었다. 하지만 그는 지금껏 한 번도 동상에 걸려본 적이 없었다. 그는 이번에도 자신의 운을 믿어보기로 했다.

리버스가 1층 현관을 막 지나려는 찰나 문이 스르르 열리면서 코크런 부인이 걸어 나왔다.

"코크런 부인." 리버스가 움찔하며 말했다.

"받아요." 그녀가 무언가를 불쑥 내밀었다. 가로 25센티미터, 세로 15센티미터 크기의 카드였다. 리버스는 카드에 적힌 글귀를 읽어보았다. '당신이 계단을 청소할 차례입니다.' 그가 다시 고개를 들었을 때 코크런 부인은 이미 집으로 들어가버린 후였다. 문 뒤에서 슬리퍼를 질질 끌며 TV와 냄새 나는 늙은 고양이에게로 돌아가는 그녀의 발소리가 흘러나왔다.

리버스는 카드를 손에 쥔 채 계단을 마저 내려갔다. 바닥의 냉기가 양말을 뚫고 그의 발바닥에 스며들었다. 이 고양이 악취 좀 어떻게 할 수 없나? 그는 씩씩거리며 생각했다.

정문의 걸쇠는 열려 있었다. 리버스는 오래된 경첩이 소리를 내지 않도록 조심스레 밀고 밖으로 나갔다. 수상한 차는 여전히 맞은편을 지키고 있었다. 운전자가 그를 보자 담배꽁초를 던져버리고 차에 시동을 걸었다. 리버스는 발끝으로 몇 걸음 내딛었다. 차의 헤드라이트가 번쩍 켜졌다. 포로수용소 탐조등만큼이나 눈이 부셨다. 리버스는 걸음을 멈추고 미간을 찌푸렸다. 황급히 출발한 차는 왼쪽으로 꺾어져 경사진 골목을 빠르게 질주해 내려갔다. 리버스는 눈을 가늘게 뜨고 번호판을 읽어보려 했지만 헛수고였다. 차는 포드 에스코트였다. 그것만큼은 분명했다.

골목을 마저 내려간 차는 교차로에 멈춰 서서 간선도로로 진입할 기회를 엿보고 있었다. 리버스와의 거리는 100미터도 채 되지 않았다. 리버스가 그쪽으로 내달리기 시작했다. 학창 시절 그는 인정받는 단거리 주자였었다. 머리가 알딸딸해져오자 그는 집에서 마신 와인을 떠올렸다. 순간 속이 울렁거리기 시작했고, 결국 그는 추격을 포기했다. 인도 바닥에 있던 무언가를 밟고 미끄러진 리버스가 잽싸게 고개를 돌렸을 때 문제의 차는 이미 교차로를 빠져나간 후였다.

이쯤 했으면 됐어. 리버스는 문을 열고 나왔을 때 흘끔 봤던 운전자의 경찰 지구대 제복을 떠올렸다. 얼굴은 보지 못했지만 제복은 똑똑히 보았다. 경관. 에스코트를 모는 지구대 순경. 어린 소녀 둘이 인도를 따라 걸어오고 있었다. 그들이 리버스를 쳐다보며 킥킥거렸다. 순간 그는 자신이 신발도 신지 않은 채 인도에 서서 숨을 할딱거리고 있다는 걸 깨달았다. 계단을 청소하라는 카드를 손에 쥐고서. 리버스는 양말을 벗어 신경질적으로 배수로에 던져버렸다. 그리고 맨발로 터덕터덕 걸어 아파트로 되돌아갔다.

브라이언 홈스 경장은 차를 마시고 있었다. 찻잔을 얼굴 가까이 가져가 입으로 불어 식히고 조심스레 한 모금 넘기는 것은 이제 그만의 의식이 되어버렸다. 불고, 홀짝이고, 넘기고. 그의 입에서 뜨거운 입김이 터져 나왔다. 오늘 밤은 모든 게 못마땅했다. 신문도 챙기지 못했고, 차 맛은 역겨웠다. 보온병에서 따른 뜨거운 차에서는 플라스틱 냄새가 풍겼다. 게다가 몇 방울 떨어뜨린 우유는 전혀 신선하지 않았다. 차 덕분에 몸은 따뜻했지만 발가락은 냉기에 감각을 잃은 지 오래였다.

"움직임이 있어요?" 그가 SSPCA(Scottish Society for Prevention of Cruelty to Animals, 스코틀랜드 동물보호단체) 담당자에게 속삭였다. 남자는 당혹해

하는 모습을 보이지 않으려는 듯 쌍안경을 눈에서 떼지 않았다.

"아직요." 담당자가 나지막이 말했다. 익명의 제보자. 이달 들어 벌써 세 번째였다. 이토록 가망이 없어 보인 건 처음이었고, 언제부터인가 투견 이 다시 유행하기 시작했다. 지난 3개월 동안 폐품 하치장 흙구덩이에 함 석판을 둘러 만든 투견장 여러 곳이 적발되었다. 하지만 오늘 밤 그들은 으슥한 불모지를 지켜보고 있었다. 도심을 향해 질주하는 화물열차들의 소음을 제외하면 인적 끊긴 공터는 쥐 죽은 듯 고요했다. 그들은 낮에 경 찰견을 끌고 나가 주변을 산책하는 척하며 공터에 임시변통으로 만들어 놓은 구덩이를 두 눈으로 확인했다. 투견장에서는 주로 핏불 테리어들이 쓰였다. 브라이언 홈스는 고통과 공포에 익숙해져버린 투견장 개 몇 마리 를 본 적이 있었다. 하지만 수의사가 녀석들에게 치사 주사를 놓을 때까지 지켜보지는 않았다.

"잠깐만요."

주머니에 손을 찔러 넣은 두 남자가 황무지를 가로지르는 모습이 보였 다. 그들은 얕은 구덩이를 향해 울퉁불퉁한 지면을 조심스레 디뎌나가는 중이었다. 구덩이에 도착한 그들이 마지막으로 주위를 살폈다. 완벽하게 몸을 숨긴 브라이언 홈스는 매서운 눈으로 그들을 지켜보았다. SSPCA 담 당자와 마찬가지로 그도 무성하게 자란 고사리 뒤에 웅크리고 앉아 있었 다. 그들 뒤로는 무너져 내리기 직전의 돌벽이 세워져 있었다. 구덩이 주 변과 달리 이곳은 빛이 거의 없었다. 덕분에 그는 양면 거울 뒤에 서 있는 것처럼 부담 없이 그들을 지켜볼 수 있었다.

"잡았다." 두 남자가 구덩이 안으로 뛰어들자 SSPCA 담당자가 말했다.

"잠깐만요." 홈스가 말했다. 왠지 불길한 예감이 들었다. 두 남자는 서 로를 부둥켜안고 천천히 키스를 시작했다. 잠시 후, 그들은 구덩이 속으로 자취를 감췄다.

"맙소사!" SSPCA 담당자가 말했다.

홈스가 무릎을 적시는 돌처럼 딱딱한 땅을 내려다보며 한숨을 내쉬었다.

"우리가 잘못 짚은 것 같습니다." 그가 말했다. "저기에 핏불들까지 끼면 투견이 아니라 수간 혐의를 씌워야겠죠."

넋이 나간 SSPCA 담당자는 여전히 쌍안경을 놓지 않고 있었다.

"얘긴 들었지만……" 그가 말했다. "꿈에도…… 이렇게…… 맙소사."

"이렇게 두 눈으로 확인하게 될 줄 몰랐죠?" 홈스가 천천히 몸을 일으키며 말했다.

브라이언 홈스가 야간 당직 경관과 수다를 떨고 있을 때 메시지가 들어왔다. 리버스 경위가 그를 호출하고 있었다.

"리버스 경위? 무슨 일이지?" 홈스가 손목시계를 들여다보았다. 새벽 2시 15분이었다. 리버스는 집에 있다면 전화를 달라고 했다. 홈스는 데스크의 전화기를 사용했다.

"여보세요?" 물론 그는 존 리버스를 알고 있었다. 그와 함께 일해본 적도 몇 번 있었다. 그럼에도 심야의 통화는 홈스를 불안하게 만들었다.

"자넨가, 브라이언?"

"네, 경위님."

"거기 종이 있나? 이것 좀 받아 적어." 홈스는 허둥대며 수첩과 볼펜을 꺼내 들었다. 수화기에서는 귀에 익은 음악이 은은하게 흘러나오고 있었다. 비틀스의 《화이트 앨범》이었다. "준비됐나?"

"네, 경위님."

"좋아. 어제 필뮤어에서 마약쟁이가 하나가 숨진 채 발견됐어. 아니, 자정이 지났으니 이틀 전이라고 해야겠지. 아무튼, 과다 투여가 사인이었어. 그를 찾아낸 경관들이 누구였는지 좀 알아봐줘. 그들에겐 내일 아침 10시까지 내 사무실로 오라고 전하고, 알겠나?"

"알겠습니다, 경위님."

"좋아. 지금 당장 열쇠를 받아서 시체가 발견된 집으로 가봐. 위층 침실에 보면 벽에 덕지덕지 붙은 사진들이 있을 거야. 그중 에든버러 성을 찍은 것들을 챙겨서 지역신문사로 가져가. 아마 사진들을 보관해놓은 파일이 있을 거야. 잘하면 기억력 좋은 노인네를 만나게 될지도 몰라. 최근 신문에 실린 사진들 중 거기서 떼어온 것들과 같은 각도에서 촬영된 게 있는지 확인해봐."

"네, 경위님." 홈스는 지시 사항을 휘갈겨 적어나갔다.

"좋아. 그런 사진이 있으면 누가 찍었는지 알아봐. 스티커가 붙어 있거나 뒷면에 촬영자의 정보가 적혀 있을 거야."

"다른 건 없습니까?" 홈스가 비꼬는 투로 말했다.

"있어." 리버스가 한층 낮아진 목소리로 말했다. "침실 벽에 보면 젊은 여자 사진도 몇 장 붙어 있을 거야. 그녀에 대해 좀 알아봐줘. 가운데 이름이 트레이시일 거야. 사진을 여기저기 보여주면 그녀에 대해 아는 사람이 나올지도 몰라."

"그렇게 하겠습니다, 경위님. 그런데 한 가지 궁금한 게 있는데요."

"뭔데?"

"왜 하필 접니까? 왜 하필 지금이죠? 이게 왜 중요한 겁니까?"

"한 가지라면서 세 가지를 묻는군. 답은 내일 오후에 만나서 들려주지. 3시까지 내 사무실로 와."

그리고 전화는 끊어졌다. 브라이언 홈스는 몇 분에 걸쳐 수첩에 마구 휘갈겨 쓴 내용을 멍하니 들여다보았다. 야간 당직 경관이 그의 어깨 너머로 수첩을 내려다보았다.

"내가 아니라서 정말 다행입니다." 경관이 진심을 담아 말했다.

존 리버스가 홈스를 선택한 이유는 여러 가지가 있었다. 그중 가장 큰 이유는 홈스가 그에 대해 잘 알지 못하기 때문이었다. 리버스에게는 군말 없이 능률적이고 체계적으로 일해줄 사람이 필요했다. 리버스를 잘 아는 사람이라면 그의 계획을 꼬치꼬치 캐물으며 귀찮게 할 게 뻔했다. 자신이 왜 메시지 전달자로, 블러드 하운드(Bloodhound, 사람을 찾거나 추적할 때 이용하는, 후각이 발달한 큰 개-옮긴이)로, 그리고 궂은일 담당 심부름꾼으로 뺑뺑이를 돌아야 하느냐고 볼멘소리를 하면서. 홈스는 어떤 임무가 주어져도 불평 없이 능률적으로 처리한다는 좋은 평가를 받고 있었다. 딱 리버스가 찾던 타입이었다.

다시 거실로 나온 리버스는 무선전화기를 책꽂이에 내려놓고 카세트 플레이어와 앰프의 전원을 껐다. 그는 창가로 다가가 텅 빈 거리를 내려다보았다. 가로등은 레드 레스터 치즈(붉은색 색소를 첨가하여 만든 치즈-옮긴이) 색 불빛을 뿌리고 있었다. 그 풍경은 그로 하여금 두 시간 전의 야식 생각을 다시 떠올리게 했다. 리버스는 결심을 굳히고 주방으로 향했다. 트레이시는 야식을 원치 않을 것이다. 그는 확신했다. 그녀는 긴 안락의자에 누워 있었다. 고개는 바닥을 향해 살짝 돌아가 있었고, 한 손은 배 위에 얹어져 있었으며, 의자 밑으로 늘어뜨려진 또 다른 손은 모직 카펫에 닿을락 말락 했다. 그녀의 눈은 살짝 뜨인 채였고, 불룩 내밀어진 입 안으로는 벌어진 앞니가 들여다보였다. 리버스는 곤히 잠든 그녀에게 담요를 가져와 덮어주었었다. 정체를 알 수 없는 묘한 기운이 그의 신경을 거슬리게 했다. 허기 때문인지도 몰랐다. 리버스는 냉장고 안에서 뜻밖의 기쁨과 맞닥뜨리게 되기를 빌었다. 그는 다시 창가로 다가가 창밖을 살펴보았다. 밖은 쥐 죽은 듯 고요했다. 지금 리버스의 마음이 그렇듯이. 죽었지만 활동적인 상태. 그는 바닥에서 『지킬 박사와 하이드 씨』를 집어 들고 주방으로 들어갔다.

수요일

'퀴어 가(Queer Street)'라는 확신이 굳어질수록
내 질문은 줄어든다.

다음 날 아침, 리버스가 경찰서에 도착했을 때 해리 토드와 프랜시스 오루크 순경은 그의 사무실 밖에서 기다리고 있었다. 그들은 벽에 기댄 채 서서 잡담을 나누고 있었다. 리버스가 20분이나 늦게 나타났음에도 별로 개의치 않는 모습이었다. 리버스는 그들에게 사과를 할 마음이 없었다. 리버스가 계단을 마저 오르자 그들이 입을 닫고 자세를 바로잡았다.

시작이 좋았다.

리버스는 문을 열고 사무실로 들어갔다. 그리고 다시 문을 닫았다. 그들에게 마음 졸일 시간을 몇 분 더 주기로 했다. 분위기 파악 좀 제대로 하라고. 내근 경사는 브라이언 홈스가 아직 도착하지 않았다고 알려주었었다. 리버스는 주머니에서 쪽지를 꺼내 홈스의 집으로 전화해보았다. 응답이 없었다. 홈스는 밖에서 작업 중인 모양이었다.

리버스는 홈스에게 시간을 더 주기로 했다.

리버스의 책상에는 우편물이 덩그러니 놓여 있었다. 그는 봉투에서 왓슨 총경의 메시지를 꺼냈다. 점심을 같이 먹자는 초대장이었다. 오늘, 12시 30분에. 젠장. 리버스는 3시에 홈스를 만나기로 되어 있었다. 총경은 마약 퇴치 캠페인에 큰돈을 쾌척하기로 한 실업가들이 참석하는 자리라고 강조했다. 빌어먹을. 왜 하필 아이리에서지? 깨끗한 셔츠에 넥타이를 매야 입장할 수 있는 곳이잖아. 리버스는 자신의 셔츠를 내려다보았다. 셔츠는 이걸로 될 것 같고, 넥타이는 어쩐다? 젠장.

그의 영혼에서 미소가 싹 가셨다.

출발은 나쁘지 않았었다. 트레이시는 아침 준비를 마치고 그를 깨웠다. 오렌지 주스, 토스트, 꿀, 그리고 진한 커피. 그녀는 거실 선반에서 돈을 몇 푼 챙겨들고 아침 일찍 장을 봐왔다고 했다. 그가 이해해줄 거라 믿었다면서. 그녀는 모퉁이 가게에서 사온 재료로 정성껏 아침식사를 준비했다.

"토스트를 태웠는데 그 냄새를 맡고도 깨질 않더군요." 트레이시는 말했다.

"이래 봬도 예전에 「타워링(The Towering Inferno, 미국의 액션 스릴러 영화-옮긴이)」을 보면서도 졸았던 사람입니다." 리버스는 대꾸했고, 트레이시는 웃음을 터뜨렸다. 그녀는 침대에 앉아 토스트를 조금씩 뜯어 먹었고, 리버스도 여유롭고 호사스럽게 아침식사를 누렸다. 마지막으로 침대에 누워 아침상을 받아본 게 언제였었지? 기억을 더듬을수록 등골이 오싹해졌다.

"들어와!" 그가 큰 소리로 말했다. 마치 누가 노크라도 한 것처럼.

트레이시는 한마디 불평도 없이 아파트를 나섰다. "기분이 한결 나아졌어요." 그녀는 말했다. "언제까지 여기서 신세를 질 순 없잖아요. 안 그래요?" 리버스는 그녀를 필뮤어에 내려주며 10파운드를 쥐여주었다. 돈을 건네는 순간 리버스는 그것이 얼마나 어리석은 짓인지 깨달았다. 문제는 돈이 아니라 그로 인해 형성될 유대였다. 그런 유대 관계는 부적절했다. 리버스는 돈을 다시 거둬들이고 싶었지만 트레이시는 이미 문을 닫고 돌아선 후였다. 그녀는 본차이나 도자기만큼이나 약해 보였지만 결의에 찬 걸음걸이에서는 당당함이 느껴졌다. 그녀를 보고 있으면 묘하게도 그의 딸, 새미가 떠올랐다. 그리고……

그의 전 애인, 질 템플러도.

"들어오라니까!" 리버스가 다시 말했다. 사무실 문이 스르르 열리고 머리 하나가 불쑥 튀어나왔다.

"저희는 노크 안 했는데요, 경위님." 머리가 초조해하는 얼굴로 말했다.

"그래?" 리버스가 연극 대사를 읊듯 말했다. "어차피 자네들에게 할 얘기도 있어. 어서 들어와!"

잠시 후, 그들이 잔뜩 긴장한 얼굴로 들어왔다. 리버스는 책상 앞에 놓인 두 의자를 가리켰다. 한 명은 잽싸게 앉았고, 나머지 하나는 차렷 자세로 서 있었다.

"전 그냥 서 있겠습니다, 경위님." 그가 말했다. 의자에 앉은 순경은 무슨 중대한 규칙이라도 어긴 사람처럼 불안해했다.

"여기가 군대인 줄 알아?" 앉아 있던 순경이 벌떡 일어나자 리버스가 말했다. "앉으라고!"

그들이 일제히 앉았다. 리버스는 두통이 온 것처럼 이마를 문질렀다. 그는 앞의 순경들이 누구인지, 왜 이곳에 와 있는지 깜빡 잊을 뻔했다.

"좋아." 리버스가 말했다. "이른 시간에 자네들을 부른 이유가 뭐라고 생각하나?" 진부하지만 효과적인 질문이었다.

"마녀들 때문이 아닙니까?"

"마녀들?" 리버스가 대답한 순경을 빤히 쳐다보았다. 그날 리버스에게 오각형 별을 보여주었던 바로 그 젊은 순경이었다. "맞아. 마녀들. 그리고 죽은 마약쟁이."

그들은 말없이 눈만 깜빡였다. 리버스는 잽싸게 인터뷰 전략을 짜보았다. 집을 나서기 전에 미리 준비해두었어야 했는데.

10파운드 지폐, 미소, 그리고 토스트 냄새가 오늘 미팅에 대한 기억을 심하게 흐려놓았다. 리버스의 시선이 오각형 별을 보여준 순경의 넥타이로 돌아갔다.

"자넨 이름이 뭔가?"

"토드입니다, 경위님."

"토드? 독일어로 죽은 사람을 뜻하는데, 알고 있었나, 토드?"

"알고 있습니다, 경위님. 고등교육 학력고사를 볼 때까지는 독일어를 공부했습니다."

리버스가 살짝 놀라는 척하며 고개를 끄덕였다. 아니, 정말 놀랄 만한 일이었다. 요즘은 학력고사를 보지 않은 순경을 찾기가 힘들 정도였다. 대학을 나온 순경도 적지 않았다. 왠지 홈스도 그런 부류인 것 같았다. 리버스는 앞의 두 순경이 대학교 졸업장만 믿고 우쭐대는 놈들이 아니기를 바랐다.

리버스가 넥타이를 가리켰다.

"그 넥타이 말이야, 토드."

토드가 황급히 고개를 꺾고 자신의 넥타이를 내려다보았다. 리버스는 그의 목이 무사한지 걱정이 되었다.

"네?"

"그 넥타이. 늘 매고 다니는 건가?"

"네, 경위님."

"최근에 부러지거나 한 적은 없었고?"

"네?"

"거기 타이에 붙어 있는 클립 말이야." 리버스가 설명했다.

"그런 적 없습니다."

"자네 이름은 뭐지?" 리버스가 또 다른 순경에게 물었다. 그는 아직도 어리둥절한 표정이었다.

"오루크입니다."

"아일랜드 이름이군." 리버스가 말했다.

"그렇습니다, 경위님."

"자네 넥타이는? 그거 새것인가?"

"아닙니다, 경위님. 집에 굴러다니는 대여섯 개 중 아무거나 두르고 나왔습니다."

리버스가 고개를 끄덕였다. 그리고 연필을 집어 들었다가 이내 다시 내려놓았다. 아무리 생각해도 아까운 시간만 허비하고 있는 것 같았다.

"시체를 발견하고 보고서를 작성했겠지? 그걸 좀 봤으면 하는데."

"알겠습니다, 경위님." 그들이 말했다.

"현장에서 뭔가 범상치 않은 걸 보지 못했나? 거기 처음 도착했을 때 말이야."

"시체만 보이던데요." 오루크가 말했다.

"벽에 남겨진 낙서도요." 토드가 덧붙였다.

"그때 위층은 살펴봤나?"

"아뇨."

"도착했을 때 시체는 어디 있었지?"

"아래층에 있었습니다."

"그리고 위층엔 올라가보지 않았다?"

토드가 오루크를 흘끔 쳐다보았다. "누가 있는지 큰 소리로 불러보긴 했습니다만 직접 올라가서 둘러보진 않았습니다."

그럼 넥타이 클립은 왜 위층에 떨어져 있었던 거지? 리버스가 숨을 내쉬며 헛기침을 한 번 했다. "자넨 차가 뭔가, 토드?"

"순찰차 말씀이십니까, 경위님?"

"당연히 아니지!" 리버스가 책상을 탁 내리쳤다. "자네 자가용이 뭐냐 말이야!"

토드의 얼굴에는 혼란스러워하는 기색이 역력했다. "메트로입니다."

"무슨 색?"

"흰색입니다."

리버스가 오루크를 쳐다보았다.

"전 차가 없습니다." 오루크가 말했다. "오토바이를 타고 다닙니다. 얼마 전에 혼다 750을 구입했습니다."

리버스가 고개를 끄덕였다. 포드 에스코트가 아니라 이거지? 그가 잘못 짚은 것이었다.

"오늘은 여기까지 하지." 리버스가 미소를 지으며 그들을 돌려보냈다. 그는 다시 연필을 집어 들고 그 끝을 유심히 살펴보다가 책상에 대고 우악스럽게 부러뜨렸다.

리버스는 조지 가의 한 구석 양복점 앞에 차를 세웠다. 그의 머릿속은 찰리 생각으로 가득 차 있었다. 그는 넥타이를 하나 사 들고 차로 돌아와 목에 둘렀다. 그런 다음, 이 도시의 거부들과 점심을 먹으러 약속 장소로 향했다. 차를 몰고 가는 내내 찰리 생각은 그의 뇌리를 떠날 줄 몰랐다. 어쩌면 찰리도 그런 성공한 실업가들의 길을 걷게 될지 몰랐다. 대학 졸업 후 인맥을 쓰면 번듯한 회사에 취직할 수 있을 것이고, 몇 년 바동거리다 보면 금세 고위 경영진 리스트에 이름을 올릴 수도 있을 것이다. 그때쯤이면 이런 타락한 세상에 심취했던 자신의 과거를 깨끗이 잊어버리겠지? 오히려 자신이 몸소 타락해버릴지도 모른다. 대부분의 부자들이 그렇듯이. 마법과 악마주의. 마약과 폭력. 그런 것들과는 차원이 다른 타락의 신세계에 심취하게 될지도. 로니의 몸에 남겨진 멍자국들. 정말 거친 섹스가 원인이었을까? 도가 지나친 마조히즘적 게임 때문에? 그의 파트너는 누구였을까? 로니가 절규하며 불러댔다는 베일에 싸인 남자, 에드워드?

아니면 의식을 너무 과하게 치렀기 때문일까?

내가 악마 숭배 의식이 원인이라는 관점을 너무 일찍 일축해버렸나? 제대로 된 형사라면 항상 열린 마음을 가져야 하는 거 아닌가? 하지만 악마 숭배라니. 리버스는 기독교인이었다. 비록 교회를 자주 나가지 않고, 찬송가와 뻔뻔한 설교 내용을 무엇보다도 혐오했지만 그렇다고 그가 자신의 작고 어두운 신을 믿지 않는다는 뜻은 아니었다. 모두가 자신만의 신을 꼭 붙들고 살아가지 않는가. 스코틀랜드인들의 신은 특히 더 불길했다.

정오의 에든버러는 리버스의 기분을 반영하듯 음울했다. 거대한 성의 그림자는 뉴타운을 온통 뒤덮고 있었지만 아이리만은 예외였다. 아이리는 에든버러에서 음식 값이 가장 비싸다고 알려진 고급 레스토랑으로, 아무나 출입할 수 없었다. 저녁 예약은 8주에서 10주 정도 기다려야 하지만 12개월 이상 기다려야 하는 점심 예약에 비하면 많이 양호한 편이었다. 레스토랑은 뉴타운 한복판에 우뚝 선 조지 왕조풍 호텔의 꼭대기 층에 위치하고 있었다. 부산스러운 도심과는 전혀 딴판인 곳이었다.

그렇다고 주변의 거리가 조용한 건 아니었다. 꾸준히 들어서는 차들 때문에 항상 주차난을 겪을 수밖에 없었다. 물론 형사들에게는 적용되지 않았지만. 리버스는 호텔 정문 밖 주차 금지선에 차를 세워놓았다. 문지기가 달려와 벌금을 물게 될지 모른다고 경고했지만 그는 무시하고 호텔로 들어갔다. 엘리베이터는 허기진 그를 태우고 네 층을 올라갔다. 거물 실업가들과 자리를 함께하려니 긴장이 되었다. 무엇보다 농부 왓슨과 두 시간을 함께 보내야 한다는 사실이 부담스러웠지만 그는 개의치 않고 먹는 데만 집중하기로 했다.

그들을 파산의 위기로 몰아넣을 만큼 비싼 와인도 마음껏 주문할 것이고.

브라이언 홈스는 얼그레이 차가 담긴 폴리스티렌 컵을 들고 스낵바를 나왔다. 실로 오랜만에 맛보는 제대로 된 차였다. 자신이 직접 만든 것만큼이나 만족스러웠다. 그의 인생은 스티렌 컵과 보온병, 그리고 샌드위치와 초콜릿 비스킷을 중심으로 돌아가고 있었다. 불고, 홀짝이고. 불고, 홀짝이고. 넘기고.

그는 고작 이런 삶을 위해 학자의 길을 포기했다.

홈스는 런던 대학교에서 8개월 정도 역사를 공부한 적이 있었다. 런던에서 보낸 첫 달은 혼란의 연속이었다. 엄청나게 크고 복잡한 도시에서 품위 있게 살고, 또 살아남는 건 쉬운 일이 아니었다. 두 번째와 세 번째 달은 대학 생활에 적응하는 데 써버렸다. 새 친구들, 끊이지 않는 토론과 논쟁, 이름을 올려야 할 동아리들. 그는 동아리에 가입할 때마다 지나칠 정도로 분위기를 살폈다. 모두가 처음 수영을 배우는 아이들처럼 긴장한 모습이었다. 네 번째와 다섯 번째 달에 접어들어서는 진정한 런던사람이 된 기분이 들었다. 매일 아침 배터시(Battersea, 런던 남서부의 자치구–옮긴이)의 셋방을 나와 학교로 향하면서 그는 자신의 삶이 숫자에 지배되고 있음을 깨달았다. 등하교시 기차와 버스와 지하철을 몇 번이나 갈아타야 하는지, 몇 시 버스와 지하철에 몸을 실어야 짜증나는 커피숍 수다를 피해 시끄러운 원룸으로 돌아올 수 있는지. 기차를 제때 갈아타지 못하면 혼잡한 시간대의 지하철에서 시달릴 수밖에 없었는데, 그것은 지옥에서 한 계절을 보내는 것처럼 고통스러운 일이었다. 여섯 번째와 일곱 번째 달은 배터시의 셋방에 틀어박혀 공부를 하며 지냈다. 강의는 거의 듣지 않았다. 그리고 여덟 번째 달이 되는 화창한 5월, 그는 런던을 떠나 옛 친구들이 기다리는 북쪽으로 돌아갔다. 갑자기 찾아든 공허함은 일로 메울 수밖에 없었다.

그런데 왜 하필 경찰을 택한 거지?

홈스가 폴리스티렌 컵을 구겨 쓰레기통을 향해 휙 던졌다. 컵은 표적을 크게 빗나가버렸다. 신경 쓰고 싶지 않아. 그는 생각했다. 하지만 이내 멈칫했다. 그는 떨어진 컵을 주워 쓰레기통에 버렸다. 여긴 런던이 아니야, 브라이언. 그는 속으로 중얼거렸다. 지나가던 노파가 그를 쳐다보며 미소를 지었다.

험악한 세상에선 이 정도 선행도 굉장한 빛을 발하겠지?

험악한 이곳에서처럼. 리버스는 그를 최악의 인간 군상 속으로 떠밀었다. 필뮤어. 영혼의 히로시마 속으로. 쉽게 헤어날 수 없는 곳이었다. 무시무시한 방사선의 공포. 홈스는 주머니에서 명단을 꺼내 유심히 들여다보았다. 어젯밤 통화 중에 휘갈겨 적은 내용을 다시 또박또박 정리해놓은 것이었다. 문제의 순경들을 찾아내는 건 식은 죽 먹기였다. 지금쯤 그들은 리버스를 만나고 나왔을 것이다. 홈스는 필뮤어의 집에도 다녀왔다. 그의 주머니에는 리버스가 주문한 사진들이 들어 있었다. 에든버러 성. 썩 괜찮은 작품들이었다. 독특한 각도. 그리고 여자. 사진 속 그녀는 예쁘장했다. 생활고에 찌든 얼굴 때문에 나이는 쉽게 가늠할 수 없었지만. 문제는 그녀에 대한 정보를 캐내는 것이었다. 이름만 가지고서는 한계가 있었다. 트레이시. 다행히 에든버러는 그의 홈그라운드였고, 형사 입장에서 그것은 큰 장점이었다. 홈스는 인맥을 총동원해보기로 했다. 옛 친구들, 친구들의 친구들. 런던에서 실패를 맛보고 돌아온 직후 그는 그들과의 관계를 복원시켜놓았다. 그가 런던에 가는 것을 만류했던 친구들은 8개월 만에 돌아온 그를 격하게 반기며 맞아주었다. 고작 5년 전의 일이었다. 느낌으로는 그보다 훨씬 오래된 것 같지만.

나는 어쩌다 경찰이 되었을까? 런던에서 돌아온 홈스가 첫 번째로 선택했던 분야는 그가 학창 시절부터 꿈꿔왔던 언론이었다. 그리고 이제야 그 어릴 적 꿈을 아주 잠시나마 이룰 수 있게 되었다. 그는 다음 목적지인 지역신문사로 향했다. 그곳에서 해야 할 일은 요상한 각도에서 촬영된 성의 사진들을 찾아내는 것이었다. 운이 좋으면 제대로 된 차를 대접받을 수도 있을 것이다.

바쁘게 걸음을 옮겨나가던 홈스의 눈에 길 건너 부동산 중개인 사무소가 들어왔다. 그는 늘 그곳의 서비스가 유독 비쌀 거라는 믿음을 가지고 있었다. 빌어먹을 이름값 때문에. 에라, 모르겠다. 지금 찬밥 더운밥 따질 때가 아니잖아. 홈스는 길게 늘어서서 꿈쩍도 않는 차들을 요리조리 피하면서 '보이어 커루 부동산 중개소'로 향했다. 1분 정도 그 앞을 서성거리던 그는 어깨를 축 늘어뜨린 채 돌아서서 다리를 향해 성큼성큼 걸어가기 시작했다.

"그리고 이쪽은 '보이어 커루 부동산 중개소'의 제임스 커루."

제임스 커루가 좋은 가죽을 씌운 의자에서 뚱뚱한 엉덩이를 살짝 떼고 리버스와 악수를 나누었다. 소개가 이어지는 동안 그는 리버스의 넥타이에서 시선을 떼지 않았다.

"핀레이 앤드류스." 왓슨 총경의 소개에 맞춰 리버스는 또 다른 억센 손을 잡았다. 은밀한 압점을 몰라도 프리메이슨 단원을 짚어내는 건 어렵지 않았다. 상대의 손을 잡는 방식이 모든 걸 말해주기 때문이다. 악수가 조금이라도 길어진다 싶으면 일단은 의심을 하고 봐야 했다.

"앤드류스 씨는 알고 있지? 듀크 테라스에서 카지노를 운영하고 계셔. 거기 이름이 뭐였죠?" 왓슨은 호스트 노릇을 하느라 애쓰고 있었다. 마치 그렇게 호들갑을 떨어야 그들과 자연스레 어울릴 수 있다고 믿는 듯이.

"그냥 핀레이스(Finlay's)라고 부릅니다." 핀레이 앤드류스가 리버스의 손을 놓으며 말했다.

"토미 맥콜입니다." 마지막 손님이 자신을 소개했다. 그와의 악수는 짧고 깔끔했다. 리버스가 미소를 지으며 자리에 앉았다.

"혹시 토니 맥콜의 형님 아니십니까?" 리버스가 대화를 트려는 듯이 물었다.

"그렇습니다." 맥콜이 미소를 지었다. "토니를 아십니까?"

"아주 잘 알죠." 리버스가 말했다. 왓슨은 어리벙벙한 표정을 지었다.

"그 왜 맥콜 경위 있지 않습니까." 리버스가 설명했다. 왓슨이 힘차게 고개를 끄덕였다.

"자," 커루가 앉은 채로 자세를 바꾸며 말했다. "마실 걸 주문하셔야죠, 리버스 경위님."

"근무 중이라 술은 못합니다." 리버스가 예쁘게 접힌 냅킨을 펼치며 말했다. 그는 커루의 표정을 살피며 미소를 지었다. "아, 농담입니다. 전 진토닉으로 하겠습니다."

그들이 일제히 미소를 지었다. 대부분의 사람들은 형사에게도 유머 감각이 있다는 사실을 무척 놀라워했다. 좀처럼 농담을 하지 않는 리버스가 그렇다는 건 특히 더 놀라운 일이었다. 리버스는 그렇게 해서라도 어색한 분위기에 빨리 적응하고 싶었다.

어느새 나타난 웨이터가 그의 뒤로 바짝 다가왔다.

"진토닉 한 잔 더 부탁하네, 로널드." 커루가 웨이터에게 말했다. 웨이터는 허리를 숙여 인사를 한 후 사라졌다. 또 다른 웨이터가 다가와 가죽으로 장정한 커다란 메뉴를 건네주었다. 리버스는 무릎에 올려진 두꺼운 천 냅킨이 묵직하게 느껴졌다.

"어디 사십니까, 경위님?" 커루가 물었다. 그의 야릇한 미소가 리버스를 불안하게 만들었다.

"마치몬트에 살고 있습니다." 리버스가 말했다.

"오," 커루의 눈이 번뜩였다. "아주 좋은 동네죠. 예전엔 농장이 많았습니다."

"그렇습니까?"

"네. 정말 괜찮은 동넵니다."

"그러니까 제임스는……" 토미 맥콜이 끼어들며 말했다. "그곳 집값이 꽤 나간다는 얘길 하고 싶어 하는 겁니다."

"맞습니다." 커루가 말했다. "우선 시내로 나가기가 수월하죠. 미도우즈나 대학교와도 가깝고……"

"제임스." 핀레이 앤드류스가 말했다. "사업 얘긴 다음에 합시다."

"그럴까요?" 커루가 말했다. 그러고는 다시 리버스를 쳐다보며 미소를 지었다. "죄송합니다."

"전 등심을 추천합니다." 앤드류스가 말했다. 하지만 리버스는 웨이터에게 가자미를 주문했다.

리버스는 최대한 자연스럽게 행동하려 노력했다. 레스토랑 안의 다른 손님들을 쳐다보지도, 테이블보의 무늬를 유심히 살펴보지도 않았다. 테이블에는 생소한 식기류가 많았다. 핑거볼(finger bowl, 식사 중에 손가락을 씻을 수 있도록 물을 담아 놓은 작은 그릇-옮긴이), 그리고 품질보증 마크가 찍힌 식사 도구. 하지만 일생에 한 번뿐인 귀한 자리잖아. 왜 쳐다보면 안 되는 거지? 리버스는 50명 남짓 되는 레스토랑 손님들을 찬찬히 둘러보았다. 대부분 남성이었고, 모두 웃는 낯이었다. 그들이 체면을 위해 장식용으로 데려온 여성 손님도 몇몇 보였다. 프라임 필레(prime fillet, 육류나 생선의 뼈를 발라내고 저민 살코기 요리-옮긴이). 모두가 그걸 주문해서 먹고 있는 것 같았다. 와인을 곁들여서.

"와인은 누가 고를까요?" 맥콜이 와인 리스트를 흔들어 보이며 말했다. 커루는 그 리스트를 낚아채려 손을 뻗었고, 리버스는 그냥 잠자코 있었다. 내가 나서면 이상하겠지? 안 그래? 리스트를 빼앗아 들고 내가 고르겠다고 법석을 떨면 안 되겠지? 굶주린 눈으로 가격을 훑으면서……

"괜찮다면 제가……" 핀레이 앤드류스가 맥콜의 손에서 와인 리스트를 낚아채 들었다. 리버스는 포크에 붙은 품질보증 마크를 유심히 살펴보았다.

맥콜이 리버스를 쳐다보며 말했다. "왓슨 총경님께 설득을 당하셨다고요?"

"설득을 당했다기보다는……" 리버스가 말했다. "그저 미약하나마 도울 수 있어 기쁠 따름입니다."

"자네의 경험이 큰 도움이 될 거야." 왓슨이 환히 웃으며 리버스에게 말했다. 리버스는 무표정한 얼굴로 그를 빤히 쳐다보았다.

다행스럽게도 앤드류스는 와인에 대해 잘 아는 듯했다. 그는 82년산 고급 클라레와 산뜻한 샤블리를 주문했다. 그제야 리버스는 기운이 조금 났다. 아까 그 카지노 이름이 뭐라고 했지? 앤드류스? 핀레이스? 그래, 핀레이스. 리버스는 그 작고 조용한 카지노에 대해 들어본 적은 있었지만 그곳에 가본 적은 없었다. 공적으로나 사적으로나. 돈을 잃는 게 뭐 그리 즐겁다고.

"아직도 그 중국인이 얼씬거립니까, 핀레이?" 맥콜이 물었다. 두 웨이터가 빅토리아 시대풍의 커다란 접시에 수프를 담아주었다.

"두 번 다시 발을 들일 수 없을 겁니다. 운영진에겐 입장을 거부할 권리가 있거든요."

맥콜이 싱긋 웃으며 리버스를 돌아보았다.

"핀레이가 한동안 골치를 썩었었죠. 속임수를 쓰는 중국인들 때문에. 그중 한 명이 핀레이를 특히 괴롭혔어요."

"당시 딜러가 좀 미숙했습니다." 앤드류스가 설명했다. "노련한 도박꾼들은 딜러가 공을 튕기는 제스처만 보고도 그게 룰렛 휠 어디에 떨어질지 압니다."

"대단하군요." 왓슨이 수프를 불어 식히며 말했다.

"생각하시는 것처럼 대단한 건 아닙니다." 앤드류스가 말했다. "저도 몇 번 본 적이 있습니다. 그들이 크게 걸기 전에 잡아내기만 하면 별 문제는 없습니다. 뭐 늘 정직한 고객들만 상대할 순 없는 일이라서 말이죠. 올해는 그럭저럭 장사가 좀 됐습니다. 북쪽으로 돈이 많이 유입됐어요. 다들 돈은 있는데 그걸 어디에 써야 할지 모르는 것 같더군요. 덕분에 카지노들만 신이 났죠."

"많은 돈이 유입됐다고요?" 리버스가 흥미롭다는 표정으로 말했다.

"인구도 늘었고, 일자리도 확실히 많아졌고요. 돈 잘 벌고 한가한 런던 간부들이 꽤 많이 올라왔습니다. 눈치 못 채셨습니까?"

"전 몰랐네요." 리버스가 솔직하게 말했다. "적어도 필뮤어 지역은 조용한 것 같습니다."

그 말에 모두가 미소를 지었다.

"저희 회사는 진작 알아차렸습니다." 커루가 말했다. "큰 집의 수요가 확실히 늘었습니다. 기업 차원에서 부동산을 사들이는 경우도 적지 않고요. 북쪽으로 이전했거나 이곳에 새 사무실을 연 회사가 한둘이 아닙니다. 그들에게 에든버러는 기회의 땅입니다. 집값이 폭등하고 있어요. 아마 한동안은 그런 추세가 이어질 겁니다." 그가 리버스를 쳐다보았다. "필뮤어에도 새집들이 여럿 지어지고 있습니다."

"핀레이." 맥콜이 그의 말을 끊었다. "리버스 경위님께 중국인 고객들이 어디에 돈을 쟁여놓는지 말씀드려요."

"일단 식사부터 하죠." 왓슨이 말했다. 맥콜이 킥킥 웃으며 수프 접시로 시선을 떨어뜨렸다. 리버스는 앤드류스의 얼굴에서 혐오스러워하는 표정이 빠르게 스치는 걸 똑똑히 볼 수 있었다.

마침내 차가운 꿀색 와인이 도착했다. 리버스는 잽싸게 한 모금 넘겨보았다. 커루는 앤드류스에게 카지노 확장공사를 위한 건축 허가에 대해 묻고 있었다.

"뭐, 문제없을 겁니다." 앤드류스는 의기양양한 말투를 애써 억누르며 말했다. 토미 맥콜이 웃음을 터뜨렸다.

"그렇겠죠." 리버스가 말했다. "당신 이웃들도 확장공사 허가를 그렇게 손쉽게 받아낼 수 있습니까?"

앤드류스가 샤블리만큼이나 차가운 미소를 흘렸다. "그야 경우에 따라 다르겠죠. 뭐 양심적으로만 처리하면 되는 거 아니겠습니까?"

"그렇죠." 잔을 비운 맥콜이 두 번째 잔을 향해 손을 뻗으며 말했다. "당연히 공명정대하게 진행되고 있을 거라 믿습니다, 핀레이." 그가 공모하는 듯한 눈빛으로 리버스를 쳐다보았다. "어디 가서도 절대 발설하시면 안됩니다."

"물론이죠." 리버스가 앤드류스 쪽으로 시선을 돌렸다. 그는 수프 접시를 깨끗이 비워내고 있었다. "식사 중에는 귀를 닫아놓습니다."

왓슨이 동의한다는 듯이 고개를 끄덕였다.

"안녕하십니까, 핀레이." 그때 육중한 체구의 남자가 테이블로 다가왔다. 그는 리버스가 지금껏 본 적 없는 최고급 양복을 걸치고 있었다. 옷에서는 비취색 광택이 비단결처럼 흐르고 있었다. 마흔 살 정도 되어 보이는 그의 머리는 희끗희끗했다. 그의 옆에는 연약하고 앳되어 보이는 동양인 여자가 서 있었다. 아름다운 여성의 출현에 모두가 허둥대며 일제히 일어났다. 남자는 우아한 제스처로 다시 앉을 것을 주문했다. 그들의 반응에 여자가 살짝 눈웃음을 지었다.

"안녕하세요, 맬컴." 앤드류스가 남자를 가리켰다. "이쪽은 맬컴 래니언입니다. 변호사죠." 불필요한 소개였다. 에든버러 가십난의 단골손님인 맬컴 래니언을 모르는 이는 없었다. 지나치게 공개적인 그의 라이프스타일은 증오와 부러움을 자아냈다. 그는 사람들이 변호사에 대해 경멸하는 거의 모든 면을 가지고 있었다. 한마디로 걸어 다니는 TV 미니시리즈나 다름없었다. 그의 라이프스타일은 가끔 색정광들을 분개하게 만들기도 했지만 일요일 타블로이드판 신문의 열혈 독자들에게는 늘 흥미로운 읽을거리를 제공해주었다. 하지만 그가 능력 있는 변호사라는 사실은 의심의 여지가 없었다. 그가 별 볼 일 없는 변호사였다면 그의 기사가 실린 신문은 그저 벽지에 불과했을 것이다. 아니, 벽지가 아니라 벽돌과 모르타르(mortar, 시멘트에 모래를 섞고 물로 갠 것으로 벽돌을 쌓을 때 접착용으로 쓰인다—옮긴이).

앤드류스가 테이블에 둘러앉은 이들을 가리키며 말했다. "이분들은 내가 얘기했던 위원회의 멤버들이십니다."

"아." 래니언이 고개를 끄덕였다. "그 마약 퇴치 캠페인 말이죠? 아주 기발한 아이디어입니다, 총경님."

뜻밖의 찬사에 왓슨이 얼굴을 붉혔다. 왓슨은 래니언이 자신을 알고 있다는 사실에 감동한 듯했다.

"핀레이," 래니언이 말했다. "내일 밤 약속 잊지 않았겠죠?"

"수첩에 잘 적어놓았습니다, 맬컴."

"다행입니다." 래니언이 테이블을 슥 둘러보았다. "여기 계신 분들이 모두 와주시면 영광이겠습니다. 저희 집에서 조촐하게 자리를 준비할 겁니다. 뭐 특별한 이유는 없고요, 그냥 그러고 싶었습니다. 8시까지 오시면 됩니다. 편한 자리니까 부담 갖지 마십시오." 그가 여자의 가느다란 허리에 손을 얹고 돌아섰다. 리버스는 그가 불러준 주소를 속으로 되뇌었다. 헤리엇 로(Heriot Row). 특권층이 모여 사는 뉴타운 최고의 동네. 그에게는 신세계나 다름없었다. 정식 초대는 아니었지만 리버스는 한번 가보고 싶어졌다. 두 번 다시 이런 기회는 오지 않을 테니까.

잠시 후, 테이블은 캠페인 관련 의견들로 소란스러워졌고, 웨이터는 빵을 추가로 가져왔다.

"빵." 긴장한 모습의 젊은 남자가 또 다른 신문철을 들고 홈스가 서 있는 카운터로 돌아왔다. "난 그게 걱정이에요. 모두가 빵머리가 돼버릴까 봐. 돈만 밝히는 사람 말이에요. 학교 다닐 때 친구들은 죄다 은행가나 회계사나 경제학자가 되고 싶어 했었죠. 열네 살밖에 안 된 놈들이. 자기들이 무슨 인생을 안다고. 이건 5월이에요."

"네?" 홈스가 다른 쪽 다리로 체중을 옮겨 실으며 말했다. 의자라도 좀 갖다놓지. 그는 벌써 한 시간도 넘게 수북이 쌓인 신문을 훑고 있었다. 손가락은 잉크로 새까매진 상태였다. 가끔 깜빡하고 놓친 표제나 축구 기사가 잠시나마 그의 시선을 잡아끌기도 했다. 중노동에 가까운 반복 작업이 그의 두 팔을 뻐근하게 만들었다.

"5월." 젊은 남자가 말했다. "이건 5월 신문들이에요."

"네, 고마워요."

"6월은 다 끝났어요?"

"네."

남자가 고개를 끄덕이며 신문철의 끝부분을 두 개의 가죽 끈으로 잘 묶어놓았다. 그러고 나서 묵직한 바인더를 챙겨 밖으로 나갔다. 지겨워 미치겠네. 홈스는 생각했다. 그가 새 신문철의 버클을 풀었다.

리버스가 잘못 짚은 게 분명했다. 신문사에는 컴퓨터는 물론 컴퓨터 수준의 기억력을 가진 나이 든 직원도 없었다. 하는 수 없이 손으로 일일이 넘겨가며 훑어봐야 했다. 독특한 각도에서 촬영된 익숙한 장소의 사진들을 찾아서. 왜 내게 이런 일을 시킨 거지? 홈스는 아직도 그 답을 알지 못했다. 점점 짜증이 밀려들었다. 그는 오후에 리버스를 만나 직접 물어볼 참이었다. 잠시 후, 젊은 남자가 발을 질질 끌며 다시 들어왔다. 그의 두 팔은 축 늘어져 있었고, 입은 살짝 벌어져 있었다.

"왜 당신은 친구들을 따라가지 않은 겁니까?" 홈스가 말했다.

"왜 금융 쪽으로 가지 않았느냐고요?" 젊은 남자가 코를 찡긋거렸다. "난 녀석들과 다른 일을 해 보고 싶었어요. 그래서 언론을 공부하게 됐죠. 여기 들어온 게 현명한 선택이었는진 모르겠지만."

아니지. 또 한 페이지를 넘기며 홈스는 생각했다. 절대 아니지.

"자, 이만 일어납시다." 맥콜이 자리에서 일어서며 말했다. 그들은 일제히 냅킨을 구겨 테이블 위로 휙 던졌다. 깨끗했던 테이블보는 어느새 빵 부스러기와 와인과 커피 얼룩, 그리고 버터 덩어리 등으로 뒤덮여 있었다. 리버스는 띵한 머리를 간신히 들고 자리에서 일어났다. 배가 불러 움직이기가 쉽지 않았다. 와인에 커피에 코냑까지! 혀에 백태가 낄 만했다. 모두들 사무실로 돌아갈 거라고 했다. 리버스도 그래야 했다. 3시에 홈스와 만나기로 했으니. 많이 늦을 것 같았지만 어쩌겠는가. 홈스는 불평하지 않을 거야. 아니, 불평하지 못할 거야. 리버스는 생각했다.

"진수성찬이었습니다." 커루가 볼록한 배를 토닥이며 말했다.

"오늘 미팅은 꽤 건설적이었습니다." 왓슨이 말했다. "안 그렇습니까?"

"그렇습니다." 맥콜이 말했다. "아주 유익한 시간이었습니다."

앤드류스가 계산을 하겠다고 나섰다. 대충 헤아려봐도 액수가 세 자릿수는 족히 될 것 같았다. 앤드류스가 계산서를 유심히 훑어나갔다. 머릿속 가격표와 꼼꼼히 비교를 하고 있는 듯했다. 스코틀랜드인은 별 수 없군, 제아무리 성공한 사업가라 해도. 리버스는 생각했다. 앤드류스가 웨이터 주임을 불러 과다 청구된 메뉴를 손으로 짚으며 보여주었다. 웨이터 주임은 정중히 사과하며 즉석에서 볼펜으로 계산서를 수정해주었다.

점심시간이 지난 레스토랑은 거의 텅 비어 있었다. 리버스는 갑작스레 몰려든 죄책감에 휩싸였다. 그는 네 명의 일행과 200파운드어치의 음식과 술을 먹고 마셨다. 리버스 혼자만 해도 대충 40파운드어치를 해치웠다는 뜻이었다. 다른 테이블 손님들이 웃고 떠들며 레스토랑을 나서고 있었다. 그들은 벌게진 얼굴로 시가를 나눠 피우며 수다를 떨어댔다. 맥콜이 리버스의 등에 손을 얹고 턱으로 앞서 나가는 남자들을 가리켰다.

"스코틀랜드에 토리당원 유권자가 오십 명 남았다면 아마 이 방에 다 모였을 겁니다."

"그렇겠죠." 리버스가 말했다.

앤드류스가 돌아서서 그들을 쳐다보았다. "토리당원이 오십 명만 있거나요." 그가 말했다.

남자들이 다시 자신감에 찬 미소를 흘렸다. 내가 먹은 게 빵인지 재인지 모르겠군. 리버스는 생각했다. 사방에서 시가 재가 빨갛게 타고 있었다. 그의 속이 울렁거리기 시작했다. 그때 옆에서 맥콜이 비틀거렸다. 리버스는 잽싸게 그를 붙잡아 부축했다.

"술이 좀 과했나봅니다, 토미." 커루가 말했다.

"바람을 쐬면 괜찮아질 겁니다." 맥콜이 말했다. "존이 도와줄 겁니다. 그렇죠, 존?"

"물론입니다." 마침 바람을 쐬고 싶었던 리버스가 흔쾌히 말했다.

맥콜이 커루를 돌아보았다. "그 새 차를 가져왔나요?"

커루가 고개를 저었다. "차고에 두고 왔습니다."

맥콜이 고개를 끄덕이며 리버스를 돌아보았다. "재규어 V12를 장만했더군요." 그가 설명했다. "4만 파운드짜리랍니다."

한 웨이터가 엘리베이터 옆에 서 있었다.

"다시 모시게 돼서 영광이었습니다." 리버스와 맥콜이 엘리베이터에 오르자 웨이터가 사무적으로 말했다.

"언젠가 나한테 체포된 적이 있었던 모양이군요." 엘리베이터 문이 닫히자 리버스가 말했다. "난 저 친구를 본 적이 없거든요. 저 친구도 날 오늘 처음 봤을 텐데."

"이 레스토랑은 아무것도 아닙니다." 맥콜이 얼굴을 일그러뜨리며 말했다. "정말 아무것도 아니에요. 제대로 즐기고 싶다면 카지노에 가야죠. 문 앞에서 핀레이의 친구라고 하면 들여보내줄 겁니다. 정말 기가 막힌 곳이에요."

"나중에 한번 가보죠." 리버스가 말했다. 엘리베이터 문이 다시 열렸다. "세탁소에 맡긴 커머번드(cummerbund, 정장 상의 안에 매는 비단 허리띠-옮긴이)가 돌아오면요."

맥콜이 웃음을 터뜨리며 건물을 나섰다.

홈스는 뻣뻣해진 몸을 이끌고 미로 같은 복도를 지나 직원용 출입구로 빠져나왔다. 그곳까지 그를 안내한 젊은 직원은 주머니에 두 손을 찔러 넣은 채 휘파람을 불며 돌아섰다. 홈스는 자신이 언론 쪽으로 빠지지 않은 게 천만다행이라고 생각했다.

홈스는 수요일자 조간신문에서 문제의 사진들을 찾아냈다. 직원은 사진 보관소에서 원본을 가져다주었고, 홈스는 그것에 붙은 금색 직사각형 스티커에 적힌 내용을 확인했다. 지미 허턴 스튜디오. 스티커에는 주소와 전화번호까지 기록되어 있었다. 그제야 홈스는 모처럼 다리와 허리를 쭉 펼 수 있었다. 맥주 한 잔 생각이 굴뚝같았지만 그는 꾹 참았다. 두 시간 동안 테이블에 기댄 채 서 있다 보니 술집 바에서도 같은 짓을 하고 싶지 않아졌다. 게다가 시간도 아직 일렀다. 3시 15분. 두뇌 회전은 빠르지만 행동은 놀라울 만큼 굼뜬 신문사 직원 덕분에 리버스 경위와의 첫 미팅에 늦어버리고 말았다. 홈스는 리버스가 시간 엄수를 얼마나 중요시하는 타입인지 궁금했다. 그리고 부디 그가 부하에게 관대한 상관이기를 간절히 바랐다. 이곳에서 힘겹게 거둔 성과가 리버스의 기분을 조금도 풀어주지 못한다면 그건 그가 인간이 아니라는 뜻이다.

리버스에 대한 무시무시한 얘기들은 말 그대로 소문에 불과할 뿐이었다. 그리고 홈스는 소문을 믿지 않았다. 가끔 예외는 있었지만.

두 사람 중 더 늦게 나타난 건 리버스였다. 놀랍게도 그는 전화를 걸어와 사과까지 했다. 홈스가 리버스의 책상 앞에 앉아 있을 때 경위가 불쑥 들어왔다. 그가 야한 색 넥타이를 풀어 서랍에 집어넣고 미소를 지으며 홈스 앞으로 손을 내밀었다.

다행이군. 홈스와 악수를 하며 리버스는 생각했다. 이 친구는 프리메이슨 단원이 아니었어.

"이름이 브라이언이지?" 리버스가 자리에 앉으며 말했다.

"그렇습니다, 경위님."

"좋아. 이제부터 난 그냥 브라이언이라고 부르겠네. 자넨 계속 경위님이라고 부르게. 괜찮지?"

홈스가 미소를 지었다. "그럼요."

"그래, 뭘 좀 알아냈나?"

홈스는 처음부터 차근차근 설명에 들어갔다. 리버스는 쏟아지는 졸음을 참아가며 홈스의 보고에 귀를 기울였다. 리버스의 입에서 술과 음식 냄새가 진하게 풍겨 나왔다. 홈스는 보고를 마치고 리버스의 반응을 기다렸다.

리버스는 말없이 고개만 끄덕여댔다. 생각을 정리하고 있는 걸까? 홈스는 어색한 침묵을 먼저 깨보기로 했다.

"실례지만 경위님, 무슨 문제라도 있습니까?"

"실례는 무슨." 마침내 리버스가 입을 열었다. 하지만 말은 더 이상 이어지지 않았다.

"어떻게 생각하십니까, 경위님?"

"난 잘 모르겠어, 브라이언. 정말로. 이렇게 짐작만 할 게 아니라 확실하게 밝혀내야 하는데 말이야."

"계속 수사를 할 필요가 있다고 보십니까?"

"내가 알아낸 걸 듣고 한번 판단해보게." 이번에는 리버스가 설명할 차례였다. 하지만 그의 설명은 매끄럽게 이어지지 않았고, 내용도 대부분 추측에 근거한 것이었다. 홈스는 머릿속으로 조각난 내용을 끼워 맞춰보려 애썼다. 당최 무슨 얘긴지 모르겠군.

"그러니까 말이야……" 리버스가 말했다. "피해자는 스스로에게 쥐약을 주사한 마약쟁이였어. 분명 그 쥐약을 공급한 사람이 있을 거야. 시체에 남겨진 멍자국들은 뭐고, 벽에 그려놓은 요상한 그림은 또 뭔지, 아직 파헤쳐야 할 부분들이 많아. 카메라는 사라졌고, 현장에서는 부러진 넥타이 클립이 발견됐어. 사진도 그렇고, 정체불명의 남자들이 그의 여자친구를 미행해온 것도 그렇고. 내가 왜 골머리를 썩고 있는지 이해할 수 있겠지?"

"한꺼번에 너무 많은 일들이 벌어졌군요."

"바로 그거야."

"그럼 우린 어떻게 하죠?"

'우리'라는 단어가 리버스의 기분을 한결 가볍게 만들어주었다. 이제야 간절히 바랐던 파트너가 나타난 것이었다. 숙취는 계속 그의 기력을 갉아먹고 있었다. 그가 밀려드는 졸음에 고개를 까딱였다.

"난 오컬트 그룹에 대해 알아볼 생각이야." 리버스가 말했다. "자넨 허턴의 스튜디오에 다녀오고."

"그래야겠죠." 홈스가 말했다.

"그럴듯하지?" 리버스가 말했다. "머리는 내가 쓸게, 브라이언. 자넨 열심히 뛰어다니기만 하면 돼. 나중에 전화로 보고하게. 이만 나가봐."

리버스는 그에게 박정하게 굴고 싶지 않았다. 하지만 젊은 형사가 상관을 너무 만만하게 보는 것 같아 기를 살짝 꺾어줄 필요는 있었다. 내 실수야. 홈스가 문을 닫고 나가자 리버스는 생각했다. 내 실수. 내가 말이 너무 많았어. 첫 만남부터 모든 걸 다 털어놓다니. 홈스를 브라이언으로 부른 것부터가 잘못이었어. 이게 다 그 점심 미팅 때문이야. 핀레이라고 불러요, 제임스라고 불러요, 토미라고 불러요…… 엎질러진 물을 어쩌겠어? 앞으로 잘하면 되겠지 뭐. 리버스는 생각했다. 적당한 적대감과 경쟁은 도움이 될 수도 있어. 적어도 우리가 하는 일에서는.

리버스가 이런 인간이었군.

브라이언 홈스는 꽉 쥔 주먹을 주머니에 찔러 넣은 채 경찰서를 걸어나왔다. 얼마나 힘을 주었는지 손가락 마디가 벌겋게 달아올라 있었다. '자넨 열심히 뛰어다니기만 하면 돼.' 좋았던 분위기를 그런 망발로 망쳐놓다니. 인간적으로 친해지고 싶었는데. 네가 순진했어, 브라이언. 리버스는 이번 사건을 극성스럽게 챙기고 있었다. 경찰답지 않을 정도로. 단순히 한가하고 심심해서? 그래서 저렇게 필립 말로(레이먼드 챈들러의 추리소설 시리즈 속 탐정 이름-옮긴이) 흉내를 내며 노는 건가? 이 일 말고도 시급히 처리할 게 얼마나 많은데. 내게도 마약 퇴치 캠페인 같은 편한 보직이 주어졌으면. 홈스는 리버스가 그 캠페인에 합류한 것도 이해할 수 없었다. 동생이 마약 밀매 죄로 피터헤드의 교도소에 들어가 있는데. 파이프에서 악명을 떨쳤다지? 그 사실만으로도 리버스는 경찰에서 쫓겨났어야 했다. 하지만 경찰은 오히려 그를 승진시켜주었다. 세상이 미쳐가고 있다는 증거였다.

홈스는 문제의 사진작가를 만나봐야 했다. 가는 김에 여권 사진도 찍어오면 좋을 것 같았다. 그는 캐나다나 오스트레일리아나 미국으로 훌쩍 떠나고 싶었다. 이 빌어먹을 땅에서 살 집을 찾으러 다니는 것도 이젠 지긋지긋해. 경찰 업무도 싫고, 존 리버스 경위와 그의 마녀사냥도 싫고.

싫어 미치겠다고!

리버스는 정리가 안 된 서랍에서 아스피린 몇 알을 찾아냈다. 그는 쓰디쓴 약을 우적우적 씹으며 아래층으로 내려갔다. 끔찍한 실수였다. 으스러진 아스피린이 그나마 입 안에 남아 있던 침을 모조리 흡수해버렸다. 물이 없으면 목으로 넘길 수도 없었다. 말도 제대로 나오지 않았다. 내근 경사가 폴리스티렌 비커에 담긴 차를 홀짝이고 있었다. 리버스는 그의 손에서 비커를 낚아채 들고 미지근한 차를 벌컥벌컥 들이켰다. 그의 얼굴이 화끈 달아올랐다.

"대체 설탕을 얼마나 탄 거야, 잭?"

"이렇게 뺏길 줄 알았다면 경위님의 취향으로 탔겠죠."

내근 경사는 입담이 좋았다. 리버스가 응수하기 버거울 만큼. 리버스는 컵을 돌려주고 돌아섰다. 설탕이 그의 뱃속을 휘젓고 있었다.

두 번 다시 술은 입에 대지 않겠어. 차에 시동을 걸며 리버스는 생각했다. 아주 가끔 와인 한두 잔 하는 것 빼고는. 딱 거기까지만 하겠어. 와인에 증류주를 섞어 마시는 일도 없을 거야. 그러니 제발, 주여, 이 숙취 좀 거두어 가소서. 기껏해야 코냑 한 잔에 클라레 두 잔, 샤블리 한 잔, 그리고 진토닉 한 잔 했을 뿐입니다. 이게 과한 건 아니지 않습니까. 고작 이걸로 알코올중독 치료 시설에 들어가야 합니까?

도로는 한산했다. 그나마 다행이었다. 리버스는 필뮤어에 도착하고 나서야 자신이 찰리의 집 주소를 모른다는 사실을 깨달았다. 오컬트 그룹에 접근하려면 찰리의 도움이 절대적으로 필요했다. 리버스는 그들이 쓴다는 마법에 대해 재확인해보고 싶었다. 찰리에 대해서도 마찬가지고. 물론 찰리가 그 사실을 알아서는 안 되었다.

리버스는 마법 어쩌고 하는 것들이 영 거슬렸다. 그는 선과 악을 믿었다. 어리석은 사람들이 후자에 쉽게 매료된다는 것도. 그는 이교도들에 대한 두꺼운 책을 읽어본 적이 있었다. 땅과 같은 자연을 숭배하는 이들은 봐줄 수 있었다. 따지고 보면 일반 종교와 별반 다르지 않았으니까. 하지만 악을 신으로, 그리고 그 이상의 독립체로 숭배하는 이들은 이해할 수 없었다. 아무 생각 없이 재미 삼아 그러는 이들에 대한 리버스의 반감은 특히 컸다.

찰리 같은 사람들. 리버스는 다시 기거의 그림들을 떠올렸다. 알몸의 여자가 놓인 두 개의 저울 사이에 앉은 사탄의 모습. 커다란 드릴이 여자들의 몸을 관통하고, 사탄은 염소 머리를 가면처럼 뒤집어쓰고……

대체 찰리는 어디 있을까? 집집마다 묻고 다닐 수밖에 없었다. 호별 조사. 상대가 비협조적으로 나오면 살짝 겁을 주면 될 것이고, 모두가 사악한 경찰을 두려워하니까.

하지만 다행히도 그럴 필요가 없게 되었다. 판자로 둘러친 집 앞에서 어정거리고 있는 순경들이 마침 눈에 들어왔기 때문이다. 로니가 숨진 채 발견된 집에서 얼마 떨어지지 않은 곳이었다. 한 순경은 무전기로 상관에게 보고를 하고 있었고, 또 한 명은 수첩에 무언가를 휘갈겨 쓰는 중이었다. 차를 세우고 밖으로 나온 리버스가 멈칫했다. 그는 차 안으로 손을 뻗어 열쇠를 뽑아 들었다. 동네가 동네인지라. 그는 혹시 몰라 운전석 문까지 걸어 잠갔다.

리버스는 두 순경 중 한 명을 금세 알아볼 수 있었다. 해리 토드. 로니를 처음 발견했던 바로 그 친구였다. 리버스가 다가오는 걸 보자 토드가 긴장하며 자세를 바로잡았다. 리버스가 손을 살랑이며 괜찮다는 제스처를 해 보이자 토드는 무전기에 대고 보고를 이어나갔다. 리버스는 그의 파트너에게 다가갔다.

"무슨 일인가?" 순경이 수첩에서 눈을 떼고 경찰다운 매서운 표정으로 리버스를 쳐다보았다. "리버스 경위네." 리버스가 말했다. 그는 토드의 아일랜드인 파트너, 오루크가 어디 있는지 궁금했다.

"아," 순경이 말했다. "그게……" 그가 펜을 주머니에 집어넣었다. "가택침입 신고가 들어왔습니다, 경위님. 바로 이 집입니다. 하지만 저희가 도착했을 때 범인은 이미 달아난 후였습니다. 여자는 아직 집 안에 있습니다. 눈에 멍이 들었을 뿐 다른 부상은 없습니다. 경위님께서 친히 챙기실 일은 아닙니다."

"그래?" 리버스가 말했다. "내가 뭘 친히 챙겨야 하고 뭘 그냥 무시해야 하는지 알려줘서 고맙네. 정말 고마워. 내가 이 집에 잠시 들어갈 수 있도록 허락해주겠나?"

순간 순경의 얼굴과 목이 창백하게 질렸고, 볼은 시뻘겋게 달아올랐다. 리버스는 그의 반응을 은근히 즐기고 있었다. 순경 뒤에서 지켜보던 토드가 히죽히죽 웃었다.

"들어가도 되겠나?" 리버스가 말했다.

"네. 죄송합니다, 경위님." 순경이 말했다.

"진작 그럴 것이지." 리버스가 현관으로 올라갔다. 기다렸다는 듯 문이 스르르 열리더니 안에서 트레이시가 걸어 나왔다. 펑펑 울다 나왔는지 그녀의 눈은 빨갛게 충혈되어 있었다. 한쪽 눈에는 시퍼런 멍이 들어 있었다. 현관에 선 리버스를 보고도 그녀는 놀라는 기색이 없었다. 오히려 안도하는 모습이었다. 그녀는 리버스를 와락 끌어안고 그의 가슴에 얼굴을 묻었다. 그녀의 눈에서 다시 눈물이 쏟아져 내렸다.

리버스는 당혹스러웠다. 그의 손이 그녀의 등을 가볍게 토닥였다. 아버지가 겁에 질린 어린 딸을 진정시키듯이. 그의 시선이 두 순경 쪽으로 돌아갔다. 그들은 애써 못 본 척하고 있었다. 그때 차 한 대가 다가와 리버스의 차 옆에 멈춰 섰다. 토니 맥콜이 핸드브레이크를 걸고 차에서 내려와 리버스와 젊은 여자를 보았다.

리버스는 트레이시의 팔뚝에 손을 얹고 그녀를 살며시 밀어냈다. 하지만 그들의 손과 팔은 여전히 얽혀 있었다. 그녀는 애써 눈물을 참으며 그를 쳐다보았다. 마침내 그녀가 한 손을 들어 젖은 눈가를 훔쳐냈다. 그녀의 다른 쪽 손에서 리버스의 손이 떨어져나갔다.

"존?" 맥콜이 바짝 다가오며 말했다.

"토니."

"왜 갑자기 자네가 내 구역에 관심을 갖게 된 거지?"

"그냥 지나가다 들른 거야." 리버스가 말했다.

실내는 놀라우리만큼 깔끔하게 정리된 상태였다. 쓸 만한 가구도 꽤 갖춰져 있었다. 낡은 소파 두 개, 식탁용 의자 두 개, 격자무늬 테이블, 그리고 솔기가 뜯긴 푸프(pouffe, 사람이 앉거나 발을 올려놓는 데 쓰는 크고 두꺼운 쿠션-옮긴이) 대여섯 개. 무엇보다도 놀라운 건 전기 공급이 끊어지지 않았다는 사실이었다.

"전기청이 이 사실을 알고 있을지 궁금하네." 리버스가 아래층에 불을 켜자 맥콜이 말했다.

그렇게 꾸며놓았음에도 집에서는 아늑함이 느껴지지 않았다. 거실 바닥에는 침낭 몇 개가 펼쳐져 있었다. 언제 찾아올지 모르는 부랑자와 행인들을 맞기 위함인 듯했다. 트레이시가 쿠션 하나를 깔고 앉아 두 팔로 무릎을 감쌌다.

"여기서 지냈던 겁니까?" 이미 답을 알고 있는 리버스가 물었다.

"아뇨. 여긴 찰리의 집이에요."

"그걸 언제 처음 알았죠?"

"오늘요. 항상 이집 저집 싸돌아다녀서 추적하기가 쉽지 않아요."

"그런데도 당신은 그를 쉽게 찾아냈군요."

트레이시가 어깨를 으쓱였다.

"어떻게 된 겁니까?"

"그에게 해줄 말이 있었어요."

"로니에 대해서요?" 맥콜은 리버스를 말없이 지켜보며 그들의 대화에 집중했다. 리버스는 트레이시를 심문함으로써 동료에게 지금까지의 상황을 설명해주고 있었다. 트레이시가 고개를 끄덕였다.

"어리석게 들리겠지만 난 내 말을 들어줄 사람이 필요했어요."

"그래서요?"

"얘길 하다가 싸움이 벌어졌어요. 그가 먼저 시비를 걸었어요. 나 때문에 로니가 죽었다고 했어요." 트레이시가 두 형사를 번갈아 쳐다보았다. 리버스의 귀에는 애원이라기보다는 진실된 주장으로 들렸다. "그건 사실이 아니에요. 하지만 찰리는 내가 로니를 제대로 챙기지 않아서 생긴 일이라고 했어요. 그가 계속 마약을 한 것도, 끝내 필뮤어를 떠나지 못한 것도 다 내 탓이라나요? 어떻게 그런 말을 할 수 있죠? 내가 얘기한다고 로니가 들었을 것 같아요? 아무도 그를 말릴 수 없었다고요!"

"찰리에게 그렇게 말했나요?"

그녀가 미소를 지었다. "아뇨, 그냥 지금 떠올린 거예요. 늘 이런 식이죠. 싸움이 끝나고 나서야 쓸 만한 응수가 떠오르고."

"무슨 얘긴지 이해합니다." 맥콜이 말했다.

"그래서 당신이 그에게 욕을 하면서……"

"내가 시작한 게 아니라니까요!" 트레이시가 리버스에게 소리쳤다.

"알았어요." 리버스가 차분하게 말했다. "찰리가 먼저 싸움을 걸었다고 침시다. 그래서 당신은 받아쳤고, 그는 당신에게 손찌검을 했고, 그렇게 된 겁니까?"

"네." 그녀가 흥분을 가라앉히고 말했다.

"그럼……" 리버스가 잠시 우물거리다가 말했다. "당신도 그에게 폭력을 썼습니까?"

"맞은 만큼 때려줬어요."

"잘했습니다." 맥콜이 말했다. 그는 방 안을 찬찬히 둘러보고 있었다. 소파 쿠션들을 뒤집어보고, 오래된 잡지들을 펼쳐보고, 침낭들을 일일이 만져보기도 했다.

"젠장, 난 농담할 기분이 아니라고요." 트레이시가 말했다.

맥콜이 흠칫 놀라며 그녀를 돌아보았다. 그리고 미소를 흘리며 계속 침낭을 살펴보았다. "아하." 그가 침낭 하나를 들고 살살 흔들며 말했다. 침낭 안에서 작은 폴리에틸렌 봉지가 툭 떨어졌다. 맥콜이 그것을 집어 들고 만족스러운 표정을 지었다. "누가 여기서 약을 했나 보군." 그가 말했다. "하긴, 약은 집에서 해야 제맛이지."

"난 모르는 일이에요." 트레이시가 작은 봉지를 쳐다보며 말했다.

"우린 당신을 믿습니다." 리버스가 말했다. "그러니까 찰리는 달아나버렸다 이거죠?"

"네. 이웃의 누군가가 돼지놈들, 아니, 경찰에 신고를 한 모양이에요." 그녀가 시선을 돌리며 말했다.

"괜찮아요. 그보다 더한 별명으로도 불려봤으니까." 맥콜이 말했다. "안 그래, 존?"

"그렇고말고. 순경들이 들이닥치니 찰리가 뒷문으로 빠져나간 거군요. 그렇죠?"

"네. 뒷문으로."

"음." 리버스가 말했다. "그의 방을 한번 둘러봐야겠어. 그 친구의 방이 따로 있는진 모르겠지만."

"좋은 생각이야." 맥콜이 폴리에틸렌 봉지를 주머니에 넣으며 말했다. "아니 땐 굴뚝에서 연기가 날 리 없으니."

찰리의 작은 방에는 침낭과 책상, 그리고 관절형 램프만이 갖춰져 있었다. 한쪽 벽에는 책들이 천장에 닿을 만큼 높이 쌓여 있었다. 책 기둥들은 무척 불안정해 보였다. 대부분 반납 기한이 훌쩍 지난 도서관 책들이었다.

"연체료를 다 납부하면 시 행정 담당자들이 두둑한 보너스를 받겠군." 맥콜이 말했다.

경제학 책도 있었고 정치와 역사, 그리고 악마주의와 마법에 관한 책들도 여럿 보였다. 소설도 몇 권 있었다. 대부분의 책에는 밑줄이 쳐져 있으며, 여백마다 연필로 적어 넣은 글씨가 빽빽이 채워져 있었다. 책상에는 반쯤 쓰다 만 에세이가 놓여 있었다. 찰리의 학과 과제인 듯했다. '마법'을 현대사회와 연결 지으려 애쓴 느낌이 역력했지만 리버스의 눈에는 장황하고 두서없는 허튼소리로만 읽힐 뿐이었다.

"실례합니다."

아래층에서 두 순경이 계단을 올라오고 있었다.

"여기야!" 맥콜이 큰 소리로 말했다. 그가 커다란 슈퍼마켓 쇼핑백에 담긴 내용물을 바닥에 쏟아냈다. 펜, 장난감 자동차, 담배 마는 종이, 목각 달걀, 실 한 꾸리, 소형 카세트 플레이어, 스위스 군용 칼, 그리고 카메라. 맥콜이 몸을 숙이고 엄지와 중지로 카메라를 집어 들었다. 좋은 모델이었다. 35밀리 수동 카메라. 맥콜이 리버스를 향해 그것을 들어 보였다. 리버스가 손수건을 이용해 카메라를 받아 들고, 팔짱을 낀 채 문에 기대어 서 있는 트레이시를 돌아보았다. 그녀가 고개를 끄덕였다.

"맞아요." 그녀가 말했다. "로니의 카메라예요."

순경들은 어느새 계단 꼭대기에 올라와 있었다. 리버스는 맥콜이 들고 있는 슈퍼마켓 쇼핑백에 카메라를 떨어뜨렸다.

"토드." 리버스가 안면 있는 순경에게 말했다. "이 여성분을 그레이트 런던 가 경찰서로 모시고 가." 트레이시의 입이 쩍 벌어졌다. "당신의 신상 보호를 위해서예요." 리버스가 말했다. "저들과 같이 가 있어요. 금방 따라갈게요."

트레이시는 항의를 포기하고 돌아서서 방을 나갔다. 두 순경이 그녀를 이끌고 계단을 내려갔다. 맥콜은 여전히 방 안을 수색 중이었다.

"아니 땐 굴뚝에서 연기가 날 리 없지." 맥콜이 말했다.

"오늘 네 형과 점심을 먹었어." 리버스가 말했다.

"우리 형이랑?" 맥콜이 그를 쳐다보았다. 리버스는 고개를 끄덕였다. "난 지난 15년 동안 형에게 밥 한 번 얻어먹은 적이 없었는데."

"아이리에 갔었어." 맥콜의 입에서 휘파람이 새어 나왔다. "왓슨의 마약 퇴치 캠페인과 관련해서 미팅이 있었거든."

"그래. 형이 후원을 하고 있다지? 뭐, 형에겐 별 감정이 없어. 날 몇 번 챙겨준 적도 있었고."

"술을 아주 들이붓던데."

맥콜이 웃음을 터뜨렸다. "변한 게 하나도 없군. 뭐 술값 낼 능력이 있으니 고주망태가 되든 말든 신경 쓸 이유가 없지. 운송회사가 제법 잘 굴러가는 것 같더라고. 한때 사무실에서 살다시피 했던 적이 있었는데. 하루 스물네 시간, 1년에 52주. 하지만 요즘엔 밖으로 신나게 나도는 것 같아. 회계사한테는 아예 1년 푹 쉬라고까지 했대. 세금 문제 때문에. 믿을 수 있겠어? 우리랑은 전혀 딴 세상에 살고 있다고."

"정말 그런 것 같더군." 리버스는 여전히 슈퍼마켓 쇼핑백을 들고 있었다. 맥콜이 턱으로 그것을 가리켰다.

"이거면 됐나?"

"큰 도움이 될 거야." 리버스가 말했다. "지문부터 채취해야겠어."

"누구 지문이 나올지 미리 알려줄까?" 맥콜이 말했다. "죽은 피해자와 그 찰리라는 친구."

"한 사람을 깜빡했군."

"누구?"

"자네. 아까 보니까 장갑도 안 끼고 카메라를 집던데."

"아, 미안. 깜빡했어."

"신경 쓰지 마."

"아무튼 자축할 일 아닌가? 자넨 어떤지 모르겠지만 난 배가 고파 미칠 것 같아."

그들이 방을 나가려는 순간 책으로 쌓은 탑 하나가 와르르 무너져 내렸다. 리버스가 돌아서서 사방에 널브러진 책들을 내려다보았다.

"유령." 맥콜이 말했다. "그냥 유령일 뿐이야."

별 볼 일 없는 곳이었다. 리버스가 예상했던 모습과는 큰 차이가 있었다. 한쪽 구석에는 화초 화분이 놓여 있었고, 창문에는 검은 롤러 블라인드가 붙어 있었다. 새것으로 보이는 플라스틱 책상에는 먼지로 덮인 문서 작성기가 놓여 있었다. 가정집처럼 디자인된 공동주택 2층은 사무실이나 스튜디오로는 전혀 어울리지 않는 공간이었다. 젊은 여직원이 '전하'를 부르러 간 사이 홈스는 프런트로 쓰이는 방 안을 찬찬히 둘러보았다. 그녀는 정말로 사장을 그렇게 불렀다. 그는 지금껏 이토록 고용주를 존경하고, 또 경외하는 직원을 본 적이 없었다. 잠시 후, 문이 열리고 '전하'가 걸어 나왔다. 지미 허턴은 어딘지 좀 이상해 보였다.

그는 쉰 살쯤 된 것 같았다. 숱 없는 머리는 눈까지 내려와 있었고 어울리지 않는 청바지 차림이었다. 젊게 보이려고 청바지를 입는 건 나이 든 사람들이 흔히 저지르는 실수다. 그는 키가 작았다. 160센티미터도 채 되지 않는 것 같았다. 홈스는 그제야 비서의 말장난을 이해할 수 있었다. 전하(His highness는 왕족을 존칭하는 말이지만, 'his'와 'highness'를 직역하면 '그의 높이'라는 뜻도 되기 때문에 키가 작은 대상을 은근히 비꼬는 것으로도 해석할 수 있다—옮긴이).

허턴은 많이 지친 모습이었다. 카메라는 스튜디오로 쓰이는 뒤편 침실이나 골방에 놓아두고 온 모양이었다. 그가 한 손을 내밀었고, 홈스는 악수에 응했다.

"홈스 경장입니다." 그가 말했다. 허턴이 고개를 끄덕이며 비서의 책상에서 담배를 집어 들었다. 책상에 앉아 딱 붙는 스커트를 매만지던 그녀의 얼굴이 일그러졌다. 허턴은 홈스와 눈을 마주치지 않았다. 남자의 눈은 심란한 마음을 반영하고 있는 듯했다. 허턴이 창가로 다가가 밖을 내다보았다. 그의 입에서 뿜어져 나온 담배 연기가 높고 검은 천장으로 올라갔다. 그가 벽에 몸을 기댄 채 고개를 떨어뜨렸다.

"커피 좀 갖다 줘, 크리스틴." 그의 시선이 홈스 쪽으로 돌아왔다. "한잔하겠습니까?" 홈스는 고개를 저었다.

"정말요?" 자리에서 일어난 크리스틴이 다정하게 말했다.

"그럼 한잔 주세요. 감사합니다."

그녀가 미소를 흘리며 방을 나갔다. 홈스는 그녀가 주방으로 갈지 암실로 갈지 궁금했다.

"그래," 허턴이 말했다. "뭘 도와드릴까?"

그는 목소리도 이상했다. 고음이었지만 날카롭거나 여성스럽지 않았다. 그냥 음조만 높을 뿐이었다. 그의 목소리는 어릴 적 성대를 다치기라도 한 것처럼 거칠었다.

"허턴 씨가 맞으시죠?" 홈스가 확인을 위해 물었다. 허턴이 고개를 끄덕였다.

"프로 사진작가, 지미 허턴입니다. 결혼식 사진 때문에 왔나요? 흥정을 좀 해 보시게?"

"아뇨. 그런 게 아닙니다."

"그럼 인물사진? 여자친구 사진입니까? 아니면 어머니나 아버지?"

"아닙니다. 개인적으로 알아볼 게 있어서 왔습니다."

"그러니까 돈이 되는 일은 아니란 말이죠?" 허턴이 미소를 지으며 홈스를 흘끔 쳐다보았다. 그가 담배를 한 모금 빨고 나서 말했다. "사진을 꽤 잘 받을 것 같은데. 강해 보이는 턱, 도드라진 광대뼈. 조명만 완벽하다면……"

"감사하지만 사양하겠습니다. 전 사진 찍히는 걸 무척 싫어합니다."

"난 사진 애길 하는 게 아닌데." 허턴이 책상 쪽으로 다가갔다. "난 지금 예술을 애기하는 겁니다."

"사실 제가 선생님을 찾아온 것도 바로 그것 때문입니다."

"네?"

"예술. 신문에 실린 선생님 사진을 봤습니다. 궁금한 게 있어서 여쭤보려고요."

"그래요?"

"실종 사건이 발생했습니다." 홈스는 거짓말에 소질이 없었다. 거짓말을 할 때면 그의 귀가 따끔거려왔다. "로니 맥그래스라는 청년입니다."

"처음 듣는 이름인데요."

"사진작가가 되고 싶어 한다더군요."

"그런데 날 왜?"

"그 친구가 선생님을 찾아올지도 모르거든요. 워낙 이 바닥에서 유명하신 분이라." 너무나 뻔한 거짓말이었다. 바보가 아니라면 허턴도 그걸 알아차려야 했다. 하지만 그의 시야는 이미 허영심에 많이 흐려진 상태였다.

"흠." 사진작가가 책상에 몸을 기댄 채 말했다. 그는 자만에 찬 모습으로 팔짱을 끼고 다리를 꼬았다. "그 로니라는 친구, 어떻게 생겼습니까?"

"키가 큰 편이고요, 머리는 갈색입니다. 에든버러 성과 칼튼 힐 주변에서 실험적인 작품을 주로 찍는 친구인데……"

"경위님은 사진에 대해 잘 압니까?"

"경장입니다." 홈스가 미소를 지으며 말했다. 하지만 그는 이내 멈칫했다. 설마 허턴도 사탕발림으로 날 가지고 놀려는 게 아닐까? "전 사진에 별 취미가 없습니다. 휴가 중에 몇 장 찍는 정도죠."

"설탕 넣어드릴까요?" 크리스틴이 문틈으로 고개를 불쑥 내밀며 미소를 지었다.

"괜찮습니다." 홈스가 말했다. "우유만 조금 넣어주시면 됩니다."

"난 위스키를 넣어줘." 허턴이 말했다. "날 사랑한다면." 그가 그녀에게 윙크를 날렸다. "귀에 익은 이름입니다. 로니…… 성 주변에서 실험적인 작품을 찍는다고 했죠? 맞아, 맞아. 기억이 납니다. 언젠가 아주 성가신 젊은이가 날 찾아왔었어요. 당시 난 포트폴리오 작업을 하고 있었습니다. 고도의 집중력을 요하는 일이었는데 그 친구가 자꾸 찾아와 만나달라고 법석을 떨어댔습니다. 자기 작품을 보여주고 싶다나요." 허턴이 변명적으로 두 손을 들어보였다. "아, 물론 나도 혈기왕성했을 땐 그랬습니다. 그 친구를 돕고는 싶었지만 시간이 나질 않았어요."

"그의 작품을 보시진 않았습니까?"

"아뇨. 방금 얘기한 대로 그럴 시간이 없었습니다. 그렇게 몇 주 지나니더 이상 걸음을 하지 않더군요."

"그게 언제쯤이었습니까?"

"몇 달 전이었습니다. 서너 달쯤 전."

비서가 커피를 들고 나타났다. 허턴의 머그잔에서는 위스키 향기가 은은하게 풍겼다. 순간 홈스에게 질투심과 역겨움이 동시에 찾아들었다. 그는 인터뷰의 진행 방향을 살짝 틀어보기로 했다.

"고마워요, 크리스틴." 홈스가 말했다. 그녀는 자리로 돌아가 담배를 꺼내 물었다. 홈스는 손을 뻗어 불을 붙여줄까 하다가 말았다.

"경장님." 허턴이 말했다. "수사에 적극 협조하고는 싶지만……"

"바쁘신 분이라는 거 압니다." 홈스가 고개를 끄덕이며 말했다. "이렇게 시간을 내주셔서 얼마나 감사한지 모릅니다. 이제 다 끝났습니다." 홈스가 델 정도로 뜨거운 커피를 한 모금 입에 머금고 잠시 망설이다가 눈을 딱 감고 꿀꺽 삼켰다.

"다행이군요." 허턴이 걸터앉았던 책상에서 일어났다.

"참," 홈스가 말했다. "마지막으로 한 가지만 더 여쭙겠습니다. 그냥 좀 궁금해서 그런데요, 선생님 스튜디오를 살짝 구경해도 되겠습니까? 정식 스튜디오를 본 적이 없어서 말이죠."

허턴이 크리스틴을 흘끔 쳐다보았다. 그녀는 담배를 쥔 손으로 미소 띤 입을 가렸다.

"물론이죠." 허턴도 미소를 지으며 말했다. "안 될 거 없죠. 자, 따라오세요."

스튜디오는 꽤 컸고 홈스가 예상한 모습과 크게 다르지 않았다. 한 가지 부분만 제외하고는. 여섯 개의 삼각대에 놓인 다양한 카메라들. 벽의 세 면에는 온갖 사진들이 걸려 있었고, 한 면은 침대 시트를 연상시키는 커다란 흰색 배경막으로 덮여 있었다. 스튜디오다운 풍경이었다. 배경막

앞에 젊은 금발의 남자가 팔짱을 낀 채 따분한 표정으로 앉아 있었다. 포트폴리오 제작을 위한 촬영 준비 중이라고 했다.

남자는 알몸이었다.

"홈스 경장님, 이쪽은 아널드입니다." 허턴이 소개했다. "아널드는 모델입니다. 아무 문제 없죠?"

홈스는 잽싸게 시선을 돌렸다. 그는 화끈 달아오른 얼굴로 허턴을 돌아보았다.

"물론이죠."

허턴이 아널드의 몸을 겨누고 있는 카메라 뒤로 다가가 몸을 숙이고 뷰파인더를 들여다보았다.

"남성 누드는 꽤 아름답습니다." 허턴이 말했다. "세상에 인체만 한 피사체가 없죠." 그가 셔터를 누르고 필름을 감았다. 그의 시선이 다시 홈스에게로 돌아왔다. 불편해하는 형사의 모습이 마냥 재밌는 모양이었다.

"이걸로 뭘 하실……" 홈스는 적절한 단어를 찾아 잠시 헤맸다. "이건 용도가 뭡니까?"

"얘기했잖아요. 포트폴리오용이라고. 미래의 고객들에게 견본으로 보여주기 위해 준비하고 있는 겁니다."

"그렇군요." 홈스가 이해한다는 듯 고개를 끄덕였다.

"난 예술가예요. 돈벌이나 심심풀이로 사람들을 찍어대는 아마추어가 아니라."

"알겠습니다." 홈스가 다시 고개를 끄덕이며 말했다.

"법에 저촉되는 부분은 없죠?"

"없습니다." 허턴은 두꺼운 커튼이 쳐진 창문으로 다가가 밖을 내다보았다. "이웃들에게 피해가 가지만 않는다면요."

허턴이 웃음을 터뜨렸다. 무표정한 모델의 얼굴에도 잠시 미소가 떠올랐다.

"다들 얼마나 좋아하는지 모릅니다." 허턴이 창가로 다가가며 말했다. "그래서 커튼을 쳐둔 겁니다. 한심한 인간들이 우르르 몰려와 훔쳐본다니까요." 그가 맞은편 아파트의 맨 위층 창문을 가리켰다. "저기서요. 언젠가 몰래 엿보는 놈들을 기습적으로 찍은 적도 있습니다. 모터 드라이브(motor drive, 필름을 자동으로 감아 연속 촬영이 가능하도록 하는 카메라 부속 장치-옮긴이)로요. 무척 언짢아하더군요." 그가 창문에서 돌아섰다. 홈스는 벽에 걸린 사진들을 찬찬히 훑어보았다. 허턴이 바짝 다가와 각 작품의 촬영 각도와 기법 등을 상세히 설명해주었다.

"기가 막히네요." 홈스가 안개로 덮인 에든버러 성의 사진을 가리켰다. 로니의 작품을 모방한 신문 속 이미지와 거의 일치했다. 허턴이 어깨를 으쓱였다.

"별거 아닙니다." 허턴이 홈스의 어깨에 손을 얹으며 말했다. "자, 내가 찍은 누드 작품도 한번 보시겠습니까?"

방의 한쪽 구석에는 열 장 남짓한 흑백사진이 걸려 있었다. 모든 모델이 젊거나 아름다운 건 아니었다. 하지만 전부 예술적인 감각으로 촬영된 것들이었다.

"개인적으로 최고라 생각되는 작품들입니다." 허턴이 말했다.

"최고라면 가장 풍취 있는 작품들이라는 뜻입니까?" 비판의 의도는 없었지만 허턴은 언짢아하는 모습이었다. 그가 커다란 서랍장으로 다가가 맨 아래 서랍을 열고 사진을 한 아름 꺼냈다. 그런 다음, 그것들을 바닥에 팽개쳤다.

"봐요." 허턴이 말했다. "이건 포르노가 아닙니다. 이게 추잡하고, 역겹고, 음란하게 보입니까? 그냥 몸뚱이들일 뿐이지 않습니까. 포즈를 취한 몸뚱이들."

홈스는 바닥에 뿌려진 사진들을 내려다보지 않았다.

"죄송합니다." 홈스가 말했다. "제가 괜한 말을……"

"됐습니다." 허턴이 홱 돌아서서 남자 모델을 쳐다보았다. 그러더니 어깨를 축 늘어뜨리고 눈을 비볐다. "좀 피곤해서 그랬습니다. 그렇게 딱딱거릴 생각은 없었습니다."

홈스는 허턴의 어깨 너머로 아널드를 응시하다가 몸을 숙이고 바닥에 떨어진 사진 하나를 집어 들었다. 그러고는 남자 모델에게 윙크를 하며 사진을 슬쩍 재킷 주머니에 넣었다.

"사람들은 이게 쉬운 일인 줄 압니다. 하루 종일 셔터만 눌러대는 게 뭐가 힘드냐고들 하죠." 다시 돌아선 허턴이 말했다. 허턴 뒤에서 아널드가 경고하듯 손가락을 흔들고 있었다. 하지만 그의 얼굴에는 능글맞은 미소가 떠올라 있었다. 비밀을 지켜주겠다는 뜻이었다. "항상 머리를 굴려야 합니다." 허턴이 계속 이어나갔다. "깨어 있는 동안은 말이죠. 뭔가가 눈에 들어올 때마다 복잡한 계산을 해야 합니다. 세상 모든 게 훌륭한 피사체가 될 수 있으니까요."

홈스는 문 쪽으로 천천히 걸어 나갔다.

"이만 가보겠습니다. 하시던 일 계속 하십시오." 홈스가 말했다.

"오," 허턴이 잠에서 막 깬 듯한 소리로 말했다. "네."

"협조해주셔서 감사합니다."

"고맙긴요 뭐."

"만나서 반가웠습니다, 아널드." 홈스가 문을 닫고 밖으로 나갔다.

"자, 계속하자고." 허턴이 말했다. 그가 바닥에 널린 사진들을 내려다보았다. "치우는 걸 좀 도와주겠나, 아널드?"

"물론이죠."

사진들을 서랍에 넣고 나서 허턴이 말했다. "경찰치고는 사람 괜찮지?"

"그런 것 같네요." 아널드가 알몸으로 서서 말했다. "추잡한 변태 같진 않았어요."

허턴은 그게 무슨 뜻인지 물었고, 아널드는 말없이 어깨만 으쓱였다. 어쨌든 그가 상관할 일은 아니었으니까. 그저 잘생긴 젊은 형사가 여자들에게 관심이 있다는 게 유감스러울 뿐이었다.

홈스는 스튜디오 밖에 서서 몸을 바르르 떨었다. 그의 몸속 어딘가에서 작은 모터가 돌고 있는 것 같았다. 그가 한 손을 들어 자신의 가슴에 얹었다. 심장박동 소리가 살짝 들릴 뿐 다른 문제는 없었다. 다들 그렇지 않나? 경범죄를 저지르고 도망쳐 나온 듯한 기분이었다. 안에서 그가 한 짓은 충분히 범죄로 볼 수 있었다. 누군가의 소유물을 허락도 받지 않고 집어 왔으니 절도가 분명했다. 어린 시절 그는 가게 물건을 몇 번 훔친 적이 있었다. 몰래 집어 온 것들은 예외 없이 쓰레기통으로 직행했다. 애들이 다 그렇지 않나? 안 그래?

홈스는 주머니에서 사진을 꺼냈다. 그러고는 살짝 말려 올라간 가장자리를 손가락으로 천천히 폈다. 유모차를 밀고 그의 앞을 지나던 한 여자가 사진을 흘끔 쳐다보더니 역겹다는 표정을 지어 보였다. 괜찮아요, 부인. 전 경찰입니다. 그가 속으로 중얼거렸다. 그의 눈이 누드 사진을 유심히 살피기 시작했다. 심하게 외설스러운 작품은 아니었다. 사진 속 여자는 비단인지 새틴인지 알 수 없는 견직물에 누워 있었다. 높은 각도에서 촬영된 여자는 팔다리를 넓게 벌린 포즈를 취하고 있었다. 뿌루퉁한 그녀의 입과 황홀경에 빠진 듯 가늘게 뜬 눈은 왠지 어색해 보였다. 평범해 보이는 작품에서 가장 흥미로운 부분은 모델의 신원이었다.

그녀는 트레이시가 분명했다. 불법 거주 건물에서 봤던 사진 속 여자. 그가 배경을 조사해야 하는 피해자의 여자친구. 여자는 부끄러워하는 기

색 없이 카메라를 향해 포즈를 취하고 있었다. 오히려 그 상황을 즐기는
듯했다.

왜 자꾸 이 집으로 걸음을 하게 되는 거지? 리버스는 궁금했다. 그가 손
전등으로 찰리의 벽화를 다시 비춰보았다. 그것을 그려놓은 이의 머릿속
을 이해해보고 싶었지만 또 한편으로는 찰리 같은 인간쓰레기를 자신이
왜 이해해야 하는지 납득이 되지 않았다. 그가 사건 해결에 결정적인 역할
을 해줄 것 같아서?

"무슨 사건?"

리버스가 크게 소리 내어 말했다. 무슨 사건? 형사 법원이 이걸 '사건'
으로 인정할 것 같아? 인물이 있고, 악행이 있고, 답이 없는 의문도 있었
다. 불법행위도 분명 있었다. 하지만 사건은 없었다. 그 사실이 그를 짜증
나게 만들었다. 사건만 있었어도, 손으로 잡을 수 있는 유형의 무언가만
있었어도. 하지만 그런 건 없었다. 모든 게 녹아내리는 촛농만큼이나 공허
했다. 하지만 촛농은 흔적이라도 남지. 안 그래? 세상에 완전히 사라지는
건 없다. 사라지는 대신 형태와 본질과 의미를 바꾸어놓을 뿐이다. 동심원
속 오각형 별도 본질적으로는 아무것도 아니었다. 리버스의 눈에 그것은
주석으로 된 보안관 배지로만 보였다. 어린 시절 6연발 화약총과 함께 늘
지니고 다녔던 장난감 배지.

남들 눈에는 악 그 자체로 보일지 모르지만.

리버스는 장난감 배지를 달고 뿌듯해했던 추억을 떠올리며 위층으로
올라갔다. 넥타이 클립이 발견된 지점을 지나자 로니의 침실이 나왔다. 그
는 창가로 다가가 유리창을 덮은 판자들 틈으로 밖을 살폈다. 그의 낡은
코티나 바로 옆에 또 다른 차 한 대가 세워져 있었다. 경찰서에서부터 그
를 미행해온 차였다. 그의 아파트 밖에서 진을 치고 있었던 바로 그 포드

에스코트. 수상한 차의 운전자는 보이지 않았다.

그때 뒤에서 삐걱하는 소리가 들려왔다. 누군가가 그의 뒤로 바짝 다가와 있었다.

"이 집을 잘 아는 모양이죠?" 그가 말했다. "삐걱대는 마룻장들을 용케 피해서 온 걸 보면."

리버스가 돌아서서 손전등으로 젊은 남자의 얼굴을 비추었다. 남자는 짧고 검은 머리를 하고 있었다. 남자가 불빛을 막으려 한 손으로 눈을 가렸다. 리버스는 손전등을 남자의 몸에 겨누었다.

남자는 순경 제복 차림이었다.

"자네가 닐이지?" 리버스가 차분하게 말했다. "아니, 닐리라고 불러야 하나?"

손전등 불빛은 이제 바닥을 비추고 있었다. 그 정도면 서로를 제대로 보기에 충분한 조명이었다. 젊은 남자가 고개를 끄덕였다.

"그냥 닐이라고 부르시면 됩니다. 친구들만 닐리라고 부릅니다."

"난 자네 친구가 못 된다는 얘긴가?" 리버스가 말했다. "하지만 로니는 자네 친구였지, 안 그래?"

"그 이상이었습니다, 리버스 경위님." 순경이 조금 더 바짝 다가오며 말했다. "그는 제 형이었습니다."

로니의 방에는 앉을 곳이 없었다. 하지만 상관없었다. 두 사람 모두 긴장을 풀고 앉아 있을 정신이 아니었으니까. 그들은 잔뜩 들떠 있었다. 닐은 자신의 이야기를 들려주고 싶어 했고, 리버스는 그걸 듣고 싶었다. 닐의 이야기가 이어지는 동안 리버스는 고개를 떨어뜨린 채 창가 앞을 천천히 맴돌았다. 닐은 문간에 서서 삐걱거리는 문을 앞뒤로 살살 흔들고 있었다. 손전등 불빛이 벽에 서 있는 두 남자의 검은 윤곽을 만들어냈다. 말하는 자와 듣는 자.

"형이 그러고 살았다는 건 알고 있었습니다." 닐이 말했다. "저는 형이 어떤 생각으로 살았는지도 형 자신보다 잘 알았어요."

"그러니까 그가 마약중독자였다는 걸 알고 있었단 말이지?"

"마약을 한다는 건 알고 있었죠. 학교 다닐 때부터 약에 손을 댔거든요. 언젠가 마약 문제로 퇴학당할 뻔한 적도 있었습니다. 고맙게도 학교는 3개월 만에 형을 다시 받아주었고, 형은 무사히 시험을 칠 수 있었죠. 공부는 꽤 하는 편이었습니다. 적어도 저보단 잘했었죠."

그래. 리버스는 생각했다. 존경심이 사람의 눈을 멀게 할 수도 있지.

"시험을 치고 나서 형은 집을 나가버렸어요. 그 후로 몇 달 동안 연락이 끊어졌죠. 부모님이 특히 힘들어하셨습니다. 결국에는 형을 버린 자식으로 치시더군요. 맏아들의 존재를 기억에서 완전히 지워버리셨습니다. 저도 집에서 형을 언급할 수 없었고요."

"하지만 자네는 꾸준히 연락을 해온 거지?"

"네. 형은 제 친구를 통해 편지를 보내왔습니다. 머리를 좀 썼죠. 덕분에 부모님 몰래 계속 연락을 주고받을 수 있었습니다. 형은 에든버러에 있다고 했어요. 스털링보다 훨씬 살기 좋다고 했죠. 일도 하고 있고, 여자친구도 생겼다고 했습니다. 하지만 주소나 연락처는 끝내 알려주지 않더군요."

"편지는 자주 받았나?"

"가끔요. 형은 편지에 거짓말을 많이 했어요. 듣기 좋은 말만 늘어놓았죠. 자기 소유의 포르쉐와 아파트를 장만할 때까지 스털링에 돌아오지 않겠다고 했습니다. 부모님 앞에 당당히 나타날 수 있을 때까지 말이죠. 그러다가 언제부터인가 편지가 뚝 끊겨졌어요. 전 학교를 졸업하고 경찰이 되었고요."

"그리고 에든버러로 오게 됐군."

"곧바로 온 건 아닙니다. 결국엔 여기까지 오게 됐지만."

"형을 찾으러 온 건가?"

닐이 미소를 지었다.

"전혀 아닙니다. 저도 형을 잊기로 했거든요. 전 제 인생을 살아야 하지 않겠습니까?"

"그래서 어떻게 됐지?"

"어느 날 밤 순찰을 하던 중에 형을 붙잡았습니다."

"순찰 구역이 어디지?"

"머셀버러입니다."

"머셀버러? 여기서 꽤 많이 떨어진 곳인데. 그리고 붙잡았다니, 무슨 뜻이지?"

"엄밀히 말하면 붙잡은 건 아니었고요. 형이 죄를 짓고 도망 다닌 건 아니었으니까. 아무튼 형은 당시 약에 취한 채 누군가에게 흠씬 두들겨 맞은 상태였습니다."

"그동안 어떻게 살았는지 털어놓던가?"

"아뇨. 하지만 대충 짐작이 되더군요."

"짐작?"

"보나 마나 칼튼 힐 주변에서 인간 샌드백으로 살아왔겠죠 뭐."

"다른 누군가도 그런 얘길 하던데."

"그런 사람이 어디 한둘이겠습니까? 남들 시선이 신경 쓰이지 않는다면 그보다 쉬운 돈벌이는 없죠."

"로니도 남들 시선에 신경 쓰지 않았던 모양이지?"

"쓸 때도 있었고, 그렇지 않을 때도…… 모르겠습니다. 제가 형의 머릿속을 생각처럼 훤히 꿰뚫어 보지 못했던 것 같습니다."

"그 후로는 형을 자주 찾아갔었나?"

"그날 밤 형을 집까지 부축해줬습니다. 다음 날 다시 찾아갔는데 형이 많이 놀라더군요. 전날 밤에 제 부축을 받고 귀가한 걸 기억하지 못하는 듯했습니다."

"형이 마약을 끊도록 도와줬나?"

닐은 침묵에 빠졌다. 경첩에서 문이 삐걱거렸다.

"처음엔 그러려고 노력했습니다." 마침내 그가 말했다. "하지만 형은 간섭받고 싶어 하지 않았어요. 그날 밤 제게 보인 한심한 꼴도 다 자신의 선택이었다고 주장하더군요."

"동생이 경찰이라는 사실에 대해 어떻게 생각했었나?"

"재밌다고 하던데요. 전 제복 차림으로 여길 찾아온 적이 없었습니다."

"오늘 밤이 처음인가 보군."

"그렇습니다. 아무튼 전 몇 번 여길 찾아왔었습니다. 주로 이 방에서 시간을 보냈죠. 형은 남들에게 절 보이려 하지 않았습니다."

이번에는 리버스가 미소를 흘릴 차례였다. "자네가 트레이시를 미행했었나?"

"트레이시가 누굽니까?"

"로니의 여자친구. 어젯밤 내 아파트에 나타났어. 어떤 남자들이 자길 미행했다더군."

닐이 고개를 저었다. "전 아닙니다."

"하지만 어젯밤 내 집 앞에 진을 치고 있었던 건 맞지?"

"그렇습니다."

"로니가 숨진 날 밤 여기 왔던 것도 자네였고?" 그 말에 닐이 문손잡이에서 손을 뗐다. 그는 약 30초간 입을 열지 않았다. 그의 입에서 긴 한숨이 터져 나왔다.

"네, 왔었습니다."

"자네가 이걸 떨어뜨렸어." 리버스가 번쩍거리는 클립을 꺼내 보였다. 하지만 손전등 불빛 속에서 닐은 그것을 알아보지 못했다.

"제 넥타이 클립이겠군요. 한참을 찾았는데. 그날 밤 부러져서 주머니에 넣고 다녔습니다."

리버스는 클립을 돌려주지 않고 다시 자신의 주머니에 집어넣었다. 닐은 상황을 이해한 듯 고개를 끄덕였다.

"왜 날 미행한 거지?"

"경위님께 드릴 말씀이 있었습니다. 하지만 용기가 나지 않았어요."

"부모님이 로니의 죽음에 대해 아시는 걸 원치 않았겠지?"

"그렇습니다. 처음에는 경위님께서 형의 신원을 밝혀내지 못하실 거라 생각했습니다. 하지만 기어이 알아내시더군요. 솔직히 부모님이 그 소식에 어떤 반응을 보이실지 모르겠습니다. 최악의 상황은 두 분이 무척 흡족해하시는 겁니다. 당신들이 맏아들을 제대로 봤다는 것이죠."

"최고의 상황은?"

"최고의 상황?" 닐이 어둠 속에서 리버스의 눈을 찾아 헤맸다. "그런 건 없죠."

"그렇군." 리버스가 말했다. "그래도 부모님께는 알려드려야 하지 않을까?"

"그래야겠죠. 저도 그러려고 했습니다."

"날 미행한 진짜 이유가 뭔가?"

"경위님은 저보다도 형의 비밀에 가까이 접근해 계십니다. 저는 경위님께서 형에게 지대한 관심을 갖고 계신 이유가 궁금했습니다. 형에게 독약을 판 놈을 꼭 잡아달라고 부탁드리고 싶기도 했고요."

"그건 걱정하지 말게."

"경위님을 돕고 싶습니다."

"어리석은 얘길 하는 걸 보니 순경이 맞긴 하군. 미안하지만 닐, 자넨 내게 골칫거리만 될 거야. 도움이라면 충분히 받고 있으니 염려 말라고."

"저까지 끼면 배가 산으로 갈까 봐 걱정되시나요?"

"맞아." 리버스는 그의 이야기가 결말에 이르렀음을 알아차렸다. 리버스가 창가를 벗어나 닐에게 다가갔다. "자네에게선 냄새가 나. 정확히 얘기하면 청어 냄새. 그게 무슨 색인지 아나?"

"무슨 색입니까?"

"빨강이야, 빨강(red herring, 빨간 청어는 '눈속임'을 의미하기도 한다-옮긴이)."

그때 아래층에서 발소리가 들려왔다. 삐걱대는 마룻장은 적외선 경보기보다도 효과가 좋았다. 리버스가 잽싸게 손전등을 껐다.

"여기 있어." 리버스가 속삭였다. 그리고 계단 쪽으로 천천히 이동했다. "누구야?" 계단 아래로부터 그림자가 나타났다. 리버스가 손전등을 켜고 형체를 비추었다. 토니 맥콜이 인상을 찌푸리고 있었다.

"맙소사, 토니." 리버스가 계단을 내려가며 말했다. "깜짝 놀랐잖아."

"자네가 여기 있을 줄 알았지." 맥콜이 말했다. "그럴 줄 알았다고." 그의 목소리에는 비음이 섞여 있었다. 리버스는 맥콜이 불과 세 시간 전까지 자신과 술을 마셨다는 사실을 떠올렸다. 그가 돌아서서 침실 앞으로 다가갔다.

"어디 가는 거야?" 맥콜이 물었다.

"문을 닫으려고." 리버스가 닐이 있는 침실의 문을 닫았다. "유령들이 감기에 걸리면 안 되잖아."

맥콜이 낄낄 웃었다. 리버스는 다시 아래층으로 내려왔다.

"제대로 한잔 하러 가자고." 맥콜이 말했다. "자네가 요즘 들이키는 무알코올 맥주 말고."

"좋지." 리버스가 맥콜을 이끌고 현관문을 빠져나왔다. "그러자고." 리버스가 열쇠로 현관문을 걸어 잠갔다. 로니의 동생은 이 집을 나서는 여러 방법을 알고 있을 게 분명했다. 이 동네 사람들 모두가 그렇듯이.

모두가.

"어디로 갈까?" 리버스가 말했다. "설마 차를 가져온 건 아니겠지, 토니?"

"순찰차를 불러 태워달라고 했지."

"그랬군. 그럼 내 차로 가자고."

"리스(Leith, 스코틀랜드의 포트 만에 면한 항구-옮긴이)로 갈까?"

"아니. 난 중심가가 좋아. 리젠트 가에 괜찮은 술집이 몇 곳 있어."

"칼튼 힐 쪽?" 맥콜이 흠칫 놀라며 말했다. "맙소사, 존, 왜 하필 거기야? 좋은 데가 널려 있는데."

"난 거기가 좋아." 리버스가 말했다. "어서 가자고."

넬 스테이플턴은 홈스의 여자친구였다. 홈스는 키 큰 여자들을 좋아했다. 심지어 그의 어머니조차도 키가 177센티미터에 달했다. 넬은 홈스의 어머니보다 2센티미터쯤 더 컸다.

넬은 홈스보다 똑똑했다. 하지만 그는 자신이 그녀보다 나은 부분이 분명 있을 거라 믿었다. 넬은 『가디언』에 실린 십자 낱말 퍼즐을 단 15분 만에 해치울 수 있었다. 하지만 암산과 이름을 기억하는 부분에 있어서는 홈스가 월등했다. 사람들은 그들이 꽤 잘 어울리는 커플이라고 입을 모았다. 그들 스스로도 그렇게 생각했다. 그들에게는 몇 가지 규칙이 있었다. 결혼 얘기를 꺼내지 말 것. 2세 생각을 하지 말 것. 동거를 제안하지 말 것. 그리고 바람을 피우지 말 것.

넬은 에든버러 대학에서 사서로 일했다. 오늘 홈스는 그녀에게 오컬트에 관한 책 몇 권을 찾아달라고 부탁했다. 그녀는 책뿐만 아니라 관련 논문들까지 찾아다주었다. 또한 도움이 될 만한 참고 문헌 목록도 출력해서 건네주었다. 모든 자료는 그날 저녁, 술집에서 전달했다.

평일 저녁의 '탄식의 다리'는 도심부의 여느 술집들과 마찬가지로 한산했다. 퇴근 후 가볍게 한잔 걸친 직장인들은 재킷을 팔에 걸고 우르르 몰려 나갔다. 저녁 단골들은 아직 도심으로 향하는 버스에 오르지 못한 모양이었다. 넬과 홈스는 비디오 게임기들과 멀리 떨어진 구석 자리에 앉아 있었다. 하지만 하이파이 시스템의 스피커는 피하지 못했다. 홈스는 바에서 자신이 마실 맥주, 그리고 넬이 마실 오렌지 주스와 페리에를 주문한 뒤 볼륨을 조금 낮춰줄 것을 부탁했다.

"미안하지만 그건 안 되겠습니다. 손님들이 싫어하거든요."

"우리도 손님인데요." 홈스가 말했다.

"매니저한테 한번 얘기해봐요."

"그러죠."

"아직 출근하지 않았습니다."

홈스는 젊은 여자 바텐더를 매섭게 쏘아본 후 자리로 돌아갔다. 테이블에 도착한 그는 흠칫 놀랐다. 넬이 그의 서류가방을 열고 트레이시의 사진을 유심히 들여다보고 있었다.

"이게 누구야?" 홈스가 테이블에 음료를 내려놓자 넬이 가방을 닫으며 물었다.

"수사 중인 사건." 홈스가 자리에 앉으며 냉담하게 말했다. "남의 가방을 허락도 없이 열어보면 어떡해?"

"브라이언, 일곱 번째 규칙, 비밀은 없어야 한다."

"아무리 그래도 그렇지……"

"예쁜데. 안 그래?"

"뭐? 갑자기 그게 무슨……"

"학교에서 저 여자를 본 적이 있어."

그 말에 홈스가 멈칫했다. "그래?"

"응. 도서관 카페테리아에서. 일행보다 항상 나이가 많더라고. 그래서 기억하고 있었지."

"저 여자도 학생이야?"

"아닐 수도 있어. 학생들만 카페테리아를 이용할 수 있는 건 아니니까. 도서관은 학생만 출입할 수 있지만 도서관 안에서 본 적은 없어. 그 여자가 대체 무슨 죄를 저질렀는데 그래?"

"아무 죄도 안 지었어."

"그런데 왜 그 여자의 누드 사진을 가방에 넣고 다니는 거야?"

"리버스 경위님이 주문하셨거든."

"야한 사진을 구해오래?"

넬이 미소를 지었고, 홈스도 따라 지었다. 하지만 미소는 금세 자취를 감춰버렸다. 리버스와 맥콜이 술집으로 불쑥 들어왔기 때문이다. 그들은 농담을 주고받으며 호탕하게 웃고 있었다. 홈스는 리버스와 넬이 만나는 걸 원치 않았다. 그는 그녀와 함께 있을 때만큼은 경찰의 삶으로부터 최대한 떨어져 있고 싶었다. 비록 그녀가 오컬트 도서 목록을 제공하는 등 수사에 도움을 주고 있었지만. 그는 당분간 넬을 비장의 무기로 꽁꽁 숨겨놓고 싶었다. 리버스가 도서 목록을 필요로 할 때 당당히 꺼내놓을 히든카드로.

하지만 예고도 없이 나타난 리버스 때문에 그 계획이 위태로워졌다. 리버스가 그를 알아보고 다가오지 않기를 바라는 또 다른 이유도 있었다. 여자친구 앞에서 리버스에게 굴욕을 당하지 않기 위해. 그의 사무실에서 그랬던 것처럼.

리버스가 바로 다가가는 동안 홈스는 테이블에서 눈을 떼지 않았다. 잠시 후, 두 상관 형사가 술을 사들고 뒤편 당구대로 향하자 홈스는 안도의

한숨을 내쉬었다. 그들은 당구대에 넣을 20펜스 동전 두 개를 놓고 티격태
격하고 있었다.

"왜 그래?"

넬이 그를 빤히 쳐다보았다. 그녀도 눈앞 테이블로 향한 고개를 돌리지
않았다.

"아무것도 아냐." 홈스가 그녀와 눈을 맞추며 말했다. "배고프지 않아?"

"조금."

"나도."

"먹고 왔다고 했잖아."

"조금밖에 안 먹었어. 자, 나가자. 인도 음식 사줄게."

"난 아직 다 안 마셨어." 그녀는 세 번에 나누어 남은 음료를 깨끗이 비
워냈다. 그들은 조용히 문을 닫고 밖으로 나왔다.

"앞이야, 뒤야?" 리버스가 동전을 튕겨 올리며 맥콜에게 말했다.

"뒤."

리버스가 떨어진 동전을 내려다보았다. "뒤. 자네가 먼저 깨." 맥콜이
한쪽 눈을 감고 세모꼴로 뭉친 공들에 집중하며 큐의 각도를 맞추기 시작
했다. 리버스는 술집 정문을 물끄러미 바라보고 있었다. 뭐 문제 될 건 없
잖아. 그는 생각했다. 홈스가 근무 중에 술을 마신 것도 아니고. 여자랑 같
이 있으면 좀 어때? 애인 때문에 상관을 못 본 척한 모양이었다. 수사에 아
무 진전이 없었거나. 그게 뭐 어떻다고. 하지만 부하에게 무시당했다는 생
각이 자꾸 그의 마음을 거슬리게 만들었다. 낮에 그가 사무실에서 한바탕
퍼부은 것에 대한 홈스의 소심한 복수인지도 몰랐다.

"자네가 칠 차례야, 존." 포켓에 하나도 넣지 못한 채 공을 깬 맥콜이 말
했다.

"맞아, 토니." 리버스가 큐의 끝에 초크를 바르며 말했다. "내 차례야."

맥콜이 리버스의 옆으로 바짝 다가섰다.

"이성애자들을 위한 술집은 이 동네에 여기가 유일한 것 같군." 맥콜이 나지막이 말했다.

"동성애 혐오증이라고 들어봤어, 토니?"

"내 말 오해하지 마, 존." 맥콜이 허리를 곧게 펴며 말했다. 리버스가 선택한 공은 포켓을 빗나갔다. "사람마다 취향이 다른 건 알지만 어떤 술집과 클럽들은……"

"그 부분에 대해 많이 아는 것 같은데."

"아니, 전혀. 그냥 이런저런 얘길 좀 들었을 뿐이야."

"누구한테?"

맥콜이 줄무늬 공 하나를 포켓에 넣었다. 그리고 또 하나. "왜 이래, 존? 나만큼 에든버러를 잘 알면서. 이곳 동성애 문화에 대해선 모르는 사람이 없다고."

"자네 말대로 사람마다 취향이 다를 뿐이야." 순간 리버스의 뇌리를 스치는 목소리가 있었다.

넌 내게 형제나 다름없어.

아니, 아니야. 닥치라고. 맥콜이 다음 샷을 놓치자 리버스가 당구대 앞으로 다가갔다.

"신기하군." 공이 포켓을 빗나가자 리버스가 말했다. "술을 그렇게 마시고도 당구 실력이 줄지를 않으니."

맥콜이 킬킬 웃었다. "술이 수전증을 낫게 하거든." 그가 말했다. "남은 술이나 빨리 비워. 한 잔씩 더 사올 테니까. 내가 쏜다고."

제임스 커루는 거한 대접을 받아 마땅했다. 그는 에든버러 변두리의 큰 저택을 스코틀랜드에 처음 진출한 회사의 재무 이사에게 팔아치웠다. 그뿐 아니라, 그들 부부가 지정한 건축업자와 제휴도 맺었다. 원래 스코틀랜드 출신이라는 그들은 켄트(Kent, 잉글랜드 남동부에 있는 자치주-옮긴이)의 세븐오크스에서 왔다고 했다. 그들은 보더스(Borders, 스코틀랜드 남동부의 주-옮긴이)의 7에이커짜리 저택의 값으로 예상보다 큰 액수를 제의해 왔다. 아무튼 커루에게는 운이 좋은 날이었다. 대박을 터뜨린 건 아니지만 축하받을 만했다.

커루는 뉴타운에서 땅값이 비싸기로 유명한 조지 왕조풍 거리에 임시 숙소용 아파트를 소유하고 있었다. 스카이 섬에도 규모가 작지 않은 농가가 있었다. 그는 말 그대로 승승장구 중이었다. 런던이 북쪽으로 눈을 돌린 덕분이었다. 동남부 지역에서 부동산을 팔아 큰돈을 챙긴 전입자들이 몰려와 전에 살던 곳보다 크고 좋은 집들을 속속 구매하고 있었다.

커루는 6시 반에 조지 가 사무실을 나와 자신의 복층 아파트로 돌아갔다. 아파트? 솔직히 아파트라고 부르는 것은 모욕이었다. 침실 다섯 개, 거실, 식당, 화장실 두 개, 넓은 주방, 해머스미스(Hammersmith, 런던 서부에 위치한 지역-옮긴이)의 단칸 셋방만 한 대형 벽장…… 생애 최고의 해를 보내고 있는 커루는 모든 것이 만족스러웠다. 그는 침실에서 양복을 벗고 샤워를 한 후 편안하고 수수한 옷으로 갈아입었다. 귀가는 걸어서 했지만 오늘 밤에는 차가 필요했다. 그의 차는 좁은 뒷골목 차고에 있었다. 커루는 주방 벽의 지정된 갈고리에서 차 열쇠를 챙겨들었다. 재규어는 아직 사치인가? 그는 미소를 흘리며 아파트 문을 걸어 잠그고 밖으로 나왔다. 사치 좀 하면 어때? 이젠 그래도 되잖아?

리버스와 맥콜은 택시가 오기를 기다렸다. 그는 기사에게 맥콜의 주소를 알려주고 택시가 멀어지는 걸 지켜보았다. 빌어먹을. 그 자신도 몸을 가누기가 쉽지 않았다. 그는 다시 술집 화장실로 들어갔다. 술집은 손님들로 발 디딜 틈이 없었고, 주크박스는 한층 더 요란해져 있었다. 직원 수도 어느새 세 배 이상 불어나 있었다. 화장실은 차가운 타일로 덮인 천국이었다. 무엇보다도 담배 연기로부터 해방될 수 있어서 좋았다. 리버스는 세면대에 몸을 기댄 채 서서 살균제의 은은한 소나무 향기를 맡았다. 그가 두 손가락을 목구멍으로 쑤셔 넣고 속을 비워내기 시작했다. 위 속에서 출렁대던 맥주가 고스란히 쏟아져 나왔다. 심호흡을 몇 번 하자 기분이 한결 나아졌다. 그는 찬물로 세수를 한 후 종이 타월로 물기를 훔쳐냈다.

"괜찮아요?" 동정심이 느껴지지 않는 목소리가 물었다. 남자는 가까운 소변기 앞으로 다가가 볼일을 보았다.

"아주 괜찮습니다." 리버스가 말했다.

"다행이네요."

다행? 하긴, 머릿속이 조금이나마 맑아졌으니 다행이라고 봐야지. 시야도 확실히 또렷해졌고. 리버스는 자신의 상태로 음주측정기 검사를 무사히 통과할 수 있을지 궁금했다. 그는 어두운 옆길에 세워놓은 자신의 차로 돌아갔다. 그는 아직도 토니 맥콜의 완벽한 경기 운영에 넋을 잃은 상태였다. 그렇게 술을 퍼마시고도 흔들림 없는 눈과 손으로 공을 치다니. 당구의 신도 아니고. 맥콜은 여섯 경기 연속으로 리버스를 무참히 박살내버렸다. 리버스가 봐준 것은 절대 아니었다. 그는 이겨보려고 무던히 애를 썼다. 제대로 서 있지도 못하는 사람이 친 공은 자석에 끌리듯 포켓 속으로 연달아 빠져 들어갔다. 보기에도 좋지 않았고, 기분 역시 좋지 않았다.

11시. 아직 이른 시간이었다. 리버스는 차창을 열고 담배를 피웠다. 밤의 소음이 차 안으로 스며들어왔다. 늦은 밤의 정직한 소리들. 교통 소음, 높아진 사람들의 언성, 웃음소리, 자갈길을 울리는 발소리. 담배는 한 대로 족했다. 그는 차에 시동을 걸고 800미터쯤 떨어진 목적지로 향했다. 에든버러의 여름답게 하늘에는 아직 어스레한 빛이 남아 있었다. 이맘때쯤 북쪽은 밤이 깊어도 완전한 어둠에 묻히지 않는다.

물론 밤은 다른 방법으로 충분히 어두워질 수 있다.

국회 건물 밖 인도에서 한 청년이 서성이고 있었다. 이 시간에 이런 곳에서 친구들을 기다리고 있을 리는 없었다. 버스를 기다리는 것도 아니었다. 이곳에서 가장 가까운 버스 정류장은 워털루 플레이스 호텔 쪽으로 100미터쯤 떨어져 있었다. 청년은 한쪽 발을 돌벽에 붙여놓은 채 담배를 피우고 있었다. 청년의 시선이 자신을 천천히 지나쳐 가는 리버스 쪽으로 돌아왔다. 청년이 고개를 앞으로 살짝 내밀고 리버스를 유심히 쳐다보았다. 청년의 얼굴에는 미소가 머금어져 있었다. 리버스는 건물을 한 바퀴 돌아 다시 청년에게로 향했다. 또 다른 차가 청년 앞에 멈춰 서 있었다. 운전자와 청년은 대화를 나누는 중이었다. 리버스는 그들을 천천히 지나쳐 갔다. 국무부 건물 앞에서는 젊은 남자 두 명이 수다를 떨어대고 있었다. 칼튼 공동묘지 정문 밖에는 차 세 대가 줄지어 세워져 있었다. 리버스는 건물을 한 바퀴 더 돌아와 공동묘지 앞에 차를 세웠다.

밤공기는 상쾌했다. 하늘에는 구름 한 점 떠 있지 않았고, 바람은 잔잔했다. 국회 건물 앞 청년은 낯선 이의 차를 타고 어디론가로 사라져버린 뒤였다. 이제 그곳에는 아무도 서 있지 않았다. 리버스는 길을 건너 그쪽으로 가보았다. 건물 외벽 앞에 서서 잠시 기다려볼 참이었다. 잠시 후, 차 한두 대가 그의 앞을 천천히 지나쳐 갔다. 운전자들이 고개를 돌려 그를 내다보았다. 하지만 아무도 멈춰 서지 않았다. 리버스는 지나치는 차들의 번호판을 암기해보려 애썼다. 그 이유는 알 수 없었지만.

"불 좀 빌릴 수 있을까요?"

열여덟, 열아홉 살쯤 되어 보이는 청년이었다. 그는 청바지와 무지 티셔츠와 데님 재킷 차림이었고, 운동화를 신고 있었다. 삭발한 머리에 깔끔하게 면도를 한 상태였고, 얼굴은 여드름 흉터로 뒤덮여 있었다. 왼쪽 귀에는 금으로 된 단추형 귀걸이가 두 개가 붙어 있었다.

"고마워요." 리버스가 성냥갑을 내밀자 청년이 말했다. "오늘 조용하죠?" 청년이 담배에 불을 붙이고 리버스를 쳐다보았다.

"썰렁하군." 리버스가 성냥갑을 돌려받으며 말했다. 청년이 코로 담배 연기를 뿜어냈다. 그냥 물러갈 것 같지는 않았다. 리버스는 이럴 때 써야 하는 암호가 있는지 궁금했다. 몸에는 소름이 돋아나 있었지만 그의 얇은 셔츠는 땀에 축축이 젖어 있었다.

"여긴 늘 이래요. 가서 술 한잔 할까요?"

"이 시간에? 어디서?"

청년이 턱으로 모호한 방향을 가리켰다. "칼튼 공동묘지. 거기서 마셔도 되고요."

"난 사양할래." 리버스의 얼굴이 살짝 붉어졌다. 그는 어둑한 가로등 불빛이 자신의 안색을 가려주길 바랐다.

"알았어요. 그럼 수고해요." 청년이 걸음을 옮기기 시작했다.

"그래." 리버스가 안도하며 말했다. "또 보자고."

"성냥 고마웠어요."

리버스는 어슬렁거리며 멀어지는 청년을 지켜보았다. 차가 지나쳐 갈 때마다 청년은 멈칫했다. 100미터쯤 걸어 나간 그가 길을 건넌 다음 반대편으로 걷기 시작했다. 청년의 시선은 리버스에게로 돌아오지 않았다. 왠지 슬프고 외로워 보이는 청년은 남창 같지 않았다. 피해자는 더더욱 아니었고.

리버스는 칼튼 공동묘지의 철문을 바라보았다. 언젠가 그는 딸을 데리고 이곳에 온 적이 있었다. 그들은 유명인들의 무덤을 차례로 구경했었다. 데이비드 흄, 애처볼드 컨스터블, 데이비드 앨런. 에이브러햄 링컨의 조각상도 봤었다. 그의 딸은 고개를 푹 숙인 채 빠른 걸음으로 공동묘지를 나서는 남자들에 대해 물었었다. 나이 든 남자 하나, 십대 소년 둘이었다. 솔직히 리버스도 그게 궁금했었다. 딸만큼의 호기심은 아니었지만.

리버스는 할 수 없었다. 차마 그 안으로 들어갈 수가 없었다. 두려워서는 아니었다. 정말로 그건 아니었다. 절대로. 그저…… 그도 이유는 알지 못했다. 순간 머리가 아찔해졌고, 다리가 풀렸다. 다시 차로 돌아가야겠어. 그는 생각했다.

그는 차로 돌아갔다.

그가 운전석에 앉아 담배를 뻐끔거리고 있을 때 한쪽에서 형체의 움직임이 감지되었다. 그는 고개를 돌려 벽에 기댄 채 웅크려 앉아 있는 소년을 바라보았다. 리버스는 다시 정면을 주시하며 담배를 빨았다. 그때 소년이 일어나 그의 차로 다가왔다. 잠시 후, 소년이 조수석 유리창에 노크를 했다. 리버스는 깊게 한 번 숨을 들이쉬고 차 문을 열어주었다. 소년은 말 없이 차에 올라 앞 유리 밖을 내다보았다. 리버스도 할 말을 잃고 침묵을 지켰다. 먼저 입을 연 것은 소년이었다.

"안녕하세요."

성인의 목소리에 가까웠다. 리버스는 소년을 돌아보았다. 열여섯 살쯤 되어 보였고 가죽 재킷에 셔츠와 찢어진 청바지 차림이었다.

"안녕." 리버스가 말했다.

"담배 가진 거 있어요?"

리버스가 담뱃갑을 건넸다. 소년이 담배 한 개비를 꺼내 물고 성냥으로 불을 붙였다. 담배를 한 모금 깊게 빨아들인 소년은 한동안 입 안에 연기를 머금고 있었다. 숨을 천천히 내쉬는 입에서는 아무것도 나오지 않았다. 주는 것 없이 받기만 하는군. 리버스는 생각했다. 거리 영혼들의 신조인가?

"여기서 뭐 하고 있었어요?" 그것은 리버스가 스스로에게 묻고 싶었던 질문이었다.

"그냥." 리버스가 말했다. "잠이 안 와서."

소년이 큰 소리로 웃음을 터뜨렸다. "잠이 안 와서 드라이브를 나왔는데 갑자기 노곤해져서 차를 세워보니 여기 와 있더라, 이건가요? 다른 곳도 아니고, 바로 이곳에? 그리고 바로 이 시간에? 스트레칭도 할 겸 슬슬 걷다가 다시 차로 돌아왔죠? 네?"

"날 지켜봤군." 리버스가 말했다.

"뭐 지켜볼 필요가 있나요? 아저씨 같은 사람들이 득실대는 곳인데."

"얼마나 많은데?"

"아주 많죠, 제임스."

터프한 말투. 리버스는 소년을 의심할 까닭이 없었다. 확실히 첫 번째 소년과는 딴판인 친구였다.

"내 이름은 제임스가 아닌데." 리버스가 말했다.

"여기선 모두가 제임스예요. 얼굴은 기억 못해도 이름은 확실히 기억할 수 있잖아요."

"그렇군."

소년은 침묵 속에서 담배를 마저 피웠다. 그러고는 창밖으로 담배꽁초를 튕겨서 버렸다.

"이젠 뭐 할 거예요?"

"글쎄." 리버스가 말했다. "드라이브나 더 할까?"

"관둬요." 생각이 바뀌었는지 소년이 멈칫했다. "그러지 말고 우리 칼튼 힐로 올라가요. 밤바다도 구경하고."

"그래." 리버스가 차에 시동을 걸었다.

그들은 가파르고 구불구불한 길을 따라 언덕 꼭대기로 올라갔다. 천문대와 그리스 파르테논의 한쪽 면을 모방한 장식용 건물이 검은 윤곽으로 나타났다. 차 몇 대가 포스 만 너머 파이프 해안을 향해 세워져 있었다. 리버스는 다른 차들로부터 적당히 떨어진 곳에 차를 세우려 했지만 소년에게는 다른 생각이 있는 듯했다.

"저기 재규어 옆에 세워요." 소년이 지시하듯 말했다. "저 차 죽이지 않아요?"

리버스의 낡은 차가 요란한 소리를 내며 멈춰 섰다. 그는 차 열쇠를 뽑았다.

"여기서 뭘 하지?" 리버스가 물었다.

"아저씨가 원하는 걸 하면 되죠." 소년이 말했다. "단, 결제는 현금으로만 해야 돼요."

"그래? 그냥 대화만 나누는 건?"

"주제가 무엇이냐에 달렸죠. 지저분한 얘기면 돈이 더 들 거고."

"얼마 전에 여기서 만난 친구가 있는데 요즘 통 안 보이더라고. 어떻게 된 일인지 궁금해하던 차였어."

소년이 갑자기 리버스의 가랑이를 잡고 힘차게 문지르기 시작했다. 리버스는 흠칫 놀라며 소년의 손을 거칠게 떼어냈다. 소년이 좌석 등받이에 몸을 붙이고 씩 웃었다.

"그 사람 이름이 뭔데요, 제임스?"

리버스의 몸이 가볍게 떨리고 있었다. 그의 뱃속은 담즙으로 차올랐다. "로니." 마침내 그가 헛기침을 하며 말했다. "키는 별로 안 커. 짧고 검은 머리에 사진 찍는 걸 좋아하는 친구야."

소년이 눈썹을 추켜세웠다. "사진작가예요? 사진 찍는 걸 좋아해요? 아, 이제 알겠네요." 소년이 천천히 고개를 끄덕였다. 리버스는 소년에게 필요 이상으로 떠벌릴 마음이 없었다. 소년의 말대로 재규어는 꽤 봐줄 만했다. 불빛을 받은 차체가 눈부시게 반짝이고 있었다. 가진 자들의 차다웠다. 젠장. 물건은 대체 왜 선 거지?

"아저씨가 얘기하는 로니가 누군지 알 것 같아요." 소년이 말했다. "나도 요즘 통 못 봤어요."

"그에 대해 아는 게 좀 있어?"

소년은 다시 앞 유리 밖을 내다보았다. "여기 경치가 장난 아니죠?" 소년이 말했다. "특이 야경이 끝내줘요. 보고 있으면 숨이 막힐 정도예요. 그래서 낮 시간엔 거의 찾질 않아요. 너무 평범해 보여서. 아저씨 경찰이죠? 아닌가요?"

리버스는 소년을 빤히 쳐다보았다. 소년은 아직도 미소를 흘리며 앞 유리를 응시하고 있었다.

"그럴 줄 알았어요." 소년이 계속 이어나갔다. "처음부터 눈치챘었다고요."

"그런데 내 차엔 왜 탔지?"

"호기심이 생겨서요. 그것도 그렇고……" 소년의 시선이 다시 리버스에게로 돌아왔다. "경찰 고객도 몇 명 있거든요."

"그야 뭐 내가 상관할 문제가 아니고."

"정말요? 상관해야 할 문제 같은데. 난 미성년자라고요."

"그럴 줄 알았어."

"그렇군요." 소년이 축 늘어진 모습으로 앉아 두 발을 계기판에 올려놓았다. 리버스는 긴장을 풀지 않았다. 소년이 갑자기 어떻게 나올지 몰랐기 때문이다. 하지만 아무 일도 벌어지지 않았다. 소년이 웃음을 터뜨렸다.

"왜 그래요? 내가 또 만질까 봐 겁나요? 걱정 말아요. 안 그럴 테니까, 제임스."

"로니 얘기 좀 해봐." 리버스는 이 역겹게 생긴 소년을 흠씬 두들겨 패줘야 할지, 아니면 집으로 데려가야 할지 갈피를 잡지 못했다. 일단은 원하는 답을 뽑아내는 게 급선무였다.

"담배 한 개비만 더 줘요." 리버스는 소년에게 담뱃갑을 넘겼다. "그 사람에게 이토록 관심을 보이는 이유가 뭐죠?"

"죽었거든."

"뭐 늘 벌어지는 일 아닌가요?"

"마약 과다 투여가 사인이었어."

"그런 일도 비일비재하고요."

"아주 치명적인 약이었어."

"소년은 잠시 침묵을 지켰다.

"아주 나쁜 소식이네요."

"요즘 독이 든 약을 파는 친구들이 있나?"

"아뇨." 소년이 다시 미소를 지었다. "최상급만 돌아다녀요. 혹시 약 좀 가진 거 있어요?" 리버스는 고개를 저었다. 흠씬 두들겨 패주고 싶군. "아쉽네요." 소년이 말했다.

"넌 이름이 뭐냐?"

"이름 없어요, 제임스. 이름 없는 게 죄는 아니죠?" 소년이 한 손을 내밀었다. "돈이 좀 필요해요."

"그럼 답부터 내놔."

"뭐든 물어봐요. 하지만 먼저 호의의 표시를 조금 해주면 안돼요?" 소년의 손은 여전히 내밀어진 상태였다. 아버지에게 용돈을 뜯어내는 아들의 모습이었다. 리버스는 재킷에서 꼬깃꼬깃한 10파운드 지폐를 찾아 소년의 손에 쥐여주었다. 소년의 얼굴에 만족의 미소가 떠올랐다. "질문을 두 개 받을게요."

마침내 리버스가 폭발하고 말았다. "내가 원하는 만큼 물을 테니까 넌 대답이나 잘 해. 순순히 협조하지 않으면……"

"난폭한 플레이를 즐기는군요, 그렇죠?" 소년은 전혀 주눅 들지 않은 모습이었다. 하긴, 지금껏 별의별 상대를 다 만나봤을 테니.

"난폭하게 노는 사람들이 많아?" 리버스가 물었다.

"많진 않지만⋯⋯" 소년이 잠시 머뭇거렸다. "그렇다고 적은 것도 아니에요."

"로니도 거친 플레이를 좋아했겠지? 안 그래?"

"그게 마지막 질문이에요." 소년이 말했다. "그 질문의 답은⋯⋯ 나도 몰라요."

"그건 답으로 인정하지 않겠어." 리버스가 말했다. "그리고 물어볼 건 아직도 많이 남았어."

"정 그렇게 나오겠다면야 뭐⋯⋯" 소년이 문을 열고 내리려 했다. 리버스가 소년의 목을 우악스럽게 움켜잡고 앞으로 떠밀었다. 소년의 머리가 발이 얹어진 계기판에 내리 찍혔다.

"빌어먹을!" 소년이 손으로 이마를 더듬었다. 피는 나지 않았다. 리버스는 뿌듯했다. 충격은 크게, 상처는 작게. "대체 나한테 왜 이러는⋯⋯"

"내 마음이야. 저 밑으로 내던지지 않은 걸 감사히 생각하라고. 자, 이제 로니에 대해 얘기해."

"로니에 대해선 해줄 얘기가 없어요." 어느새 소년의 눈가가 촉촉이 젖어 있었다. 소년이 얼얼한 이마를 연신 문질러댔다. "그랑 친하지도 않았고요."

"그냥 아는 것만 얘기해."

"알았어요, 알았어." 소년이 재킷 소매로 코를 훔쳤다. "내 친구 몇 명이 그 바닥에 발을 들여놓은 적이 있었어요."

"그 바닥이라니?"

"나도 정확히는 몰라요. 그 왜 거칠게 노는 사람들 있잖아요. 녀석들은 아무 말 안 했지만 몸에 남은 흔적만 봐도 무슨 일이 있었는지 대충 짐작

할 수 있었어요. 멍자국들, 터진 상처들. 한 녀석은 병원에 일주일 동안 입원하기도 했죠. 계단에서 미끄러졌다고 둘러댔는데 그걸 누가 믿겠어요?"

"아무도 입을 열지 않는다는 거지?"

"상대가 돈을 두둑이 챙겨준 모양이에요."

"더 아는 건 없고?"

"중요한 게 아닐 수도 있지만……" 소년의 기는 완전히 꺾인 상태였다. 리버스는 소년의 목소리가 가볍게 떨리는 걸 똑똑히 들을 수 있었다. 이제 소년은 묻지도 않은 답까지 알아서 술술 내놓을 것이다. 잘됐군. 이쪽 동네엔 정보원도 몇 없는데. 이 녀석 덕분에 앞으로 편해지겠어.

"뭔데?" 리버스가 과장되게 흥분하며 물었다.

"사진. 뒤에서 그런 얘기가 돌고 있긴 해요. 사진에 대해 관심들이 많다고. 조작된 거 말고 진짜 상황을 찍은 사진."

"포르노 말이야?"

"아마 그럴 거예요. 소문이 좀 모호하게 나서 말이죠. 원래 소문이라는 게 사람을 거칠수록 점점 왜곡이 되잖아요."

"차이니즈 위스퍼(chinese whispers, 사람들을 거칠수록 전달되는 내용이 조금씩 달라지는 것-옮긴이)." 리버스가 말했다. 그는 생각했다. 이 사건 자체가 차이니즈 위스퍼 같아. 확증은 하나도 없고.

"네?"

"아무것도 아냐. 더 할 얘기 없어?"

소년이 고개를 저었다. 리버스는 다시 주머니를 뒤적였다. 놀랍게도 그의 손끝에 또 다른 10파운드 지폐가 만져졌다. 그는 맥콜과 술을 마실 때 현금인출기에 들렀던 사실을 떠올렸다. 그가 돈을 꺼내 소년에게 건넸다.

"받아. 내 이름과 연락처를 알려줄게. 하찮은 정보도 괜찮으니까 새로운 소식 들리면 곧장 알려줘. 아까 머릴 찍은 건 미안하게 됐어."

소년이 돈을 받아 쥐었다. "괜찮아요. 돈을 두둑이 챙겼으니." 소년이 미소를 지었다.

"집까지 태워다줄게."

"그냥 다리에서 내려주면 돼요."

"그래. 그건 그렇고, 넌 이름이 뭐지?"

"제임스."

"정말?" 리버스가 미소를 지었다.

"네, 정말이에요." 소년도 따라 웃었다. "참, 갑자기 떠오른 게 있어요."

"얘기해봐, 제임스."

"몇 번 들은 이름이에요. 아저씨에게 별 도움 안 될지도 몰라요."

"괜찮아."

"하이드."

리버스가 얼굴을 찌푸렸다. "하이드(Hide)? 숨는다고?"

"아뇨. 하이드. H-y-d-e."

"하이드가 뭐?"

"나도 몰라요. 얘기했잖아요. 그냥 몇 번 들었다고."

리버스의 손이 핸들로 올라갔다. 하이드? 숨어? 로니가 트레이시에게 했던 말이잖아. 그냥 숨으라는 게 아니라 하이드라는 사람에게 들키지 않도록 숨으라는 거였나? 그의 시선이 재규어 쪽으로 스르르 돌아갔다. 운전석 남자의 옆얼굴이 보였다. 그의 손이 조수석에 앉은 젊은 남자의 목을 더듬고 있었다. 속삭이고, 더듬고, 또 속삭이고. 무척 자연스러워 보였다.

존 리버스 경위와 눈이 마주친 '보이어 커루 부동산 중개소'의 제임스 커루는 깜짝 놀라는 모습이었다.

커루는 허둥대며 V12 엔진에 시동을 걸고 황급히 차를 뺐다. 마치 커티삭(Cutty Sark, 19세기 중반에 건조된 영국의 쾌속 범선-옮긴이)에게 쫓기고 있기라도 한 것처럼.

"되게 급했나 보네요." 제임스가 말했다.

"저 사람 본 적 있어?"

"얼굴을 제대로 못 봤어요. 저 차는 처음 보는 거고요."

"갓 뽑은 차 같았지?" 리버스가 유유히 시동을 걸며 말했다.

아파트에서는 아직도 트레이시의 향기가 풍겼다. 거실에서도, 화장실
에서도. 머리에 수건을 두른 채 다소곳하게 앉아 있는 그녀의 모습이 리버
스의 눈앞에 선했다. 아침식사를 들고 들어오는 모습도. 정돈되지 않은 침
대 옆에는 아직도 접시들이 뒹굴고 있었다. 그녀는 바닥에 매트리스를 깔
고 잔 그를 발견하고는 웃음을 터뜨렸었다. "불법 거주자 같네요." 트레이
시는 말했었다. 그녀가 없는 아파트는 그 어느 때보다도 허전해 보였다.
리버스는 목욕이 절실했다. 그가 다시 화장실로 들어가 뜨거운 물을 틀어
놓았다. 아직도 리버스의 다리에서는 제임스의 손길이 느껴졌다. 거실로
돌아온 리버스는 한동안 위스키 병을 응시하다가 미련 없이 돌아서서 무
알코올 맥주를 꺼내왔다.

욕조의 물은 천천히 차올랐다. 나선식 펌프였으면 진작에 찼을 텐데. 리
버스는 기다리는 동안 경찰서로 전화를 걸었다. 트레이시의 상태가 걱정
되었기 때문이다. 들려온 소식은 좋지 않았다. 그녀는 단단히 화가 나 있
었다. 식사도 하지 않았고, 연신 옆구리 통증을 호소했다. 맹장염인가? 설
마. 단순한 금단증상이겠지. 리버스는 그녀에게 다녀오지 못한 게 영 마음
에 걸렸다. 그는 아침에 그녀를 찾아가보기로 했다. 단 몇 시간이라도 이
번 사건에서, 남들의 추악한 삶에서 신경을 끊고 싶었다. 리버스의 아파트
에서는 더 이상 안정감이 느껴지지 않았다. 불과 이틀 전만 하더라도 든든
한 성처럼 여겨졌었는데. 구조적 손상만큼이나 내부적 손상도 컸다. 또다

시 드러난 도시의 치부가 그의 속을 메스껍게 만들었다.

정말 신경 쓰고 싶지 않아.

리버스는 갈피를 잡을 수가 없었다. 북유럽에서 가장 아름답고 문명화된 도시에 살고 있었지만 하루가 멀다 하고 그 이면과 씨름을 해야 했다. 아니무스(animus, 여성의 무의식 속에 있는 남성적 요소를 일컫는 정신분석용어-옮긴이)라는 사소한 문제와. 아니무스? 마지막으로 이 단어를 써본 게 언제였더라? 이제는 그 말의 정확한 의미도 가물가물했다. 하지만 왠지 지금 상황에 딱 들어맞는 것 같았다. 그는 치약을 가지고 노는 아이처럼 맥주 거품을 입에 머금었다. 무알코올 맥주는 거품이 전부나 다름없었다.

전부 거품이라. 순간 좋은 아이디어가 떠올랐다. 리버스는 욕조에 목욕용 오일을 넣어 거품을 만들 생각이었다. 거품 목욕. 그 오일을 누가 줬더라? 아, 생각났다. 질 템플러. 언제 어떤 이유로 받았는지도 생생히 기억이 났다. 그녀는 욕조 청소를 하지 않는 그에게 잔소리를 쏟아내며 어딘가에서 사온 목욕용 오일을 불쑥 내밀었었다.

"당신 몸을 닦으면서 욕조도 닦을 수 있어요." 그녀가 라벨을 읽으며 말했었다. "이제부턴 목욕이 많이 즐거워질 거예요."

리버스는 정말 그런지 그녀와 함께 시험해보았었다. 그리고…… 맙소사, 존. 적당히 좀 해. 그녀가 캘럼 맥캘럼이라는 요상한 이름을 가진 얼간이 디제이와 놀아난다고 이러는 거야? 그래서 세상이 멸망하기라도 했어? 어디서 폭탄이 떨어지고 있나? 하늘에서 사이렌이 들려?

현실에 집중해. 로니, 트레이시, 찰리, 제임스, 그리고 나머지 인물들. 하이드를 포함해서. 리버스는 '피곤해 죽겠다'는 표현을 몸소 체험하고 있었다. 그는 축 늘어진 알몸을 델 정도로 뜨거운 물에 담그고 눈을 감았다.

목요일

스스로 자신을 가두어놓은 집에서
속을 알 수 없는 은둔자와······

홈스는 피곤해 죽을 지경이었다. 녹초가 된 그는 다시 하품을 했다. 모처럼 알람이 울리기 전에 눈을 뜬 그가 인스턴트커피를 만들어 침대로 돌아왔다. 기다렸다는 듯 라디오에서 요란한 소리가 터져 나왔다. 매일 이 소리에 맞춰 일어나야 하다니. 30분의 여유만 있었어도 라디오 3에 주파수를 맞춰놓을 텐데. 물론 라디오 3은 그를 다시 잠에 빠뜨리겠지만. 그 반면에 캘럼 맥캘럼이 틀어주는, 심하게 거슬리는 음악은 잠 깨는 데 그만이었다. 그 틈틈이 터지는 폭소와 광고와 의욕만 앞선 허튼 농담은 말할 것도 없고.

오늘 아침, 홈스는 그 우쭐거리는 목소리가 흘러나오기 전에 라디오를 끌 수 있었다.

"자," 그가 말했다. "커피야. 이제 일어나야지."

넬이 고개를 돌리고 가늘게 뜬 눈으로 그를 올려다보았다.

"9시야?"

"아직."

그녀가 다시 베개에 얼굴을 파묻고 신음을 토했다.

"다행이네. 9시에 깨워줘."

"커피 마셔." 홈스가 넬의 어깨에 손을 얹으며 말했다. 그녀의 어깨는 따뜻하고 유혹적이었다. 그의 얼굴에 아쉬움의 미소가 떠올랐다. 그는 돌아서서 침실을 나갔다. 하지만 열 걸음도 채 못 가 다시 침대로 돌아오고 말았다. 넬의 긴 구릿빛 팔이 그를 와락 끌어안았다.

리버스가 아침식사를 갖다 주었지만 트레이시는 화를 풀지 않았다. 체포된 게 아니니 언제든 원할 때 나갈 수 있다는 설명에는 더욱 화를 냈다.

"당신을 보호하기 위해서예요." 리버스가 말했다. "정체 모를 놈들에게 미행당했다고 했잖아요. 찰리 문제도 있고."

"찰리……" 트레이시가 조금 수그러든 모습으로 멍든 눈을 살살 매만졌다. "왜 이제야 나타난 거죠?" 그녀가 투덜대며 말했다. 리버스는 어깨를 으쓱였다.

"좀 바빴어요." 리버스가 말했다.

사무실로 올라온 리버스는 문제의 사진을 유심히 들여다보았다. 브라이언 홈스는 책상 가장자리에 걸터앉아 이 빠진 머그잔에 담긴 커피를 홀짝이고 있었다. 리버스는 그 사진을 찾아온 홈스를 증오해야 할지, 칭찬해야 할지 갈피를 잡지 못했다. 리버스는 한동안 침묵을 지켰다. 전혀 좋은 아침이 아니었다. 평소의 화기애애한 분위기도 없었다. 다 이것 때문이었다. 이 사진. 이 누드 사진. 트레이시의.

홈스가 보고를 이어가는 동안 리버스는 계속해서 사진을 뚫어져라 들여다보았다. 홈스는 하루 종일 열심히 뛰어다녔고, 그 덕분에 이런 성과를 거둘 수 있었다. 대체 어젯밤엔 왜 날 피해 도망쳐버린 거지? 어제 이걸 봤으면 오늘 아침이 이렇게 우울하지는 않을 텐데. 숙면의 기억도 훼손되지 않았을 거고. 리버스가 헛기침을 한 번 했다.

"그녀에 대해 뭐 알아낸 거 있나?"

"없습니다, 경위님." 홈스가 말했다. "그게 전부입니다." 홈스가 턱으로 사진을 가리켰다. 그의 눈빛은 조금도 흔들리지 않았다. 그걸 찾아왔으면 됐지 뭘 더 원하십니까?

"그렇군." 리버스는 덤덤한 목소리로 말했다. 그는 다시 사진으로 시선을 돌려 뒷면에 붙은 작은 라벨을 읽어보았다. 허턴 스튜디오. 전화번호.

"좋아. 이건 내게 맡겨줘, 브라이언. 생각을 좀 해봐야겠어."

"알겠습니다." 홈스가 말했다. 날 브라이언이라고 불렀어! 오늘 아침에 뭘 잘못 먹고 나왔나?

리버스는 등받이에 몸을 붙이고 머그잔을 집어 들었다. 우유를 넣은 커피. 설탕은 넣지 않았다. 홈스가 자신과 같은 커피를 부탁했을 때 리버스는 실망했다. 그런 공통점은 원치 않았다. 커피 타는 방법 같은 하찮은 부분이라도.

"살 집은 계속 찾아보고 있나?" 리버스가 분위기를 바꾸기 위해 말했다.

"쉽지가 않네요. 그런데 그걸 어떻게……?" 홈스는 타블로이드판 신문처럼 접어 재킷 주머니에 넣고 다녔던 매가(賣家) 목록을 떠올렸다. 그가 손을 넣어 그것을 만지작거렸다. 리버스는 미소를 지으며 고개를 끄덕였다.

"내가 아파트를 샀을 때가 생각나는군." 리버스가 말했다. "몇 주 동안 무가지와 씨름한 끝에 마음에 드는 곳을 간신히 찾을 수 있었지."

"마음에 드는 곳이요?" 홈스가 피식 웃었다. "마음에 안 들어도 상관없으니 형편에 맞는 곳이나 좀 눈에 띄었으면 좋겠습니다."

"정말 없나보군."

"모르셨습니까?" 홈스가 못 믿겠다는 듯한 표정을 지었다. 어떻게 그걸 모를 수가 있나? "집값이 엄청 뛰었습니다. 시내 중심은 꿈도 꿀 수 없을 정도예요."

"나도 그런 얘길 들었어." 리버스는 잠시 생각에 잠겼다. "어제 점심에 농부 왓슨의 마약 퇴치 캠페인 후원자들과 식사를 했었지. 그중 하나가 제임스 커루였어."

"설마 보이어 커루의 바로 그 커루는 아니겠죠?"

"그래, 거기 우두머리. 다음에 만나면 자네 얘길 해볼게. 누가 아나? 경찰은 싸게 해줄지."

홈스가 미소를 지었다. 두 사람 사이에 버티고 있던 빙하가 사르르 녹아내리는 기분이었다. "그래 주시면야 감사하죠." 홈스가 말했다. "여름 할인을 받을 수 있으면 좋겠네요." 홈스가 빙그레 웃으며 말했다. 하지만 리버스는 듣고 있는 것 같지 않았다. 그는 골똘한 생각에 빠져 있는 듯했다.

"그래." 리버스가 나지막이 말했다. "그렇잖아도 커루 씨를 한번 만나보려고 했어."

"오?"

"뭘 좀 부탁하려고."

"경위님도 이사를 하시게요?"

리버스는 이해하지 못한 표정으로 홈스를 쳐다보았다. "뭐 어쨌든." 리버스가 말했다. "서둘러 공격 계획을 짜둘 필요가 있을 것 같아."

"아." 홈스가 살짝 불편한 표정을 지어 보였다. "사실 저도 그걸 여쭙고 싶었습니다, 경위님. 오늘 아침에 전화로 보고를 받았어요. 지난 몇 달간 지켜봐온 투견장이 있는데 곧 대대적인 체포 작전이 시작될 거라더군요."

"투견?"

"네. 그 왜 있지 않습니까, 개들을 링에 몰아넣고 서로를 물어뜯게 하는 도박장."

"불황으로 다 문을 닫아버린 걸로 알고 있었는데."

"최근에 다시 부활했습니다. 예전에 비해 훨씬 잔인해졌죠. 원하시면 사진 자료를 보여드릴 수도……"

"어떻게 다시 확 살아날 수가 있지?"

"그걸 누가 알겠습니까? 사는 게 따분했나 보죠 뭐. 지역 마권업자를 찾아가는 것보다 안전하고요."

리버스는 다시 골똘한 생각에 빠지며 고개를 끄덕였다.

"여피족(도시나 도시 근교에서 지적인 전문직에 종사하며 고소득을 올리는 젊은 부자-옮긴이)들의 새로운 취미인가, 홈스?"

홈스가 어깨를 으쓱였다. 점점 나아지는군. 이젠 날 성으로 불러주니 말이야.

"농담이야. 그러니까 자네도 같이 가서 놈들을 체포하고 싶다 이거지?"

홈스가 고개를 끄덕였다. "그래도 된다면 말이죠."

"물론 가능해." 리버스가 말했다. "대체 그 투견장은 어디쯤에 붙어 있지?"

"저도 좀 알아봐야 합니다. 파이프 어딘가에 있는 게 분명해요."

"파이프? 내겐 고향이나 마찬가지인 곳인데."

"그렇습니까? 그건 미처 몰랐네요. 혹시 이런 속담을 아십니까?"

"파이프 사람들과 밥을 먹을 땐 긴 스푼을 써야 한다."

홈스가 미소를 지었다. "네, 바로 그겁니다. 악마 어쩌고 하는 비슷한 속담도 있지 않나요?"

"그만큼 유대가 긴밀한 사람들이란 뜻이야. 어리석은 사람과 낯선 사람들에겐 절대 관대하지 않다는 뜻이지. 자, 이만 파이프로 가봐. 가보면 이게 무슨 얘긴지 알게 될 거야."

"알겠습니다. 그런데 경위님은 어쩌실 생각입니까?" 홈스의 시선이 다시 사진으로 돌아갔다. 리버스가 그걸 조심스레 집어 들고는 자신의 재킷 안주머니에 넣었다.

"내 걱정은 하지 마. 할 일이야 널렸으니까. 농부 왓슨을 피해 다니는 것만으로도 무척 바쁠 거야. 날씨도 좋은데 드라이브나 나가볼까?"

"드라이브하기 좋은 날씨네요."

트레이시는 애써 못 들은 척했다. 조수석에 앉은 그녀는 창밖의 상점과 쇼핑객, 관광객, 그리고 방학을 맞아 시내로 쏟아져 나온 아이들을 물끄러미 내다보았다.

경찰서를 나온 트레이시는 차 문을 열고 기다리는 리버스를 무시해버렸었다. 하지만 그의 간곡한 설득에 못 이겨 차에 오르고 말았다. 그녀는 뚱한 표정으로 침묵을 지켰다. 그에게 단단히 화가 나 있었지만 그런 기분이 오래갈 것 같지는 않았다. 그도, 그녀도 금세 풀려버릴 게 뻔했다.

"알았어요." 리버스가 말했다. "나한테 화가 나 있다는 거 압니다. 하지만 내가 계속 얘기하잖아요. 그게 다 당신을 위한 일이었다고."

"지금 어디 가는 거죠?"

"이 동네를 잘 압니까?"

트레이시는 대답하지 않았다. 대화가 힘든 분위기였다. 그저 질문과 답변만이 가능했다. 그리고 질문은 그녀만이 할 수 있었다.

"그냥 드라이브를 하는 거예요." 리버스가 말했다. "이 동네를 잘 알 것 같은데. 마약 거래의 천국이죠."

"난 마약 같은 건 안 한다고요!"

이번에는 리버스가 침묵을 지킬 차례였다. 심리 게임이라면 그도 자신 있었다. 좌회전 두 번, 그리고 우회전.

"여기 와본 적 있어요." 트레이시가 말했다. 어딘지 알아보는 모양이군. 똑똑한데. 리버스는 좌로 우로 연신 방향을 틀어대며 목적지를 향해 묵묵히 나아갔다.

잠시 후, 리버스가 연석 앞에 차를 세우고 핸드브레이크를 당겼다.

"됐어요." 리버스가 말했다. "다 왔어요."

"여기예요?" 트레이시가 차창 밖 공동주택 건물을 유심히 내다보았다. 지난해 청소한 건물의 빨간 외벽은 말랑거리는 플라스티신(plasticine, 어린이 공작용 점토-옮긴이)과 오커(ochre, 페인트, 그림물감의 원료로 쓰이는 황토-옮긴이)를 연상시켰다. "여기가 맞아요?" 주소를 확인한 그녀가 바짝 긴장한 얼굴로 물었다. 그녀는 애써 태연한 척하고 있었다.

마침내 건물에서 눈을 뗀 트레이시가 자신의 무릎 위에 놓인 사진을 내려다보았다. 그녀는 비명을 지르며 사진을 쳐냈다. 마치 그것이 흉측한 벌레라도 되는 듯이. 리버스가 바닥에서 사진을 집어 들고 그녀 앞으로 내밀었다.

"당신 사진이잖아요."

"어디서 찾았죠?"

"이 사진에 대해 얘기해주겠어요?"

트레이시의 얼굴은 벽돌만큼이나 벌겋게 달아올라 있었고, 눈은 겁에 질린 새처럼 빠르게 흔들리고 있었다. 그녀가 허둥대며 안전벨트를 풀려 했고, 리버스는 그녀의 팔뚝을 붙잡아 말렸다.

"이거 놔요!" 트레이시가 리버스의 손을 내리치며 소리를 질렀다. 가까스로 열린 문은 도로의 경사 때문에 다시 닫혀버렸다. 신축성이 없는 안전벨트는 그녀를 단단히 붙잡아두고 있었다.

"허턴 씨를 한번 찾아가볼까 하는데, 어때요?" 리버스가 날카로운 목소리로 말했다. "가서 이 사진에 대해 물어보죠. 당신이 모델료로 얼마를 챙겼는지도 궁금하고요. 당신이 그에게 로니의 사진들을 가져가 보여줬죠? 그걸로 몇 푼 챙기려 했던 겁니까? 아니면 로니를 골탕 먹이려고? 그런 겁니까, 트레이시? 허턴이 자기 아이디어를 훔쳐 쓴 걸 알고 로니가 노발대발했겠죠? 물론 그걸 증명할 순 없었을 겁니다. 안 그렇습니까? 그는 자기 사진이 어떻게 허턴의 손에 들어가게 됐는지 알고 싶어 했을 거고, 당신은 찰리에게 누명을 씌우기로 했습니다. 그래서 당신과 찰리가 앙숙이 된 거 아닙니까? 어떻게 로니에게 그럴 수 있었죠? 그러고도 여자친구였다고 할 수 있습니까?"

마침내 트레이시가 허물어지며 울기 시작했다. 그녀는 더 이상 안전벨트와 씨름을 하지 않았다. 그녀가 두 손에 얼굴을 묻고 한동안 흐느꼈다. 리버스는 그 틈을 타 격해진 감정을 추슬렀다. 마음이 편치 않았지만 그녀가 꽁꽁 숨겨놓은 진실을 끄집어내리면 어쩔 수 없었다. 전부 추측일 뿐이었지만 허턴을 압박하면 모든 게 확인될 거라고 리버스는 믿었다. 그녀는 돈을 벌기 위해 모델로 나섰고, 보나 마나 허턴과 작업을 하면서 사진 잘 찍는 남자친구를 살짝 언급했을 것이다. 몇 푼 더 챙기기 위해 그의 사진을 가져가 허턴에게 보여주었을 것이다. 친구를 믿지 못하면 세상에 누구를 또 믿을 수 있겠는가?

리버스는 혹시나 하는 기대에 트레이시를 유치장으로 보냈었다. 하지만 그녀는 무너져 내리지 않았다. 그렇다고 중독의 의혹을 완전히 거둘 수는 없었다. 주사가 아니라도 마약을 즐기는 방법은 많았으니까. 다들 그러고 사는데 그녀라고 깨끗할까? 약을 구하려면 당연히 돈이 필요했을 거고, 그래서 그녀는 남자친구의 뒤통수를……

"당신이 찰리의 방에 그 카메라를 놔뒀죠?"

"아니에요!" 트레이시가 발끈하며 말했다. 리버스는 고개를 끄덕였다. 그렇다면 찰리가 가져간 건가? 아니면 다른 누군가가 몰래 가져다 거기 놓아두었나? 일부러 리버스의 눈에 띄게 하려고? 아니…… 아닐 것이다. 그걸 발견한 건 리버스가 아니라 맥콜이었으니까. 맥콜은 카메라를 손쉽게 찾아냈다. 침낭 속에 숨겨놓은 마약을 찾아냈을 때처럼. 형사의 본능이었을까? 아니면 내부 정보를 제공받았나? 친구를 믿지 못하면……

"로니가 숨진 날 밤에 그 카메라를 봤습니까?"

"그의 방에서 봤어요. 분명해요." 트레이시가 촉촉이 젖은 눈을 깜빡이며 리버스가 건넨 손수건으로 코를 훔쳤다. 그녀의 목멘 소리는 여전히 떨리고 있었다. 사진으로 한 번, 리버스의 예리한 추리로 또 한 번 큰 충격을 받은 그녀였지만 어느새 많이 회복된 모습이었다.

"로니를 보러 온 그 남자. 그도 로니의 방에 들어갔었어요."

"닐 말입니까?"

"네, 그 사람이에요."

사공이 너무 많군. 리버스는 생각했다. 아무래도 '정황'의 정의를 수정할 필요가 있을 것 같았다. 온통 정황들뿐이었다. 마치 소용돌이에 휩쓸려 중심점으로부터 점점 멀어져가는 기분이었다. 축축한 맨바닥에 누운 채 양초와 수상쩍은 친구들 틈에서 죽어간 로니로부터.

"닐은 로니의 동생이었어요."

"정말이에요?" 트레이시가 무관심한 말투로 말했다. 그녀와 세상 사이에 방어막이 다시 드리워졌다. 마티네(matinee, 연극이나 영화 등의 주간 공연, 상영-옮긴이)가 끝난 것이다.

"그래요. 정말이에요." 순간 리버스의 등골이 오싹해졌다. 로니의 죽음에 관심을 보이는 게 닐과 나뿐이라면 이렇게 헛고생을 할 이유가 없잖아, 안 그래?

"찰리는 그들이 게이일 거라고 했어요. 하지만 난 로니에게 물어보지 않았어요. 어차피 물어봐도 대답해주지 않았을 테니까." 트레이시가 좌석의 머리 받침대에 뒤통수를 갖다 붙였다. 다시 긴장이 풀어진 모습이었다. "오, 맙소사." 그녀가 폐 안에서부터 긴 한숨을 뽑아냈다. "언제까지 여기서 있을 거죠?"

트레이시가 머리를 감싸 쥘 듯이 두 손을 천천히 올렸다. 그러다 갑자기 주먹을 불끈 쥐고 리버스의 사타구니를 힘껏 내리쳤다. 순간 그의 눈 뒤 어딘가에서 플래시건(flash gun, 카메라의 섬광 장치-옮긴이)이 폭발했다. 시야가 캄캄해지면서 극심한 통증이 밀려들었다. 리버스는 울부짖으며 몸을 숙였다. 리버스의 이마가 핸들에 닿으면서 차의 경적이 요란하게 울렸다. 트레이시는 그 틈을 타 안전벨트를 풀고 밖으로 뛰쳐나갔다. 리버스는 축축해진 눈으로 부리나케 달아나는 그녀의 뒷모습을 바라보았다. 마치 염소로 살균한 수영장에서 허우적대고 있는 듯이 눈이 따끔거렸다.

"빌어먹을." 리버스는 여전히 몸을 숙인 채 숨을 할딱거렸다. 움직이는 건 한동안 불가능할 것 같았다.

타잔이 됐다고 상상해.

언젠가 그의 아버지가 말했다. 아버지가 리버스에게 내준 몇 안 되는 조언 중 하나였다. 아버지는 싸움에 대해 얘기하던 중이었다. 방과 후 자전거 보관소 뒤편에서 친구들과 일대일로 주먹다짐을 벌였었던 얘기.

타잔처럼 생각하는 거야. 나는 강하다. 나는 정글의 왕이다. 싸울 때 가장 중요한 건 급소를 보호하는 거야.

그러고 나서 아버지는 무릎을 올려 어린 존의 사타구니를 공격하는 척했다.

"아버지, 감사합니다." 리버스가 중얼거렸다. "상기시켜줘서 정말 감사해요." 순간 통증이 그의 복부로 몰려들기 시작했다.

점심시간이 다 되어서야 비로소 리버스는 다시 걸을 수 있었다. 그는 바지에 실례를 한 사람처럼 엉거주춤한 모습으로 힘겹게 걸음을 옮겨나갔다. 사람들이 이상한 눈으로 쳐다보았고, 그는 애써 다리가 불편한 척해 보였다. 관객을 위해서라면 그 정도쯤은 감수할 수 있었다.

경찰서에서 계단을 오를 생각을 하니 눈앞이 다시 캄캄해졌다. 운전을 하는 것도 무리일 것 같았다. 과연 가속페달이나 제대로 밟을 수 있을지. 리버스는 택시를 잡아타고 서덜랜드 바로 향했다. 그곳에서 위스키 세 잔을 들이키자 나른한 기운이 몰려와 통증을 덮었다.

"마치 독미나리를 마시는 것처럼……" 리버스가 중얼거렸다.

리버스는 트레이시를 걱정하지 않았다. 그 정도 강단이 있는 사람은 어떠한 상황에서도 스스로를 보호할 수 있었다. 거리에는 경찰도 어찌할 수 없는 억세고 거친 아이들이 많았다. 트레이시가 아이는 아니지만. 리버스는 아직도 트레이시에 대해 아는 게 거의 없었다. 그건 홈스 담당이었다. 하지만 홈스는 불법 투견장 문제로 파이프에 가 있었다. 그래, 트레이시는 별일 없을 거야. 그저 노이로제에 걸려 있을 뿐. 하지만 그날 밤엔 대체 왜 날 찾아왔던 거지? 거기에는 수백 가지 이유가 있을 수 있었다. 그녀는 그의 침대에서 하룻밤을 보냈고, 그가 아껴둔 와인을 끝장내버렸다. 뜨거운 물로 목욕도 하고, 때맞춰 아침식사도 했다. 베테랑 형사가 한 방 맞은 것이었다. 내가 너무 늙은 건가? 아니면 아직 미숙한 걸까? 어쩌면 그런지도.

이제 어디로 가지? 리버스는 이미 그 답을 알고 있었다. 그저 운전을 할 수 있을 만큼 다리가 회복되었기를 바랄 뿐이었다.

리버스는 집에서 충분히 떨어진 곳에 차를 세웠다. 안에 있을지 모르는 사람들을 겁주고 싶지 않아서였다. 그가 현관으로 올라가 문에 노크했다. 응답을 기다리는 동안, 문을 열고 달려 나와 그에게 안겼던 트레이시를 떠올렸다. 멍든 얼굴, 촉촉이 젖은 눈. 그는 찰리를 만날 수 있을 거라 기대하지 않았다. 트레이시는 말할 것도 없고. 여기서 그녀와 마주치면 무척 불편해질 것 같았다.

마침내 문이 열렸다. 게슴츠레한 눈의 십대 소년이 인상을 찌푸리며 리버스를 올려다보았다. 축 늘어진 긴 머리가 그의 눈을 덮고 있었다.

"뭡니까?"

"찰리 있어? 할 얘기가 있어서 왔는데."

"아뇨. 오늘 못 봤는데요."

"여기서 기다려도 돼?"

"네." 소년이 문을 닫으려 했다. 리버스는 잽싸게 문을 붙잡고 안을 들여다보았다.

"안에서 기다리겠다는 얘기였는데."

소년이 어깨를 한 번 으쓱하고 안으로 들어갔다. 문을 열어놓은 채로. 소년은 침낭 속으로 기어들어가 다시 잠을 청했다. 소년에게 이곳은 중간 기착지나 다름없었다. 낯선 이를 들였다고 해서 문제될 건 없었다. 리버스는 아래층을 대충 살펴본 후 가파른 계단을 올라갔다.

방 안은 여전히 쓰러진 도미노처럼 무너져 내린 책들로 발 디딜 틈이 없었다. 맥콜이 찾아낸 봉지의 내용물도 여전히 바닥을 뒹굴고 있었다. 리버스는 곧장 책상으로 가서 의자에 앉았고, 책상에 놓인 종이를 들여다보았다. 찰리의 방은 천장 조명과 탁상용 스탠드로 밝혀져 있었다. 벽에는 흔하디흔한 포스터나 엽서 하나 붙어 있지 않았다. 대학생의 방으로는 도저히 볼 수 없었다. 어쩌면 찰리는 학교를 중퇴한 친구들에게 자신이 유일한 학생으로 비쳐지기를 원치 않았는지도 몰랐다. 재학생 친구들에게 유일한 중퇴자로 비쳐지기를 원치 않았던 것처럼. 그는 양쪽 모두의 삶에 자연스레 녹아들기를 원했다. 카멜레온처럼. 그리고 관광객처럼.

리버스는 마법에 대한 리포트에 집중하기 전에 책상 구석구석을 살펴보았다. 수상한 건 보이지 않았다. 찰리가 거리에서 저질 마약을 밀매해온 증거도 없었다. 리버스는 리포트를 집어 들고 차분히 읽어 내려가기 시작했다.

넬은 지금처럼 정적에 묻힌 도서관이 좋았다. 학기 중에는 많은 학생들이 도서관을 만남의 장으로 사용했다. 청년 클럽의 미화된 버전이랄까. 1층 열람실은 늘 소음이 심했다. 사방에 책이 널려 있었고, 엉뚱한 곳에 꽂혀 있거나 아예 행방불명이 되어버린 책도 적지 않았다. 정말 짜증나는 일이 아닐 수 없었다. 하지만 여름에는 오직 의지에 불타는 학생들만이 도서관을 찾았다. 학위 논문을 쓰거나 뒤처진 공부를 따라잡으려는 학생들. 그리고 전공 분야 연구에 열정이 크거나 조용하고 꽉 막힌 공간에서 공부를 하기 위해 햇볕과 자유를 포기한 학생들.

넬은 그들의 얼굴과 이름을 알고 있었다. 한산한 커피숍에서는 책 이야기가 끊이지 않았다. 점심시간에는 뜰에 나가 앉아 있거나, 도서관 건물 뒤편에 펼쳐진 초원을 산책하거나 거기서 독서를 하는 이들이 적지 않았다.

여름에는 도서관에서 처리해야 할 따분한 일이 많았다. 재고를 체크하고, 손상된 책들을 다시 제본하고, 재분류하고, 컴퓨터에 최신 정보를 입력하고, 뭐 그런 작업들. 그나마 분위기가 차분해서 다행이었다. 재촉과 서두름의 흔적은 사라진 지 오래였다. 이런저런 문제로 불평하는 사람도, 기한 지난 리포트 작성을 위해 우르르 몰려오는 학생들도 없었다. 하지만 여름이 지나면 또다시 입학생들과 씨름을 해야 했다. 나이 듦을 느낄 때마다 그녀는 학생들을 조금씩 멀리하게 되었다. 한없이 젊고 활기찬 그들은 그녀로 하여금 자신이 영영 되찾을 수 없는 무언가를 떠올리게 했다.

갑작스럽게 소란이 일었을 때 넬은 신청서를 살피고 있었다. 도서관 정문 밖에서 경비가 학생증 없이 들어오려는 누군가와 실랑이를 벌이고 있었다. 입장을 저지당한 여자는 누가 봐도 흥분한 상태였다. 학생 같지도, 책을 읽으러 온 것 같지도 않았다. 학생이었다면 학생증을 챙기지 못한 이유를 차분하게 설명했을 것이다. 하지만 그녀는 소리만 빽빽 질러댈 뿐이었다. 넬은 인상을 찌푸린 채 흥분한 여자의 옆모습을 응시했다. 브라이언의 서류가방에서 발견한 사진이 문득 떠올랐다. 그래, 그 여자야. 같은 여자라고. 눈가의 주름들이 그 사실을 확인시켜주었다. 호리호리한 몸매와 최신 유행의 차림이 살짝 헷갈리게 만들기는 했지만. 저 여자가 왜 소란을 피우고 있지? 평소엔 커피숍만 들락거리더니. 넬은 지금껏 도서관 안에서 그녀를 본 적이 없었다. 바깥의 소동이 넬의 호기심을 한껏 자극했다.

경비는 트레이시의 팔뚝을 붙잡고 있었고, 그녀는 악을 쓰며 욕을 퍼부었다. 그녀의 눈은 광기로 넘쳐나고 있었다. 넬은 최대한 권위적인 모습으로 그들에게 다가갔다.

"무슨 문제라도 있나요, 클라크 씨?"

"나한테 맡겨요. 혼자서 처리할 수 있습니다." 하지만 클라크의 눈은 전혀 다른 얘기를 하고 있었다. 정년을 훌쩍 넘긴 그는 땀을 비 오듯 쏟아내고 있었다. 두 사람 모두 이런 몸싸움에는 익숙지 않았다. 이런 상황을 어떻게 수습해야 하는지도 알지 못했고, 넬이 여자를 돌아보았다.

"아무나 들어올 수 있는 곳이 아니에요. 안에 있는 학생에게 전할 메시지가 있다면 내가 대신 전달해줄게요."

여자는 다시 발버둥 쳤다. "난 안으로 들어가야 해요!" 막무가내였다. 아무리 막아서도 포기하지 않을 사람이었다.

"들어올 수 없어요." 넬이 성난 목소리로 말했다. 조용하고, 정신이 온전하고, 이성적인 사람들을 상대하는 데 익숙한 그녀는 두 사람 문제에 대책 없이 끼어든 자신을 질책했다. 물론 개중에는 원하는 책을 찾지 못해 일시적으로 흥분하는 학생도 간혹 있었다. 하지만 그런 소동은 대개 금세 수습되었다. 여자가 악의적인 눈빛으로 넬을 쏘아보았다. 그녀의 눈에서는 온정의 흔적을 찾아볼 수 없었다. 순간 넬의 뒷덜미 털이 곤두섰다. 여자가 갑자기 밴시(banshee, 구슬픈 울음소리로 가족 중 누군가가 곧 죽게 될 것임을 알려준다는 여자 유령-옮긴이)처럼 비명을 지르기 시작했다. 그녀가 앞으로 몸을 날려 경비의 손으로부터 벗어났다. 그녀의 이마가 넬의 얼굴을 힘껏 내리찍었다. 넬의 몸이 베어지는 나무처럼 고꾸라졌다. 트레이시는 씩씩거리며 화를 삭였다. 경비가 그녀를 향해 다시 손을 뻗자 그녀의 입에서 또 한 번 비명이 터져 나왔다. 그 소리에 놀란 경비가 뒤로 주춤 물러났다. 그녀는 도서관 정문을 우악스럽게 밀고 안으로 들어갔다. 푹 숙인 고개, 그리고 부자연스럽게 움직이는 팔다리. 경비가 겁에 질린 눈으로 여자를 쳐다보다가 의식을 잃고 쓰러진 넬 스테이플턴 쪽으로 황급히 시선을 돌렸다.

문을 연 남자는 맹인이었다.

"무슨 일이오?" 남자가 문을 붙잡고 서서 물었다. 그의 눈은 암녹색 안경 렌즈 뒤에 감춰져 있었다. 그의 뒤로 음울한 그림자에 파묻힌 복도가 보였다.

"밴더하이드 씨?"

남자가 미소를 지었다. "무슨 일이냐니까요?" 그가 다시 말했다. 리버스는 나이 든 남자의 눈에서 시선을 떼지 못했다. 초록색 렌즈는 꼭 클라레 병을 보는 듯했다. 밴더하이드는 예순다섯에서 일흔 살 사이로 보였다. 단정하게 빗은 숱 많은 그의 머리는 은빛이 도는 노란색을 띠고 있었다. 그는 맨 위 단추를 푼 셔츠에 갈색 조끼 차림이었고, 주머니 하나에서는 회중시계의 쇠줄이 늘어뜨려져 있었다. 그는 끝이 은으로 처리된 지팡이에 살짝 몸을 기대고 있었다. 리버스는 밴더하이드의 지팡이가 때에 따라서는 매우 효과적인 무기가 될 수 있음을 알고 있었다.

"밴더하이드 씨, 전 경찰입니다." 리버스가 지갑을 꺼내려 했다.

"신분증은 필요 없소. 점자로 된 게 아니라면." 밴더하이드의 말에 리버스의 손이 재킷 주머니 안에서 멈칫했다.

"알겠습니다." 리버스가 당혹스러워하며 중얼거렸다. 장애를 가진 사람들에게는 상대로 하여금 자신들의 능력이 더 떨어진다고 믿게 만드는 신기한 재능이 있었다.

"들어와요, 경위."

"감사합니다." 안으로 들어선 리버스가 흠칫 놀랐다. "그걸 어떻게……."

밴더하이드가 고개를 저었다. "요행수로 맞힌 겁니다." 그가 안으로 이끌며 말했다. "막연한 추측이었죠." 그의 웃음은 살짝 거슬렸다. 리버스의 시선이 현관 구석구석을 빠르게 훑어나갔다. 집주인은 실내 장식에 소질이 없는 것 같았다. 아무리 맹인이라지만 너무했다. 먼지 쌓인 받침대 위에서는 박제한 부엉이가 그들을 노려보고 있었고, 그 옆에는 코끼리 발로 만든 우산꽂이가 놓여 있었다. 화려하게 장식된 예비 탁자 위에서는 뜯지 않은 우편물들과 무선전화기가 뒹굴고 있었다. 리버스가 무선전화기를 물끄러미 내려다보았다.

"과학기술이 눈부시게 발전하지 않았습니까?" 밴더하이드가 말했다. "우리처럼 눈을 잃은 사람들에겐 희소식이죠."

"그렇죠." 리버스가 말했다. 밴더하이드가 벽에 난 문을 열자 어두운 방이 나타났다.

"들어와요, 경위."

"감사합니다." 방에서는 노인들에게서 맡을 수 있는 퀴퀴한 약 냄새가 강하게 풍겼다. 푹신한 소파와 튼튼해 보이는 안락의자 두 개가 보였다. 유리로 된 책장에는 책이 빽빽이 꽂혀 있었고, 벽에는 전혀 독창적이지 않은 수채화 몇 점이 걸려 있었다. 사방에는 온갖 장식품들이 널려 있었다. 벽난로 위 선반의 물건들이 특히 리버스의 시선을 잡아끌었다. 나무 선반에는 빈 공간이 조금도 남아 있지 않았다. 장식품들은 전부 이국적인 분위기를 풍겼다. 아프리카, 카리브해 지역, 아시아, 그리고 동양 스타일. 정확히 어느 나라에서 왔는지는 알 수 없었지만.

밴더하이드가 의자에 풀썩 주저앉았다. 맹인 집주인과 부딪칠 수 있는 예비 탁자 따위의 자질구레한 가구는 보이지 않았다.

"기념품들입니다. 한창 때 여행을 다니면서 수집한 것인데, 겉만 번

드르르하죠."

"여행을 많이 다니셨나 보네요."

"엄청 쏘다녔었죠." 밴더하이드가 말했다. "차라도 한잔 내올까요?"

"아닙니다. 괜찮습니다."

"그럼 술이라도?"

"감사하지만 사양하겠습니다." 리버스가 미소를 지었다. "어젯밤에 좀 과하게 마셨거든요."

"목소리에서 미소가 느껴지는군요."

"제가 선생님을 찾아온 이유가 궁금하지 않으십니까, 밴더하이드 씨?"

"궁금하긴요. 이미 알고 있는데. 내 인내심에 한계가 없기 때문인지도 모르고요. 남들과 다르게 시간은 내게 별 의미가 없습니다. 당신의 설명을 듣기 위해 조바심을 부릴 이유가 전혀 없어요. 내가 시계를 볼 수 있는 것도 아니고." 그가 다시 미소를 지었다. 그의 시선은 리버스의 오른쪽에 고정되어 있었다. 리버스는 잠시 침묵을 지켰다. "생각해봐요." 밴더하이드가 계속 이어나갔다. "난 외출을 하지 않습니다. 날 찾아오는 사람도 별로 없고요. 밖에 나가 범죄를 저지른 기억이 없으니 당신이 날 찾아온 이유야 뻔하지 않겠습니까. 정말 차 한잔 안 하겠어요?"

"생각 있으시면 한잔 만들어 오시죠. 전 괜찮습니다." 리버스는 노인이 앉은 의자 옆에 놓인 머그잔을 내려다보았다. 잔은 거의 바닥을 드러낸 상태였다. 그의 시선이 주위를 빠르게 훑었다. 카펫이 깔린 바닥에도 머그잔 하나가 놓여 있었다. 그가 머그잔 쪽으로 슬그머니 손을 뻗었다. 머그잔 아랫부분과 카펫에서 미지근한 온기가 느껴졌다.

"나도 됐어요." 밴더하이드가 말했다. "아까 마셨습니다. 손님이랑 같이."

"손님이요?" 리버스가 흠칫 놀라며 말했다. 노인이 미소를 지으며 고개를 흔들었다. 리버스는 죄를 짓다 걸리기라도 한 것처럼 가슴이 뜨끔했다.

"선생님을 찾는 손님이 거의 없다고 하셨지 않습니까."

"내가 그랬던가요? 맞습니다. 하지만 어찌된 일인지 오늘은 두 명이나 날 찾아왔습니다."

"저 말고 또 누가 왔었는지 여쭤봐도 되겠습니까?"

"당신이 날 찾아온 이유부터 물어보고 싶은데, 괜찮나요?"

이번에는 리버스가 미소를 지으며 고개를 끄덕였다. 노인의 얼굴이 살짝 붉어졌다. 짜증이 난다는 뜻이었다.

"무슨 일이죠?" 밴더하이드의 목소리에서 조급함이 묻어났다.

"말씀드리겠습니다." 리버스가 의자에서 일어나 방 안을 어슬렁거리기 시작했다. "한 학생의 오컬트 관련 리포트에서 선생님의 성함을 보게 됐습니다. 놀랍지 않으신가요?"

노인이 잠시 생각에 잠겼다. "흐뭇하군요. 자부심이 생기는데요."

"놀랍진 않으시고요?" 밴더하이드가 어깨를 한 번 으쓱였다. "그 리포트에 의하면 선생님께서 에든버러의 한 코븐(coven, 마녀들의 집회-옮긴이)에 속해 계셨다고 하던데요. 1960년대에 말입니다."

"'코븐'이라는 표현은 부적절하지만 뭐 상관없어요."

"거기 속해 계셨다는 게 사실입니까?"

"아니라고는 못하겠군요."

"조사를 해 보니 선생님께선 그곳의 리더나 다름없으셨더군요. '리더' 역시 부적절한 표현인지 모르겠지만."

밴더하이드가 웃음을 터뜨렸다. 하지만 그의 표정에는 당황한 기색이 역력했다. "이런, 내가 한 방 맞았군요, 경위. 제대로 한 방 맞았습니다. 계속해봐요."

"선생님의 주소를 알아내는 건 어렵지 않았습니다. 전화번호부에 밴더하이드라는 이름이 많지 않더군요."

"친척 대부분이 런던에 살고 있어요."

"제가 선생님을 찾아온 이유는 살인사건 때문입니다. 범인이 현장에서 증거를 조작한 흔적도 있고요."

"흥미롭군요." 밴더하이드가 가지런히 모은 손을 입술로 가져다 댔다. 그는 전혀 맹인 같아 보이지 않았다. 하지만 밴더하이드는 리버스의 움직임에 아무런 반응도 보이지 않았다.

"시체는 두 팔을 활짝 펼친 채로 누워 있었습니다. 두 발은 가지런히 모아져 있었고요."

"알몸으로 말입니까?"

"아뇨. 셔츠를 걸치지 않았을 뿐입니다. 시체 양옆에는 타다 남은 양초가 놓여 있었습니다. 한쪽 벽에는 오각형 별이 그려져 있었고요."

"다른 건요?"

"다른 건 없습니다. 주사기들이 담긴 유리병이 시체 옆에서 발견되긴 했습니다만."

"마약 과다 투여가 사인이었습니까?"

"그렇습니다."

"음." 밴더하이드가 의자에서 일어나 책장 앞으로 다가갔다. 그는 유리문을 열지 않은 채 안을 들여다보았다. "인간 제물…… 그게 당신의 추리죠, 경위?"

"그건 여러 가능성 중 하나입니다."

"만약 인간 제물이 맞다면 죽음의 방법이 꽤 특이했다고 할 수 있습니다. 아니, 그런 방식은 처음 들어봅니다. 인간 제물을 진지하게 생각하는 악마숭배자는 사실 많지 않습니다. 사람을 죽이고 나서 의식 핑계를 대는 사이코패스는 많지만요. 인간 제물, 아니, 그 어떤 종류의 제물이라도 피를 필요로 합니다. 대개 그리스도의 피와 살처럼 상징적으로만 행해지죠.

하지만 실제로 사람을 죽여서 피를 바치는 경우도 있습니다. 하지만 피가 없는 제물이라…… 그런 건 듣도 보도 못했습니다. 그것도 마약 과다 투여…… 내 생각엔 말입니다, 범인이 수사에 혼선을 주기 위해 꾸며놓은 것 같습니다."

밴더하이드가 다시 리버스 쪽으로 돌아서서 두 손을 살짝 들어 보였다. 더 이상 내줄 의견이 없다는 뜻이었다.

리버스는 다시 자리에 앉았다. 그가 만져봤던 머그잔에서는 더 이상 온 기가 느껴지지 않았다. 증거가 식고, 소멸되고, 사라져버린 것이다.

리버스가 머그잔을 집어 들고 유심히 살펴보았다. 꽃무늬가 있는 평범한 머그잔이었다. 자세히 보니 테두리 한쪽에 금이 가 있었다. 순간 리버스에게 자신감이 찾아들었다. 그가 다시 일어나 문으로 향했다.

"가는 겁니까?"

리버스는 밴더하이드의 질문을 무시하고 참나무 계단으로 잽싸게 다가 갔다. 작은 층계참이 있는 계단의 중간 부분은 90도 각도로 꺾여 있었다. 방금 전까지 그곳에서 누군가가 몸을 웅크린 채 그들의 대화를 엿들었었 다. 보지는 못했지만 리버스는 몸으로 똑똑히 감지했었다. 그가 긴장을 풀 기 위해 헛기침을 한 번 했다.

"내려와, 찰리." 집 안에는 정적만이 흐르고 있었다. 하지만 리버스는 청년을 감지할 수 있었다. 보나 마나 그는 계단의 꺾어진 부분 너머에 숨 어 있을 것이다. "내가 올라갈까? 그건 원치 않겠지? 그 어두운 데서 나랑 단둘이 있고 싶어?" 밴더하이드의 슬리퍼가 카펫 바닥에 질질 끌리는 소 리가 들려왔다. 그의 지팡이가 바닥에 딱딱 부딪치는 소리도. 리버스가 노 인을 돌아보았다. 그는 불만 가득한 얼굴로 리버스를 쳐다보고 있었다. 자 존심은 아직 죽지 않은 모양이군. 리버스는 생각했다. 수치심은 못 느끼나 보지?

그때 마룻장이 삐걱거렸다. 어느새 찰리가 층계참으로 내려와 있었다.

리버스의 얼굴에 정복자의 미소가 떠올랐다. 그것은 안도의 미소이기도 했다. 모처럼 믿어본 육감이 한 건 해준 것이었다.

"안녕, 찰리." 리버스가 말했다.

"그녀를 때릴 생각은 없었어요. 그녀가 먼저 잔소리를 퍼부었다고요."

찰리는 구부정한 자세로 층계참에 서 있었다. 얼굴은 검은 윤곽으로만 보였고, 두 팔은 양옆으로 축 늘어져 있었다. 리버스는 마치 그림자 인형극을 보고 있는 듯한 착각이 들었다.

"내려오지 그래?"

"날 체포할 건가요?"

"무슨 혐의로?" 그것은 리버스가 스스로에게 던지는 질문이기도 했다.

"그건 네가 스스로에게 물어야 하지 않을까, 찰스?" 밴더하이드가 말했다. 그것은 지시에 가까웠다.

리버스는 더 이상 이 게임을 이어가고 싶지 않았다. "어서 내려와." 그가 말했다. "얼그레이 한잔 더 하면서 얘기나 좀 하자고."

리버스는 거실의 진홍색 벨벳 커튼을 열어놓았다. 희미하나마 햇빛이 들어오니 비좁고 위압적인 방 분위기가 확 달라졌다. 고딕적인 느낌도 덜해졌다. 벽난로 위 선반의 장식품들도 딱 장식품처럼만 보였다. 책장에 꽂힌 대중소설들도 더 분명하게 보였다. 디킨스, 하디, 트롤로프. 트롤로프가 아직까지 대중적인 인기가 있는지는 모르겠지만.

찰리가 비좁은 주방에서 차를 만드는 동안 밴더하이드와 리버스는 말없이 거실에 앉아 있었다. 정적이 흐르는 집 안에서 컵과 숟가락이 달그락거리는 소리가 울려 퍼졌다.

"청력이 아주 좋군요." 밴더하이드가 말했다. 리버스는 어깨를 으쓱였다. 그는 여전히 눈으로 실내 구석구석을 훑고 있었다. 나라면 죽어도 여기선 못 살 것 같아. 이런 데 사는 나이 든 친척을 가끔 찾아가는 건 상관없지만.

"아, 차가 왔군." 찰리가 쟁반을 들고 나타나자 밴더하이드가 말했다. 찰리는 의자와 소파 사이 바닥에 쟁반을 내려놓고 탄원하는 듯한 눈빛으로 리버스를 바라보았다. 리버스는 머그잔을 받아 들며 퉁명스럽게 고개를 끄덕였다. 그는 찰리에게 도피처의 내부를 제집처럼 훤히 알고 있는 이유를 묻고 싶었다. 찰리가 반쯤 채워진 머그잔의 커다란 손잡이를 밴더하이드의 손에 쥐여주었다.

"자, 드세요, 매튜 삼촌." 찰리가 말했다.

"고맙다, 찰스." 밴더하이드가 말했다. 그는 리버스를 돌아보며 미소를 지었다. 마치 시력이 정상으로 돌아오기라도 한 것처럼.

"분위기가 아주 아늑합니다." 리버스가 얼그레이를 한 모금 넘기며 말했다.

찰리는 소파에 앉아 다리를 꼬았다. 긴장이 전혀 느껴지지 않는 표정이었다. 저 친구, 이곳 분위기에 아주 익숙한 모습이야. 낡고 편한 바지를 걸친 것처럼. 어색한 침묵을 깬 건 밴더하이드였다.

"찰스에게 다 들었습니다, 리버스 경위. 물론 이 녀석은 내가 알아도 될 만큼만 얘기했겠지만." 찰리가 삼촌을 살짝 흘겨보았다. 밴더하이드는 조카의 표정을 읽을 수 있다는 듯 미소를 흘렸다. "난 찰스에게 수사에 협조하라고 조언했습니다. 이 녀석은 내켜하지 않더군요. 적어도 난 그렇게 느꼈습니다. 이젠 선택의 여지가 없어졌지만."

"어떻게 알았죠?" 찰리가 제집에 온 듯 여유로운 모습으로 물었다. 지저분한 필뮤어 집에서 봤을 때와는 완전히 딴판이었다.

"뭘?" 리버스가 말했다.

"내가 여기 있다는 거 말이에요. 매튜 삼촌을 어떻게 알아낸 거죠?"

"오, 그거?" 리버스가 바지에서 실밥을 떼어내는 척했다. "네 리포트에서 봤어. 책상에 놓여 있더라고. 바로 코앞에 말이야."

"네?"

"오컬트에 관한 리포트. 그걸 보고 너희 집안에 마법사가 있다는 걸 알게 됐지."

밴더하이드가 킬킬 웃었다. "난 마법사가 아닙니다, 경위. 한 번도 마법사인 적이 없었어요. 언젠가 진짜 마법사를 만나본 적은 있지만. 바로 이 동네에서 말이죠."

"매튜 삼촌." 찰리가 끼어들었다. "경위님은 그런 얘길……"

"아니, 그렇지 않아." 리버스가 말했다. "바로 그 얘길 들으러 온 거라고."

"오." 찰리가 실망한 듯한 목소리로 말했다. "날 체포하러 온 게 아니었군요."

"그래. 물론 트레이시의 눈을 그렇게 만들어놓은 책임은 물어야겠지만."

"그 여자는 맞아도 싸요!" 찰리가 아랫입술을 삐쭉 내밀며 말했다.

"여자를 때렸다고?" 밴더하이드가 깜짝 놀라며 말했다. 찰리가 삼촌을 내려다보다가 이내 시선을 돌려버렸다. 그는 맹인의 눈빛을 두려워하고 있었다.

"네." 찰리가 기어들어가는 목소리로 말했다. "하지만 이걸 좀 봐요." 찰리가 터틀넥 스웨터의 목 부분을 잡아 내렸다. 그의 목에는 손톱에 할퀸 상처 두 개가 나 있었다.

"상처가 멋진데." 리버스가 앞 못 보는 노인을 위해 말했다. "그녀는 널 할퀴고, 넌 그녀의 눈에 주먹을 날리고. 그럼 비긴 건가? 눈에는 눈으로 맞받아치는 거야?"

밴더하이드가 다시 웃음을 터뜨리며 몸을 살짝 앞으로 기울였다.

"잘했어요, 경위." 밴더하이드가 말했다. "내가 하고 싶었던 말입니다. 자⋯⋯" 그가 머그잔을 입술에 가져다 댔다. "이젠 여길 찾아온 용건을 얘기해봐요."

"찰리의 리포트에서 선생님의 성함을 봤습니다. 각주에 선생님이 인터뷰 제공자로 소개되어 있더군요. 그래서 에든버러에 사는 분이실 거라 생각했습니다. 다행히 전화번호부에⋯⋯"

"밴더하이드라는 이름이 많지 않았죠?" 노인이 대신 말을 맺어주었다. "그래요. 아까 들었습니다."

"선생님께선 흑마술과 관련해서 충분한 정보를 주셨습니다. 이젠 조카분과 얘길 좀 해야겠습니다."

"그럼 난 자리를⋯⋯" 밴더하이드가 자리에서 일어났다. 리버스는 그럴 필요 없다고 손짓했다. 하지만 이내 자신의 제스처가 헛수고라는 걸 깨달았다. 밴더하이드는 그런 반응을 예상했다는 듯 멈칫했다.

"괜찮습니다." 리버스가 말했다. 밴더하이드는 다시 자리에 앉았다. "몇 분이면 됩니다." 리버스가 찰리를 돌아보았다. 찰리는 푹신한 소파 쿠션에 파묻혀 있었다. "찰리." 리버스가 말했다. "넌 지금 절도와 살인 방조 혐의를 받고 있어. 넌 어떻게 생각해?"

리버스는 청년의 얼굴을 빤히 쳐다보았다. 찰리의 얼굴은 익히지 않은 페이스트리 반죽 빛으로 물들어 있었다. 밴더하이드의 얼굴이 씰룩거렸다. 하지만 불편해하는 것 같아 보이지는 않았다. 찰리가 두 남자의 얼굴을 번갈아 쳐다보았다. 두 사람 모두 냉담한 표정이었다.

"난⋯⋯ 난⋯⋯"

"응?" 리버스가 말했다.

"한 잔 더 마셔야겠어요." 찰리가 말했다. 그는 다른 할 말을 찾지 못한 듯했다. 리버스는 느긋한 모습으로 등받이에 몸을 붙였다. 얼마든지 시간을 끌어도 좋아. 결국에는 답을 내놓게 될 테니까. 오늘 진땀 한번 빼보자고.

"파이프는 늘 이렇게 암울합니까?"

"그림 같아 보이는 곳들만 그래요. 다른 곳들은 괜찮습니다."

SSPCA 담당자는 브라이언 홈스를 이끌고 황혼에 물든 들판을 가로질러나갔다. 주변 땅은 완벽에 가까울 정도로 평평했다. 그 한복판의 죽은 나무 한 그루가 단조로운 분위기를 깨주었다. 차갑고 거센 바람이 불어왔다. SSPCA 담당자는 동풍이라고 했지만 바람은 분명 서쪽에서 불어오고 있었다. 홈스가 보기에 그의 방향감각은 정상이 아니었다.

풍경은 기만적이었다. 평평해 보이지만 사실은 비스듬히 기울어져 있었다. 그들은 완만한 경사지를 걸어 올라가는 중이었다. 홈스는 스코틀랜드 어딘가에 자리한 '일렉트릭 브래(electric brae)'라는 언덕을 떠올렸다. 내리막임에도 오르막 같아 보이는 도깨비 도로. 아니, 그 반대였던가? 왠지 옆의 남자에게 물어보는 건 헛수고일 것 같았다.

꼭대기에 오르자 어둡고 거친 폐광의 풍경이 눈에 들어왔다. 그 뒤로는 나무숲이 우거져 있었다. 주변 광산들은 1960년대 이후로 모두 문을 닫아버렸다. 그들은 외부 투자를 받아 언덕들을 깎아냈고, 노천 채굴로 생긴 크고 깊은 틈들을 메워놓았다. 광산 건물들은 철거되었고, 주변 풍경은 과거 모습 그대로 복원되었다. 모두가 파이프 광산의 역사를 부정하려 혈안이 되어 있는 듯했다.

브라이언 홈스도 잘 알고 있는 사실이었다. 그의 삼촌들도 광부였다. 어린 시절 그는 삼촌들을 통해 이곳 광산들과 관련한 많은 정보와 흥미로운 일화들을 들을 수 있었다.

"암울하기가 짝이 없지." 홈스는 혼잣말로 웅얼거리며 SSPCA 담당자를 따라 숲을 향해 나아갔다. 숲이 시작되는 지점에서 대여섯 명의 남자가 서성이고 있었다. 두 남자의 기척을 느낀 그들이 돌아보았다. 홈스는 그들

중 가장 계급이 높아 보이는 사복 차림의 남자에게 자신을 소개했다.

"브라이언 홈스 경장입니다."

남자가 미소를 지으며 고개를 끄덕였다. 그리고 턱으로 자신보다 훨씬 어려 보이는 남자를 가리켰다. 홈스의 실수에 제복경관과 사복형사들 모두가 웃음을 지었다. SSPCA 배반자마저도. 홈스의 얼굴에서 핏기가 싹 가셨다. 젊은 남자가 다가와 한 손을 내밀었다.

"헨드리 경사라네. 오늘은 내가 여기 책임자지." 남자들이 다시 미소를 지었고, 이번에는 홈스도 덩달아 웃었다.

"죄송합니다, 경사님."

"오히려 기분이 좋은걸. 날 그렇게 젊게 봐 주다니. 해리가 좀 나이 들어 보이긴 하지." 헨드리는 홈스가 최고참으로 오해했던 남자를 턱으로 가리켰다. "좋아, 브라이언. 이 친구들에게 브리핑한 내용을 들려주지. 오늘 밤 여기서 투견이 벌어질 거라는 제보가 들어왔어. 보다시피 아주 한적한 곳이야. 큰길에서 800미터쯤 떨어져 있지. 가장 가까운 집은 그 두 배 거리고. 완벽한 장소 아닌가? 놈들은 대형 트럭들이 다니는 길로 들어올 거야. 밴 서너 대에 개들을 싣고 오겠지. 도박꾼들이 얼마나 몰려들지는 예상할 수 없고, 스케일이 아이브록스(Ibrox Stadium, 스코틀랜드 글래스고에 있는 축구경기장—옮긴이)만큼 커지면 지원 인력을 요청해야겠지. 우리의 목표는 도박꾼들을 잡는 게 아니라 조련사들을 잡는 거야. 소문에 의하면 데이비 브라이트먼이 그 조직의 보스라더군. 커콜디와 메틸에 고철 하치장 몇 곳을 운영 중이라나. 그는 자신이 키우는 핏불 몇 마리를 투견장에 내보내고 있어."

그때 누군가의 무전기에서 잡음과 함께 호출부호가 흘러나왔다. 헨드리 경사가 응답했다.

"거기 홈스 경장 있습니까?" 상대가 물었다. 헨드리가 홈스를 쳐다보며 무전기를 넘겼다. 홈스는 미안해하는 표정을 지어 보였다.

"홈스 경장입니다."

"홈스 경장, 전할 메시지가 있습니다."

"말씀하십시오." 홈스가 말했다.

"넬 스테이플턴 양과 관련된 소식입니다."

리버스는 병원 대기실에 앉아 자동판매기에서 사온 초콜릿을 먹으며 트레이시를 떠올렸다. 그녀에게 가격당한 그의 음낭은 여전히 얼얼했다. 꼭 탈장 수술을 받고 나온 기분이었다. 실제로 받아본 적은 없지만.

리버스의 오후는 나름대로 생산적이었다. 밴더하이드는 흥미로운 인물이었다. 그리고 찰리. 그는 아는 바를 순순히 털어놓았다.

"알고 싶은 게 뭡니까?" 찰리는 새로 만든 차를 들고 거실로 들어서며 물었다.

"난 시간이 궁금해, 찰리. 네 삼촌은 시간에 아무 관심이 없다고 하셨지. 맹인은 시간에 얽매이지 않아도 되지만 경찰은 달라. 특히 이런 사건을 수사할 땐 매우 중요하지. 아무리 애를 써도 사건들이 연대순으로 정리가 되질 않아. 우선 그것부터 확실히 해놓고 가야겠어."

"알겠어요." 찰리가 말했다. "내가 어떻게 도우면 되죠?"

"그날 밤 로니의 집에 있었지?"

"네, 잠깐 갔었어요."

"거기 있다가 파티를 찾아 나갔다고 했었지?"

"네."

"로니는 닐과 함께 있었고?"

"아뇨. 닐도 돌아갔어요."

"닐이 로니의 동생이라는 걸 알고 있었겠지?"

찰리가 깜짝 놀라는 표정을 지어 보였다. 하지만 리버스는 방심하지 않았다. 그것 또한 연기일지 몰랐으니까.

"아뇨, 정말 몰랐어요. 젠장, 그가 동생이었어? 로니는 동생을 소개해준 적이 없었어요."

"널과 난 직업이 같아." 리버스가 설명했다. 찰리가 미소를 지으며 고개를 저었다. 밴더하이드는 꼼꼼한 배심원처럼 그들의 대화에 귀를 기울이고 있었다.

"자," 리버스가 계속 이어나갔다. "넌 그 집에서 일찍 나왔다고 했어. 로니가 통 입을 열지 않았다더군."

"그 이유를 알 것 같아요."

"뭔데?"

"생각해봐요. 로니는 막 마약을 구한 상태였어요. 오랫동안 구경도 못했던 약을 그날 손에 넣었잖아요." 찰리가 잠시 멈칫했다. 나이 든 삼촌이 듣고 있다는 사실을 그제야 깨달은 모양이었다. 그 상황을 눈치 챈 밴더하이드가 한 손을 들어 살랑거렸다. 세상 그 무엇도 산전수전 다 겪어본 자신에게 충격을 줄 수 없다는 의미의 제스처 같았다.

"네 말이 맞는 것 같아." 리버스가 찰리에게 말했다. "백 퍼센트 동감해. 로니는 텅 빈 집에서 혼자 마약을 주사했어. 그 위험천만한 약을. 트레이시가 도착했을 때 그는 자신의 방에서······"

"그건 그녀 주장이고요." 찰리가 끼어들었다. 리버스는 회의적인 입장을 이해한다는 듯이 고개를 끄덕였다.

"그 말이 사실이라고 쳐보자고. 그는 죽었어. 적어도 그녀에겐 그렇게 보였을 거야. 그녀는 당황했고 달아나버렸어. 여기까진 그럴듯하지? 하지만 이제부터 조금씩 모호해지기 시작해. 네 도움이 필요한 시점이라고, 찰리. 그 후에 누군가가 로니의 시체를 아래층으로 옮겨놨어. 이유는 알 수가 없어. 그냥 장난을 친 걸 수도 있고, 밴더하이드 씨 표현대로 누군가가 수사에 혼란을 주기 위해 벌인 일인지도 몰라. 뭐 어쨌든 바로 이 시점에서 하얀 가루가 든 두 번째 봉지가 등장해. 트레이시는 한 개만 봤다고 했는데……" 찰리가 다시 말을 끊으려 하자 리버스가 잽싸게 이어나갔다. "물론 그것도 그녀 주장일 뿐이지. 아무튼 로니는 첫 번째 봉지에 담긴 약을 주사했어. 그가 숨진 후에는 누군가가 시체를 아래층으로 옮겨놓았지. 거기서 두 번째 약봉지가 발견됐고, 두 번째 봉지에 담긴 약은 최상급 마약이었어. 로니가 스스로에게 주사한 독약이 아니었다고. 이상한 건 그뿐만이 아니야. 현장에서 사라진 로니의 카메라는 네 방에서 발견됐어, 찰리. 검은 폴리에틸렌 봉지에 담긴 채로."

찰리가 멀리 시선을 돌려버렸다. 그는 바닥과 자신의 머그잔과 찻주전자를 차례로 내려다보았다. 그가 여전히 리버스의 눈을 피한 채 말했다.

"그래요. 내가 가져갔어요."

"카메라를?"

"방금 그랬다고 했잖아요."

"그래." 리버스가 덤덤하게 말했다. 찰리 안에서 끓어오르는 수치심이 어느 순간 갑자기 분노로 바뀌어버릴지 몰랐다. "정확히 언제 가져갔지?"

"가져갈 때 시계를 보지 않았어요."

"찰스!" 밴더하이드가 큰 소리로 말했다. 찰리가 움찔하며 흐트러진 자세를 바로잡았다. 마법사 삼촌에 대한 어릴 적 공포가 아직도 그를 떨게 하는 듯했다.

리버스가 헛기침을 한 번 했다. 그의 혀끝에서 얼그레이의 텁텁한 맛이 느껴졌다. "네가 돌아갔을 때 집에 누군가가 있진 않았어?"

"아뇨. 그게…… 로니가 있었죠."

"그 친구는 어디 있었지? 위층, 아니면 아래층?"

"계단 맨 위 칸에 있었어요. 거기 쓰러져 있더라고요. 마치 내려오려고 바둥거리다 죽은 것처럼 말이죠. 처음엔 그가 잠깐 기절해 있는 건 줄 알았어요. 하지만 자세히 보니 좀 이상하더라고요. 몸은 뻣뻣이 굳어 있었고, 움직임이 전혀 없었어요. 차갑게 식은 피부는 축축했고요."

"그가 계단 맨 위 칸에 쓰러져 있었다 이거지?"

"네."

"그래서 넌 어떻게 했지?"

"한눈에 봐도 죽은 게 확실하더군요. 마치 꿈을 꾸고 있는 것 같았어요. 황당하게 들릴지 모르지만 정말 그랬어요. 빨리 그 꿈에서 깨고 싶었죠. 난 곧장 로니의 방으로 들어갔어요."

"거기서 주사기가 담긴 유리병을 봤어?"

"기억이 안 나요."

"계속해봐."

"트레이시가 돌아오면……"

"돌아오면?"

"어이없게 들릴지 모르지만……"

"얘기해봐."

"그녀가 돌아와서 로니가 죽은 걸 확인했다면 그의 소지품을 모조리 챙겨 가버렸을 게 뻔해요. 의심의 여지가 없었죠. 그래서 난 그의 카메라를 챙겼어요. 로니도 내가 그래 주길 바랄 거라 생각했죠."

"그러니까 감상적인 이유로 그걸 가져갔다는 건가?" 리버스가 능글맞게 물었다.

"꼭 그런 것만은 아니고요." 찰리가 솔직하게 말했다. 순간 리버스의 뇌리를 스치는 생각이 있었다. 너무 쉽게 가니 불안한데. "로니의 소지품 중 돈이 될 만한 건 그게 유일했어요."

리버스는 고개를 끄덕였다. 그래, 이제 좀 낫군. 하지만 찰리는 돈이 궁한 학생이 아니었다. 언제든 매튜 삼촌에게 손을 벌릴 수 있었으니까. 로니도 그래 주길 바랐을 거라고? 우습군.

"그래서 카메라를 가져갔다 이거지?" 리버스가 말했다. 찰리는 고개를 끄덕였다. "그걸 챙겨서 집을 나온 거야?"

"곧장 내 집으로 돌아갔어요. 누군가가 그러더군요. 트레이시가 다급하게 날 찾았었다고. 난 그녀도 로니의 상황을 알고 있다고 생각했어요."

"그러니까 그녀가 로니의 카메라를 챙겨 달아나지 않고 널 찾아 헤맸었다는 거지?"

"네." 찰리는 회한에 찬 모습이었다. 리버스는 밴더하이드가 무슨 생각을 하고 있을지 궁금해졌다.

"혹시 하이드라는 이름 들어본 적 있어?"

"로버트 루이스 스티븐슨 소설에 나오는 캐릭터 아닌가요?"

"다른 데서 들어본 적은 없고?"

찰리가 어깨를 으쓱였다.

"에드워드라는 이름은?"

"로버트 루이스 스티븐슨 소설에서."

"뭐?"

"장난쳐서 미안해요. 에드워드는 『지킬 박사와 하이드 씨』에 나오는 하이드의 이름이에요. 난 에드워드라는 사람을 몰라요."

"그렇군. 내가 뭐 한 가지 들려줄까, 찰리?"

"뭔데요?"

리버스가 무표정하게 앉아 있는 밴더하이드를 돌아보았다. "네 삼촌은 내가 무슨 얘길 하려는지 알고 계실 거야."

밴더하이드가 미소를 지었다. "알다마다요. 내가 틀렸다면 바로잡아줘

193

요, 리버스 경위. 젊은이의 시체는 침실에서 계단으로 옮겨졌어요. 시체를 옮기다 만 사람은 찰스가 도착했을 때 그 집에 있었을 거고요. 그 얘길 하려던 거 아니었습니까?"

찰리의 입이 떡 벌어졌다. 너무나 적나라한 반응에 리버스는 약간 놀랐다.

"그렇습니다." 리버스가 말했다. "찰리, 넌 운이 아주 좋았던 거야. 시체를 아래층으로 옮기려던 누군가는 인기척을 느끼고 다른 방에 들어가 숨었어. 어쩌면 네가 떠날 때까지 악취가 진동하는 화장실에 숨어 있었는지도 모르지. 아무튼 중요한 건 네가 왔을 때 그들도 그 집에 같이 있었다는 사실이야."

찰리가 마른 침을 꿀꺽 삼켰다. 그런 다음, 입을 닫은 채 고개를 떨어뜨리고 흐느껴 울기 시작했다. 그 소리에 그의 삼촌이 만족하는 표정으로 미소를 지으며 고개를 끄덕였다.

리버스는 남은 초콜릿을 한입에 해치웠다. 소독약 맛이 났다. 바깥의 복도와 병동들과 이 대기실처럼. 초조한 표정의 얼굴들이 신문 속 컬러판 부록을 훑고 있었다. 잠시 후, 문이 열리고 홈스가 들어왔다. 그는 불안하고 지친 모습이었다. 45분에 걸쳐 차를 몰고 오는 내내 온갖 끔찍한 상상을 해댔을 게 뻔했다. 그에게는 신속한 처치가 필요했다.

"그녀는 괜찮아. 언제든지 들어가서 만날 수 있어. 혹시 모르니 하룻밤 지켜보겠다던데 내가 보기엔 다들 과장하는 것 같아. 그깟 코뼈 부러진 것 가지고 저렇게들 호들갑을 떨어대다니."

"코뼈가 부러졌다고요?"

"그게 다야. 뇌진탕도 아니고, 시력에 이상이 생기지도 않았어. 코뼈만 부러진 거니까 걱정 말라고."

순간 리버스는 자신의 경솔함에 홈스가 기분이라도 상했으면 어쩌나

194

걱정했다. 하지만 젊은 형사의 얼굴에는 안도의 미소가 떠올랐다. 경직된 어깨도 축 늘어졌고, 고개도 살짝 떨어졌다.

"자," 리버스가 말했다. "들어가서 만나봐야지."

"네."

"내가 안내하지." 리버스가 홈스의 어깨에 손을 얹고 대기실 밖으로 그를 데리고 나갔다.

"대체 어떻게 아신 겁니까?" 복도를 걸으며 홈스가 말했다.

"뭘?"

"넬에 대해서요. 넬과 저에 대해서."

"자네도 형사잖아. 잘 생각해봐."

홈스는 정말로 머리를 굴리기 시작했다. 리버스는 그렇게 그의 긴장이 풀어지길 바랐다. 마침내 홈스가 다시 입을 열었다.

"넬에겐 가족이 없습니다. 그래서 절 찾은 거예요."

"자넬 불러달라고 쪽지에 써서 보여주더군. 코뼈가 부러져서 무슨 말을 하는지 알아듣기가 힘들었어."

홈스가 멍한 표정으로 고개를 끄덕였다. "그런데 저는 여기에 없었고, 절 좀 찾아달라고 경위님께 부탁드린 모양이군요."

"거의 맞혔어. 대단한데. 그건 그렇고, 파이프는 어떻던가? 1년에 한 번꼴로만 다녀오는 곳이라." 4월 28일. 리버스는 속으로 중얼거렸다.

"파이프요? 뭐 괜찮았습니다. 현장 급습 직전에 연락을 받았어요. 유감스럽게도. 이번 일로 제 이미지가 많이 나빠졌을 것 같습니다."

"거기 책임자는 누구지?"

"헨드리라는 젊은 경사입니다."

리버스가 고개를 끄덕였다. "나도 아는 친구야. 자네가 몰랐다는 게 더 놀라운데. 나름 유명한 친구잖아."

홈스가 어깨를 한 번 으쓱했다. "전 그저 그 자식들을 제 손으로 잡고 싶었을 뿐입니다."

리버스가 병실 문 앞에서 멈춰 섰다.

"여깁니까?" 홈스가 물었다. 리버스는 고개를 끄덕였다.

"같이 들어가줄까?"

홈스가 고마워하는 눈빛으로 상관을 쳐다보다가 천천히 고개를 저었다. "아닙니다. 괜찮습니다. 잠들어 있는지도 모르잖아요. 한 가지 궁금한 게 있는데요."

"뭔데?"

"누가 그런 겁니까?"

누가 그런 겁니까? 가장 이해가 안 되는 부분이었다. 리버스는 복도를 걸어가며 넬의 퉁퉁 부은 얼굴을 떠올렸다. 말이 제대로 나오지 않자 그녀는 괴로워하며 종이를 가져다 달라고 했다. 리버스는 주머니에서 수첩과 펜을 꺼내 주었고, 그녀는 1분에 걸쳐 무언가를 맹렬히 휘갈겨 적었다. 리버스가 걸음을 멈추고 수첩을 꺼내보았다. 그리고 네 번, 아니 다섯 번째로 그 내용을 읽어 내려갔다.

전 도서관에서 일을 하고 있었어요. 어떤 여자가 들여보내달라며 경비와 실랑이를 벌였어요. 경비에게 물어보면 확인해줄 거예요. 그 여자가 갑자기 머리로 제 얼굴을 들이받았어요. 전 그저 그녀를 도우려고 했을 뿐인데. 그녈 진정시키려고 했을 뿐이에요. 그녀는 제가 자기 일에 참견하려는 줄 알았나 봐요. 정말 그게 아니었는데. 전 그녈 돕고 싶었어요. 그녀는 사진 속의 여자였어요. 어젯밤 브라이언의 서류가방에서 봤던 누드 사진 말이에요. 경위님도 거기 계셨었죠? 저희가 있었던 그 술집에 오셨었죠? 텅 빈 술집에서 경위님을 알아보는 건 어려운 일이 아니었어요. 브라이언은 어디 있죠? 경위님을 위해 음란한 사진들을 더 찾아보고 있나요?

리버스의 얼굴에 미소가 떠올랐다. 수첩에 적힌 내용을 처음 확인했을 때처럼. 그녀는 배짱이 있는 여자였다. 리버스는 그녀가 마음에 들었다. 붕대 감긴 얼굴, 멍든 눈. 그녀는 묘하게 질을 연상시켰다.

트레이시가 일을 벌이고 다니는군. 짜증나게. 갑자기 발끈했을 뿐인가? 아니면, 대학 도서관에 굳이 찾아가야 할 특별한 동기가 있었나? 리버스는 복도 벽에 몸을 기댔다. 아주 끝내주는 하루로군. 엄밀히 말하면 이 사건은 내 담당도 아니잖아. 그냥 대충 수습하고 마약 퇴치 캠페인으로 넘어가면 되는 거였는데. 이렇게 복잡하게 꼬여버릴 줄은 미처 몰랐어. 빌어먹을.

병실 문이 닫히는 소리가 들려왔다. 리버스는 복도로 나온 브라이언 홈스를 돌아보았다. 홈스는 얼이 빠진 모습이었다. 그가 상관을 발견하고 성큼성큼 다가왔다. 리버스는 홈스가 효자 노릇을 해줄지, 아니면 골칫거리로 전락해버릴지 갈피를 잡지 못했다. 어쩌면 그 둘 다일 수도.

"여자친구는 좀 어때?" 리버스가 근심 어린 얼굴로 물었다.

"괜찮아 보이더군요. 얼굴이 좀 상하긴 했지만."

"타박상일 뿐이야. 코도 금방 나아질 거라고 했어. 그냥 봐서는 부러졌는지 모를 정도야."

"네, 넬도 그러더군요."

"말을 할 수 있어? 다행이네."

"누가 그랬는지도 들려줬습니다." 홈스가 리버스를 쳐다보았다. 리버스는 시선을 돌려버렸다. "도대체 어떻게 된 일이죠? 넬이 이 사건과 무슨 관련이 있다고."

"아무 관련이 없지. 적어도 내 생각엔 그래. 그저 운이 나빴을 뿐. 우연의 일치였을 거야."

"우연? 그럼 다 해결되는 겁니까? 그냥 '우연의 일치'였다고 하고 잊어버리면 되는 거예요? 네? 지금 무슨 게임을 하고 계신진 모르겠지만 전 더이상 그 게임에 놀아나지 않겠습니다."

홈스가 홱 돌아서서 왔던 길을 되돌아가버렸다. 리버스는 그쪽에 출구가 없다는 걸 알려주려다 말았다. 왠지 그냥 내버려두는 게 나을 것 같았다. 홈스에게는 감정을 추스를 시간이 필요했다. 리버스도 마찬가지였다. 그는 사무실로 돌아가 머리를 굴려보기로 했다.

경찰서에 도착한 리버스는 천천히 계단을 올라 사무실로 향했다. 책상에 10분쯤 앉아 있으니 따끈한 차 생각이 났다. 그는 전화로 차를 주문한 후 앞에 놓인 종이 한 장을 집어 들었다. '사건'의 '사실'들을 정리해놓은 것이었다. 어쩌면 리버스는 아까운 시간과 노력을 허비하고 있는지도 몰랐다. 불길한 생각에 그의 등골이 오싹해졌다. 배심원단이 이 사건을 범죄로 인정하지 않을 수도 있었다. 로니가 문제의 약을 직접 주사하지 않았다는 증거는 없으니까. 하지만 약을 쉽게 구할 수 있는 환경에서도 그는 한동안 금단증상에 시달려왔다. 또한 누군가는 그의 시체를 아래층으로 옮겨놓았고, 최상급 헤로인 한 봉지를 현장에 남겨두기까지 했다. 보나 마나 범인은 이 사건을 마약 과다 투여로 인한 단순 사고사로 꾸미려 했을 것이다. 하지만 시체에서 검출된 쥐약이 그의 발목을 잡아버리고 말았다.

리버스는 종이를 뚫어져라 들여다보았다. 어느새 수많은 '어쩌면'과 추측들이 난무하고 있었다. 잘못된 프레임이 문제인지도 몰라. 상황을 다른 쪽으로 한번 돌려봐, 존. 다시 시작해보라고.

범인은 왜 로니를 죽였을까? 어차피 그냥 내버려뒀어도 오래 버티지 못했을 친구인데. 누군가가 약에 굶주린 로니에게 구세주처럼 약을 건넸어. 로니는 그 약에 심각한 문제가 있음을 알았을 거야. 그걸 건넨 사람이 자길 죽이려 했다는 것도 알았을테고. 하지만 그는 그걸 스스로에게 주사했어. 아니, 이렇게 돌려보니 더 말이 되지 않아. 다시 처음부터.

범인은 왜 로니를 죽이려 했던 걸까? 몇 가지 가능성을 떠올려볼 수 있지. 그가 알면 안 되는 걸 알고 있었거나, 갖고 있으면 안 되는 걸 갖고 있었거나. 갖고 있어야 할 것을 갖고 있지 않았을 수도 있고. 어느 쪽이 맞을까? 리버스는 궁금했다. 아무도 그 답을 알지 못하는 것 같았다. 사건은 여전히 미궁에 빠져 있었다.

그때 문에서 노크소리가 들려왔다. 문이 스르르 열리고 손에 머그잔을 쥔 순경이 들어왔다. 해리 토드였다. 리버스는 대번에 그를 알아볼 수 있었다.

"자주 보게 되는군."

"그렇게 됐네요, 경위님." 토드가 각종 서류로 뒤덮인 책상 모서리에 머그잔을 내려놓으며 말했다.

"오늘 밤은 조용한 것 같은데."

"그냥 평소 같습니다. 술주정꾼, 가택 침입. 부두 근처에선 큰 교통사고도 있었습니다."

리버스가 고개를 끄덕이며 머그잔을 집어 들었다. "자네 혹시 닐 맥그래스라는 순경을 알고 있나?" 리버스가 입술에 갖다 댄 머그잔 너머로 토드를 응시했다. 젊은 순경의 얼굴이 살짝 붉어졌다.

"네, 경위님." 토드가 말했다. "알고 있습니다."

"그럴 것 같았어." 리버스는 뜨거운 물에 탄 우유의 부드러운 맛을 음미했다. "그 친구가 날 지켜보라고 하던가?"

"네?"

"나중에 그를 보게 되면 말이야, 모든 게 잘 풀렸다고 전해주겠나?"

"그렇게 하겠습니다, 경위님." 토드가 돌아섰다.

"아, 토드?"

"네, 경위님?"

"두 번 다시 내 주변에 얼씬거리지 마. 알아듣겠어?"

"알겠습니다, 경위님." 토드는 낙담한 모습이었다. 그가 갑자기 문간에서 멈춰 섰다. 상관의 환심을 살 방법이 떠올랐는지 그가 미소를 흘리며 리버스를 돌아보았다.

"혹시 파이프 소식 들으셨습니까?"

"무슨 소식?" 리버스는 무관심한 표정으로 물었다.

"투견장 말입니다." 리버스는 여전히 무덤덤한 반응이었다. "그곳 경찰이 투견장을 덮쳤답니다. 현장에서 누가 체포됐는지 아십니까?"

"맬컴 리프킨드(Malcom Rifkind, 전 영국 외무장관─옮긴이)?" 리버스가 말했다. 토드는 또다시 기가 꺾인 모습이었다. 그의 얼굴에서 미소가 사라졌다.

"아닙니다." 토드가 다시 문 쪽으로 돌아섰다. 리버스의 인내심이 한계에 다다랐다.

"그럼 누구?" 리버스가 퉁명스럽게 물었다.

"그 디제이 있지 않습니까, 캘럼 맥캘럼." 토드가 말했다. 그러고는 문을 닫고 나가버렸다. 리버스는 잠시 문을 응시했다. 캘럼 맥캘럼이라면…… 질 템플러의 애인!

리버스가 고개를 젖히고 큰 소리로 웃기 시작했다. 그것은 심하게 뒤틀린 승리의 외침이었다. 그는 손수건으로 축축해진 눈가를 훔쳐낸 후 다시문 쪽으로 시선을 돌렸다. 문은 열려 있었고, 문간에는 누군가가 서 있었다. 뜻밖의 방문자는 어리둥절한 표정으로 그의 공연을 지켜보고 있었다.

질 템플러였다.

리버스가 손목시계를 들여다보았다. 어느새 새벽 1시가 넘어 있었다.

"야근이에요, 질?" 리버스가 혼란스러운 표정을 지우고 말했다.

"당신도 들었겠죠?" 질이 그의 질문을 무시하고 말했다.

"뭘 말이죠?"

질이 안으로 걸어 들어와 의자에 놓인 서류를 바닥으로 밀어내고 앉았다. 그녀는 무척 지친 모습이었다. 리버스는 바닥에 흩뿌려진 서류들을 물끄러미 내려다보았다.

"청소부가 아침에 들어와서 치우겠죠 뭐." 리버스가 말했다. "그리고 그 소식은 들었습니다."

"그래서 그 난리가 났던 거예요?"

"아, 그거." 리버스는 대수롭지 않다는 척해 보였다. 하지만 그의 볼은 이미 벌겋게 달아올라 있었다. "아뇨." 그가 말했다. "그건 그냥…… 그러니까 저기……"

"제발 설득력 좀 키워봐요, 리버스. 빌어먹을." 질의 목소리에서도 피로가 묻어났다. 리버스는 그녀를 위로하고 싶었다. 오늘따라 유독 컨디션이 좋아 보인다고 말해주고 싶었다. 하지만 그건 사실이 아니었고, 오히려 그녀의 화만 돋울 수 있는 위험한 도박이었다. 그래서 그는 입을 꾹 닫아버렸다. 수면 부족 때문인지 그녀는 얼이 빠진 표정이었다. 그녀의 머릿속은 온통 파이프 사건에 대한 걱정뿐인 듯했다. 지금쯤 경찰은 현장에서 사진을 찍고 지문을 채취하느라 정신이 없을 것이다. 그녀의 인생, 캘럼 맥캘럼.

살다 보면 별의별 일을 다 겪게 되는 법.

"내가 도울 거라도 있나요?"

질이 고개를 들고 리버스를 쳐다보았다. 그녀의 멍한 눈이 그의 얼굴을 찬찬히 훑어나갔다. 그녀는 그가 누구인지, 자신이 왜 그를 찾아왔는지 깜빡 잊은 듯했다. 그녀가 고개를 세차게 저으며 어깨를 씰룩거렸다.

"진부하게 들릴지 모르지만 정말 지나다가 들렀어요. 집에 가기 전에 커피를 사려고 매점에 갔다가……" 그녀가 다시 몸을 바르르 떨었다. 씰룩거림 같지 않은 씰룩거림. 리버스는 그녀의 상태가 무척 불안정하다는 걸 알고 있었다. 그는 그녀가 갑자기 무너져 내리지 않기를 바랐다. "그가 어떻게 내게 이럴 수 있죠, 존? 나 몰래 그런 짓을 해오다니. 사람이 어떻게 개들이 서로 물어뜯는 걸 보고 좋아할 수 있는지……"

"그건 그 친구에게 직접 물어봐요, 질. 커피 더 하겠어요?"

"아뇨. 커피가 아니라도 오늘 밤엔 잠들기 글렀어요. 커피 말고 다른 걸 부탁해도 돼요?"

"뭐든 얘기해요."

"집까지 태워다줄 수 있어요?" 리버스는 이미 고개를 끄덕이고 있었다. "그리고 날 좀 안아주면 좋겠는데."

리버스가 천천히 일어나 재킷을 걸치고 펜과 종이를 주머니에 집어넣었다. 질도 일어나서 훑어야 할 보고서와 서명이 필요한 서류들을 밟고 섰다. 두 사람은 사무실 한가운데서 서로를 끌어안았다. 질은 리버스의 어깨에 얼굴을 파묻었다. 리버스는 질의 목덜미에 턱을 얹고 닫힌 문을 응시했다. 리버스의 한 손은 질의 등을 살살 문질렀고, 또 다른 손은 그녀의 어깨를 토닥여주었다. 한참 후, 그녀가 그에게서 떨어져 나갔다. 먼저 머리, 그리고 가슴. 하지만 질의 두 팔은 여전히 리버스를 놓아주지 않고 있었다. 눈은 촉촉이 젖어 있었지만 그녀는 더 이상 울지 않았다. 기분이 한결 나아진 듯했다.

"고마워요." 질이 말했다.

"덕분에 내 컨디션도 좋아졌어요." 리버스가 말했다. "자, 집에 데려다줄게요."

금요일

그곳 상인들 모두가 호황을 맞은 것 같았지만 아직도 성에 차지 않는지
다들 가게를 치장하는 데 더 경쟁적으로 달라붙었다.

누군가가 현관문을 노크하고 있었다. 한 번도 닦지 않은 낡은 쇠고리를 이용한 위압적인 노크였다. 리버스는 눈을 떴다. 눈부신 햇빛이 거실에 스며들었고, 재생이 끝난 레코드에서는 치직 소리가 났다. 리버스는 옷도 벗지 않은 채 의자에서 또 하룻밤을 보냈다. 거실의 매트리스는 이제 팔아치워도 될 것 같았다. 침대틀 없이 매트리스만 사갈 사람이 과연 있을까?

또다시 노크소리가 들려왔다. 아직까지는 다급함이 느껴지지 않았다. 리버스가 응답할 때까지 느긋하게 기다리겠다는 뜻이었다. 그의 눈에는 끈끈한 눈곱이 끼어 있었다. 그는 셔츠 자락을 바지 속으로 쑤셔 넣고 거실을 나와 현관으로 향했다. 우려와 달리 컨디션은 그리 나쁘지 않았다. 몸이 뻣뻣하지도 않았고, 목이 뻐근하지도 않았다. 대충 씻고 면도를 하면 다시 사람 같아 보일 수 있을 것 같았다.

리버스는 문을 열고 방문자를 확인했다. 홈스였다.

"브라이언." 리버스는 진심으로 그를 반겨 맞았다.

"좋은 아침입니다. 좀 들어가도 되겠습니까?"

"들어와. 넬은 좀 어떤가?"

"오늘 아침 병원에 전화를 걸어봤습니다. 밤에 푹 잤다더군요."

리버스는 주방 쪽으로 그를 이끌었다. 홈스는 맥주와 담배 냄새로 찌든 전형적인 독신남의 집을 예상했었다. 하지만 상관의 아파트는 생각보다 깔끔하게 정리되어 있었다. 적절히 갖춰진 가구들. 사방에 널린 책들. 리버스가 책벌레였다는 사실에 그는 흠칫 놀랐다. 하지만 한 번도 펼쳐본 적 없는 책도 여럿 있으리라. 비 내리는 따분한 주말에 읽으려고 사 모았을 것이다. 실제로 그런 주말을 누려본 적은 없겠지만.

리버스가 주전자와 찬장 쪽을 가리켰다.

"자넨 저기서 커피 좀 끓여봐. 난 샤워를 하고 올 테니까."

"알겠습니다." 홈스는 상관이 돌아올 때까지 보고를 미뤄두기로 했다. 리버스가 잠을 완전히 떨쳐낼 때까지. 홈스가 찬장을 살펴보기 시작했다. 기대했던 인스턴트커피 대신 진공포장된 원두커피가 보였다. 유통기한이 몇 달 지나 있었다. 주전자에서 물이 끓자 홈스는 봉지를 열고 찻주전자에 커피 몇 숟가락을 떠 넣었다. 화장실에서는 물소리와 소형 트랜지스터 라디오 소리가 들려왔다. 재잘대는 목소리들. 토크쇼를 듣고 있나? 홈스는 생각했다.

리버스가 화장실에 들어가 있는 동안 홈스는 아파트 구석구석을 둘러보았다. 거실은 넓고 천장은 높았다. 홈스는 살짝 질투가 났다. 그의 형편으로는 꿈도 못 꿀 아파트였다. 그는 힙스와 하츠(hibs와 hearts는 스코틀랜드의 축구팀 이름-옮긴이)의 홈구장이 자리한 이스터 가와 조지 가 주변 아파트들을 살펴보고 있었다. 그쪽 동네의 방 세 칸짜리 아파트들은 하나같이 작다는 게 문제였다. 홈스는 속물이 아니었다. 아니, 속물이 맞았다. 그는 뉴타운에서 살고 싶었다. 아기자기한 분위기의 커피숍들이 넘쳐나는 딘 빌리지나 이곳 마치몬트에서.

홈스는 턴테이블의 재생 바늘을 살짝 올려보았다. 회전반에는 오래된 재즈 레코드가 걸려 있었다. 아무리 찾아봐도 재킷은 보이지 않았다. 그때 화장실 물소리가 뚝 멎었다. 그는 잽싸게 주방으로 돌아가 서랍에서 차 여과기를 찾아냈다. 그것으로 커피 찌꺼기를 걸러낸 후 두 개의 머그잔에 커피를 따랐다. 커다란 목욕 수건을 몸에 두른 리버스가 작은 수건으로 머리를 털며 주방으로 들어왔다. 그는 살을 조금 빼야 할 필요가 있었다. 운동을 시작하거나. 시체처럼 창백한 그의 가슴은 살짝 처진 상태였다.

리버스가 머그잔을 집어 들고 커피를 한 모금 넘겼다.

"음. 아주 잘 끓였는데."

"찬장에서 찾았습니다. 하지만 우유는 없더군요."

"괜찮아. 이것도 훌륭해. 이걸 찬장에서 찾았다고? 이제 보니 대단한 형사였군. 가서 옷 좀 걸치고 올게." 리버스는 다시 사라졌다. 그리고 2분 후, 깨끗하지만 다려지지 않은 새 옷을 걸치고 나타났다. 주방에는 배관 설비가 갖춰져 있었지만 정작 식기세척기는 보이지 않았다. 홈스는 그 이유가 궁금했다. 리버스는 그의 생각을 꿰뚫어 보는 듯했다.

"아내가 나가면서 가져갔어. 그뿐 아니라 별의별 것을 다 가져갔지. 그래서 집이 이렇게 썰렁해 보이는 거야."

"전혀 썰렁해 보이지 않습니다. 오히려 정돈이 잘 된 것 같아 보여요."

리버스가 미소를 지었다. "자, 거실로 나가자고."

리버스는 홈스에게 앉으라고 손짓했다. 리버스가 밤새 데워놓은 의자에는 아직 온기가 남아 있었다. "내가 없을 때 거실을 둘러본 모양이군."

순간 홈스의 가슴이 철렁 내려앉았다. 딱 걸려버린 것이다. 그는 레코드에서 재생 바늘을 떼어놓았던 기억을 더듬어보았다.

"네." 홈스가 말했다.

"역시 내가 사람을 제대로 봤어." 리버스가 말했다. "다시 말하지만 자넨 대단한 형사야, 브라이언."

홈스는 그 말이 진심인지 아닌지 갈피를 잡지 못했다. 딱히 알고 싶지도 않았다.

"알려드릴 소식이 있습니다." 홈스가 말했다.

"이미 알고 있어." 리버스가 말했다. "어젯밤 늦게까지 사무실에 있었지? 누가 와서 들려줬어."

"어젯밤에 말씀입니까?" 홈스는 어리둥절한 표정을 지었다. "시체는 오늘 아침에 발견됐는데요."

"시체? 그가 죽었다고?"

"네. 자살했답니다."

"맙소사. 질이 딱하게 됐군."

"질?"

"질 템플러. 그들은 연인 사이였어."

"템플러 경위님과 그 사람 말씀입니까?" 홈스는 충격을 받은 모양이었다. "템플러 경위님은 그 디제이랑 동거하시는 줄 알았는데."

이번에는 리버스가 어리둥절할 차례였다. "그 친구 얘기 아니었나?"

"아닙니다." 홈스가 말했다. 그는 살짝 안도하는 모습이었지만 얼떨떨한 표정은 여전했다.

"그럼 지금 누구 얘길 하고 있는 거지?" 리버스는 점점 불안해졌다. "대체 누가 자살했다는 거야?"

"제임스 커루요."

"커루?"

"네. 오늘 아침 그의 아파트에서 발견됐습니다. 과다 투여랍니다."

"과다 투여라니?"

"저도 잘 모르겠습니다. 알약을 먹었다는 것 같던데요."

리버스는 깜짝 놀랐다. 그는 칼튼 힐 꼭대기에서 우연히 봤던 커루의 얼굴을 떠올렸다.

"젠장." 리버스가 말했다. "그를 한번 만나보려고 했었는데."

"사실 저도 여쭤보려 했던 게……" 홈스가 말했다.

"뭔데?"

"경위님께서 제 아파트에 대해 알아봐주겠다고 하셨지 않습니까."

"기회가 없었어." 리버스가 말했다.

"농담이었습니다." 홈스가 말했다. 그는 리버스가 자신의 말을 진지하게 받아들였다는 사실에 살짝 놀란 듯했다. "두 분이 친하셨나요? 그날 처음 만나 점심을 먹었다고 하셨던 것 같은데."

"유서는 남겨놨고?"

"모르겠습니다."

"누가 알고 있을까?"

홈스는 잠시 생각에 잠겼다. "맥콜 경위님께서 현장에 계셨을 것 같은데요."

"그렇겠군." 리버스가 벌떡 일어났다.

"커피는 어떻게 하고요?"

"지금 커피가 문젠가? 당장 토니 맥콜을 만나봐야겠어."

"캘럼 맥캘럼은 어떻게 된 겁니까?" 상관을 따라 일어서며 홈스가 말했다.

"아직 못 들었나?" 홈스는 고개를 저었다. "가면서 들려주지."

리버스는 재킷을 걸치고 주머니에서 현관문 열쇠를 꺼냈다. 홈스는 상관이 뜸을 들이는 이유가 궁금했다. 캘럼 맥캘럼이 대체 무슨 짓을 했길래 저러지? 난 저렇게 답답한 인간들이 제일 싫어.

리버스는 커루의 침실에 서서 유서를 읽어 내려갔다. 펜으로 우아하게 적어놓은 내용에서는 공포가 뚜렷하게 느껴졌다. 손을 떤 흔적이 많이 보였고, 몇 번의 시도 끝에 간신히 끝을 맺은 문장도 여럿 보였다. 두꺼운 고급 종이에는 투명무늬가 들어가 있었다. V12는 아파트 뒤 주차장에 세워져 있었다. 아르 데코(art deco, 1920~1930년대에 파리를 중심으로 유행한 장식 미술의 한 양식-옮긴이)와 현대미술 작품 여러 점이 걸린 아파트는 마치 미술관에 와 있는 듯한 착각을 불러일으켰다. 자물쇠가 채워진 유리 진열장에는 값비싼 초판본이 빽빽이 꽂혀 있었다.

밴더하이드의 집과는 전혀 딴판이군. 리버스가 아파트 안을 찬찬히 둘러보며 그런 생각을 하고 있을 때 맥콜이 다가와 유서를 건네주었다.

내가 죄인들의 두목이라면 나는 고통받는 이들의 두목이기도 하다.

어디서 인용한 거지? 유서 치고는 좀 장황한데. 물론 커루는 만족할 때까지 수정에 수정을 거듭했겠지만. 그것이 자신의 기념물로 손색이 없어질 때까지.

나중에 때가 되면 이 문제의 옳고 그름을 알게 될지도 모른다.

리버스의 속이 메스꺼워졌다. 커루의 글은 그에게 하는 말 같았다. 오직 리버스만이 제대로 이해할 수 있는 말.

"수수께끼 같지?" 맥콜이 말했다.

"그래." 리버스가 말했다.

"최근에 그를 만난 적이 있었지?" 맥콜이 말했다. "자네가 그랬었잖아. 그때 본 커루는 어땠지? 우울해하거나 하진 않았었어?"

"그 후에도 한 번 봤었어."

"그래?"

"며칠 전 칼튼 힐에 갔었어. 거기서 차 안에 있는 그를 봤지."

"아하." 맥콜이 고개를 끄덕였다. 그제야 모든 게 이치에 닿기 시작한 듯이.

리버스가 그에게 유서를 돌려주고 침대 앞으로 다가갔다. 시트는 구겨져 있었다. 침대 옆 탁자에는 텅 빈 약병 세 개가 가지런히 놓여 있었고,

바닥에는 코냑 병이 뒹굴고 있었다.

"아주 우아하게 갔군." 맥콜이 유서를 주머니에 넣으며 말했다. "와인을 두 병 비우고 나서 또 코냑을 마신 모양이야."

"그래. 거실에서 봤어. 61년산 라피트. 아무 때나 따지 않는 와인이잖아."

"이런 일을 벌일 땐 당연히 몇 병 따야지."

세 번째 남자가 방으로 들어오자 두 남자가 동시에 돌아보았다. 계단을 뛰어 올라온 농부 왓슨이 숨을 할딱거리고 있었다.

"곤란하게 됐어." 왓슨이 말했다. "우리 캠페인의 핵심 인물 하나가 자살을 하다니. 그것도 약을 먹고. 사람들 눈에 우리 캠페인이 어떻게 비쳐지겠어?"

"정말 곤란하게 됐군요, 총경님." 리버스가 말했다. "말씀처럼."

"그래, 그래." 왓슨이 손가락으로 리버스를 가리켰다. "존, 언론이 너무 심하게 물어뜯지 못하도록 자네가 힘을 써봐."

"알겠습니다, 총경님."

왓슨이 침대를 돌아보았다. "좋은 사람이 허무하게 가버렸군. 대체 무슨 일이 있었던 거지? 이 집을 좀 봐. 섬에 별장도 있다던데. 사업도 잘 되고, 좋은 차도 몰고, 남부러울 게 없는 사람이었잖아. 이해가 안 되는군."

"저도 마찬가집니다, 총경님."

"좋아." 왓슨이 마지막으로 침대를 돌아보며 리버스의 어깨를 툭 쳤다. "자네만 믿겠네, 존."

"알겠습니다, 총경님."

맥콜과 리버스는 상관이 떠나는 걸 지켜보았다.

"빌어먹을!" 맥콜이 속삭였다. "내겐 눈길 한 번 안 주더군. 내가 투명인간이라도 되나?"

"자넨 행운의 별을 고마워해야 돼, 토니. 나도 자네처럼 투명인간이 되고 싶어."

두 남자가 미소를 지었다. "볼 만큼 봤지?" 맥콜이 물었다.

"한 번만 더 둘러볼게." 리버스가 말했다. "딱 한 번이면 돼."

"좋을 대로 해. 참, 궁금한 게 하나 있는데."

"뭔데?"

"대체 한밤중에 칼튼 힐엔 왜 올라간 거야?"

"묻지 마." 리버스가 허공에 키스를 날리고 거실로 나갔다.

지역사회를 뒤흔들 큰 사건이었다. 언론의 주목을 피할 방법은 없었다. 라디오 방송국과 신문사들은 어느 기사를 전면에 내세울지를 놓고 고민에 빠져 있을 게 분명했다. 불법 투견장에서 체포된 디제이? 아니면 거물 부동산 중개인의 충격적인 자살? 짐 스티븐스가 있었다면 지금쯤 무척 들떠 있었을 텐데. 소문에 의하면, 짐 스티븐스는 자신의 반도 안 되는 나이의 여자와 결혼해 런던에서 살고 있다고 했다.

리버스는 그런 무모한 행동에 감탄했다. 하지만 제임스 커루의 선택에는 전혀 감탄하지 않았다. 왓슨의 말이 옳았다. 커루는 세상을 다 가진 사람이었다. 그런 그가 칼튼 힐에서 형사와 마주쳤다는 이유만으로 자살을 결심했다는 건 도저히 납득이 가지 않았다. 아니야. 그게 촉발시켰는지는 모르지만 분명 다른 무언가가 더 있을 거야. 무언가가. 이 아파트나 조지가에 자리한 보이어 커루 사무실 어딘가에.

제임스 커루는 많은 책을 소장하고 있었다. 대부분 고가의 인상적인 책들이었다. 리버스가 책을 뽑아 들고 펼칠 때마다 책등에서 딱딱 소리가 났다. 책장은 주네와 알렉산더 트로치의 책들, 포스터의 『모리스』, 『브루클린으로 가는 마지막 비상구』, 월트 휘트먼의 시집, 『횃불』 3부작 등으로 빽빽하게 채워져 있었다. 책장 오른쪽 상단에는 온갖 종류의 게이 책들이 꽂혀 있었다. 물론 그런 책을 읽는 게 문제는 아니었다. 하지만 그 책들만 한쪽에 따로 정리가 되어 있다는 건 그가 스스로를 부끄럽게 여겼다는 뜻이었다. 시대가 많이 바뀌었음에도……

아니, 전혀 바뀌지 않았다. 에이즈는 동성애를 다시 사회의 어두운 구석으로 몰아넣어버렸다. 커루는 진실을 비밀로 간직해왔고, 지금껏 수치심과 숱한 협박에 시달려왔을 것이다.

협박. 협박에 못 이겨 자살을 택하는 이들도 적지 않았다. 어쩌면 자살을 암시하는 증거가 남아 있을지도 몰랐다. 편지나 메모 등 어떤 것이라도. 리버스는 자신이 편집증 환자가 아니라는 걸 확인하기 위해서라도 그걸 꼭 찾고 싶었다.

그리고 기어이 찾아내고야 말았다.

서랍 안에서. 자물쇠로 잠긴 서랍 안에서. 열쇠는 커루의 바지 주머니에 들어 있었다. 커루는 잠옷 차림으로 숨을 거두었고, 경찰은 그의 다른 옷들을 시체와 함께 챙겨가지 않았다. 리버스는 침실에서 열쇠를 찾아 책상이 있는 거실로 돌아왔다. 골동품 책상은 무척 화려했고, 표면은 A4용지 하나와 팔꿈치 하나를 간신히 올려놓을 수 있을 만큼 작았다. 한때 누군가가 유용하게 썼을 책상은 이제 고급 아파트의 장식품으로 전락했다. 리버스는 조심스레 서랍을 열고 가죽으로 장정한 탁상용 수첩을 꺼냈다. 하루에 한 페이지. 페이지는 큼지막했다. 약속 따위를 기록해두는 용도로 쓰인 건 아니었다. 그랬다면 이렇게 은밀하게 보관해두지 않았을 것이다. 사적인 일기장인 것 같았다. 의욕에 찬 리버스는 수첩을 열어보았다. 순간 엄청난 실망이 밀려들었다. 대부분의 페이지가 공백으로 남아 있었고, 간혹 한두 줄의 짧은 메모가 쓰여 있을 뿐이었다.

리버스의 입에서 나지막한 욕이 튀어나왔다.

괜찮아, 존. 그래도 빈손으로 돌아가는 것보단 낫잖아. 그는 무언가가 적힌 페이지를 유심히 들여다보았다. 연필로 희미하게, 하지만 또박또박 적어놓은 메시지. '제리, 4pm'. 특별해 보이지 않는 약속의 기록이었다. 리버스는 그들이 아이리에서 만나 점심을 먹었던 날짜를 펼쳐보았다. 그 페이지에는 아무것도 적혀 있지 않았다. 그렇군. 업무를 겸한 점심식사 약속을 기록해두는 수첩은 아니라는 뜻이었다. 더 훑어보았지만 유사한 기록은 많지 않았다. 커루의 업무용 수첩은 사정이 다르겠지만.

'린지, 6. 30'.

'막스, 11am'. 그날은 일찍 약속을 잡았군. 그런데 이름이 마크(Mark) 인 두 사람을 만난 건가? 아니면 성이 막스(Marks)인 한 사람을 만난 건가? 막스 앤드 스펜서(Marks and Spencer) 백화점을 얘기한 것인지도 모르잖아. 다른 이름들은? 제리, 린지. 둘 다 양성적이고, 특색 없는 이름들이었다. 리버스는 전화번호와 주소가 필요했다.

리버스는 다음 페이지로 넘겨보았다. 새로 눈에 들어온 이름에 그의 가슴이 철렁 내려앉았다. 그의 손가락이 글자들을 훑어나갔다.

'하이드, 10pm'.

하이드. 죽기 전에 로니가 트레이시에게 뭐라고 했었지?

숨어(Hide)! 그가 오고 있어!

그래. 제임스도 그 이름을 들려주었었지. 하지만 그건 하이드(Hide)가 아니라 하이드(Hyde)였잖아.

하이드(Hyde)!

리버스의 입에서 함성이 터져 나왔다. 마침내 빈약하나마 연결고리를 찾아낸 것이다. 로니와 제임스 커루의 관계. 그것은 칼튼 힐에서의 은밀한 거래보다 더 중요한 단서를 제공해주었다. 이름. 그는 계속해서 페이지를 넘겼다. 하이드라는 이름이 세 번 더 눈에 띄었다. 하이드와의 약속은 항상 금요일에 있었다. 그것도 칼튼 힐이 북적거리는 늦은 저녁 시간에. 둘째 주 금요일에 만난 적도 있었고, 셋째 주 금요일에 만난 적도 있었다. 기록에 의하면, 그들은 6개월 동안 네 차례에 걸쳐 만났다.

"뭐 찾았어?" 어느새 다가온 맥콜이 리버스의 어깨 너머를 흘끔 내려다보며 말했다.

"그래." 리버스가 말했다. 하지만 이내 생각을 바꾸었다. "아니, 별거 없는데. 오래된 수첩이 하나 나왔는데 사용한 흔적이 거의 없어."

맥콜이 고개를 끄덕이며 돌아섰다. 그는 하이파이 시스템에 더 관심이 있는 모양이었다.

"음악을 좀 아는 친구였군." 맥콜이 기계를 유심히 살피며 말했다. "린 턴테이블. 이게 얼마나 하는 줄 알아, 존? 수백 파운드는 족히 된다고. 화려하진 않지만 품질로는 최고라 할 수 있어."

"우리처럼 말이지?" 리버스가 말했다. 그는 수첩을 바지 주머니에 슬쩍 집어넣고 싶었다. 그래서는 안 된다는 걸 물론 알고 있었다. 이게 과연 도움이 돼줄까? 마침 토니 맥콜은 그를 등지고 서 있었다. 아니, 안 돼. 그럴 순 없어. 리버스가 수첩을 서랍에 떨어뜨렸다. 그리고 요란하게 자물쇠를 걸었다. 그는 하이파이 앞에 쪼그려 앉아 있는 맥콜에게 열쇠를 넘겼다.

"고마워, 존. 이 하이파이 시스템 말이야, 정말 탐나는데."

"자네가 이런 데 관심이 많은지 몰랐어."

"어릴 적부터 좋아했어. 결혼하면서 내 하이파이를 처분해버렸지. 잡음이 심해져서." 맥콜이 일어나 허리를 폈다. "여기서 뭔가 답이 나올 것 같아?"

리버스는 고개를 저었다. "모든 비밀을 머릿속에 담아두었던 모양이야. 모든 답을 무덤으로 가져갔겠지."

"그럼 깔끔하게 정리가 되겠군. 안 그래?"

"아주 명확하게 정리가 될 거야." 리버스가 말했다.

그 노인, 밴더하이드가 뭐라고 했었지? 누군가가 수사에 혼란을 주기 위해 벌인 일이라고? 리버스는 이 복잡한 문제들에 대한 해법이 꽤 단순명료할 수도 있다고 생각했다. 문제는 아무 관련 없는 이야기들이 너무 많이 엮여 있다는 사실이었다. 비유를 좀 섞어봐야 하나? 그래, 한번 해보지 뭐. 중요한 건 진상을 철저히 규명하는 것이었다. 어떤 장애물에 가로막힌다 해도.

얽히고설킨 이야기들을 하나씩 풀어가며 수사를 진행해나가야 했다. 번거롭더라도 서로에게서 일일이 떼어놓아야만 해결될 일이었다. 하지만 리버스는 지금 그것들을 있지도 않은 패턴으로 엮어가는 중이었다.

로니는 자살했다. 커루도 마찬가지고. 하이드라는 이름에 이은 그들의 두 번째 연결고리였다. 커루의 고객인가? 마약을 팔아 번 돈으로 부동산을 구매하려는? 그럴듯한 추측이었다. 하이드. 그것은 본명이 아닌지도 몰랐다. 에든버러 전화번호부에 하이드가 몇 명이나 올라 있을까? 가명일 확률이 매우 높았다. 남창들 대부분은 본명을 사용하지 않았다. 하이드. 지킬과 하이드. 또 하나의 우연의 일치. 트레이시가 불쑥 찾아왔던 날 밤, 리버스는 스티븐슨의 책을 읽고 있었다. 그럼 이제 지킬이라는 사람을 찾아볼 차례인가? 지킬, 존경받는 박사. 하이드, 그의 또 다른 자아. 야만적인 밤의 악마. 그는 칼튼 힐 주변에서 맞닥뜨린 어슴푸레한 형체들을 떠올렸다. 설마 답이 그렇게 뻔할까?

리버스는 그레이트 런던 가 경찰서 주차장에 차를 세우고 친숙한 계단을 올라갔다. 해가 갈수록 계단은 점점 길어지는 것 같았다. 6년 전 자신이 이곳에 처음 발을 들였을 때보다는 확실히 길어졌다고 그는 믿었다. 사람의 일생에서 6년은 긴 세월이라 할 수 없겠지. 하지만 왜 자꾸 한도 끝도 없는 헛고생을 하고 있는 기분이 드는 거지?

"잭." 리버스가 내근 경사에게 말했다. 경사는 평소와 달리 고개를 끄덕이며 아는 체를 하지 않았다. 이상하군. 리버스는 생각했다. 원래 쾌활한 친구는 아니지만 최소한 목례 정도는 할 줄 아는 친구였는데. 승인부터 모욕까지, 실로 다양한 의미를 내포한 그의 가벼운 목례는 경찰서에서 유명했다.

하지만 어떤 이유에서인지 오늘은 그 목례를 볼 수 없었다.

리버스는 모욕을 무시하고 위층으로 올라갔다. 수다를 떨며 계단을 내려오던 순경 두 명이 그를 보자 입을 꼭 닫아버렸다. 리버스는 벌게진 얼굴로 계단을 마저 올라갔다. 바지 지퍼가 열렸나? 아니면 코에 뭐가 묻은 건가? 그는 사무실에 들어가 체크해보기로 했다.

홈스가 리버스의 의자에 앉아 그를 기다리고 있었다. 책상에는 부동산 정보가 적힌 문서들이 널려 있었다. 리버스를 보자 그가 문서들을 황급히 챙겨 들고 일어났다. 마치 몰래 포르노 잡지를 보다가 걸린 아이처럼.

"안녕, 브라이언." 리버스는 재킷을 벗어 문 뒤에 걸어놓았다. "가서 지킬과 하이드라는 이름을 가진 에든버러 시민들을 찾아봐. 주소도 알아보고. 황당하게 들리겠지만 일단 그렇게 해. 그런 다음엔……"

"일단 좀 앉으시죠, 경위님." 홈스가 살짝 떨리는 목소리로 말했다. 리버스는 젊은 남자의 겁에 질린 눈을 빤히 쳐다보았다. 순간 그는 무언가 좋지 않은 일이 벌어졌음을 직감했다.

리버스는 취조실 문을 열고 들어갔다. 그의 얼굴은 식초에 절인 비트 색을 띠고 있었고, 홈스는 상관이 심장마비로 쓰러질까 조마조마해하는 모습이었다. 취조실에서는 재킷을 벗은 CID 소속 형사 두 명이 인터뷰를 진행하고 있었다. 리버스가 들어서자 그들의 시선이 그에게로 일제히 돌아갔다. 앉아 있던 형사는 전투태세를 갖추듯 자리에서 벌떡 일어났다. 테이블 맞은편에는 '제임스'라는 이름으로 알려진 십대 소년이 앉아 있었다.

족제비처럼 교활한 얼굴을 한 소년이 외마디 비명을 지르며 일어났다. 그 바람에 뒤로 넘어가버린 의자가 요란한 소리를 내며 돌바닥을 뒹굴었다.

"저 사람을 가까이 오지 못하게 해요!" 소년이 소리쳤다.

"리버스 경위님······" 딕 경사가 입을 열었다. 리버스는 한 손을 들어 폭력을 쓸 마음이 없다는 제스처를 해 보였다. 두 형사가 잠시 눈빛을 교환했다. 그 말을 믿어야 할지 고민하는 듯했다. 리버스가 십대 소년을 쳐다보며 말했다.

"엄청 후회하게 될 거야." 리버스의 목소리에서 차분하지만 또렷한 분노가 느껴졌다. "내가 널 가만두지 않을 거야. 단단히 각오하는 게 좋을걸. 이건 장난이 아니야."

십대 소년은 리버스가 두 형사 앞에서 경거망동하지 않을 거라 믿는 듯했다. 소년의 얼굴에 능글맞은 미소가 떠올랐다.

"뭐 그렇다고 해두죠." 소년이 오만한 얼굴로 말했다. 리버스가 성큼 다가가려 하자 홈스가 그의 어깨를 붙잡았다.

"그냥 두시죠." 이번에는 쿠퍼 경장이 말했다. "오래 걸리지 않을 겁니다. 조금만 기다려주십시오."

"이미 충분히 기다렸어." 리버스가 이를 갈며 말했다. 홈스가 상관을 이끌고 어둑한 복도로 나왔다. 고개를 떨어뜨린 리버스는 진이 빠진 모습이었다. 나, 참 어이가 없어서······

"리버스 경위님!"

리버스와 홈스가 목소리 쪽으로 시선을 돌렸다. 잔뜩 긴장한 얼굴의 여자 순경이 그를 부르고 있었다.

"뭔가?" 리버스가 마른침을 삼킨 후 말했다.

"총경님께서 사무실로 오라십니다. 급한 일이라고 하셨습니다."

"여부가 있겠어?" 리버스가 얼굴을 찌푸리며 그녀 쪽으로 걸어갔다. 순경은 겁에 질린 얼굴로 쪼르르 사라져버렸다.

"외람된 말씀이지만, 이건 엿 같은 계략입니다, 총경님."

황금률을 잊지 마, 존. 리버스는 생각했다. 앞에 '외람된 말씀이지만'을 붙이지 않고 욕을 하면 안 돼. 그것은 그가 군대 시절 배운 것이었다. 그 말만 덧붙이면 고위층 간부들은 항명으로 받아들이지 않았다.

"존." 왓슨이 깍지 낀 자신의 두 손을 유심히 살펴보며 말했다. "존, 그 래도 수사를 해야지. 그게 우리 임무잖아. 황당한 일이라는 거 알아. 모두 가 그렇게 생각하고 있다고. 그러니까 수사를 해서 이게 얼마나 터무니없 는 일인지 밝혀내야지. 우린 우리 할 일만 제대로 하면 되는 거야."

"하지만, 총경님……"

왓슨이 한 손을 살랑거리며 리버스의 말을 막았다. 그러고는 다시 깍지 를 끼고 조물락거리기 시작했다.

"정직 처분이 내려진 김에 우리 캠페인이 본격적으로 궤도에 오를 때 까지 푹 쉬게나."

"하지만 총경님, 이게 바로 그가 바란 겁니다."

"누구?"

"하이드라는 사람 말입니다. 그는 제가 로니 맥그래스 사건에서 손을 떼어주길 바라고 있습니다. 그래서 이런 일이 벌어진 겁니다. 계략이라고 요."

"아직 확실한 건 아니지 않나. 자넨 정식으로 고소를 당했어."

"아래층 저 꼬마 녀석의 주장을 믿으시는 겁니까?"

"자네가 돈을 줬다는데? 20파운드."

"20파운드를 준 건 맞습니다. 하지만 그 녀석에게 이상한 짓을 요구하 진 않았습니다."

"그럼 왜 준 거지?"

리버스는 벽에 부딪힌 기분이었다. 내가 제임스라는 어린놈에게 돈을 왜 쥐어준 거지? 따지고 보면 내가 나 자신을 함정에 빠뜨린 거야. 지금쯤 하이드가 어딘가에서 쾌재를 부르고 있겠지? 아래층에선 제임스가 연습해온 대사를 CID 형사들에게 주절주절 늘어놓고 있을 거고. 어디 마음대로 해봐. 세상이 만만해 보이지? 곧 뜨거운 맛을 보게 될 거야, 빌어먹을 거지새끼.

"우린 지금 하이드의 손에 놀아나고 있는 겁니다, 총경님." 리버스가 애원하듯 말했다. "만약 저 녀석의 주장이 사실이라면 왜 이제야 나타난 걸까요? 왜 어제 찾아오지 않았을까요?"

왓슨의 단호한 표정에는 변화가 없었다.

"아니, 존. 시키는 대로 하게. 가서 며칠 푹 쉬라고. 필요하다면 일주일 휴가를 써도 되고. 아무튼 이번 사건에선 손을 떼게. 우리가 꼼꼼히 수사할 테니까 아무 걱정 말고. 저 녀석 주장이 거짓이라면 심문 과정에서 완전히 박살나버릴 거야. 그러니 우릴 믿고 가서 기다리게."

리버스는 왓슨을 빤히 응시했다. 그의 말에는 일리가 있었다. 꽤 노련하고 현명한 조치였다. 한심한 촌뜨기는 아니었군. 리버스는 한숨을 내쉬었다.

"그렇게 하겠습니다, 총경님."

왓슨이 미소를 지으며 고개를 끄덕였다.

"그건 그렇고⋯⋯" 왓슨이 말했다. "핀레이스라는 카지노를 갖고 있다는 앤드류스라는 친구 기억하지?"

"그날 만났던 사람 말씀입니까?"

"그래, 그 친구. 그가 회원 가입을 권하더군."

"잘됐군요."

"대기자 명단에 오르면 최소한 1년 이상 기다려야 한다더군. 북쪽으로 몰려드는 영국 놈들 때문이라나. 하지만 내가 가입 신청을 하면 신속히 처리해주겠다고 했어. 난 됐다고 했지. 술도 잘 안 마시고, 도박도 하질 않으니. 어쨌든 그 뜻이 갸륵하지 않나? 나 대신 자넬 좀 받아달라고 얘길 해볼까 하는데. 휴가 때 가서 놀면 좋잖아, 안 그래?"

"그렇습니다, 총경님." 리버스는 잠시 생각에 잠겼다. 술과 도박. 나쁘지 않을 것 같은데. 그의 얼굴이 살짝 밝아졌다. "좋습니다, 총경님." 그가 말했다. "감사합니다."

"한번 얘기해보겠네. 아, 그리고 마지막으로……"

"네, 총경님."

"오늘 밤 맬컴 래니언의 파티에 참석할 건가? 아이리에서 우릴 초대했던 거 기억하지?"

"까맣게 잊고 있었습니다, 총경님. 아무래도…… 끼지 않는 게 좋겠죠?"

"아니. 가서 즐기다 온다고 뭐 문제될 거 있겠나? 그저 이번 일에 대해서만 함구하면……" 왓슨이 턱으로 취조실이 자리한 문 쪽을 가리켰다.

"무슨 말씀인지 알겠습니다, 총경님. 감사합니다."

"그리고 존?"

"네, 총경님?"

"두 번 다시 내 앞에서 욕을 하지 말게. 외람된 말씀 어쩌고 해도 소용없어. 알아듣겠나?"

리버스의 볼이 화끈 달아올랐다. 분노가 아닌 수치심 때문이었다. "알겠습니다, 총경님." 그가 말했다. 그러고는 잽싸게 사무실을 나왔다.

홈스는 리버스의 사무실에서 초조한 얼굴로 기다리고 있었다.

"뭐라고 하시던가요?"

"누구?" 리버스가 태연한 표정으로 물었다. "오, 왓슨 말인가? 얘길 잘

해놨으니 핀레이스에 가입 신청을 해보라더군."

"핀레이스 카지노요?" 예상치 못한 대답에 홈스가 흠칫 놀랐다.

"그래. 내 나이 정도 되면 그런 데 들락거려도 괜찮잖아. 안 그래?"

"글쎄요."

"오, 그리고 오늘 밤 맬컴 래니언의 파티에 꼭 참석하라고도 했어."

"그 변호사 말씀입니까?"

"맞아." 홈스는 허를 찔린 모습이었다. "내가 총경과 수다를 떠는 동안 자네도 바빴겠지?"

"네?"

"이 도시의 모든 지킬과 하이드를 찾아보라고 했잖아, 브라이언. 주소를 알아보라고 한 거 잊었어?"

"여기 명단이 있습니다. 다행히 몇 명 되지 않더군요. 이번에도 발로 뛰는 건 제 몫이겠죠?"

리버스가 어리둥절한 표정을 지었다. "아니. 자넨 이것 말고도 할 일이 많지 않나. 이번엔 내가 하지."

"하지만…… 대단히 죄송합니다만, 경위님은 정직 상태 아니십니까?"

"대단히 미안한데, 브라이언, 그건 자네가 상관할 일이 아니야."

집으로 돌아온 리버스는 질에게 전화를 걸어보았다. 그녀는 응답하지 않았다. 전날 밤, 차를 타고 집으로 향하는 내내 그녀는 한마디도 하지 않았다. 집에 도착해서도 들어오라고 하지 않았었다. 하지만 상관없었다. 어차피 그녀의 약점을 이용할 마음도 없었으니까. 그럼 지금은 왜 전화를 걸고 있는 거지? 그녀의 약점을 이용하려는 거잖아! 그녀를 다시 돌려받고 싶은 거잖아.

리버스는 거실을 대충 정리하고 설거지를 한 후 빨랫감을 쓰레기봉투에 담아 집 근처 빨래방으로 향했다. 그곳 관리인인 매카이 부인은 캘럼 맥캘럼 소식에 분개하고 있었다.

"유명 인사가 그러면 안 되는 거잖아요!"

리버스는 미소를 지으며 고개를 끄덕였다.

아파트로 돌아온 리버스는 책부터 집어 들었다. 물론 책에 집중할 수 있는 상황은 아니었다. 그는 하이드가 이기는 걸 원치 않았다. 하지만 그가 사건에서 손을 뗐으니 그럴 가능성이 매우 높아졌다. 리버스는 주머니에서 쪽지를 꺼냈다. 로디언에는 지킬이라는 성을 가진 사람이 없었다. 하이드라는 성을 가진 사람은 열 명 남짓 되었다. 우리의 하이드가 전화번호부에 올라 있지 않은 번호를 쓰고 있다면? 그는 브라이언 홈스에게 그럴 가능성을 알아보라고 할 생각이었다.

리버스가 전화기를 끌어와 질의 사무실로 전화했다. 걸어봤자 받지 않겠지만.

"여보세요?"

질 템플러의 목소리는 여느 때처럼 흔들림이 없었다. 하지만 그 정도 트릭은 전화로 얼마든지 쓸 수 있었다.

"존이에요."

"안녕, 존. 어젯밤엔 고마웠어요."

"기분이 좀 어때요?"

"괜찮아요. 정말로. 그냥 좀…… 나도 모르겠어요. 혼란스럽다고 해야 할까. 꼭 사기당한 기분이에요. 그렇게 설명하면 딱이겠네요."

"그를 만나볼 건가요?"

"네? 파이프에서요? 아뇨, 만나러 가지 않을 거예요. 물론 보고 싶기는 해요. 하지만 그곳 경찰서에선 내가 누구인지, 왜 왔는지 전부 알고 있겠죠."

"원한다면 같이 가줄게요."

"고마워요, 존. 생각 좀 해 볼게요. 지금 당장은 가볼 마음이 없어요."

"그 심정 이해합니다." 전화기를 쥔 리버스의 손에는 어느새 힘이 잔뜩 들어가 있었다. 손가락이 아플 정도였다. 잠시 후, 그의 온몸이 쑤셔왔다. 맙소사. 그녀도 내가 이렇게 괴로워하고 있다는 걸 알까? 말로 표현할 수 없는 이 고통을 알아줄까? 그녀는 가까이 있는 것 같으면서도 한없이 멀게만 느껴졌다. 그는 꼭 첫사랑을 잃은 소년이 된 기분이었다.

"전화 줘서 고마워요, 존. 하지만 지금은 좀……"

"오, 알았어요. 내 번호 알죠, 질? 언제든 편하게 연락해요. 그럼."

"안녕, 존……"

리버스는 전화를 끊었다. 그녀에게 시간을 줘, 존. 그는 생각했다. 처음에도 그러다가 그녀를 잃었던 거잖아. 함부로 넘겨짚지도 말고. 그녀가 싫어하니까. 그녀에게 숨 쉴 틈을 줘. 먼저 전화를 한 건 실수였어. 빌어먹을.

대단히 죄송합니다만.

제임스, 그 족제비 같은 자식. 교활한 거지새끼. 나중에 마주치기만 해 봐. 몸뚱이에서 머리를 뜯어내버릴 테니까. 리버스는 하이드가 소년에게 얼마나 쥐여주었을지 궁금했다. 보나 마나 10파운드 지폐 두 장보다는 훨씬 많았을 것이다.

그때 전화벨이 울렸다.

"리버스입니다."

"존? 질이에요. 방금 소식 들었어요. 왜 얘기 안 했어요?"

"뭘 말이죠?" 그는 일부러 모르는 척했다.

"고소를 당했다면서요?"

"아, 그거. 신경 쓰지 말아요, 질. 종종 있는 일이잖아요."

"왜 내게 얘기하지 않았던 거죠? 난 그것도 모르고 신나게 주절거렸잖아요."

"주절거리지 않았어요."

"빌어먹을!" 질은 울먹이고 있었다. "왜 항상 모든 걸 숨기려고 하는 거죠? 대체 내게 왜 그러는 거예요?"

리버스가 해명을 하려는 찰나 전화가 끊어져버렸다. 그는 수화기를 멍하니 응시했다. 내가 왜 그걸 털어놓지 않았지? 그게 아니라도 그녀에겐 걱정거리가 많았으니까? 창피해서? 연약한 여자로부터 동정받고 싶지 않아서? 이유는 무궁무진했다.

안 그런가?

당연했다. 문제는 그중 무엇도 그의 기분을 풀어주지 못한다는 사실이었다.

왜 항상 모든 걸 숨기려고 하는 거죠?

여기서도 그 단어가 등장했다. 숨기려고(hide). 동사, 행동, 그리고 명사, 장소. 그리고 인물. 얼굴은 없지만 리버스는 그를 깊이 알아가고 있었다. 적은 교활했다. 의심의 여지 없이. 하지만 존 리버스는 그에게 호락호락 당하지 않을 것이다. 로니와 커루처럼 쉽게 무너지지 않을 것이다.

그때 전화벨이 다시 울렸다.

"리버스입니다."

"왓슨 총경이네. 마침 집에 있었군."

밖에 나가 일을 벌이고 다니지 않아서 다행이라는 건가? 리버스는 생각했다.

"네, 총경님. 무슨 일이십니까?"

"별일 아니야. 형사들이 남창 하나를 잡아와 심문하고 있어. 곧 입을 열겠지. 내가 전화한 이유는 카지노 때문이야."

"카지노라고요, 총경님?"

"핀레이스 말이네."

"오, 네."

"언제든 환영한다니까 생각 있으면 한번 가봐. 핀레이 앤드류스의 이름만 대면 된다고 했어."

"알겠습니다, 총경님. 감사합니다."

"감사는 뭐. 그렇잖아도 일손이 부족한데 자네까지 없으니 미치겠어. 이번 자살 사건 말이야. 언론이 아주 신났더군. 뭐 하나라도 더 캐내려고 별의별 수를 다 쓰고 있어."

"그렇군요."

"맥콜이 미디어 담당으로 뛰고 있어. 부디 그 친구가 텔레비전에 나오지 않길 바랄 뿐이야. 사진이 잘 안 받는 친구라."

왓슨은 마치 이 모든 게 리버스의 잘못인 것처럼 얘기하고 있었다. 리버스가 사과를 하려는 찰나 총경이 송화구를 막아 쥐고 누군가와 숙덕거리기 시작했다. 잠시 후, 그는 다급하게 전화를 끊으려고 했다.

"기자회견이 있을 거야." 왓슨이 말했다. 그리고 전화는 끊어졌다.

리버스는 손에 쥔 수화기를 한동안 쳐다보았다. 더 걸려올 전화가 있나? 잠시 기다려보았지만 전화벨은 울리지 않았다. 그는 전화기를 바닥에 냅다 팽개쳤다. 전화기는 둔탁한 소리를 내며 바닥을 뒹굴었다. 그는 속으로 무선전화기가 망가졌기를 간절히 바랐다. 다시 구식 전화기를 꺼내와 쓸 수 있도록. 하지만 최신형 무선전화기는 보기보다 견고했다.

리버스가 다시 책을 펼치려는데 현관문에서 노크소리가 들려왔다. 똑 똑 똑. 어째서 공용 계단통을 청소하지 않았는지 따지러온 코크런 부인은 분명 아니었다.

브라이언 홈스였다.

"들어가도 되겠습니까?"

"그래." 리버스는 맥 빠진 얼굴로 문을 열어주었다. 두 사람은 거실로 들어갔다.

"톨크로스 근처 아파트를 보러온 김에……"

"핑계는 집어치워, 브라이언. 날 살피러 온 거지? 앉아서 내가 자릴 비운 동안 어떤 일들이 있었는지 얘기해봐." 리버스가 손목시계를 확인하는 동안 홈스는 자리를 잡고 앉았다. "그래 봤자 고작 두 시간이었지만."

"걱정이 돼서 온 겁니다. 정말이에요."

리버스는 그를 빤히 쳐다보았다. 단순하고, 똑 부러지고, 단도직입적이고. 홈스에게 배울 게 아주 없진 않은 것 같군.

"농부가 시킨 게 아니고?"

"전혀요. 정말로 아파트를 보러 왔다가 들른 거라니까요."

"그 집은 어떻던가?"

"아주 섬뜩했습니다. 레인지가 거실에 있고, 샤워 부스는 작은 벽장 같은 데 있었습니다. 욕조와 주방은 없었고요."

"얼만데? 아니, 그냥 모르는 게 낫겠어. 왠지 알면 더 우울해질 것 같아서 말이야."

"저도 우울하기가 이를 데 없습니다."

"미성년자를 추행했다고 날 잡아 가두면 이 집에 계약 신청을 한번 해봐."

고개를 들고 리버스의 미소를 확인한 홈스가 안도한 듯이 활짝 웃었다.

"그 녀석 진술은 이미 신뢰를 잃었습니다."

"그렇게 될 줄 몰랐나?"

"당연히 알았죠. 이걸 보시면 기운이 나실 것 같아서 가져왔습니다." 홈스가 코르덴 재킷 안에서 꺼낸 커다란 마닐라 봉투를 살랑살랑 흔들어 보였다. 그의 코르덴 재킷은 리버스가 처음 보는 것이었다. 아파트 사냥을 나설 때마다 걸치는 제복인 모양이었다.

"이게 뭐지?" 리버스가 봉투를 받아 들며 말했다.

"사진입니다. 어젯밤 현장을 급습했을 때 찍은 겁니다. 왠지 보고 싶어
하실 것 같아서요."

리버스가 봉투를 열고 흑백사진 한 묶음을 꺼냈다. 흐릿한 사진들 속에
는 버려진 공터를 가로지르는 남자들이 담겨 있었다. 할로겐 조명을 받은
남자들의 뒤로 커다란 그림자가 드리워져 있었고, 창백한 그들의 얼굴에
는 충격과 공포의 표정이 떠올라 있었다.

"이걸 어디서 구했지?"

"헨드리 경사님이 넬의 안부를 물으면서 보내주셨습니다. 이걸 보고 기
운 내라고 하시더군요."

"내가 뭐랬어. 괜찮은 친구라고 했잖아. 이들 중 누가 그 디제이인지 알
고 있나?"

홈스가 리버스 앞으로 다가와 쪼그려 앉았다.

"이 사람은 아닙니다." 홈스가 말했다. "선명하게 나온 사진이 있을 겁
니다." 그가 사진을 몇 장 넘겨보았다. "여기 있습니다. 이 사람입니다. 이
남자가 맥캘럼이에요."

리버스가 눈앞의 흐릿한 형체를 내려다보았다. 뿌연 얼굴에는 공포의
표정이 뚜렷하게 떠올라 있었다. 휘둥그레진 눈과 작게 오므린 입. 그의
두 팔은 항복하듯 위로 번쩍 들려 있었다.

리버스의 얼굴에 환한 미소가 번졌다.

"이 친구가 확실해?"

"경찰서의 한 순경이 알아보더군요. 언젠가 맥캘럼에게 사인을 받은 적
이 있답니다."

"그래? 당분간 사인받기는 글렀군. 지금 어디 붙잡아놓고 있지?"

"던펌린 유치장밖에 더 있습니까?"

"우두머리들도 잡혔고?"

"한 놈도 빠뜨리지 않고 모조리 잡아들였답니다. 두목인 브라이트먼을 포함해서 말이죠."

"데이비 브라이트먼? 그 자식이 두목이야?"

"그렇습니다."

"학교 다닐 때 그 자식과 축구를 몇 번 했었어. 그는 자기 팀에서 레프트 백이었고, 난 우리 팀의 윙이었지. 언젠가 거친 태클로 날 자극한 적도 있었어."

"달콤한 복수인 셈이군요." 홈스가 말했다.

"맞아, 브라이언." 리버스는 다시 사진을 들여다보았다. "바로 그거야."

"노름꾼 두 명이 현장에서 달아났습니다만 카메라에 고스란히 찍혔더군요. 검거하는 데 문제가 없을 것 같습니다."

리버스가 나머지 사진들을 차례로 살폈다. "아주 효과적인 장비야, 카메라." 그가 말했다. 그의 표정이 갑자기 바뀌었다.

"경위님, 괜찮으십니까?"

리버스가 속삭이듯 말했다. "방금 신의 계시를 받은 것 같아. 그 뭐랄까…… 깨달음이 찾아들었다고."

"무슨 말씀이신지 모르겠습니다." 홈스는 무언가 심상치 않은 분위기를 감지했다.

"깨달음. 그래. 난 이 모든 게 뭘 의미하는지 알고 있어, 브라이언. 그것도 아주 확실하게. 칼튼 힐에서 그 제임스라는 자식이 사진에 대해 언급했었어. 모두가 관심을 갖고 있다는 몇 장의 사진. 그건 로니의 작품들이었어."

"네? 그의 침실에 붙어 있던 것들 말씀입니까?"

"아니, 그거 말고."

"그럼 허턴 스튜디오의 사진들?"

"그것도 아닐 거야. 그 사진들의 행방은 모르지만 어디 있을지 대충 짐작이 가긴 해. '하이드(Hide)'는 명사이기도 하잖아, 브라이언. 자, 가자고."

"어디로 말씀입니까?" 자리를 박차고 일어나 현관으로 향하는 리버스를 보며 홈스가 물었다. 그는 리버스가 놓고 간 사진들을 주섬주섬 챙겨 들었다.

"그건 필요 없어." 리버스가 재킷을 걸치며 말했다.

"어디로 가시는 겁니까?"

"궁금한가?" 리버스가 홈스를 돌아보며 미소를 흘렸다. "그럼 빨리 가자고."

"대체 어딥니까?"

"지옥. 얼른 나와."

해가 저물어가기 시작하자 바람이 쌀쌀해졌다. 구름은 반창고 같은 분홍색을 띠고 있었다. 두 줄기 햇살이 손전등 불빛처럼 필뮤어의 한 건물을 비추고 있었다. 리버스는 깊게 숨을 들이쉬며 환상적인 풍경을 잠시 감상했다.

"꼭 베들레헴에 와 있는 것 같습니다." 홈스가 말했다.

"이토록 기괴한 마구간을 본 적 있나?" 리버스가 받아쳤다. "신의 유머 감각이 정말 괴상하지 않아?"

"지옥으로 간다고 하지 않으셨습니까."

"데밀(De Mille, Cecil Blount, 영화 「십계」를 연출한 감독-옮긴이)이라도 볼 줄 알았나? 그건 그렇고, 저쪽에 무슨 일이지?"

어스레하게 묻힌 로니의 집 앞에 밴 한 대와 쓰레기차가 세워져 있었다.

"구청에서 사람을 보낸 모양인데요." 홈스가 말했다. "청소 용역 말입니다."

"대체 왜?"

"치워놔야 다음 사람들이 들어가 지낼 게 아니겠습니까." 홈스가 대답했다. 하지만 리버스는 듣고 있지 않았다. 그는 차가 멈춰 서기가 무섭게 내려 쓰레기차 쪽으로 성큼성큼 걸어나갔다. 인부들이 집에서 수거해온 쓰레기를 트럭에 싣고 있었다. 안에서는 쾅쾅대는 망치질 소리가 들려왔다. 밴 뒤에는 한 인부가 서 있었다. 그의 한 손에는 플라스틱 컵, 또 다른 손에는 보온병이 각각 쥐어져 있었다.

"여기 책임자가 누굽니까?" 리버스가 물었다.

인부는 컵을 몇 번 불고 나서 내용물을 한 모금 마셨다. "내가 책임자인데요." 그는 경계하는 눈빛이었다. 리버스가 경찰이라는 걸 알아차린 듯했다. "합법적으로 휴식 시간을 갖고 있는 겁니다."

"여기서 뭘 하고 있는 겁니까?"

"누구시죠?"

"CID입니다."

그가 딱딱하게 굳은 리버스의 얼굴을 응시했다. "여길 치우라는 지시를 받았습니다. 다시 주거가 가능한 상태로 만들어놓으라더군요."

"그런 지시를 누가 내렸습니까?"

"그건 나도 몰라요. 누군가가 내렸겠죠. 우린 공문에 적힌 대로만 일할 뿐입니다."

"그렇군요." 리버스가 돌아서서 현관으로 올라갔다. 홈스는 사과하듯 현장감독에게 미소를 지어 보인 후 상관을 따라 움직였다. 작업복에 빨간 고무장갑을 낀 인부 두 명이 거실 벽을 하얀 페인트로 칠하고 있었다. 말라가는 페인트 밑으로 찰리의 오각형 별이 희미하게 보였다. 남자들이 리버스와 벽을 번갈아 쳐다보았다.

"한 겹 더 칠하면 안 보일 겁니다." 한 인부가 말했다. "걱정 말아요."

리버스는 그를 빤히 쳐다보다가 홈스를 지나쳐 거실을 나갔다. 그는 계단을 올라 로니의 침실로 들어갔다. 앳되어 보이는 인부가 로니의 소지품을 검은색의 커다란 비닐봉지에 주섬주섬 담고 있었다. 페이퍼백 소설 한 권을 작업복 주머니에 쑤셔 넣으려던 인부가 리버스를 보고 바짝 얼어붙었다.

리버스가 책을 가리켰다.

"그건 유족에게 보내야지. 봉지에 넣어."

위압적인 목소리에 기가 눌린 십대 소년은 순순히 지시에 따랐다.

"뭐 흥미로운 건 없었나?" 리버스가 주머니에 손을 찔러 넣은 채 인부 앞으로 다가갔다.

"없었는데요." 소년이 죄지은 사람처럼 기어들어가는 목소리로 말했다.

"예를 들면……" 그의 대답을 무시하고 리버스가 계속 이어나갔다. "사진 같은 것들. 몇 장일 수도 있고, 한 묶음일 수도 있고."

"아뇨. 그런 건 못 봤습니다."

"정말인가?"

"네."

"알았어. 밴에서 쇠지레 같은 걸 찾아서 가져와. 바닥을 뜯어내야겠어."

"네?"

"시키는 대로 해. 어서."

멀찌감치 떨어져 서 있던 홈스는 감탄하며 상관을 지켜보았다. 리버스는 그새 조금 더 크고 육중해진 것 같았다. 적어도 홈스의 눈에는 그렇게 보였다. 홈스는 그 트릭이 궁금했다. 두 손을 주머니에 찔러 넣은 자세 때문인가? 밖으로 삐죽 튀어나온 팔꿈치 때문에? 이유가 무엇이든 효과는 좋았다. 엉거주춤하게 서 있던 젊은 인부가 방을 나갔다.

"여기 숨겨놓았을까요?" 홈스가 나지막이 말했다. 그는 자신의 회의적인 입장을 상관에게 드러내지 않으려 애썼다. 리버스는 확신에 찬 모습이었다. 이미 문제의 사진들을 손에 쥐고 있기라도 한 것처럼.

"냄새가 나, 브라이언. 냄새를 맡을 수 있다고."

"설마 화장실 냄새를 맡고 그러시는 건 아니겠죠?"

리버스가 그를 홱 돌아보았다. 마치 낯선 이를 처음 보는 듯한 반응이었다. "자네 말이 맞는지도 몰라. 확인해보자고."

홈스는 리버스를 따라 화장실로 향했다. 리버스가 문을 걷어차고 들어가자 역겨운 악취가 터져 나왔다. 두 사람이 동시에 몸을 웅크리고 헛구역질을 했다. 리버스는 주머니에서 손수건을 꺼내 코를 막아 쥐었다. 그러고는 잽싸게 문을 닫아버렸다.

"저 냄새를 깜빡 잊었어." 리버스가 말했다. "여기서 기다리게."

잠시 후 그는 현장감독을 데리고 돌아왔다. 그들은 밴에서 챙겨온 플라스틱 쓰레기통과 삽, 그리고 하얀 마스크를 바닥에 내려놓았다. 리버스가 홈스에게 마스크를 하나 건넸다. 그들은 고무줄을 당겨 판지로 된 코 부분을 꽉 조였다. 홈스는 마스크를 시험해보려는 듯 심호흡을 몇 번 했다. 그가 살짝 스며든 냄새에 대해 불평하려는 찰나 리버스가 다시 문을 열었다. 감독이 강력한 공업용 램프를 켜고 화장실 안을 비추며 문지방을 넘어갔다.

리버스는 쓰레기통을 욕조 앞에 놓아둔 후 감독에게 욕조 안을 비추라고 손짓했다. 통통한 쥐 한 마리가 욕조 안에서 불쑥 튀어나왔다. 깜짝 놀란 홈스는 하마터면 뒤로 넘어갈 뻔했다. 불빛 속에서 시뻘건 눈의 쥐가 날카롭게 울부짖었다. 리버스가 삽으로 내리쳐 쥐를 반 토막 냈다. 홈스가 몸을 틀고 마스크를 벗어젖힌 후 축축한 벽에 대고 속을 비워내기 시작했다. 할딱거리며 숨을 쉴 때마다 압도적인 악취가 계속해서 파고들었다. 메스꺼움은 점점 그 도를 더해갔다.

현장감독과 리버스는 서로를 쳐다보며 미소를 지었다. 그들의 마스크 위로 눈썹이 씰룩거렸다. 그들은 이보다 더한 것도 숱하게 봐온 베테랑들이었다. 두 사람은 지체 없이 작업에 들어갔다. 감독이 램프를 비추는 동안 리버스는 욕조의 내용물을 삽으로 떠 쓰레기통에 담았다. 삽에서 튄 미처리 하수가 리버스의 셔츠와 바지에 묻었다. 그는 개의치 않고 삽질을 계속했다. SAS(Special Air Service, 영국 특수부대)에 소속되어 훈련을 받았을 때 이보다 훨씬 더러운 작업도 척척 해냈던 그였다. 당시 이런 작업은 틀에 박힌 수많은 잡일들 중 하나였다. 적어도 지금은 그럴듯한 목적이라도 있으니 얼마나 다행인가.

홈스는 손등으로 축축해진 눈을 훔치고 있었다. 그는 열린 문틈으로 작업에 집중하는 두 남자를 물끄러미 지켜보았다. 램프가 드리운 그들의 기괴한 그림자가 벽과 천장에서 춤을 추었다. 검은 윤곽 하나는 오물을 삽으로 떠 쓰레기통에 담느라 여념이 없었다. 꼭 현대판 〈지옥편(이탈리아의 시인 A. 단테가 쓴 장편서사시 『신곡』 중 제1부―옮긴이)〉의 한 장면을 보는 기분이었다. 저주받은 이들을 들들 볶아대는 악마들만 있었다면 완벽했을 텐데. 그들은 이런 작업에 매우 익숙한 듯해 보였다. 만족스런 표정도 살짝 엿보이는 것 같았다. 맙소사. 홈스가 원했던 건 집이라 부를 수 있는 아파트와 가끔씩 주어지는 휴가와 제대로 된 차가 전부였다. 그리고 넬. 나중에 오늘 일을 들려주면 그녀가 뭐라고 할까?

홈스는 이런 상황에서도 미소를 짓는 게 가능한 상관이 이해가 되지 않았다.

잠시 후, 어디선가 웃음소리가 터져 나왔다. 홈스는 어리둥절한 얼굴로 주위를 살폈다. 자세히 보니 화장실에서 존 리버스가 웃고 있었다. 손으로 오물을 휘휘 저어대던 그가 무언가를 건져낸 모양이었다. 그는 팔꿈치까지 오는 두꺼운 고무장갑을 끼고 있었다. 홈스는 풀리기 직전의 다리로 계단을 천천히 내려갔다.

"찾았어!" 리버스가 소리쳤다.

"밖에 호스가 있습니다." 감독이 말했다.

"앞장서요." 리버스가 정체를 알 수 없는 꾸러미를 세차게 흔들어 오물을 털어냈다. "빨리 갑시다, 맥더프."

"맥베스입니다." 현장감독이 계단을 내려가며 말했다.

집의 외벽에 몸을 기댄 채 서 있는 그들은 신선하고 서늘한 바람을 맞으며 꾸러미를 물로 씻었다. 리버스는 꾸러미를 응시했다. 접착테이프와 끈으로 꽁꽁 싸매어놓은 꾸러미의 정체는 셔츠에 둘러쳐진 빨간 비닐봉지였다. 레코드 가게의 쇼핑백 같았다.

"머리 좀 썼군. 안 그래, 로니?" 리버스가 꾸러미를 집어 들며 중얼거렸다. "우리 모두를 감쪽같이 속였어."

리버스는 고무장갑을 벗고 감독과 악수를 했다. 그들은 나중에 각자가 추천하는 술집에서 만나 한잔 하기로 약속했다. 리버스는 차로 돌아갔고, 홈스는 멋쩍어하며 그의 뒤를 따랐다. 두 사람은 다시 리버스의 아파트로 돌아갔다. 홈스는 차창을 열어 환기를 시킬 것을 제안하고 싶었지만 꾹 참았다.

리버스는 생일날 아침 깜짝 선물을 받은 아이 같았다. 꾸러미를 품은 그의 셔츠는 심하게 얼룩져 있었다. 그는 곧바로 내용물을 확인하지 않았다. 어떤 새로운 사실이 드러날지 불안했기 때문이다.

그들이 아파트에 도착했을 때 리버스의 기분은 또다시 변해 있었다. 그는 가위를 찾으러 주방으로 달려 들어갔다. 홈스는 대충 핑계를 대고 화장실로 직행했다. 그는 손과 팔뚝과 얼굴을 반복해서 북북 씻었다. 두피가 간지러웠다. 한두 시간 화장실에 틀어박혀 샤워를 하고 싶은 마음이 굴뚝 같았다.

홈스가 화장실에서 나왔을 때 주방 쪽에서 격분에 찬 울부짖음이 들려왔다. 그는 황급히 주방으로 달려갔다. 조리대에 몸을 기댄 리버스가 고개를 떨어뜨린 채 서 있었다. 그의 앞에는 풀어 헤쳐진 꾸러미가 놓여 있었다.

"경위님, 무슨 일입니까?"

리버스가 지친 목소리로 말했다. "빌어먹을 권투 시합 사진이야. 그게 전부라고, 빌어먹을 스포츠 사진."

홈스는 리버스를 자극하지 않으려 조심스레 다가갔다.

"어쩌면……" 리버스의 축 늘어진 어깨 너머로 사진들을 내려다보던 홈스가 말했다. "유심히 보면 관중석에 하이드가 있는지도 모르지 않습니까."

"너무 흐릿해서 확인이 불가능해. 자, 직접 보라고."

홈스는 사진들을 차례로 살펴보았다. 열두 장 정도 되는 것 같았다. 악에 받친 페더급 선수 두 명이 피가 터지게 싸우고 있었다. 사진 속에서 이상한 구석이라고는 찾아볼 수 없었다.

"하이드가 운영하는 체육관일 수도 있고요."

"그럴지도 모르지." 리버스가 무성의하게 말했다. 그는 꾸러미에 사진이 들어 있을 거라고 확신했었다. 그리고 그것이 사건을 해결하는 데 결정적인 역할을 해줄 거라 굳게 믿었었다. 그게 아니라면 왜 이걸 신줏단지 모시듯이 교묘히 숨겨놓은 거지? 분명 그럴 만한 이유가 있을 텐데.

"어쩌면……" 홈스가 말했다. "우리가 미처 못 보고 지나친 게 있는지도 모르겠습니다. 이걸 감싼 옷이나 봉투나……"

"미련한 소리 마, 홈스!" 리버스가 조리대를 손으로 탁 내리쳤다. 그러고는 이내 스스로를 진정시켰다. "미안하네. 내가 좀 흥분했어."

"괜찮습니다." 홈스가 냉담하게 말했다. "커피라도 만들어 오겠습니다. 앉아서 천천히 살펴보기로 하죠."

"그래." 리버스가 허리를 곧게 펴며 말했다. "좋은 생각이야." 그가 문

쪽으로 돌아섰다. "가서 샤워를 해야겠어." 그가 홈스를 돌아보며 미소를 지었다. "하늘을 찌르는 이 악취부터 어떻게 좀 해 봐야지."

"정겨운 시골 냄새죠." 홈스도 미소를 흘리며 말했다. 두 사람 모두 농부 왓슨을 떠올렸는지 동시에 웃음을 터뜨렸다. 리버스는 화장실로 들어갔고, 홈스는 커피를 만들었다. 홈스는 제집에서 마음껏 씻을 수 있는 리버스가 한없이 부러웠다. 그는 다시 사진들을 유심히 들여다보았다. 리버스가 나오기 전에 쓸 만한 단서를 찾아내고 싶었다. 왠지 그래야 상관의 기분을 풀어줄 수 있을 것 같았다.

권투 선수들은 젊어 보였고, 사진은 링 바로 밖에서 촬영된 것이었다. 하지만 로니 맥그래스는 플래시를 사용하지 않았다. 그저 링 위에서 뿌려지는 뿌연 불빛에만 의존해 촬영했을 뿐이다. 그 결과, 두 선수와 관중의 얼굴은 뚜렷이 보이지 않았다. 느릿느릿 움직이는 선수들의 윤곽은 심하게 흐릿했다. 어째서 플래시를 터뜨리지 않았을까?

한 사진의 오른쪽은 새까만 무언가로 덮여 있었다. 렌즈 앞을 지나던 무언가가 포착된 모양이었다. 이게 뭘까? 지나가는 관중? 누군가의 재킷?

순간 홈스는 깨달을 수 있었다. 그것은 사진작가의 재킷이었다. 작가는 재킷 안에 카메라를 숨기고 선수들을 몰래 촬영한 것이었다. 사진들이 전부 흐릿하게 나온 것도, 촬영 각도가 전부 제각각인 것도, 바로 그런 이유 때문이었다. 사진들을 그렇게 촬영한 데에는 그럴 만한 이유가 있었을 것이다. 그 이유는 리버스가 절박하게 찾아 헤매고 있는 결정적 단서가 되어줄 것이다.

어느새 화장실의 물소리가 멎어 있었다. 잠시 후 리버스가 몸에 타월만 두른 채 나타났다. 그는 곧장 침실로 들어가 옷을 갈아입었다. 리버스가 비틀거리며 바지에 다리를 넣고 있을 때 홈스가 불쑥 들어와 사진들을 흔들어 보였다.

"뭔가 찾은 것 같습니다!" 홈스가 큰 소리로 말했다. 리버스가 흠칫 놀라며 고개를 들었다. 그는 바지를 잽싸게 마저 입었다.

"그래." 리버스가 말했다. "나도 샤워를 하면서 뭔가 알아냈는데."

"오."

"자, 가서 커피를 가져와." 리버스가 말했다. "거실에 나가서 같은 걸 짚어냈는지 확인해보자고."

"네." 홈스가 말했다. 그는 문득 자신이 경찰이 된 이유가 궁금해졌다. 괜찮은 직업들이 세상에 널려 있는데.

홈스가 머그잔 두 개를 챙겨 거실로 나왔을 때 리버스는 무선전화기를 귀에 갖다 붙인 채 같은 자리를 빙빙 맴돌고 있었다.

"알겠습니다." 리버스가 말했다. "기다릴게요. 아뇨, 아닙니다. 다시 연락하진 않을 겁니다. 그냥 기다리겠다고 했잖아요. 고마워요."

리버스가 홈스로부터 커피를 건네받으며 눈을 굴렸다. 그는 통화 상대의 우둔함에 짜증이 난 상태였다.

"누군가요?" 홈스가 조용히 물었다.

"구청 직원." 리버스가 큰 소리로 대답했다. "앤드류가 담당자 이름과 내선 번호를 알려줬어."

"앤드류가 누굽니까?"

"앤드류 맥베스. 그 현장감독 말이야. 누가 그 집을 치우라고 지시했는지 알고 싶지 않아? 우리가 본격적으로 캐려니까 때맞춰서 청소를 시작하다니. 이게 우연의 일치로 보여?" 리버스가 다시 통화 상대에게로 신경을 돌렸다. "네? 그렇습니다. 오, 알겠습니다." 그가 굳은 표정으로 홈스를 돌아보았다. "어떻게 그런 일이 있을 수 있습니까?" 그는 상대의 대답을 묵묵히 들었다. "네, 알겠습니다. 오, 그러죠. 좀 이상하긴 하지만 뭐 어쩌겠습니까. 계속 컴퓨터를 뒤져봐 줘요. 고맙습니다."

리버스가 버튼을 눌러 전화를 끊었다. "대충 눈치챘겠지?"

"누가 청소를 지시했는지 기록이 없답니까?"

"맞아, 브라이언. 서류는 아무 문제가 없는데 서명만 빠져 있다는군. 그들도 이해가 안 된대."

"수기로 작성된 게 아닌가요?"

"앤드류가 보여준 서류는 타이핑된 거였어."

"그럼 어떻게 된 거죠?"

"생각보다 하이드 씨가 발이 넓은 것 같아. 의회부터 시작해서. 보나 마나 경찰에도 조력자가 있을 거야. 거의 모든 기관에 최소한 한 명씩은 심어놓지 않았을까?"

"이젠 어쩌죠?"

"그 사진들, 또 다른 단서는 없을까?"

그들은 천천히 사진들을 살펴나가며 활발하게 의견을 교환했다. 매우 수고스럽고 번거로운 작업이었다. 리버스는 로니 맥그래스가 트레이시에게 마지막으로 내뱉은 한마디를 연신 중얼거렸다. 그 안에 답이 숨어 있을 거라면서. 삼중적 의미가 있었다. 도망쳐, 하이드라는 사람을 조심해, 내가 뭔가를 숨겨놓았어. 단순하지만 영리한 말장난이었다. 과연 로니의 머릿속에서 나온 아이디어가 맞는지 의심이 들 정도로. 어쩌면 그는 자신도 깨닫지 못한 상태에서 그런 수수께끼 같은 말을 내뱉었던 것인지도 몰랐다.

90분을 훌쩍 넘기고 나서야 리버스는 마지막 사진을 바닥에 던져버릴 수 있었다. 홈스는 긴 안락의자에 반쯤 누운 채로 앉아 한 손으로 이마를 문지르고 있었다. 그의 다른 손에는 사진 몇 장이 쥐어져 있었다. 그의 눈은 더 이상 사진에 집중하기를 거부하고 있었다.

"이래선 안 되겠어, 브라이언. 다 헛수고야. 아무리 봐도 답이 나오질 않

아. 자넨 어때?"

"저도 마찬가지입니다." 홈스가 말했다. "하지만 왠지 하이드가 이 사진들을 절실히 원했을 것 같다는 생각이 듭니다. 분명 아직도 원하고 있을 거고요."

"무슨 뜻인가?"

"그는 이 사진들의 존재를 알고 있습니다. 하지만 이미지가 이토록 흐릿한지는 모르고 있을 겁니다. 이 사진들이 무언가를 뚜렷하게 드러내 보이고 있다고 믿고 있을 거예요."

"그 무언가라는 게 대체 뭘까? 한 가지 더 주목해야 할 건 로니 맥그래스의 몸 곳곳에 멍자국이 많이 남아 있었다는 사실이야. 그가 숨졌던 날 밤에 말이지."

"누군가가 그를 질질 끌고 계단을 내려왔다니 당연한 일 아니겠습니까?"

"아니. 그 친구는 이미 숨진 상태였어. 멍자국들은 그가 죽기 전에 생긴 것들이야. 오직 그의 동생과 트레이시만이 그 사실을 알아차렸지. 누군가가 내게 '난폭한 플레이'에 대해 언급한 적이 있었어." 리버스가 사방에 흩뿌려진 사진들을 가리켰다. "바로 이걸 의미했던 게 아닐까?"

"권투 시합 말씀입니까?"

"불법 시합. 두 놈을 붙여놓고 서로를 죽어라 두들겨 패게 만드는 거지."

"뭣 때문에요?"

리버스는 벽을 쳐다보며 적절한 답을 떠올렸다. 잠시 후, 그가 홈스를 돌아보았다.

"사람들이 투견에 빠지는 것과 같은 이유겠지. 재미 삼아서."

"믿어지지가 않네요."

"나도 마찬가지야. 이젠 달에서 폭파범을 찾았다 해도 전혀 놀라지 않을 것 같아." 리버스가 기지개를 켰다. "지금 몇 시나 됐지?"

"8시가 다 됐습니다. 맬컴 래니언의 파티에 간다고 하지 않으셨습니까?"

"맙소사!" 리버스가 벌떡 일어났다. "늦었군. 깜빡 잊고 있었어."

"오늘은 여기까지 하죠. 더 들여다본다고 답이 나올 것 같지도 않고요." 홈스가 사진들을 가리켰다. "저도 넬에게 가봐야 할 것 같습니다."

"그래 그래, 이만 가봐, 브라이언." 리버스가 말했다. "오늘 고마웠어."

홈스가 미소를 지으며 어깨를 으쓱해 보였다.

"마지막으로 한 가지만 더." 리버스가 말했다.

"네?"

"집에 깨끗한 재킷이 없어서 그런데, 자네 것을 좀 빌려 입어도 되겠나?"

빌린 재킷은 리버스의 몸에 잘 맞지 않았다. 소매는 너무 길었고, 가슴은 꽉 끼었다. 하지만 그럭저럭 걸치고 있을 만했다. 맬컴 래니언의 현관으로 올라선 리버스는 최대한 자연스러워 보이려고 애썼다. 잠시 후, 문이 열리고 아이리에서 래니언과 함께 나타났던 아름다운 동양 여자가 걸어 나왔다. 그녀는 허벅다리를 간신히 덮고, 목이 깊게 파인 검은 드레스 차림이었다. 그녀가 리버스를 알아보고 미소를 지었다. 어쩌면 그냥 알아보는 척하는 것인지도 몰랐다.

"들어오세요."

"제가 너무 늦은 건 아니겠죠?"

"전혀요. 맬컴의 파티는 시간에 구애받지 않아요. 원할 때 왔다가 원할 때 가면 되죠." 그녀의 시원시원한 목소리가 리버스의 귀에 착착 감겼다. 리버스는 그녀 너머로 안의 분위기를 살폈다. 남자들 대부분은 정장이나 스포츠 재킷 차림이었다. 그제야 리버스는 안도의 한숨을 내쉴 수 있었다. 래니언의 개인 비서가 그를 식당으로 이끌었다. 술병과 잔들이 잔뜩 놓인 테이블 뒤에는 남자 바텐더가 서 있었다.

그때 초인종이 다시 울렸다. 리버스의 어깨에 손가락이 얹어졌다. "실례합니다." 그녀가 말했다.

"네." 리버스가 말했다. 그는 바텐더 쪽으로 돌아섰다. "진토닉." 그가 말했다. 그는 넓은 홀을 가로질러 현관문으로 향하는 여자를 지켜보았다.

"안녕하세요, 존." 누군가의 억센 손이 리버스의 어깨를 툭 쳤다. 토미 맥콜이었다.

"안녕하세요, 토미." 리버스는 바텐더로부터 술을 건네받았고, 토미 맥콜은 빈 잔을 넘기며 다시 채워줄 것을 주문했다.

"잘 왔어요. 평소 같은 활기는 없지만. 다들 우울해하고 있어요."

"우울해한다고요?" 그것은 사실이었다. 주변 분위기는 파티답지 않게 차분했다. 검은 넥타이를 맨 남자도 몇몇 보였다.

"난 제임스 때문에 왔습니다. 내가 와주길 그가 바랐을 것 같아서요."

"아." 리버스가 고개를 끄덕이며 말했다. 그는 자살한 제임스 커루를 깜빡 잊고 있었다. 맙소사. 오늘 아침에 벌어진 일을 깜빡하다니! 어떤 이유에서인지 아주 오래된 일처럼 느껴졌다. 파티에 참석한 이들 대부분은 커루의 친구였거나 지인들이었다. 리버스의 코가 씰룩거렸다.

"커루 씨가 최근 들어 특히 우울해하진 않았습니까?" 리버스가 물었다.

"그랬던 것 같진 않아요. 얼마 전에 멋진 차도 뽑았지 않습니까. 우울한 사람이 차에 정신을 팔았겠습니까?"

"하긴. 그를 잘 알고 지냈나요?"

"우리 중 누구도 그를 잘 알지 못했을 겁니다. 워낙 비밀이 많은 사람이었거든요. 출장도 많이 다녔고, 자기 별장에 틀어박혀 지낼 때도 많았습니다."

"그는 미혼이었죠?"

토미 맥콜이 그를 빤히 쳐다보다가 손에 쥔 위스키를 벌컥벌컥 들이켰다. "그렇습니다." 그가 말했다. "어떻게 보면 축복이었다 할 수 있겠죠."

"그렇게도 볼 수 있겠군요." 리버스가 말했다. 체내로 스며든 진이 그의 몸을 천천히 데워주었다. "그가 왜 스스로 목숨을 끊어야 했는지 모르겠습니다."

"대개 말수 적고 조용한 사람들이 그러지 않습니까. 불과 몇 분 전에 맬컴도 같은 얘길 했습니다."

리버스가 주위를 둘러보았다. "그러고 보니 집주인을 아직 못 봤군요."

"거실에 있을 겁니다. 내가 집 구경을 좀 시켜줄까요?"

"좋습니다."

"정말 으리으리하지 않습니까?" 토미 맥콜이 리버스를 돌아보았다. "위층 당구장부터 볼까요, 아니면 아래층 수영장부터 볼까요?"

리버스가 웃음을 터뜨리며 빈 잔을 흔들어 보였다. "투어를 시작하기 전에 잔부터 채우죠. 어떻습니까?"

집은 굉장했다. 달리 표현할 방법이 없었다. 리버스는 가엾은 브라이언 홈스를 떠올리며 미소를 지었다. 자네나 나나 딱하긴 마찬가지야. 손님들은 모두 상냥했다. 얼굴을 아는 이도 있고, 이름이나 평판으로만 아는 이들도 있었다. 몸담은 회사 이름으로 알아차린 이도 많았다. 하지만 집주인은 어디에도 보이지 않았다. 사람들은 초저녁에 그를 보았다고 입을 모았다.

토미 맥콜은 점점 말이 많아졌다. 적당히 취기가 오른 모양이었다. 리버스의 머리도 알딸딸했다. 그럼에도 그는 집을 한 번 더 둘러보기로 했다. 이번에는 혼자서. 1층에는 서재가 자리하고 있었다. 처음 둘러보았을 때 별로 주목하지 않았던 곳이었다. 서재에는 작업용 책상이 놓여 있었다. 리버스는 가까이 접근해 유심히 살펴보고 싶었다. 층계참 앞에 멈춰 선 그가 다시 주위를 살펴보았다. 모두가 아래층으로 내려간 모양이었다. 몇몇 손님은 수영복 차림으로 지하실의 온수 수영장을 연신 들락거리고 있었다.

리버스는 묵직한 놋쇠 손잡이를 돌리고 불빛이 흐릿한 서재로 들어갔다. 안에서 확 풍겨온 오래된 가죽 냄새가 리버스로 하여금 수십 년 전 추억을 떠올리게 만들었다. 그가 이십대, 그리고 삼십대 청년이었을 때. 책상 위의 램프는 서류 몇 장을 비추고 있었다. 리버스는 책상 앞으로 천천히 다가갔다. 순간 그는 무언가를 깨달았다. 그가 처음 서재를 둘러보았을 때 램프는 꺼진 상태였었다. 인기척에 그가 몸을 잽싸게 틀었다. 래니언이 팔짱을 긴 채 한쪽 벽 앞에 서서 씩 웃고 있었다.

"경위." 래니언이 걸치고 있는 옷만큼이나 우아한 목소리로 말했다. "재킷이 독특하군요. 당신이 왔다고 세이코가 알려줬습니다."

래니언이 천천히 다가와 손을 내밀었다. 리버스는 그의 손을 꽉 잡아 쥐었다.

"난 그저……" 리버스가 입을 열었다. "그러니까 난 당신이……"

"신경 쓰지 말아요. 괜찮습니다. 총경님은 안 오십니까?"

리버스가 어깨를 으쓱해 보였다. 재킷의 등 부분이 꽉 조여왔다.

"뭐, 때가 되면 오시겠죠. 당신은 나만큼이나 학구적인 것 같습니다." 래니언이 책장을 찬찬히 훑어나갔다. "난 이 집에서 이 방을 가장 좋아합니다. 내가 왜 자꾸 파티를 벌이는지 모르겠습니다. 사람들이 그걸 기대하기 때문일까요? 아무튼 누가 누구와 대화를 나누는지, 누구의 손이 누구의 팔뚝을 움켜쥐는지, 그런 걸 지켜보는 재미가 꽤 쏠쏠하긴 합니다."

"여기선 그런 게 잘 안 보일 텐데요." 리버스가 말했다.

"세이코가 다 알려줍니다. 사람을 꿰뚫어 보는 데 탁월한 능력이 있거든요. 아무리 상대가 속을 꽁꽁 싸맸다 해도 소용없습니다. 그녀는 당신이 걸친 재킷에 대해서도 알려주었습니다. 베이지색 코르덴 재킷인데 나머지 차림과도 어울리지 않고, 몸에도 잘 맞지 않는다고 하더군요. 그래서 그걸 빌려 입고 왔을 거라는 추측을 했죠. 내가 제대로 짚었습니까?"

리버스가 조용하게 박수를 쳤다. "브라보." 그가 말했다. "괜히 최고의 변호사 소릴 듣는 게 아니었군요."

"날 최고의 변호사로 만들어준 건 공부였습니다. 하지만 유명한 변호사가 되고 싶다면 간단한 파티 트릭 몇 개 정도는 쓸 줄 알아야겠죠. 내가 방금 했던 것처럼 말입니다."

래니언이 리버스를 지나 책상 앞으로 바짝 다가갔다. 그리고 서류들을 꼼꼼히 훑어나갔다.

"여기서 뭘 찾고 있었습니까?"

"아닙니다." 리버스가 말했다. "그냥 서재 안을 둘러보고 싶었을 뿐입니다."

래니언이 미소를 지으며 그를 돌아보았다. 하지만 그의 얼굴에는 불신의 표정이 뚜렷이 떠올라 있었다. "이 집엔 여기보다 훨씬 흥미로운 방이 많습니다. 비록 문이 잠겨 있긴 하지만."

"그래요?"

"비밀로 간직하고 싶은 그림들도 좀 있고요."

"그렇군요."

래니언이 책상에 앉아 반달 모양 안경을 걸쳤다. 그는 눈앞에 놓인 서류에 관심이 많은 듯했다.

"난 제임스 커루의 유언 집행인입니다." 래니언이 말했다. "그래서 그의 유언으로 누가 이득을 보게 되는지 살펴보던 중이었습니다."

"끔찍하군요."

래니언이 잠시 고개를 갸웃거리다가 천천히 고개를 끄덕였다. "맞아요. 비극이 따로 없죠."

"그와 꽤 친했던 모양이군요."

래니언이 다시 미소를 지었다. 마치 그것이 파티에서 이미 여러 번 받아

본 질문이기라도 한 것처럼. "잘 알고 지낸 사이였죠." 마침내 그가 말했다.

"그가 동성애자였다는 사실을 알고 있었습니까?"

리버스의 기대와 달리 래니언은 별 반응을 보이지 않았다. 리버스는 비장의 수를 너무 일찍 꺼내든 것을 후회했다.

"물론입니다." 래니언이 흔들림 없는 목소리로 말했다. 그가 리버스 쪽으로 천천히 돌아섰다. "그게 범죄는 아니지 않습니까."

"그야 모르죠."

"무슨 뜻입니까?"

"변호사라 잘 알 텐데요. 그와 관련한 특정 법률이 아직……"

"그래요, 압니다. 그럼 제임스가 비도덕적인 일을 벌였다는 말입니까?"

"그가 왜 자살을 했다고 생각합니까, 래니언 씨? 전문가로서의 당신 의견을 듣고 싶습니다."

"그는 내 친구였습니다. 그에 대해 전문가로서의 의견을 내놓을 이유가 없습니다." 래니언이 책상 앞으로 드리워진 두꺼운 커튼을 응시했다. "그가 왜 스스로 목숨을 끊었는지 난 모릅니다. 영원히 풀리지 않는 수수께끼로 남겠죠."

"과연 그럴까요?" 리버스는 문 쪽으로 걸음을 옮겼다. 그가 문손잡이에 손을 얹으며 말했다. "그의 유산이 누구에게 돌아가는지 궁금합니다. 유언장 집행은 거의 끝났겠죠?"

래니언은 말이 없었다. 리버스는 문을 닫고 나와 층계참에 멈춰 섰다. 연기가 나쁘지 않았어. 그는 생각했다. 수고했으니 가서 한잔 해도 되겠지? 이번에는 제임스 커루를 추모하는 의미로 건배를 해야겠군.

술 취한 사람을 챙기는 건 달갑지 않은 일이었다. 하지만 지금처럼 피할 수 없을 때가 가끔 있었다.

토미 맥콜이 뒷좌석에 앉아 음주가를 불러대는 동안 리버스는 문간에 서 있는 세이코에게 손을 흔들어 인사했다. 그녀는 환한 미소를 머금고 있었다. 시끄러운 술고래를 데려가줘서 후련한 모양이었다.

"날 체포하는 겁니까, 존?" 토미 맥콜이 노래를 부르다 말고 소리쳤다.

"아닙니다. 제발 목소리 좀 낮춰요!"

리버스는 차에 올라 시동을 걸었다. 그러고 나서 마지막으로 뒤를 돌아보았다. 어느새 밖으로 나온 래니언이 세이코 옆에 바짝 붙어 서 있었다. 그녀가 무언가를 설명하자 그가 말없이 고개를 끄덕였다. 리버스는 서재에서 그와 벌인 신경전을 떠올리며 핸드브레이크를 풀고 골목으로 빠져나왔다.

"여기서 왼쪽, 그다음 오른쪽입니다."

토미 맥콜은 인사불성이 되도록 술을 퍼마신 상태였지만 놀랍게도 방향감각은 온전했다. 그럼에도 리버스는 묘한 기분을 떨쳐낼 수 없었다.

"이 골목 끝까지 가야 합니다. 마지막 모퉁이 집이에요."

"거긴 당신이 사는 곳이 아니지 않습니까." 리버스가 말했다.

"맞아요, 경위. 내 동생이 사는 곳이죠. 잠깐 들러 한잔 더 하려고요."

"맙소사, 토미, 이렇게 예고도 없이 쳐들어가면……"

"괜찮아요. 동생이 좋아할 겁니다."

리버스는 집 앞에 차를 세우고 창문을 바라보았다. 다행히 토니 맥콜의 거실에는 불이 켜져 있었다. 토미가 운전석 쪽으로 손을 뻗어 경적을 울렸다. 적막에 휩싸인 골목에 요란한 경적 소리가 쩌렁쩌렁 울려 퍼졌다. 리버스는 잽싸게 토미의 손을 밀어냈다. 우려했던 대로 맥콜의 거실 창문에서 커튼이 걷혔다. 잠시 후, 현관문이 열리고 토니 맥콜이 초조해하는 표정으로 걸어 나왔다. 리버스가 차창을 내렸다.

"존?" 토니 맥콜이 긴장한 얼굴로 말했다. "무슨 일이야?"

토미가 잽싸게 튀어 나가 동생을 와락 끌어안았다.

"내 잘못이야, 토니. 다 내 탓이라고. 갑자기 네가 보고 싶었어. 불쑥 찾아와서 미안해."

자넬 탓하지 않아. 리버스를 돌아보는 토니 맥콜의 눈빛은 분명 그렇게 말하고 있었다. 그가 다시 자신의 형에게로 눈을 돌렸다.

"내 생각을 다 해주고, 웬일이야, 형? 한동안 연락도 안 하다가. 어서 들어와."

토미 맥콜이 리버스를 돌아보았다. "내가 뭐랬습니까. 토니가 반겨줄 거라고 했잖아요. 늘 이렇다니까요."

"자네도 들어와, 존." 토니가 말했다.

리버스는 내키지 않았지만 말없이 고개를 끄덕였다.

토니가 그들을 이끌고 전시실처럼 꾸며진 거실로 들어갔다. 카펫은 두 꺼웠고, 부드러웠다. 리버스는 완벽하게 부풀려진 쿠션이 납작하게 눌릴 까 봐 불안해하며 앉았다. 하지만 토미는 망설임 없이 의자에 털썩 주저앉 았다.

"애들은?" 토미가 말했다.

"자." 토니가 나지막이 말했다.

"가서 깨워. 큰아버지가 오셨다고 해."

토니는 못들은 척 무시했다. "차를 끓여 올게." 그가 말했다.

토미의 눈이 스르르 감겼고, 두 팔은 의자 양옆으로 축 늘어졌다. 토니 가 주방에 들어가 있는 동안 리버스는 거실 구석구석을 유심히 살펴보았 다. 사방이 온갖 장식품들로 뒤덮여 있었다. 벽난로 위 선반에도, 커다란 진열장에도, 작은 탁자에도, 석고상과 희미하게 빛나는 유리 공예품과 여 행 기념품들로 넘쳐났다. 의자와 소파의 팔걸이와 등받이에는 장식이 달린 덮개가 씌워져 있었다. 실내 분위기는 살짝 불편할 정도로 부산스러웠다. 이런 환경에서 편히 쉬는 건 불가능할 것 같았다. 리버스는 토니 맥콜이 비번 때마다 집을 나와 필뮤어를 어슬렁거리는 이유를 알 것 같았다.

문틈으로 여자의 머리가 불쑥 나왔다. 얇은 입술은 반듯했고, 검은 눈은 초롱초롱했다. 그녀는 잠에 빠져든 토미 맥콜을 쳐다보다가 리버스 쪽으로 시선을 돌렸다. 그와 눈이 마주치자 그녀의 얼굴에 미소가 살짝 지어졌다. 잠옷 차림의 그녀가 문을 마저 열고 거실로 들어와 인사했다.

"실라예요. 토니의 아내."

"네, 안녕하세요. 존 리버스입니다." 리버스는 자리에서 일어나려 했지만 손이 후들거려 그럴 수 없었다.

"아." 그녀가 말했다. "토니에게 얘기 많이 들었어요. 토니와 함께 일하신다고요?"

"그렇습니다."

"네." 실라의 시선이 다시 토미 맥콜 쪽으로 돌아갔다. 그녀의 목소리가 젖은 벽지처럼 변해버렸다. "제 아주버님을 보세요. 성공하신 분이죠. 사업도 잘 되고, 큰 집도 소유하고 계세요. 한번 보세요." 그녀가 사회적 불평등에 대해 한마디 하려는 찰나 토니가 쟁반을 들고 나타났다. 그녀는 그대로 입을 다물어버렸다.

"왜 일어났어?" 토니가 말했다.

"경적 소리 때문에 깼어요." 실라가 쟁반을 쳐다보았다. "설탕을 빼먹었군요." 그녀가 비판적으로 말했다.

"설탕은 필요 없습니다." 리버스가 말했다. 토니가 컵에 뜨거운 차를 따랐다.

"우유부터 넣어야죠, 토니. 차를 따르기 전에." 그녀는 리버스의 말을 무시했다.

"그런 건 전혀 중요하지 않아, 실라." 토니가 말했다. 그가 컵 하나를 리버스에게 건넸다.

"고마워."

실라는 잠시 두 남자를 번갈아 쳐다보다가 한 손으로 잠옷을 살살 문질렀다.

"알았어요." 그녀가 말했다. "그럼 놀다 가세요."

"감사합니다." 리버스가 말했다.

"손님들을 너무 오래 붙잡고 있진 말아요, 토니."

"알았어."

그들은 차를 홀짝이며 계단을 올라 침실로 향하는 그녀의 발소리에 귀를 기울였다. 토니 맥콜의 입에서 긴 한숨이 터져 나왔다.

"미안해." 토니가 말했다.

"뭐가?" 리버스가 말했다. "만약 술고래 둘이 이 시간에 내 집으로 불쑥 쳐들어왔다면 내가 어떻게 반응했을 것 같아? 이건 아무것도 아니지."

"실라는 늘 저렇게 차분해. 겉으로는."

리버스가 턱으로 토미를 가리켰다. "형은 어떻게 할 거야?"

"그냥 내버려둬. 푹 자고 일어나면 술이 깰 거야."

"정말? 원한다면 내가 집까지 데려다줄 수도……"

"아니, 아니. 지금 동생 집 의자보다 편한 데가 어딨겠어?" 토니가 토미를 돌아보았다. "우리가 어릴 적에 얼마나 말썽을 부리고 다녔는지 알아? 온 동네가 우리 때문에 덜덜 떨었을 정도야. 초인종 누르고 도망치기, 모닥불 피워놓기, 축구공으로 유리창 깨기. 정말 과격하게 놀았었지. 하지만 언제부터인가 이럴 때 빼고는 형 얼굴을 보기가 힘들어졌어."

"이런 적이 또 있었단 말이야?"

"택시를 잡아타고 불쑥 찾아와 의자에 뻗어버린 적이 몇 번 있었어. 다음 날 아침 눈을 뜨면 자기가 왜 여기 와 있느냐며 황당해하지. 그러고는 아침을 먹고 애들에게 몇 파운드씩 쥐여준 후 조용히 떠나. 그 후 한동안 전화도 없고, 찾아오지도 않지. 그러다가 어느 날 밤 갑자기 예고도 없이 찾아오고."

"그건 몰랐네."

"내가 왜 자네에게 이런 얘기까지 들려주는지 모르겠어, 존. 자네가 신경 쓸 문제도 아닌데."

"난 괜찮아."

하지만 토니 맥콜은 더 깊이 얘기하기를 망설였다. "우리 집 거실 어때?" 그가 불쑥 물었다.

"멋진데." 리버스가 거짓말로 둘러댔다. "꽤 신경 쓴 티가 나."

"그래." 토니가 그의 생각을 꿰뚫어 보듯 말했다. "적지 않은 돈을 처발 랐지. 저기 유리로 된 장식용 방울들 보이지? 저게 얼만지 알면 까무러칠 걸."

"그래?"

토니 맥콜은 마치 자신이 손님이 된 것처럼 거실 안을 찬찬히 둘러보았다. "내 삶에 들어온 걸 환영해." 그가 말했다. "차라리 경찰서 유치장에서 지내는 게 훨씬 나을 거야." 그가 벌떡 일어나 토미의 의자 앞으로 다가갔다. 그러고는 웅크려 앉아 살짝 떠진 형의 한쪽 눈을 물끄러미 내려다보았다. "개자식." 토니 맥콜이 속삭였다. "개자식, 개자식." 갑자기 터진 눈물을 감추려는 듯 그가 황급히 고개를 떨어뜨렸다.

리버스는 6킬로미터를 달려 마치몬트로 돌아왔다. 그는 밤새 영업하는 빵집에 들러 뜨뜻한 롤과 차가운 우유를 샀다. 그는 새벽을 좋아했다. 이른 아침의 평화로운 동지애가 느껴지는 순간. 리버스는 사람들이 자신들의 운명에 불평하는 이유가 궁금했다.

원치 않는 것들만 잔뜩 갖고 있는 기분이야.

리버스가 원하는 건 몇 시간의 숙면뿐이었다. 의자가 아닌 침대에서. 그는 동료의 집에서 목격한 상황을 반복해서 떠올려보았다. 침을 흘리며 곤히 잠들어 있는 토미 맥콜. 그 앞에 웅크려 앉아 몸을 바르르 떠는 토니 맥콜. 형이 얼마나 끔찍한 존재였기에. 스스로를 증오하지 않고서는 절대 증오할 수 없는 평생의 경쟁자. 리버스의 머릿속에 또 다른 이미지들이 속속 떠올랐다. 서재에 틀어박힌 맬컴 래니언, 문간에 서 있는 세이코, 숨진 채 침대에 뻗어 있는 제임스 커루, 넬 스테이플턴의 멍든 얼굴, 로니 맥그래스의 구타당한 몸뚱이, 앞을 보지 못하는 늙은 밴더하이드, 캘럼 맥캘럼의 공포에 질린 눈, 작은 주먹을 불끈 쥔 트레이시……

내가 죄인들의 두목이라면 나는 고통받는 이들의 두목이기도 하다.

커루는 어딘가에서 그 구절을 훔쳐왔을 거야. 하지만 대체 어디서? 그게 왜 중요하지, 존? 별것도 아닌데. 그저 또 하나의 빌어먹을 가닥일 뿐이잖아. 그게 아니라도 풀어야 할 게 숱하게 많이 남아 있는데. 빨리 집으로 돌아가기나 해. 다 잊고 푹 자라고.

한 가지는 분명했다. 오늘 밤 그가 심각한 악몽에 시달리게 될 거라는 사실.

토요일

당신이 선택한다면 새로운 지식의 영역과 명성과
권력으로의 새 대로가 당신에게 열릴 것입니다.
여기, 이 방에서, 바로 이 순간에.

하지만 리버스는 아무 꿈도 꾸지 않았다. 그는 주말 아침에 눈을 떴다. 해는 중천에 떠 있었고, 그의 전화기는 요란하게 울어대고 있었다.

"여보세요?"

"존? 질이에요."

"오, 질. 좀 어때요?"

"괜찮아요. 당신은요?"

"아주 좋아요." 그것은 거짓말이 아니었다. 몇 주 만의 단잠이 숙취를 완전히 쫓아내준 것이다.

"내가 너무 일찍 전화했나요? 그 중상모략 사건은 어떻게 됐나요?"

"중상모략?"

"그 꼬마가 당신을 모함했잖아요."

"아, 그거. 나도 어떻게 돼가고 있는지 몰라요." 리버스는 점심을 같이 먹자고, 소풍을 가자고, 한적한 시골로 드라이브를 가자고 제안하고 싶었다. "지금 에든버러에 있어요?" 그가 물었다.

"아뇨. 파이프예요."

"파이프? 거긴 왜 갔어요?"

"캘럼 때문에요. 잊었어요?"

"잊긴요. 하지만 그를 멀리하기로 했던 거 아닌가요?"

"그가 와달라고 했어요. 사실 그 문제 때문에 전화한 거예요."

"오?" 리버스의 미간이 찌푸려졌다.

"캘럼이 당신을 만나고 싶어 해요."

"나를요? 왜죠?"

"그건 그에게 직접 들어야 할 거예요. 나한텐 그냥 당신을 불러달라고만 했어요."

리버스는 잠시 머리를 굴렸다. "내가 그를 만나봐도 괜찮겠어요?"

"난 상관없어요. 당신에게 메시지를 전달하고 나선 그와의 관계를 깨끗이 정리할 거예요." 질의 목소리는 빗속의 슬레이트 지붕처럼 매끄럽고, 서늘했다. 리버스는 그 지붕에서 스르르 미끄러져 내리는 기분을 느꼈다. 그는 그녀의 기분을 맞춰주고 싶었다. 그녀를 돕고 싶었다. "아, 참." 그녀가 말했다. "당신이 망설이면 하이드와 관련된 문제라고 전해달랬어요."

"하이드?" 리버스가 움찔했다.

"H-y-d-e-아포스트로피-s."

"하이드의 무엇을 말하는 거죠?"

질이 웃음을 터뜨렸다. "나도 몰라요, 존. 당신은 뭔가 알고 있는 것 같군요."

"그래요, 질. 지금 던펌린에 있나요?"

"그곳 경찰서 프런트에서 전화하고 있는 거예요."

"알았어요. 한 시간 내로 갈게요."

"그래요, 존." 질이 덤덤하게 말했다. "끊을게요."

전화를 끊은 리버스가 재킷을 걸치고 아파트를 나섰다. 톨크로스로 향하는 길은 무척 붐볐다. 로디언 가를 출발해 프린스 가와 퀸스페리 가에 이를 때까지 교통 체증은 조금도 풀리지 않았다. 대중교통 규제 완화 이후 도심은 버스들의 천국이 되어버렸다. 이층 버스, 단층 버스, 거기에 미니버스들까지. 암적색의 노면전차로 된 이층 버스 두 대와 초록색 단층 버스 두 대를 따르던 리버스는 인내력의 한계에 다다라 있었다. 그가 주먹으로 핸들을 내려쳐 경적을 울린 후 옆으로 빠져나왔다. 그러고 나서 멈춰 선 차들을 지나 맹렬히 질주했다. 굼뜨게 움직이는 두 차선 사이를 아슬아슬하게 달려오던 오토바이 배달원이 리버스의 차를 발견하고 황급히 방향을 틀다가 사브(Saab, 스웨덴의 자동차 상표명-옮긴이)와 충돌하고 말았다. 리버스는 멈춰야 했지만 그러지 않았다.

CID가 저녁 약속에 늦었을 때 사용하는, 차 지붕에 붙여놓는 경광등만 있었어도. 하지만 지금 리버스에게 주어진 건 헤드라이트와 경적뿐이었다. 꼬리를 물고 늘어선 차들을 간신히 지나쳐온 그가 경적에서 손을 떼고 헤드라이트를 껐다.

지옥 같은 반튼 로터리에서 잠시 멈춰 서기는 했지만 리버스는 예상보다 빨리 포스 가 다리에 다다를 수 있었다. 그는 통행료를 내고 다리를 건너며 언제나 환상적인 주변 풍경을 감상했다. 다리 왼쪽으로는 로지스 해군 공창이 자리하고 있었다. 로지스에서는 아직도 리버스의 동창 몇 명이 일하고 있었다. 파이프에서 아직까지도 꾸준히 사람을 채용하는 유일한 곳이기도 했다. 주변 광산들이 속속 문을 닫았고, 수익은 하강선을 그렸지만 포스 강 밑에서는 아직도 석탄을 채취하고 있었다.

하이드! 캘럼 맥캘럼이 하이드에 대해 뭔가를 알고 있어! 내가 그를 궁금해한다는 것도 알고 있고. 벌써 소문이 퍼진 건가? 리버스의 발이 다시 가속페달을 힘껏 밟았다. 맥캘럼은 나랑 거래를 하려들 거야. 보나 마나 혐의를 기각시켜주거나 형량을 줄여달라고 하겠지. 좋아. 원하는 걸 모두 들어주겠다고 약속하겠어. 해도, 달도, 별도 다 따주겠다고.

그가 하이드에 대해 쓸 만한 정보를 내준다면야. 하이드가 누구인지, 하이드가 어디 있는지. 그걸 들려주기만 한다면……

마을 변두리의 한 로터리에 자리한 던펌린 경찰서는 쉽게 찾을 수 있었다. 그곳에서 질을 찾는 것도 어렵지 않았다. 그녀는 경찰서 밖 넓은 주차장에서 그를 기다리고 있었다. 리버스는 그녀 옆에 차를 세우고 나와 그녀의 차 조수석에 올랐다.

"좋은 아침입니다." 리버스가 말했다.

"어서 와요, 존."

"괜찮아요?" 그것은 불필요한 질문이었다. 질의 얼굴은 창백했고, 고개는 살짝 떨구어져 있었다. 그녀가 손톱으로 핸들 너머 계기판을 톡톡 두드렸다.

"괜찮아요." 그녀가 말했다. 그녀의 거짓 대답에 두 사람이 동시에 미소를 지었다. "당신이 올 거라고 프런트에 얘기해놨어요."

"그에게 전할 말 없어요?"

질의 목소리는 낭랑했다. "없어요."

"알았어요."

조심스레 차에서 내린 리버스는 경찰서 정문을 향해 뚜벅뚜벅 걸어가기 시작했다.

그녀는 한 시간도 넘게 병원 복도를 서성였다. 면회 시간이었고, 누구도 이 병실 저 병실을 들쑤시고 다니는 그녀를 이상하게 쳐다보지 않았다. 침대가 그녀 옆을 지나쳐갈 때마다 그녀는 쓸쓸한 눈으로 자신을 올려다보는 나이 든 환자들을 향해 환한 미소를 지어 보였다. 그녀는 누가 할아버지의 병실로 들어갈 것인지를 놓고 의논하는 가족을 지켜보았다. 면회는 한 번에 두 명까지만 허용되었다. 그녀는 그 여자가 과연 자신을 알아볼지 궁금했다. 코가 부러진 사서.

어쩌면 그 여자는 이미 퇴원한 상태였는지도 몰랐다. 지금쯤 집에서 남편이나 남자친구와 오붓한 시간을 보내고 있을지도. 어쩌면 그냥 도서관에서 기다리는 편이 나을 수도 있었다. 보나 마나 그들도 그녀를 기다리고 있을 것이다. 이제 경비와 사서는 그녀가 누구인지 똑똑히 알고 있었다.

과연 나는 사서를 알고 있을까?

그때 복도에서 벨이 울렸다. 면회 시간이 끝났다는 뜻이었다. 그녀는 다음 병실로 이동했다. 그 사서가 혼자 쓰는 특별실에 있으면 어쩌지? 다른 병원으로 옮겼거나? 아니면……

아니야! 저기 있잖아! 잠시 멈칫했던 트레이시가 몸을 틀고 병실 끝을 향해 걸어갔다. 방문자들이 환자들에게 작별 인사를 하고 있었다. 방문자와 환자들 모두가 안도하는 표정이었다. 그들은 의자를 차곡차곡 쌓아놓고 코트와 스카프와 장갑을 걸쳤다. 트레이시는 다시 사서의 침대를 돌아보았다. 남성 방문자가 한 명 있었고, 침대는 많은 꽃에 둘러싸여 있었다. 방문자가 몸을 기울여 사서의 이마에 입을 맞추었다. 사서는 남자의 손을 꼭 쥐었고…… 트레이시는 그 남자를 본 적이 있었다. 어딘가에서…… 그래, 경찰서! 트레이시는 유치장에 갇혀 있을 때 자신의 상태를 확인하러 왔던 젊은 형사를 떠올렸다.

오, 맙소사. 내가 경찰의 아내를 공격한 건가?

트레이시는 머리가 복잡해졌다. 내가 여길 왜 온 거지? 여기 온 목적을 제대로 달성할 수 있을까? 그녀는 한 방문자 가족을 따라 병실을 나와서 복도 벽에 몸을 기댔다. 내가 할 수 있을까? 그래. 까짓것 해보지 뭐. 그래, 난 할 수 있어.

홈스가 병실의 회전문을 밀고 나왔을 때 트레이시는 음료수 자동판매기를 유심히 살피는 척하고 있었다. 그는 그녀를 지나 복도를 걸어나갔다. 그녀는 속으로 120까지 세며 2분을 기다렸다. 그는 돌아오지 않았다. 빠뜨리고 간 게 없는 모양이었다. 트레이시가 돌아서서 회전문을 밀고 병실로 들어갔다.

그녀의 면회 시간은 지금부터 시작이었다.

젊은 간호사가 쪼르르 달려와 그녀 앞을 막아섰다.

"면회 시간 끝났습니다." 간호사가 말했다.

트레이시는 자연스럽게 미소를 지어 보이려 애썼다. 그녀에게 그건 쉬운 일이 아니었다. 거짓말은 식은 죽 먹기였지만.

"시계를 잃어버렸어요. 동생 침대에 두고 온 것 같아요." 그녀가 턱으로 넬 쪽을 가리켰다. 그 말을 들었는지 넬이 고개를 돌리고 그녀를 쳐다보았다. 트레이시를 알아본 그녀의 눈이 휘둥그레졌다.

"가서 찾아봐요." 간호사가 물러나며 말했다. 트레이시는 미소를 지으며 병실을 나서는 그녀를 지켜보았다. 다시 적막이 찾아든 병실에는 환자들과 그녀만이 남겨져 있었다. 그녀가 넬의 침대로 다가갔다.

"안녕하세요." 트레이시가 말했다. 그녀의 눈이 철제 침대틀에 걸린 차트를 잽싸게 훑었다. "넬 스테이플턴." 그녀가 차트에 적힌 이름을 읽었다.

"원하는 게 뭐죠?" 넬의 눈빛에서는 공포가 느껴지지 않았다. 그녀의 가느다란 목소리에는 비음이 전혀 섞여 있지 않았다.

"할 얘기가 있어서 왔어요." 트레이시가 말했다. 그녀가 넬 앞으로 다가가 바닥에 웅크려 앉았다. 마치 잃어버린 시계를 찾듯이.

"뭔데요?"

트레이시가 미소를 지었다. 넬의 불안정한 목소리가 꽤 만족스러운 모양이었다. 넬의 목소리는 어린이 프로그램에 나오는 꼭두각시를 연상시켰다. 하지만 미소는 금세 사라졌다. 트레이시의 얼굴이 살짝 붉어졌다. 눈앞의 여자가 병원 신세를 지게 된 게 자신 때문이라는 사실을 기억해낸 것이었다. 코에 붙은 깁스, 눈 밑의 멍자국. 모든 게 그녀 때문이었다.

"사과하려고 왔어요. 그뿐이에요. 정말 미안해요."

넬은 눈을 깜빡이지 않았다.

"그리고……" 트레이시가 계속 이어나갔다. "아무것도 아니에요."

"뭔지 얘기해봐요." 넬이 힘겹게 말했다. 브라이언 홈스와 오랫동안 대화를 나누느라 그녀의 입 안은 심각하게 말라 있었다. 넬이 물주전자를 끌어오기 위해 침대 옆 작은 찬장 쪽으로 손을 뻗었다.

"내가 할게요." 트레이시가 플라스틱 비커에 물을 따라 넬에게 건넸다. "꽃이 참 예쁘네요." 트레이시가 말했다.

"남자친구가 사온 거예요." 넬이 물을 홀짝이며 말했다.

"그가 떠나는 걸 봤어요. 그 사람, 경찰이죠? 알고 있어요. 난 리버스 경위님과 친분이 있거든요."

"알아요."

"정말요?" 트레이시는 흠칫 놀랐다. "내가 누군지 알고 있다고요?"

"당신 이름이 트레이시라는 건 알고 있어요."

트레이시가 아랫입술을 살짝 깨물었다. 그녀의 얼굴이 다시 붉어졌다.

"하지만 그게 중요한 건 아니잖아요, 그렇죠?" 넬이 말했다.

"오, 맞아요." 트레이시는 애써 태연하게 말했다. "중요하지 않죠."

"사실 난……"

"네?" 트레이시는 갑작스러운 화제 전환을 반기는 듯했다.

"도서관에 들어가 뭘 하려고 했죠?"

트레이시의 마음에 썩 드는 질문은 아니었다. 그녀가 잠시 생각에 잠겼다가 어깨를 한 번 으쓱였다. "로니의 사진을 찾으려고 했어요."

"로니의 사진?" 넬은 정신이 번쩍 들었다. 방금 전에 들렀던 브라이언도 로니 맥그래스 사건의 수사 진행상황에 대해 주절주절 늘어놓았었다. 죽은 남자의 집에서 발견되었다는 사진에 대해서도 설명했었다. 트레이시는 무슨 얘기를 하려는 걸까?

"그래요." 트레이시가 말했다. "로니는 그걸 도서관에 숨겨놨어요."

"그게 무슨 사진이었는데요? 그가 왜 그걸 숨겨놓은 거죠?"

트레이시가 어깨를 으쓱였다. "그게 자신의 '생명보험 증권'이라고 했어요. 정말로요."

"그것들이 정확히 어디에 숨겨져 있죠?"

"5층에 숨겨놓았다고 했어요. 『에든버러 리뷰』라는 잡지 속에. 그거 잡지 맞죠?"

"맞아요." 넬이 미소를 지으며 말했다. "잡지예요."

넬의 연락을 받은 브라이언 홈스는 머리가 아찔해졌다. 그의 첫 번째 반응은 순수한 충격이었다. 그는 허락도 없이 병실 침대를 내려온 그녀를 강하게 질책했다.

"난 아직 침대에 누워 있어." 넬이 흥분한 목소리로 말했다. "그들이 내 침대 옆에 공중전화를 설치해놨어. 지금부터 내 말 잘 들어."

30분 후, 홈스는 에든버러 대학 도서관 5층에 도착해 있었다. 여자 사서가 서가에 붙은 복잡한 십진수를 유심히 살펴가며 크고 두꺼운 책들이 빽빽이 꽂힌 어두운 공간으로 홈스를 이끌었다. 커다란 창문이 나 있는 통로 끝 책상에서 무관심한 표정의 남학생이 연필을 질겅질겅 씹어대며 홈스를 돌아보았다. 홈스는 동정 어린 미소를 지어 보였다.

"여기예요." 사서가 말했다. "『에든버러 리뷰』와 『뉴 에든버러 리뷰』 섹션이에요. 1969년부터 '뉴'가 붙게 되었죠. 더 오래된 것들은 따로 보관하고 있어요. 그게 필요하시면 시간이 좀 많이……"

"아닙니다. 이걸로 충분해요. 감사합니다."

사서가 고개를 까딱였다. "모두가 걱정하고 있다고 넬에게 전해줘요. 알았죠?" 그녀가 말했다.

"이따 병원에 가볼 거예요. 잊지 않고 전할 테니 걱정 말아요."

사서는 다시 고개를 까딱인 후 서가 끝으로 돌아갔다. 그녀가 스위치를 누르자 홈스의 머리 위에서 기다란 형광등이 깜빡거리며 켜졌다. 그는 미소로 고마움을 표하려 했지만 그녀는 이미 엘리베이터 쪽으로 사라져버린 후였다.

홈스는 책등을 차례로 훑어나갔다. 누군가가 빌려갔는지 군데군데 빠진 책들이 보였다. 이런 데 사진을 숨겨놓다니. 그는 양손의 검지를 이용해 그중 '1971~1972'를 뽑아 들었다. 책등을 잡고 흔들어보았지만 쪽지나 사진은 떨어지지 않았다. 홈스는 서가에 꽂힌 모든 책을 차례로 살펴보았다. 꺼내고, 흔들고, 다시 꽂아 넣고.

책상의 학생은 홈스를 빤히 응시하고 있었다. 마치 그가 미치광이라도 되는 듯이. 홈스는 아랑곳하지 않고 작업을 계속했다. 그는 리버스를 깜짝 놀라게 할 무언가를 자신의 손으로 꼭 찾아내고 싶었다. 모든 미진한 부분을 직접 매듭짓고 싶었다. 도서관에 오기 전, 그는 경위에게 전화를 걸어보았었다. 하지만 어디로 사라졌는지 리버스는 응답하지 않았다.

반들거리는 사진들은 홈스의 예상을 뛰어넘는 크고 날카로운 소리를 내며 매끈한 바닥에 떨어졌다. 그는 몸을 숙이고 사진들을 주섬주섬 챙겨들었다. 학생은 여전히 호기심에 찬 눈으로 그를 쳐다보고 있었다. 집어든 사진들을 찬찬히 훑어보는 홈스에게 큰 실망감이 찾아들었다. 그것들은 특별할 것 없는 권투 시합 사진이었다. 새롭게 드러난 것도, 깜짝 놀랄 것도 없었다.

빌어먹을 로니 맥그래스 때문에 괜히 흥분했잖아. 박탈당한 인생에 대한 생명보험일 뿐인데.

아무리 기다려도 엘리베이터는 올라오지 않았다. 그래서 홈스는 가파른 계단을 이용해 아래로 내려갔다. 1층에 다다르자 고서점을 연상시키는 생소한 풍경이 그의 눈에 들어왔다. 좁은 복도의 양쪽 벽 앞에는 퀴퀴한 냄새를 풍기는 책들이 수북이 쌓여 있었다. 홈스는 등골이 오싹해져오는 걸 느꼈다. 그는 문을 열고 프런트로 다가갔다. 그를 안내했던 사서가 데스크 뒤에 앉아 있었다. 홈스를 발견한 그녀가 미친 듯이 손을 흔들어 그를 불렀다. 그는 그녀에게 달려갔다. 그녀가 전화기를 집어 들고 버튼을 눌렀다.

"전화 왔어요." 그녀가 데스크 너머로 전화기를 넘겨주었다.

"여보세요?" 홈스는 어리둥절한 표정이었다. 내가 여기 와 있는 걸 아는 사람이 없을 텐데.

"브라이언, 대체 어디 있었나?" 예상대로 리버스였다. "자넬 찾아 얼마나 헤맸는지 아나? 여기 병원이야."

순간 홈스의 가슴이 철렁 내려앉았다. "넬?" 그가 당혹스러워하며 말했다. 극적인 목소리에 사서마저 고개를 들고 쳐다보았다.

"뭐?" 리버스가 으르렁거렸다. "아니, 아니야. 넬은 아무 문제 없어. 자네가 도서관에 갔다고 그녀가 알려줬지. 난 지금 병원에서 전화하는 거야. 계속 돈이 나가고 있다고." 때마침 삐, 하는 기계음이 흘러나왔고, 리버스는 전화가 끊어지기 전에 잽싸게 동전을 넣었다.

"넬은 아무 문제 없대요." 홈스가 사서에게 말했다. 그녀가 안도하는 표정으로 고개를 끄덕였다.

"당연히 문제없지." 그 소리를 엿들은 리버스가 말했다. "자네에게 시킬 일이 있어. 펜과 종이 준비됐나?"

홈스는 프런트 데스크에서 그것들을 끌어왔다. 그의 얼굴에 미소가 번졌다. 처음으로 존 리버스와 통화했던 기억이 떠올랐기 때문이다. 상황이 그때와 완전히 판박이였다. 맙소사, 그 후로 별의별 일이 다 있었군.

"받아 적었지?"

홈스가 흠칫 놀랐다. "죄송합니다, 경위님." 그가 말했다. "잠깐 딴생각을 했습니다. 다시 불러주시겠습니까?"

수화기에서는 분노와 흥분이 섞인 목소리가 흘러나왔다. 리버스는 주문 내용을 다시 불러주었고, 브라이언 홈스는 한 단어도 빠짐없이 종이에 받아 적었다.

트레이시는 자신이 넬 스테이플턴을 찾아온 이유를 알지 못했다. 그녀에게 그런 얘기를 들려준 이유도 궁금했다. 공감대를 느꼈기 때문일까? 비록 그녀에게 해를 가한 죄가 있기는 했지만. 넬 스테이플턴은 현명하고 다정한 사람 같았다. 자신과는 전혀 달랐다. 어쩌면 그래서 병원을 나서기 싫어졌는지도 몰랐다. 트레이시는 하염없이 복도를 걸었고, 병원 본관 맞은편 카페에서 커피도 두 잔이나 사서 마셨다. 또한 응급실, 방사선실, 그리고 당뇨 클리닉을 아무 이유 없이 연신 들락거렸다. 굳게 마음을 먹고 병원을 나설 때마다 200걸음 떨어진 예술대학교를 넘지 못하고 번번이 돌아섰다.

트레이시가 다시 병원 옆문으로 들어섰을 때 남자들이 달려들어 그녀를 붙잡았다.

"뭐예요?"

"우리랑 같이 가줘야겠어요, 아가씨."

그들은 경비나 경찰인 것 같았다. 트레이시는 저항을 포기했다. 어쩌면 그들은 넬 스테이플턴의 남자친구가 보낸 사람들인지도 몰랐다. 그런 건 아무래도 상관없었다. 그들은 병원 정문으로 그녀를 데려갔다. 그녀는 순순히 그들을 따랐다.

밖으로 나온 그들이 갑자기 멈춰 서더니 대기 중인 구급차 뒤로 그녀를 거칠게 떠밀었다.

"이게 무슨……! 이봐요, 지금 뭐하는 거예요?" 이내 구급차 뒷문이 닫혔고, 트레이시는 어둡고 답답한 차 안에 갇히고 말았다. 그녀가 문을 힘껏 걷어찼다. 하지만 차는 이미 출발한 후였다. 차가 요동칠 때마다 그녀의 몸이 벽과 바닥에 던져졌다. 구급차는 더 이상 사용하지 않는 구식이었다. 차 안은 텅 빈 상태였다. 화물용 밴이나 다름없었다. 창문들에는 판자가 덧대어져 있었고, 그녀와 운전자 사이는 금속 패널이 가로막고 있었다. 트레이시는 주먹으로 패널을 두드리기 시작했다. 이를 악문 채 고래고래 소리도 질러댔다. 순간 그녀는 깨달았다. 병원 옆문에서 그녀를 붙잡은 남자들은 프린스 가에서 그녀를 미행했던 바로 그 사람들이었다. 그녀가 존 리버스의 집으로 도망쳤던 날.

"오, 맙소사." 트레이시가 웅얼거렸다. "오, 맙소사, 오, 맙소사."

마침내 그들이 그녀를 찾아낸 것이다.

열기가 식지 않은 저녁은 끈적거렸다. 토요일임에도 거리는 무척 한산했다.

리버스는 초인종을 누르고 기다렸다. 그의 눈이 골목의 좌우를 빠르게 훑었다. 깔끔해 보이는 조지 왕조풍 주택들이 두 줄로 길게 늘어서 있었다. 건물들 정면은 세월과 매연으로 새까맣게 변해 있었다. 몇몇 집은 변호사와 공인회계사, 그리고 익명의 금융회사들의 사무실로 쓰이고 있었지만 대부분은 부유하고 근면한 이들의 보금자리였다. 리버스는 아주 오래전 이곳을 찾은 적이 있었다. CID 신참 시절이었다. 당시 그는 한 어린 소녀의 죽음을 수사 중이었다. 이제는 기억에서 완전히 지워져버린 사건이었다. 지금은 그런 불편한 기억을 떠올릴 때가 아니었다.

리버스는 목에 두른 검은 나비넥타이를 매만졌다. 그가 걸친 모든 옷은 조지 가의 한 가게에서 돈을 주고 빌려온 것들이었다. 야회복 재킷, 셔츠, 나비넥타이, 그리고 에나멜가죽 구두까지. 꼭 바보가 된 기분이었다. 하지만 그는 화장실 거울에 비친 자신의 모습에 꽤 만족했다. 이 정도면 듀크 테라스의 핀레이스 같은 카지노 클럽 분위기에 그럭저럭 어울릴 것 같았다.

우아하게 차려입은 밝은 표정의 젊은 여자가 문을 열고 나왔다. 그녀는 오랜만에 만난 사이처럼 그를 반겨 맞아주었다.

"어서 오세요." 그녀가 말했다. "들어오세요."

리버스는 안으로 들어갔다. 입구 안의 홀은 크림색으로 칠해져 있었고, 바닥에는 컬이 긴 카펫이 깔려 있었다. 드문드문 놓인 의자들은 등받이가 높았고, 굉장히 불편해 보였다. 왠지 찰스 레니 매킨토시(Charles Rennie Mackintosh, 영국의 건축가-옮긴이)가 디자인했을 것 같았다.

"의자가 마음에 드세요?" 여자가 말했다.

"네." 리버스가 미소를 지으며 말했다. "리버스라고 합니다. 존 리버스."

"아, 그러시구나. 앤드류스 씨가 선생님 얘길 하셨어요. 이번이 첫 방문이시죠? 제가 안내해드릴까요?"

"감사합니다."

"일단 목부터 축이시죠. 첫 잔은 무료입니다."

리버스는 꼬치꼬치 캐묻고 싶지 않았다. 하지만 그는 경찰이었다. 참견하지 않는 건 경찰의 본분을 게을리하는 것이었다. 그래서 그는 이름을 폴레트라고 밝힌 호스티스에게 쉴 새 없이 질문을 던졌다. 그녀는 리버스에게 지하 저장고("앤드류스 씨는 저장된 와인들에 25만 파운드짜리 보험을 들어놨어요")와 주방("저희 주방장은 흰돌고래만큼이나 뚱뚱하죠")과 손님용 침실들("최악의 고객은 판사님들이세요. 그 분들 중 한둘은 매번 고주망태가 되어 여기서 주무시고 가시죠")을 차례로 보여주었다. 지하에는 저장고와 주방이, 1층에는 조용한 바와 작은 레스토랑, 휴대품 보관소, 그리고 사무실 등이 각각 자리하고 있었다. 카펫이 깔린 계단을 따라 2층으로 올라가니 제이콥 모어와 데이비드 앨런 같은 18세기와 19세기 스코틀랜드 화가들의 작품들로 꾸며진 카지노가 나타났다. 그곳에는 룰렛, 블랙잭, 카드 게임용 테이블 몇 개, 그리고 주사위 게임용 테이블 한 개가 갖춰져 있었다. 고객들은 모두 실업가였다. 그들은 매번 신중하게 돈을 걸었고, 누구도 크게 잃거나 크게 따는 일이 없었다. 그들은 약속이라도 한 것처럼 수북이 쌓인 칩을 가까이 끌어다 놓고 게임에 몰두했다.

폴레트가 굳게 닫힌 두 개의 문을 가리켰다.

"프라이빗 게임을 하는 프라이빗 룸이에요."

"프라이빗 게임이라면?"

"주로 포커죠. 프로 분들이 한 달에 한 번 꼴로 예약을 하시죠. 저 안에선 밤새도록 게임을 할 수 있답니다."

"영화에서처럼 말이죠?"

"맞아요." 그녀가 웃음을 터뜨렸다. "영화에서처럼."

3층에는 손님용 침실 세 개와 핀레이 앤드류스의 개인 스위트룸이 자리하고 있었다. 침실들의 문은 굳게 닫혀 있었다.

"물론 여긴 출입금지 구역이고요." 폴레트가 말했다.

"그렇겠죠." 리버스가 말했다. 그들은 다시 계단을 내려갔다.

이런 곳이었군. 핀레이스 카지노 클럽. 오늘 밤은 조용했다. 눈에 익은 얼굴은 두어 명에 불과했다. 언젠가 법정에서 한 번 충돌한 적이 있었음에도 그를 알아보지 못하는 변호사와, 부자연스럽게 피부를 태운 TV 쇼 진행자, 그리고 농부 왓슨.

"어서 오게, 존." 양복과 와이셔츠 차림의 왓슨이 그를 반겨 맞았다. 제복 차림일 때와는 또 다른 모습이었다. 폴레트와 리버스가 들어섰을 때 그는 바에 앉아 있었다. 오렌지 주스가 담긴 잔을 만지작거리는 그는 별로 편안해 보이지 않았다.

"총경님." 리버스는 이곳에서 왓슨과 마주치리라고는 상상도 하지 못했다. 그는 폴레트를 소개했고, 그녀는 문에서 맞지 못해 미안하다고 사과했다.

왓슨은 괜찮다고 손을 살랑인 후 다시 잔을 빙빙 돌렸다. "다른 분이 잘 챙겨주셨습니다." 그가 말했다. 그들은 빈 테이블로 다가가 앉았다. 이곳 의자는 푹신하고 편했다. 덕분에 리버스는 조금이나마 긴장을 풀 수 있었다. 하지만 왓슨은 초조해하는 얼굴로 주위를 연신 살폈다.

"핀레이는 어디 있죠?" 그가 물었다.

"근처 어딘가에 계실 거예요." 폴레트가 대답했다. "멀리 안 가시거든요."

신기하군. 리버스는 생각했다. 그럼 어째서 구석구석 둘러볼 때 마주치지 않았던 거지?

"막상 와 보니 어떤가, 존?" 왓슨이 물었다.

"괜찮은데요." 리버스가 말했다. 폴레트는 온화한 미소를 흘리고 있었다. 애제자를 대하는 교사처럼. "아주 괜찮습니다. 예상했던 것보다 훨씬 크네요. 3층에 한번 올라가보십시오. 엄청납니다."

"증축 공사가 있었어." 왓슨이 말했다.

"오, 그렇죠. 제가 깜빡했네요." 리버스가 폴레트를 흘끔 돌아보았다.

"맞아요." 그녀가 말했다. "건물 뒤편에 증축하고 있어요."

"아직도요?" 왓슨이 말했다. "이미 끝났는 줄 알았는데."

"오, 아니에요." 폴레트가 다시 미소를 지어 보였다. "앤드류스 씨는 굉장히 까다로운 분이세요. 바닥재가 마음에 안 드신다면서 인부들에게 전부 뜯어내고 처음부터 다시 깔라고 하셨죠. 지금은 이탈리아에 주문한 대리석을 기다리고 있고요."

"돈이 꽤 들었겠군요." 왓슨이 고개를 끄덕이며 말했다.

리버스는 증축 공사가 궁금해졌다. 1층 뒤편, 화장실, 휴대품 보관소, 사무실, 그리고 대형 벽장들을 지나면 문이 하나 나 있을 것이다. 표면상 뒤뜰로 통하는 문 같아 보이겠지만 사실은 증축된 곳으로 통하는……

"한 잔 더 하겠나, 존?" 왓슨이 일어나 리버스의 빈 잔을 가리켰다.

"진과 오렌지로 부탁드립니다." 리버스가 잔을 넘기며 말했다.

"당신은요, 폴레트?"

"전 괜찮습니다." 폴레트도 자리에서 일어났다. "가서 처리할 일이 있거든요. 대충 둘러보셨을 테니 전 이만 가보겠습니다. 위층에서 게임을 하실 거면 사무실에서 칩을 받으세요. 현금으로 즐기는 게임도 있지만 재밌는 것들은 칩을 사용해야 합니다."

그녀는 미소를 흘리며 돌아섰다. 리버스는 멀어지는 실크 블라우스와 검은 나일론 스타킹을 물끄러미 바라보았다.

"뭘 그리 뚫어져라 쳐다보나, 경위?" 왓슨이 웃으며 말했다. 그러고는 술을 주문하러 바로 향했다. 바텐더는 자리에 앉아서 손짓만 해도 주문이 가능하다고 그에게 설명했다. 왓슨이 돌아와 의자에 풀썩 주저앉았다.

"완전히 딴 세상이지? 안 그런가, 존?"

"정말 그런데요. 참, 그 건은 어떻게 되었습니까?"

"자네를 고소한 그 남색 파는 놈 말이지? 어디론가로 사라져버렸어. 경찰엔 가짜 주소를 알려주고."

"그럼 전 안심해도 되는 겁니까?"

"당연하지." 이번에는 리버스가 불만을 토로할 차례였다. "며칠만 더 참게. 알아서 잠잠해질 때까지만."

"아직 시끄럽나요?"

"몇몇 언론들이 신나게 떠들어대고 있어. 하긴, 그들을 탓할 일은 아니지. 며칠 지나면 다른 얘기로 또 시끄러워질 거야. 그때가 되면 다들 잊어버릴 테니 걱정 말라고."

"애초에 잊어버릴 것 자체가 없었지 않습니까!"

"알아. 그 하이드 어쩌고 하는 놈이 자넬 견제하기 위해 벌인 일이라는 걸 안다고."

리버스는 입을 꼭 다문 채 왓슨을 응시했다. 고함을 치고, 비명도 지르고 싶었지만 그는 꾹 참았다. 그저 숨만 씨근거릴 뿐이었다. 리버스는 웨이터가 테이블에 쟁반을 내려놓기가 무섭게 잔을 낚아채듯 들고는 두 모금을 꿀꺽 삼켰다. 웨이터는 그것이 다른 손님이 주문한 오렌지 주스임을 알려주었다. 리버스의 진과 오렌지는 아직 쟁반에 놓여 있었다. 리버스의 얼굴이 화끈 달아올랐고, 왓슨은 웃음을 터뜨리며 쟁반에 5파운드 지폐를 내려놓았다. 당황한 웨이터가 어색하게 기침을 했다.

"손님께서 주문하신 건 6파운드 50펜스입니다." 웨이터가 왓슨에게 말했다.

"맙소사!" 왓슨은 주머니를 뒤적여 찾은 구겨진 지폐 하나와 동전 몇 개를 쟁반에 내려놓았다.

"감사합니다." 웨이터는 잔돈을 내놓지 않은 채 쟁반을 들고 돌아섰다. 왓슨이 리버스를 돌아보았다. 리버스는 실실 웃고 있었다.

"와우." 왓슨이 말했다. "6파운드 50펜스! 그 돈이면 어떤 가족은 일주일을 배불리 먹을 수 있다고."

"완전히 딴 세상이죠?" 리버스가 총경이 했던 말을 고스란히 돌려주었다.

"맞아, 존. 인생에 개인적인 편안함보다 중요한 게 있다는 걸 깜빡했어. 자네 어느 교회에 다니나?"

"이런, 이런. 우릴 다 잡아가려고 오신 겁니까?" 갑자기 들려온 목소리에 두 사람의 고개가 일제히 돌아갔다. 토미 맥콜이었다. 리버스는 손목시계를 들여다보았다. 8시 반이었다. 토미는 이미 술집 몇 곳을 돌고 온 듯한 모습이었다. 그가 폴레트가 앉았던 의자에 풀썩 주저앉았다.

"뭘 들고 계셨습니까?" 토미가 손가락을 딱 부딪치자 웨이터가 인상을 쓰고 다가왔다.

"주문하시겠습니까?"

토미 맥콜이 그를 올려다보았다. "안녕, 사이먼. 형사님들에겐 같은 걸로 한 잔씩 더 갖다드리고, 난 늘 마시는 걸로 한 잔."

리버스가 웨이터의 얼굴을 흘끔 올려다보았다. 그래. 리버스는 생각했다. 우린 경찰이야. 왜 그리 겁먹은 표정이지? 리버스의 생각을 읽었는지 웨이터가 서둘러 바(bar)로 돌아갔다.

"여긴 어쩐 일들이십니까?" 토미가 담배에 불을 붙이며 말했다. 뜻하지 않게 술친구가 생겨 무척 흥분되는 듯했다.

"존이 제안했습니다." 왓슨이 말했다. "오고 싶다기에 내가 핀레이와 연결시켜줬죠. 나도 한번 와보고 싶었고."

"그렇군요." 맥콜이 주위를 슬쩍 둘러보았다. "오늘 밤은 좀 한산한 편입니다. 평소엔 눈에 익은 얼굴들로 북적거립니다. 오늘과는 딴판이에요."

토미 맥콜이 담배를 권했고, 리버스는 한 대 뽑아 물었다. 불을 붙이고 깊게 한 모금 빠는 순간 후회가 밀려들었다. 연기와 술 냄새가 섞이면서 속이 메스꺼워졌다. 그는 잽싸게 머리를 굴리며 왓슨과 맥콜을 번갈아 쳐다보았다.

"그건 그렇고, 존." 토미 맥콜이 말했다. "어젯밤엔 고마웠어요." 그의 목소리에는 언외의 의미가 숨겨져 있었다. "나 때문에 많이 곤란했죠?"

"아닙니다, 토미. 거기서 푹 잤어요?"

"어디서든 잠은 잘 잡니다."

"그건 나도 마찬가집니다." 농부 왓슨이 끼어들었다. "양심이 깨끗한 사람들이 대개 그렇죠. 안 그렇습니까?"

토미가 왓슨을 돌아보았다. "맬컴 래니언의 파티에 오지 그랬습니까. 정말 좋은 시간이었는데. 안 그래요, 존?"

토미가 리버스를 쳐다보며 미소를 지었고, 리버스도 미소로 화답했다.

옆 테이블 사람들이 누군가의 농담에 웃음을 터뜨렸다. 남자들은 두꺼운 시가를 하나씩 물고 있었고, 여자들은 팔찌를 만지작거리고 있었다. 그들의 대화가 궁금한지 토미 맥콜이 그쪽으로 몸을 기울였다. 하지만 그들은 토미의 번뜩이는 눈빛과 야릇한 미소에 살짝 경계하는 모습이었다.

"오늘은 몇 잔이나 했습니까, 토미?" 리버스가 물었다. 자신의 이름이 불리자 토미가 다시 리버스와 왓슨 쪽으로 시선을 돌렸다.

"한두 잔 했습니다." 토미가 말했다. "우리 트럭 두 대가 제때 도착하지 못했어요. 기사 놈들이 술에 절어서는. 덕분에 큰 계약을 두 건이나 날려버렸습니다. 어찌 술을 안 할 수 있겠습니까."

"그것 참 안 됐군요." 왓슨이 진심을 담아 말했다. 리버스도 같은 생각이라는 듯이 고개를 끄덕였다. 하지만 토미 맥콜은 과장되게 고개를 저었다.

"괜찮습니다." 토미가 말했다. "어차피 사업을 정리하려고 했습니다. 한창 팔팔할 때 은퇴하는 게 목표였거든요. 바베이도스, 스페인, 어디든 갈 수 있지 않습니까. 작은 별장을 하나 장만하는 것도 좋겠죠." 그가 눈을 가늘게 뜨고 속삭였다. "누가 내 사업을 인수하고 싶어 하는지 알아요? 정말 뜻밖의 인물입니다. 핀레이죠."

"핀레이 앤드류스?"

"그렇다니까요." 토미가 등받이에 몸을 붙이고 담배를 길게 빨았다. 연기 속에서 그의 눈이 몇 번 깜빡였다. "핀레이 앤드류스." 그가 다시 몸을 앞으로 기울였다. "손대고 있는 사업이 한둘이 아닙니다. 여기저기서 이사로 활동 중이고, 곳곳에 지분도 많이 챙겨두었더군요."

"주문하신 술입니다." 웨이터가 못마땅한 목소리로 말했다. 토미 맥콜이 10파운드 지폐를 쟁반에 떨어뜨리고 나서 손짓해 그를 쫓아버렸다.

"정말입니다." 웨이터가 사라지자 맥콜이 이어서 말했다. "완전 문어발이에요. 하지만 전부 합법적으로 운영되고 있습니다. 캐보는 건 자유지만 시간 낭비일 겁니다."

"그가 당신 사업을 인수하려 한다고요?" 리버스가 물었다.

토미가 어깨를 으쓱여 보였다. "나쁘지 않은 조건으로 제안서를 넣었더군요. 최고의 조건은 아니지만 그렇다고 아쉬울 정도도 아닙니다."

"잔돈 가져왔습니다." 어느새 다시 나타난 웨이터가 냉담하게 말했다. 그가 쟁반을 토미 앞으로 내밀었고, 토미는 그를 빤히 올려다보았다.

"잔돈은 필요 없는데." 토미가 말했다. "팁이었다고." 그가 리버스와 왓슨을 돌아보며 윙크했다. 그러고는 쟁반에서 동전을 집어 들었다. "뭐, 원치 않는다면 내가 챙길 수밖에."

"감사합니다."

리버스는 눈앞에서 펼쳐지고 있는 상황을 은근히 즐기고 있었다. 웨이터는 토미 맥콜에게 모든 종류의 위험신호를 주고 있었지만 토미는 전혀 눈치채지 못했다. 너무 취했기 때문일 수도 있고, 너무 순진하기 때문인지도 몰랐다. 리버스는 왓슨 총경과 토미 맥콜이 핀레이스에 함께 있다는 사실이 왠지 불안했다. 언제 폭발할지 모르는 화산을 보고 있는 기분이었다.

그때 입구 쪽 홀에서 소란이 벌어졌다. 높아진 언성에는 분노가 아닌, 흥분이 섞여 있었다. 애원하고, 간언하는 폴레트의 목소리도 들려왔다. 리버스는 다시 손목시계를 확인했다. 8시 50분. 완벽한 타이밍이었다.

"무슨 일이죠?" 바의 모두가 궁금해하고 있었다. 그중 몇몇이 자리에서 일어나 입구 쪽을 살폈다. 바텐더가 벽에 붙은 버튼을 누르고 홀 쪽으로 달려 나갔다. 리버스도 그의 뒤를 따랐다. 현관문 안쪽에서 폴레트가 양복 차림의 남자 여러 명과 실랑이를 벌이고 있었다. 한 남자가 폴레트에게 넥타이를 맸으니 들여보내달라고 떼를 썼다. 먼 길을 달려온 또 다른 남자는 술집에서 이 클럽에 대해 듣고 왔다고 설명했다.

"필립, 그게 그의 이름이었어요. 입구에서 자신의 이름을 대면 들여보내줄 거라고 했어요."

"죄송합니다만 여긴 비공개 클럽입니다." 바텐더가 말했다. 하지만 남자들은 물러나지 않았다.

"이 여자랑 얘기하고 있잖아요, 안 보여요? 우린 술 한잔 하러 온 것뿐이라고요. 게임도 좀 하고."

2층에서 또 다른 웨이터 두 명이 부리나케 내려왔다.

"이봐요……"

"게임 몇 판 하다 갈게요."

"먼 길을 달려왔는데……"

"죄송합니다."

"재킷 잡지 말아요."

"이봐요!"

닐 맥그래스가 먼저 주먹을 날렸다. 그의 오른쪽 주먹이 육중한 남자의 복부에 송곳처럼 파고들었다. 남자의 몸이 이내 반으로 접혔다. 어느새 홀은 바와 레스토랑에서 쏟아져 나온 사람들로 가득 차 있었다. 리버스는 싸움을 지켜보며 뒤로 조금씩 물러났다. 그는 바와 레스토랑, 휴대품 보관소, 화장실, 그리고 사무실을 차례로 지나 그 뒤로 나 있는 문 앞으로 조심스레 다가갔다.

"토니! 너야?" 토미 맥콜은 불쑥 쳐들어온 타지의 술꾼들 틈에 자신의 동생 토니도 있다는 걸 눈치챘다. 갑자기 들려온 형의 목소리에 정신이 흐트러진 토니가 얼굴을 가격당하고 쓰러졌다. "누가 내 동생 때렸어?" 토미가 달려들어 그들 중 하나와 엉겨 붙었다. 건장한 체구의 닐 맥그래스와 해리 토드 순경은 전혀 밀리지 않았다. 하지만 왓슨 총경과 눈이 마주치는 순간 그들은 일제히 얼어붙어버렸다. 순간적으로 온몸이 마비된 그들에게 상대의 주먹이 떨어졌다. 그제야 정신이 든 그들은 왓슨이 지켜보고 있다는 사실을 잊고 맹렬히 반격에 들어갔다.

리버스는 그들 중 가장 소극적인 남자를 유심히 바라보았다. 남자는 문 앞에 붙어 서서 도망칠 준비를 하고 있었다. 남자의 시선이 연신 복도 뒤편을 훑었다. 리버스가 서 있는 곳이었다. 리버스는 손을 흔들어 아는 척했다. 브라이언 홈스 경장은 반응이 없었다. 리버스가 복도 끝에 난 문을 향해 돌아섰다. 증축된 곳으로 통하는 문이었다. 리버스는 눈을 질끈 감고 오른쪽 주먹으로 자신의 얼굴을 힘껏 때렸다. 주먹에 온 힘을 싣지는 못했다. 마지막 순간에 작동한 자기방어 회로 때문이었다. 칼로 손목을 그어 자살하는 사람들이 새삼 대단하게 느껴지는 순간이었다. 리버스는 눈물로 축축해진 눈을 뜨고 코의 상태를 체크해보았다. 윗입술과 코에서 피가 떨어지고 있었다. 그는 피를 쏟으며 문을 두드렸다.

응답이 없었다. 리버스는 좀 더 강하게 두드려보았다. 현관에서 들려오는 소음은 절정에 이르러 있었다. 빨리, 빨리. 그가 주머니에서 손수건을 꺼내 코를 움켜쥐었다. 그때 문이 살짝 열리고 누군가가 문틈으로 리버스를 내다보았다.

"뭐요?"

리버스는 남자가 현관 쪽 소동을 똑똑히 볼 수 있도록 뒤로 살짝 물러섰다. 흠칫 놀라는 남자의 눈이 휘둥그레졌다. 피범벅이 된 리버스의 얼굴을 확인하고 나서야 남자가 문을 활짝 열었다. 육중한 체구의 남자는 나이에 어울리지 않게 머리숱이 적었고, 대신 풍성해 보이는 콧수염을 기르고 있었다. 리버스는 자신의 아파트를 찾아왔던 날 밤, 트레이시가 들려준 미행자의 인상착의를 떠올렸다. 그것은 눈앞의 남자와 일치했다.

"나와서 좀 도와줘요." 리버스가 말했다. "어서요!"

남자는 잠시 망설였다. 리버스는 그가 매몰차게 문을 닫아버릴지 모른다고 생각했다. 그런 일이 벌어지면 문을 걷어차고 들어갈 수밖에 없었다.

하지만 우려와 달리 남자는 불쑥 튀어나와 현관으로 향했다. 리버스는 격려하듯 남자의 단단한 등을 툭 쳤다.

문은 활짝 열려 있었다. 리버스는 안으로 들어가 문을 걸어 잠갔다. 문에는 빗장이 두 개나 붙어 있었다. 위에 하나, 아래에 하나. 리버스는 누구도 드나들 수 없도록 빗장을 걸어놓았다. 그의 눈이 주위를 천천히 살피기 시작했다. 그는 카펫이 깔리지 않은 좁은 콘크리트 계단 위에 서 있었다. 폴레트의 주장이 사실이었나? 증축 공사가 아직도 끝나지 않은 건가? 계단은 핀레이스 클럽의 일부로 보이지 않았다. 그렇게 보기에는 너무 좁고 은밀했다. 리버스는 조심스레 계단을 내려갔다. 빌린 구두의 굽이 너무 큰 소리를 냈다.

스무 계단을 내려온 리버스는 자신의 위치가 지하 저장고 근처 어딘가일 거라 짐작했다. 그 밑일 수도 있었다. 핀레이 앤드류스가 건축 규제에 발목을 잡혔던 것일까? 더 이상 위로 올릴 수 없어 밑으로 내려간 것인지도 몰랐다. 계단 밑 문은 꽤 단단해 보였다. 장식이 아닌, 실용성에 중점을 둔 디자인이었다. 문을 부수려면 10킬로그램짜리 해머가 필요할 것 같았다. 리버스는 손잡이를 돌려보았다. 놀랍게도 손잡이가 돌아가면서 스르르 문이 열렸다.

완전한 어둠. 리버스는 느릿느릿 문지방을 넘어갔다. 계단 위의 희미한 불빛은 없느니만 못했다. 저장소로 보이는 크고, 텅 빈 공간이었다. 그때 높은 천장에 네 줄로 매달린 기다란 형광등이 켜졌다. 전력은 낮았지만 현장을 살피는 데는 충분한 조명이었다. 방 중앙에는 수십 개의 의자로 둘러싸인 작은 권투용 링이 자리하고 있었다. 그가 제대로 찾아온 것이었다. 디제이의 주장대로였다.

캘럼 맥캘럼은 자신의 편에 서줄 사람을 절실히 필요로 했다. 그래서 그는 리버스에게 자신이 들은 소문을 털어놓았다. 클럽 안에 또 다른 클럽이 있다는 소문. 그리고 그곳에서 짜릿한 자극을 원하는 도시의 재력가들이 '흥미로운 도박'을 벌인다는 소문. 조금 특이한 클럽. 맥캘럼은 그렇게 표현했다. 이곳에서 수많은 남창과 마약쟁이들이 돈과 마약을 받고 서로에게 죽일 듯이 주먹질을 해댔던 것이다. 물론 이곳에서 벌어지는 일들에 대해서는 절대 함구한다는 조건으로.

하이드 클럽(Hyde's Club). 로버트 루이스 스티븐슨의 소설 『지킬 박사와 하이드 씨』 속 악당, 에드워드 하이드의 이름을 따서 지은 것이었다. 하이드는 낮에는 사업가, 밤에는 강도로 살아온 브로디 조합장을 모델로 삼은 캐릭터로, 인간 영혼의 어두운 면을 상징한다. 커다란 방에서는 죄책감과 공포와 기대가 뒤섞인 퀴퀴한 냄새가 진하게 풍겼다. 매캐한 시가와 뱉어낸 위스키와 역겨운 땀 냄새. 그 한복판에 로니가 있었고, 의문은 여전히 남아 있었다. 누군가가 로니에게 돈을 주고 이곳에 모인 거물급 인사들을 몰래 촬영하라고 지시했던 건 아닐까? 어쩌면 샌드백 용도로 소환된 로니가 개인적인 이유로 몰래 사진을 찍어왔는지도 몰랐다. 하지만 어느 것이 정답이든 그건 중요하지 않았다. 중요한 건 이곳의 주인, 이 모든 저급한 욕망의 조종자가 6개월간 마약을 못해 괴로워하던 로니에게 쥐약을 건넴으로써 그를 살해했다는 사실이었다. 그뿐 아니라 범인은 똘마니를 보내 로니가 마약 과다 투여로 사망한 것처럼 꾸며놓기까지 했다. 그래서 그들은 로니 옆에 고품질의 헤로인을 놓아두고 간 것이다. 수사에 혼란을 주기 위해 시체를 아래층으로 옮겨놓은 것이고, 거기에 양초까지 몇 개 켜두었으니 얼마나 그럴듯해 보였겠는가? 하지만 그들은 희미한 불빛 속에서 벽에 그려진 오각형 별을 미처 보지 못했다. 시체를 그런 자세로 놓아둔 것도 특별한 이유 때문은 아니었다.

리버스는 그 상황에 지나치게 많은 의미를 부여하는 실수를 저질렀다. 스스로 시야를 흐려놓았던 것이다. 있지도 않은 연결고리와 책략과 음모에 집착했다. 이토록 거대한 진실은 보지 못한 채.

"핀레이 앤드류스!" 리버스의 목소리가 텅 빈 방 안을 쩌렁쩌렁 울려댔다. 리버스는 링으로 올라가 자신을 에워싼 의자들을 둘러보았다. 실실 웃는 관중의 번드르르한 얼굴이 보이는 것 같았다. 캔버스 천으로 덮인 링 바닥에는 갈색 얼룩이 가득했다. 말라버린 혈흔들. 그들의 밤은 여기서 끝나지 않았을 것이다. 손님용 침실들, 그리고 프라이빗 게임 전용 특실들. 매달 셋째 주 금요일마다 펼쳐져온 소돔(Sodom, 도덕적 퇴폐 때문에 하나님의 노여움을 사서 유황불 심판으로 멸망한 기독교의 구약 성경 속 도시-옮긴이)의 풍경이 생생히 보이는 듯했다. 고객들에게 특별 서비스를 제공하기 위해 칼튼 힐에서 소환되어온 청년들. 로니는 이 타락의 장소에서 벌어지는 충격적인 일들을 카메라에 담아왔던 것이다. 그리고 앤드류스는 로니가 민감한 사진 몇 장을 보험용으로 숨겨놓았다는 걸 알아버렸다. 하지만 그는 그것들이 협박의 무기나 결정적인 증거로 쓰일 수 없다는 것은 몰랐다. 그저 그것들이 존재한다는 사실만 알고 있었을 뿐.

그래서 로니는 죽임을 당해야 했던 것이다.

리버스는 링을 내려와 방 뒤편으로 향했다. 그림자 속에 숨어 있는 문 두 개가 보였다. 그는 문마다 차례로 귀를 갖다대보았다. 아무 소리도 들리지 않았다. 그는 왼쪽부터 열어보고 싶었지만 본능은 자꾸 오른쪽부터 열어볼 것을 주문했다. 리버스는 오른쪽 문의 손잡이를 돌리고 살며시 밀어보았다.

문 바로 안쪽에 조명 스위치가 붙어 있었다. 리버스가 스위치를 올리자 침대 양옆에 놓인 우아한 램프에 불이 들어왔다. 침대는 측벽에 붙어 있었다. 침대 맞은편 벽과 천장에는 대형 거울이 하나씩 걸려 있었다. 리버스는 문을 닫고 침대 앞으로 다가갔다. 상관들은 그의 활발한 상상력을 문제 삼으며 잔소리를 늘어놓곤 했었다. 지금은 상상력 대신 입증 가능한 사실들에만 집중해야 할 때였다. 침대, 그리고 거울들. 그때 문에서 딸깍 소리가 들려왔다. 리버스는 몸을 날려 손잡이를 잡아당겼지만 문은 이미 굳게 걸어 잠긴 후였다.

"빌어먹을!" 리버스가 뒤로 물러나 문을 힘껏 걷어찼다. 문은 살짝 진동했을 뿐 끄떡도 없었다. 구두에서 떨어진 굽이 너덜거렸다. 젠장. 이렇게 보증금이 날아가버렸군. 차분하게 머리를 굴려봐야 할 때였다. 밖에서 문을 닫은 누군가는 보나 마나 왼쪽 방에 숨어 있었을 것이다. 바로 옆방에. 리버스가 몸을 틀고 침대 맞은편에 걸린 거울을 유심히 살펴보았다.

"앤드류스!" 리버스가 거울에 대고 소리쳤다. "앤드류스!"

그 소리는 또렷하면서도 아득하게 들렸다.

"어서 와요, 리버스 경위. 여기서 보게 되니 반갑군요."

리버스는 입가에 떠오르는 미소를 애써 지워냈다.

"난 전혀 그렇지 않습니다." 리버스는 계속해서 거울을 노려보았다. 앤드류스는 거울 뒤에서 그를 지켜보고 있을 게 뻔했다. "이거 좋은 아이디어인데요." 리버스가 말했다. 어수선한 생각을 정리하고, 흩어진 기운을 모으려면 잡담으로 시간을 벌어야 했다. "한쪽 방에선 사람들이 질펀하게 엉겨 붙어 놀고, 또 다른 방에선 양면 거울을 이용해 그걸 공짜로 구경하고."

"공짜?" 목소리는 한층 가깝게 들렸다. "공짜가 아닙니다, 경위. 세상에 공짜란 없어요."

"보나 마나 카메라도 설치해놨겠죠?"

"잘 찍어서 액자에 넣어둬야죠. 나중에 요긴하게 쓰일 수도 있으니."

"협박용이겠군요." 물론 리버스의 추측일 뿐이었다.

"호의입니다. 조건 없는 호의. 하지만 사진은 꽤 유용한 도구로 쓰이기도 합니다. 그 호의가 먹히지 않을 때 말이죠."

"그래서 제임스 커루가 자살한 겁니까?"

"오, 아닙니다. 제임스가 그렇게 된 건 바로 당신 때문이었습니다, 경위. 제임스가 그러더군요. 당신이 자길 알아봤다고. 그는 당신이 하이드 클럽의 비밀을 밝혀내고 말 거라며 걱정했습니다."

"당신이 죽였습니까?"

"우리가 죽인 거죠, 존. 정말 안타까운 일이었어요. 난 제임스를 좋아했습니다. 그는 좋은 친구였어요."

"그런 친구가 어디 한둘이겠습니까?"

앤드류스가 웃음을 터뜨렸다. 하지만 목소리는 여전히 차분했다. 살짝 구슬프게 들리기까지 했다. "맞아요. 많죠. 이제 그들은 날 심리할 판사, 날 기소할 검사, 그리고 배심원단에 이름을 올릴 정의로운 사람 열다섯 명을 찾아 나설 겁니다. 다들 하이드 클럽 고객들이었죠. 모두 다. 위층에서 지루하게 놀다가 짜릿한 게임을 찾아 이곳으로 내려온 사람들 말입니다. 난 런던의 친구를 보고 이걸 차릴 생각을 했습니다. 그 친구도 유사한 시설을 운영하고 있죠. 하이드 클럽만큼의 재미는 없는 곳입니다. 요새 에든버러가 확 뜨고 있다는 거 알죠? 눈먼 돈이 널려 있단 말입니다. 돈 좋아합니까? 일상이 따분하진 않고요? 설마 그 코딱지만 한 아파트에서 음악을 듣고 책을 읽고 와인을 홀짝이면서 살아가는 게 행복해 미치겠다곤 못하겠죠?" 그 말에 리버스가 흠칫 놀랐다. "그래요. 난 당신에 대해 속속들이 알고 있어요, 존. 내 무기는 바로 정보입니다." 앤드류스의 목소리가 살짝 낮아졌다. "원한다면 당신도 회원이 될 수 있습니다, 존. 속으로 그걸 원하고 있지 않나요? 회원이 되면 상상을 초월하는 특혜를 누릴 수 있습니다."

리버스가 거울 앞으로 몸을 기울이고 속삭였다.

"여긴 가입비가 너무 비쌉니다."

"뭐라고요?" 앤드류스의 목소리가 한층 가까워졌다. 그의 숨소리도 들리는 것 같았다. 리버스는 계속 속삭였다.

"가입비가 너무 비싸다고 했습니다."

리버스가 갑자기 주먹을 쥐고 거울을 힘껏 밀어 산산조각 내버렸다. SAS 시절 배운 트릭이었다. 상대를 때리지만 말고 뚫어버려라. 그 상대가 단단한 돌벽이라 할지라도. 날카로운 유리 파편들이 리버스의 소매를 파고들었다. 그가 뚫려버린 거울 속으로 민첩하게 손을 뻗어 앤드류스의 목을 움켜잡았다. 앤드류스의 입에서 비명이 터져 나왔다. 그의 얼굴과 머리에는 작은 유리조각들이 덕지덕지 붙어 있었다. 리버스는 이를 악문 채 그를 잡아끌었다.

"가입비가……" 리버스가 나지막이 말했다. "너무 비싸다고." 그가 다른 쪽 손으로 주먹을 쥐고 앤드류스의 턱을 올려붙였다. 순간적으로 의식을 잃은 형체는 다시 방 안으로 넘어가버렸다.

리버스는 쓸모없어진 구두를 벗어 거울 틀에 붙은 유리조각들을 걷어냈다. 그런 다음, 옆방으로 들어가 문을 열었다.

가장 먼저 눈에 들어온 건 트레이시의 모습이었다. 그녀는 두 팔을 늘어뜨린 채 링 한복판에 서 있었다.

"트레이시?" 리버스가 말했다.

"당신 목소리가 들리지 않을 겁니다, 리버스 경위. 헤로인에 취해 있어요."

리버스는 그림자에서 불쑥 튀어나온 맬컴 래니언을 돌아보았다. 그의 뒤에는 남자 두 명이 서 있었다. 그중 키가 크고 체격이 좋은 남자는 나이가 조금 들어 보였다. 검은 눈썹은 숱이 많았고, 콧수염은 희끗희끗했다. 눈은 움푹 들어가 있었고, 전체적으로 험상궂은 인상이었다. 리버스는 지금껏 그토록 차가운 표정을 본 적이 없었다. 또 다른 남자는 통통했고, 숱이 적은 머리는 곱슬거렸다. 얼굴이 흉터로 덮인 그 남자는 음흉한 미소를 띠고 있었다.

리버스는 다시 트레이시를 돌아보았다. 그녀의 눈은 풀려 있었다. 그는 링으로 올라가 그녀를 끌어안았다. 그녀는 저항하지 않았다. 그녀의 머리카락은 땀으로 흥건히 젖어 있었다. 꼭 실물 크기의 봉제 인형을 보는 듯했다. 리버스는 그녀의 얼굴을 감싸고 그녀의 눈을 들여다보았다. 그녀의 눈은 희미하게 깜빡였고, 몸은 가볍게 씰룩거렸다.

"이게 내 무기입니다." 래니언이 말했다. "왠지 필요할 것 같더군요." 그의 시선이 의식을 잃고 쓰러져 있는 앤드류스 쪽으로 돌아갔다. "핀레이는 혼자서 당신을 처리할 수 있다고 했습니다. 하지만 어제 당신을 보니 힘들 것 같더군요." 래니언이 한 남자를 손짓해 불렀다. "가서 핀레이의 상태를 살펴봐." 남자는 잽싸게 어둠 속으로 사라졌다. 리버스는 상대해야 할 놈이 하나 줄었다는 사실에 만족했다.

"내 사무실로 와요. 얘기 좀 합시다." 리버스가 말했다.

래니언이 잠시 머리를 굴렸다. 리버스는 호락호락한 상대가 아니었다. 하지만 지금 그는 여자를 부둥켜안고 있었다. 게다가 래니언에게는 똘마니들이 있었다. 혼자뿐인 리버스와 달랐다. 래니언이 로프를 움켜쥐고 링으로 올라갔다. 그의 시선이 리버스의 팔과 손에 난 베인 상처들을 찬찬히 훑었다.

"상태가 생각보다 심각하군요." 래니언이 말했다. "빨리 병원에 가지 않으면……"

"출혈 과다로 죽기라도 할 것 같습니까?"

"그래요."

리버스는 캔버스 천으로 덮인 바닥을 내려다보았다. 오래된 혈흔들 위로 그의 피가 뚝뚝 떨어지고 있었다. "이 링에서 몇 명이나 죽어 나갔습니까?" 리버스가 물었다.

"정확히는 몰라요. 많진 않습니다. 우린 짐승이 아닙니다, 리버스 경위. 가끔 사고가 발생할 때도 있지만…… 사실 난 하이드를 자주 찾지 않습니다. 그저 클럽을 광고하고 사람들을 끌어오는 일을 할 뿐이죠."

"곧 판사 자리도 꿰차겠군요."

래니언이 미소를 지었다. "아직은 아닙니다. 때가 되면 그렇게 되겠죠. 런던에서 하이드와 유사한 클럽에 다닌 적이 있습니다. 사실 세이코를 만난 것도 바로 그곳에서였죠." 리버스의 눈이 휘둥그레졌다. "놀랍죠?" 래니언이 말했다. "아주 다재다능한 여자입니다."

"하이드가 당신과 앤드류스에게 에든버러를 맡기고 전권을 위임했겠죠?"

"건축 허가 심사를 받을 때나 법정 소송 사건을 처리할 때 확실히 도움이 되기는 합니다."

"내가 다 알아버렸으니 이젠 어떻게 되는 겁니까?"

"그건 걱정하지 않아도 됩니다. 핀레이와 난 당신을 에든버러의 장기적인 발전을 위해 쓰기로 했습니다. 당신은 에든버러가 무역과 산업의 도시로 쑥쑥 성장할 수 있도록 밑거름이 되어줄 겁니다." 그 말에 링 밖의 경비가 낄낄 웃었다.

"그게 무슨 뜻입니까?" 리버스가 물었다. 그는 트레이시의 몸에 조금씩 힘이 들어가는 걸 느낄 수 있었다. 그 기운이 얼마나 버텨줄지는 알 수 없었다.

"그러니까……" 래니언이 말했다. "당신을 콘크리트에 넣어 보존하겠다는 뜻입니다. 새로 생기는 외곽 순환도로 밑에."

"이미 그런 짓을 몇 번 해봤겠죠? 안 그렇습니까?" 그것은 수사의문문이었다. 똘마니가 웃음으로 대답해버린 질문.

"그런 일이 한두 번 있긴 했습니다. 그럴 수밖에 없는 상황이었어요."

리버스는 어느새 주먹이 쥐어진 트레이시의 손을 내려다보았다. 앤드류스의 상태를 살피러 갔던 남자가 돌아왔다.

"래니언 씨!" 남자가 큰 소리로 불렀다. "앤드류 씨의 상태가 심각한 것 같습니다!"

래니언이 돌아서는 순간 리버스로부터 떨어져 나온 트레이시가 소름끼치는 비명을 지르며 두 주먹으로 래니언의 다리 사이를 힘껏 내리쳤다. 그의 몸이 공기 빠진 풍선처럼 축 늘어졌다. 남은 기력을 모두 소진한 트레이시는 잠시 비틀거리다가 캔버스 천 위에 풀썩 주저앉아버렸다.

리버스도 민첩하게 움직였다. 그는 래니언의 한쪽 팔을 등 뒤로 꺾고 또 다른 손으로 그의 목을 움켜잡았다. 황급히 링으로 다가오던 두 똘마니는 래니언의 목 깊숙이 꽂힌 리버스의 손가락을 보고 멈칫했다. 그들 중 하나가 먼저 계단을 향해 달려갔고, 멍하니 서 있던 그의 동료도 이내 뒤따랐다. 리버스는 가쁜 숨을 몰아쉬었다. 그가 손을 떼자 래니언이 바닥에 고꾸라졌다. 리버스는 링 중앙에 서서 천천히 열까지 세어나갔다. 심판 스타일로. 그런 다음, 한쪽 팔을 번쩍 들어 올렸다.

어수선했던 위층 분위기는 많이 진정된 상태였다. 직원들은 의기양양한 모습으로 헝클어진 옷매무새를 매만지고 있었다. 술꾼 4인방, 홈스, 토니, 맥그래스, 그리고 토드는 보이지 않았고, 폴레트는 고객들에게 공짜 술을 돌리며 사태를 수습 중이었다. 그녀는 하이드 클럽에서 걸어 나오는 리버스를 발견하고 흠칫 놀랐다. 다시 돌아선 그녀는 애써 태연한 척했다. 하지만 목소리는 더 이상 온화하지 않았고, 미소도 가식적으로만 보일 뿐이었다.

"아, 존." 왓슨 총경이었다. 그의 손에는 아직도 잔이 쥐어져 있었다. "싸움이 꽤 볼만했지? 자넨 대체 어디로 사라졌던 건가?"

"토미 맥콜은 어디 있습니까?"

"근처 어딘가에 있겠지. 공짜 술 얘길 듣고 바 쪽으로 향하는 것 같던데. 자네 손은 왜 그런가?"

리버스는 아직도 피를 쏟고 있는 자신의 손을 내려다보았다.

"거울을 깼으니 앞으로 7년간 불행할 겁니다." 리버스가 말했다. "잠깐 시간 좀 내주실 수 있습니까, 총경님? 보여드릴 게 있습니다. 하지만 그 전에 구급차부터 불러야 할 것 같네요."

"여기 상황은 다 정리됐잖아. 뭐가 더 남았나?"

리버스가 상관을 빤히 쳐다보았다. "총경님은 아직 아무것도 못 보셨습니다." 그가 말했다. "놀라실 준비 하십시오."

리버스는 녹초가 되어 집으로 돌아왔다. 몸보다도 정신이 더 지쳐 있었다. 계단을 오를 힘도 남아 있지 않았다. 그는 2층 코크런 부인의 문 앞에 멈춰 서서 숨을 골랐다. 머릿속을 맴도는 하이드 클럽을 떨쳐내고 싶었다. 그곳의 모든 추악한 비밀들을 잊고 싶었다. 하지만 끔찍한 기억의 조각들은 계속해서 그의 정신을 산란하게 만들었다.

문 뒤에서 코크런 부인의 고양이들이 요란하게 울어대고 있었다. 밖으로 나오고 싶은 모양이었다. 작게 고양이 문을 만들어놓으면 해결될 문제였지만 코크런 부인은 남의 집 고양이들까지 들락거릴 수 있다며 회의적인 의견을 내놓았다.

리버스는 남아 있는 기운을 모조리 긁어모아 간신히 한 층을 더 올라갔다. 집의 문을 열고 들어서기가 무섭게 안도감이 찾아들었다. 그는 주방으로 들어가 주전자를 불에 올려놓고 마른 롤로 허기를 달랬다.

왓슨은 불안과 불신이 교차하는 얼굴로 리버스의 보고를 들었고, 과연 얼마나 많은 요인들이 연루되었을지 궁금해했다. 하지만 그 답을 알고 있는 건 앤드류스와 래니언뿐이었다. 경찰은 현장에서 흥미로운 비디오 영상과 스틸 사진들을 찾아냈다. 리버스에게는 아무 의미 없는 얼굴들이 등장했지만, 그들을 눈으로 직접 확인한 왓슨의 입술에는 핏기가 사라졌다. 앤드류스가 판사와 검사들에 대해 주절댔던 말은 허풍이 아니었다. 다행스러운 건 영상과 사진 어디에도 경찰이 담겨 있지 않다는 사실이었다. 딱 한 명만 빼고.

리버스는 단지 살인사건을 해결하고 싶었을 뿐이었다. 하지만 어쩌다 보니 사악한 악당들의 소굴로 발을 들이게 되었다. 리버스는 그곳의 모든 비밀이 만천하에 드러나게 될지 장담할 수 없었다. 세상에 알려지면 치명적인 타격을 입게 될 요인이 너무 많았다. 이번 사건으로 도시와 국가에 대한 대중의 믿음이 산산조각 나버릴 게 분명했다. 그 대혼란을 수습하려면 과연 얼마만큼의 시간이 필요할까? 리버스는 붕대로 감겨진 자신의 손을 내려다보았다. 이건 언제쯤 나을까?

리버스는 차를 들고 거실로 나갔다. 토니 맥콜이 의자에 앉아 기다리고 있었다.

"안녕, 토니." 리버스가 말했다.

"안녕, 존."

"아까 도와줘서 고마웠어."

"친구끼리 돕는 게 당연하지."

리버스가 하이드 클럽의 정체를 듣고 토니 맥콜을 찾아가 도움을 요청했을 때, 그는 감정을 주체하지 못하고 무너져 내렸다.

"난 다 알고 있었어, 존." 그때 토니는 말했다. "언젠가 토미가 날 그곳으로 데려갔었어. 정말 끔찍하더군. 난 더 둘러보지 않고 곧바로 나와버렸어. 하지만 내 모습이 그곳 카메라에 찍혔을지도 몰라. 아닐 수도 있고…… 난 모르겠어."

리버스는 아무것도 물을 필요가 없었다. 맥콜이 알아서 모든 걸 털어놓았으니까. 가정불화와 짧은 일탈. 그는 누구를 믿어야 할지 몰라 지금껏 발설하지 않았다고 해명했다. 그냥 이대로 묻어두는 게 좋을 것 같다고도 했다. 그것은 경고나 다름없었다.

"난 끝까지 파헤칠 거야." 리버스는 말했다. "날 돕든 말든 자네가 잘 선택해."

도니 맥콜은 도와주겠다고 했다.

리버스가 바닥에 차를 내려놓고 의자에 앉았다. 그다음 주머니에서 사진을 하나 꺼냈다. 하이드 클럽의 파일에서 가져온 것이었다. 그가 맥콜 앞으로 사진을 획 던졌다. 맥콜이 떨어진 사진을 집어 들고 우려하는 눈빛으로 들여다보았다.

"앤드류스는 토미의 화물 수송 회사를 노렸어. 거의 헐값으로 손에 넣을 뻔했지." 리버스가 말했다.

"개자식." 맥콜이 사진을 갈기갈기 찢으며 말했다.

"왜 그런 거지, 토니?"

"얘기했잖아. 형이 날 데려갔다고. 그냥 재미 삼아서……"

"그걸 묻는 게 아니야. 왜 그 집에 몰래 들어가 로니 옆에 약을 놓아두었는지를 묻는 거라고."

"내가?" 맥콜의 눈이 휘둥그레졌다. 놀라움이 아닌, 두려움 때문이었다. 리버스는 자신의 추측이 맞았음을 확인했다.

"이러지 마, 토니. 핀레이 앤드류스가 연루된 사람들의 신원을 끝까지 비밀로 묻어둘 줄 알았어? 그는 이제 끝났다고. 그런 놈이 자기 혼자만 죽을 것 같아?"

맥콜은 잠시 고민에 빠졌다. 그가 사진 조각들을 재떨이에 떨어뜨리고 라이터로 불을 붙였다. 그것들이 타들어가는 걸 묵묵히 지켜보는 그의 얼굴에서 만족스런 표정이 살짝 비쳤다.

"앤드류스는 호의를 좀 보여달라고 했어. 그 자식은 '호의'라는 표현에 무척 집착하더군. 「대부」를 너무 많이 본 모양이야. 필뮤어는 내 관할구역이잖아. 내 고향이기도 하고. 우린 형의 소개로 만났어."

"그래서 순순히 도와주게 된 거야?"

"그에겐 사진이 있었다고."

"어디 사진뿐이었겠어?"

"그래서……" 맥콜이 재로 변해버린 사진 조각들을 검지로 짓이겼다. "그래, 젠장. 흔쾌히 도와줬어. 그 자식은 마약쟁이에 인간쓰레기였다고. 이미 죽은 목숨이나 다름없었지. 내가 할 일은 그의 옆에 작은 봉지 하나 놓아두는 것뿐이었어."

"그래야 하는 이유는 물어보지 않았고?"

"그런 건 물어볼 이유가 없었지." 맥콜이 미소를 지었다. "핀레이는 날 회원으로 받아주겠다고 했어. 하이드 클럽의 회원으로 말이야. 난 그게 무슨 뜻인지 알고 있었어. 각계 거물들과 친해질 수 있는 기회잖아. 당연히 출세에도 큰 도움이 될 거고. 현실을 직시해야지, 존. 우린 아직도 우물 안 개구리들일 뿐이야."

"하이드 클럽이 상어들과 어울릴 기회를 줄 거라고 생각했나?"

맥콜이 쓸쓸한 미소를 지었다. "그래, 그렇게 생각했어."

리버스가 한숨을 내쉬었다. "토니, 토니, 토니. 그게 어떤 결말을 가져올 거라고 생각했지?"

"자네에게 '경감님'으로 불리게 될 날이 곧 올 거라고 생각했어." 맥콜이 점점 확고해지는 목소리로 말했다. "하지만 이젠 전혀 다른 걸로 유명해지게 생겼군. 재판이 끝나면 말이야."

맥콜이 의자에서 일어났다.

"법정에서 보자고." 맥콜은 깊은 생각에 잠긴 존 리버스와 풍미 없는 차를 남겨두고 아파트를 나섰다.

밤잠을 설친 리버스는 일찍 눈을 떴다. 그는 차분하게 샤워를 하고 나와 병원에 전화를 걸어보았다. 담당자는 트레이시가 안정을 취하고 있으며, 핀레이 앤드류스는 출혈이 조금 있었을 뿐 심각한 상태는 아니라고 했다. 리버스는 맬컴 래니언이 심문을 받고 있는 그레이트 런던 가로 향했다.

심문은 딕 경사와 쿠퍼 경장이 진행하기로 되어 있었다. 리버스는 그 과정을 가까이서 지켜보고 싶었다. 그는 래니언이 이 난관을 어떻게 극복하려들지 알고 있었다. 특정 세부조항 때문에 그를 풀어줄 수밖에 없는 상황을 절대 만들어서는 안 되었다.

리버스는 매점에서 베이컨 롤을 사들고 딕과 쿠퍼가 앉아 있는 테이블로 갔다.

"오셨습니까, 경위님?" 딕이 얼룩진 커피 머그잔을 들여다보며 말했다.

"일찍들 나왔군." 리버스가 말했다. "몸들이 달아 있는 모양이지?"

"총경님이 최대한 빨리 마무리 지으라고 하셔서요."

"당연히 그랬겠지. 오늘은 나도 같이 들어가볼 생각이야. 혹시 도움이 되지 않을까 싶어서."

"그래주시면 감사하죠." 딕이 무성의하게 대꾸했다.

"저기……" 리버스가 하려던 말을 참고 롤을 먹었다. 수면 부족 때문인지 딕과 쿠퍼는 긴장이 많이 풀린 모습이었다. 한동안 어색한 침묵이 흘렀다. 리버스는 롤을 잽싸게 해치우고는 자리에서 벌떡 일어났다.

"내가 들어가서 잠깐 보고 나와도 돼?"

"좋을 대로 하십시오." 딕이 말했다. "저희는 5분 후에 들어가겠습니다."

1층 로비를 빠르게 가로지르던 리버스는 하마터면 브라이언 홈스와 충돌할 뻔했다.

"오늘은 모두가 벌레를 차지하려고 일찍들 일어났군." 리버스가 말했다. 졸린 눈의 홈스는 어리둥절한 표정을 지었다. "난 하이드, 아니, 래니언을 보러 가는 길이야. 자네도 같이 갈 텐가?"

홈스는 군소리 없이 상관을 따라나섰다.

"사실……" 리버스가 말했다. "래니언이 그런 그림을 더 반길 거야." 홈스는 더 얼떨떨한 표정이었다. 리버스가 한숨을 내쉬었다. "아무것도 아냐. 신경 쓰지 마."

"죄송합니다, 경위님. 간밤에 잠을 못 잤습니다."

"오, 그랬군. 아무튼 어젯밤엔 고마웠어."

"빌어먹을 농부랑 눈이 마주쳤을 때 심장이 멎는 줄 알았습니다. 거기다 옷도 장의사처럼 차려입었더군요. 그 앞에서 미쳐 날뛰었으니."

두 사람의 얼굴에 미소가 떠올랐다. 그래. 엉성한 작전이었지. 인정해. 그 작전은 리버스가 파이프에서 캘럼 맥캘럼을 만난 후 차를 몰고 돌아오는 50분 동안 어설프게 구상했던 것이다. 하지만 중요한 건 그 엉성한 작전이 제대로 먹혀들었다는 사실이었다.

"그래." 리버스가 말했다. "어젯밤에 보니 잔뜩 겁에 질린 모습이던데."

"네?"

"자네 어제 이탈리아 군인 연기를 했었지? 슬금슬금 도망치는 연기도 꽤 자연스러웠어."

홈스가 걸음을 멈추고 황당하다는 표정을 지었다. "말씀이 좀 심하십니다. 어젯밤 저희 네 명은 잘릴 각오를 하고 경위님을 도와드렸습니다. 경위님은 절 사환처럼 부리지 않으셨습니까. 가서 이걸 찾아봐라, 가서 저걸 체크해봐라…… 제게 시키신 일들 대부분은 공무와 관련이 없었습니다. 게다가 경위님 때문에 제 여자친구가 죽을 뻔하기도 했다고요."

"잠깐……"

"그게 다 경위님의 호기심 충족을 위해 한 일들이었죠. 좋아요, 그렇게 개고생해서 기어이 나쁜 놈들을 잡아넣었습니다. 그건 잘된 일이죠. 하지만 냉정히 따져보십시오. 경위님은 범인을 잡아 좋으시겠지만 저희에겐 상처와 굽 떨어진 구두만 남았단 말입니다!"

리버스는 회한에 찬 듯한 모습으로 바다을 내려다보다가 별안간 스페인 황소처럼 뜨거운 콧김을 뿜어내기 시작했다.

"깜빡했어!" 마침내 리버스가 말했다. "오늘 아침에 빌린 양복을 갖다주려고 했는데. 구두는 망가져서 신을 수가 없게 됐고. 자네가 구두 얘길 하니 문득 떠올랐어."

리버스는 다시 복도를 따라 걸어가기 시작했다. 홈스는 할 말을 잃고 멍하니 서 있었다.

유치장 밖 칠판에는 래니언의 이름이 분필로 적혀 있었다. 리버스는 강철로 된 문 앞으로 갔다. 셔터를 보니 불법 클럽에 와 있는 듯한 착각이 들었다. 암호에 맞춰 두드리면 셔터가 스르르 올라가는 클럽에. 유치장 안을 흘끔 들여다보던 리버스가 깜짝 놀라며 문 옆에 붙은 비상벨을 찾아 손을 더듬었다. 사이렌을 듣고 홈스가 부리나케 달려왔다. 분노와 상처는 까맣게 잊은 모습이었다. 리버스는 굳게 닫힌 문의 가장자리를 꽉 움켜쥐고 있었다.

"빨리 들어가야 해!"

"문이 걸려 있지 않습니까." 홈스는 덜컥 겁이 났다. 그의 상관은 정신이 반쯤 나간 사람 같아 보였다. "저기 오네요."

제복 차림의 경사가 허둥지둥 달려와 짤랑거리는 열쇠고리를 뽑아 들었다.

"서둘러!"

자물쇠가 풀리기가 무섭게 리버스가 문을 벌컥 열고 뛰어 들어갔다. 맬컴 래니언은 바닥에 고꾸라져 있었다. 그의 머리는 침대에 기대어져 있었고, 다리는 인형처럼 벌어져 있었다. 한 손은 바닥에 놓여 있었고, 검게 변한 또 다른 손에는 낚싯줄 같은 가느다란 나일론 와이어가 칭칭 감겨져 있었다. 래니언의 목에 감긴 와이어는 살 깊숙이 묻혀 보이지 않았다. 래니언의 눈은 흉측하게 튀어나와 있었고, 리버스를 조롱하듯 불쑥 내밀어진 혀는 퉁퉁 부어 있었다.

다시 살리기에는 너무 늦어버렸다. 하지만 경사는 개의치 않고 래니언의 목에서 와이어를 푼 후 시체를 바닥에 반듯하게 눕혀놓았다. 홈스는 차가운 금속 문에 머리를 기대고 눈을 질끈 감아버렸다. 유치장 안 광경을 보고 싶지 않다는 듯이.

"이걸 몰래 숨겨놨던 모양입니다." 경사가 와이어를 집어 들며 방어적으로 말했다. "맙소사. 이런 방법으로 가버리다니."

리버스는 생각했다. 그가 날 속였어. 내게 사기를 친 거야. 나라면 절대 못 했을 텐데. 그러려고 했어도 내 안의 무언가가 분명히 날 저지했을 거야.

"그가 여기 들어온 후로 누가 찾아왔었지?"

경사는 넋이 나간 표정으로 리버스를 쳐다보았다.

"늘 오시는 분들이죠. 어젯밤부터 심문이 시작됐으니까요."

"그 후엔?"

"다들 돌아가신 후 식사가 제공됐습니다. 그게 다였어요."

"빌어먹을." 리버스가 으르렁거렸다. 유치장을 나온 그는 복도를 성큼성큼 걸어 나갔다. 얼굴이 하얗게 질린 홈스는 몇 걸음 뒤쳐져서 그를 따랐다.

"그들이 이 사건을 묻으려 하고 있어, 브라이언." 리버스의 목소리는 분노로 가볍게 떨리고 있었다. "그놈들이 기어이 묻어버리고 말 거야. 아무런 흔적도 남기지 않을 거라고. 자유 의지로 죽어간 마약쟁이, 자살한 부동산 중개인, 경찰서 유치장에서 목을 맨 변호사. 연결고리도 없고, 범죄가 저질러진 것도 아니고."

"앤드류스는요?"

"내가 지금 어디로 가고 있는 줄 알았어?"

그들이 도착했을 때 핀레이 앤드류스는 응급실에 누워 있었다. 의사들이 그에게 산소를 주입하며 심장박동 관리 장치를 설치하고 있었다. 한 의사가 패드 두 개를 앤드류스의 가슴에 갖다 붙였다. 잠시 후, 앤드류스의 몸에 전기 충격이 가해졌다. 기계는 아무런 변화도 포착하지 못했다. 그들은 산소와 전력을 조금씩 높여나갔다. 리버스는 천천히 돌아섰다. 역시 모든 게 대본대로 진행 중이었다. 그는 이 영화가 어떤 결말을 맞게 될지 잘 알고 있었다.

"어떻게 된 거죠?" 홈스가 말했다.

"심장마비야." 리버스가 덤덤하게 말했다. 그는 무거운 걸음을 옮기기 시작했다. "그냥 그렇다고 해두자고. 어차피 기록엔 그렇게 남게 될 테니까."

"이젠 어쩌실 셈입니까?" 홈스가 상관과 나란히 걸으며 물었다. 그 역시 속았다는 기분이 들기는 마찬가지였다. 리버스는 잠시 생각에 잠겼다.

"사진들도 다 증발해버릴 거야. 특히 민감한 것들부터. 이젠 증언할 사람도, 증언할 것도 없어졌어."

"만반의 준비를 해놓은 모양이군요."

"하나만 빼고. 난 그들이 누군지 알고 있어."

홈스가 걸음을 멈췄다. "그렇다고 달라질 게 있겠습니까?" 그가 멀어지는 상관에게 말했다. 하지만 리버스는 멈추지 않고 계속 걸었다.

작은 스캔들은 금세 잊혀졌다. 우아한 조지 왕조풍 집들의 덧문 내려진 방들도 화려하게 부활했다. 핀레이 앤드류스와 맬컴 래니언의 죽음은 언론에 크게 보도되었고, 기자들은 어떤 거물과 고급 간부들이 연루되어 있는지 눈에 불을 켜고 찾아다녔다. 핀레이 앤드류스는 불법 클럽을 운영해왔고, 당국의 수사가 시작된 후 궁지로 내몰린 맬컴 래니언은 결국 자살하고 말았다. 그들의 작은 제국에서 무슨 일이 벌어졌었는지는 끝내 밝혀지지 않았다.

지역 부동산 중개인, 제임스 커루의 자살은 그의 친구 래니언의 자살과 아무런 관련이 없는 것으로 결론이 났다. 래니언과 핀레이 앤드류스의 관계 역시 미궁 속으로 빠져버렸다. 당국은 래니언이 커루의 유언 집행자로 지명된 것이 그저 우연의 일치에 지나지 않는다고 발표했다. 수많은 변호사들 중 하필 그가 지명되었음에도.

어쨌든 온 도시를 들썩이게 한 사건은 그렇게 종결되었다. 난무했던 흉흉한 소문들도 서서히 잦아들었다. 트레이시는 넬 스테이플턴의 소개로 대학 도서관 근처의 카페 겸 델리카트슨에서 일하게 되었다. 어느 날 저녁, 러더퍼드 바에서 몇 잔 걸치고 나온 리버스는 집에 가져가서 먹을 인도 음식을 사러 식당으로 향했다. 식당의 구석 테이블에서 트레이시와 홈스와 넬 스테이플턴이 앉아 식사를 하고 있었다. 리버스는 주문하지 않고 조용히 식당을 나왔다.

아파트로 돌아온 리버스는 식탁에 앉아 사직서를 썼다. 웬일인지 글에는 그의 감정이 적절하게 담기지 않았다. 그는 종이를 구겨 쓰레기통에 던져버렸다. 리버스는 잠깐 들른 식당에서 똑똑히 볼 수 있었다. 하이드 클럽으로 인해 이 도시가 얼마나 많은 희생을 치러야 했는지. 그럼에도 막상

실현된 정의는 거의 없었다. 현관에서 노크소리가 들려왔다. 그는 한껏 들뜬 가슴을 달래며 문을 열었다. 문 밖에는 질 템플러가 미소를 지으며 서 있었다.

리버스는 한밤중에 거실로 슬그머니 나와 책상의 스탠드를 켰다. 순경의 손전등 같은 불빛이 스테레오 옆 작은 파일 캐비닛에 쏟아졌다. 열쇠는 카펫의 한쪽 구석 밑에 숨겨져 있었다. 할머니의 매트리스만큼이나 안전한 은폐 장소였다. 리버스는 캐비닛을 열고 안에서 얇은 파일 하나를 꺼냈다. 그는 여러 달 동안 침대로 사용해온 의자로 파일을 가져와 앉았다. 제임스 커루의 아파트를 살펴보던 기억이 새록새록 떠올랐다. 당시 그는 커루의 비밀 일기장을 몰래 훔쳐 나오고 싶은 충동에 휩싸였고, 용케 그 유혹을 견뎌냈다. 하지만 하이드 클럽에서는 얘기가 달랐다. 그는 앤드류스의 사무실에서 토니 맥콜의 사진을 슬쩍 챙겨 가지고 나왔다. 토니 맥콜. 친구이자 동료. 비록 공통점은 없지만. 각자 죄의식에 시달리고 있다는 점만 빼면.

리버스는 파일을 열고 사진들을 꺼냈다. 맥콜의 사진과 함께 챙겨온 것들이었다. 급한 마음에 무작위로 집어온 네 장의 사진. 리버스는 그것들에 담긴 얼굴들을 다시 유심히 들여다보았다. 지난 며칠간 잠을 이루지 못할 때마다 그랬던 것처럼. 모두 눈에 익은 얼굴들이었다. 악수를 나누며 소개받은 익숙한 이름들. 귓가에 생생한 목소리. 요인들. 유력자들. 리버스의 머릿속은 아직도 그 생각뿐이었다. 하이드 클럽의 비밀을 알게 된 후로 다른 생각은 거의 찾아들지 않았다. 리버스는 책상 밑에서 금속 휴지통을 끌어냈다. 그러고는 사진들을 그 안에 떨어뜨린 후 성냥에 불을 붙였다. 그는 성냥을 휴지통 위로 천천히 가져갔다. 지금껏 숱하게 해왔던 것처럼.

옮긴이의 말

영국에서 매년 팔려나가는 범죄소설 전체에서 무려 10퍼센트를 차지하는 엄청난 시리즈가 있다. 제임스 엘로이가 '타탄 누아르의 제왕'이라고 칭한 이언 랜킨의 '존 리버스 시리즈'가 바로 그것이다. 지금까지 발표된 그의 모든 작품이 출간 3개월 만에 50만 부 이상씩 팔려나갔다는 통계도 있다. 이처럼 영국 범죄문학계에서 이언 랜킨이 차지하는 비중은 실로 대단하다.

『매듭과 십자가』가 그랬듯 『숨바꼭질』 역시 읽을수록 점점 빠져드는, 매혹적이고 중독성 있는 작품이다. 인상적인 배경과 수수께끼 같은 형사, 불쾌한 현실을 여과 없이 보여주는 사실주의, 거기에 범죄소설의 최고 미덕이라 할 수 있는 재미와 속도감까지, 좋은 작품의 필수 요소를 전부 갖추고 있다. 여전히 풋풋함이 느껴지지만 전작의 투박함은 많이 벗겨냈고, 문체는 매끈해졌으며, 시기적절하게 등장하는 어두운 유머도 전작에 비해 눈에 띄게 늘어났다. 작가의 발전이 분명하게 확인되는 부분이다.

이언 랜킨은 최소한의 글로 탄탄한 배경과 캐릭터를 설정하고, 그 안에서 물 흐르듯 플롯을 진행시킬 수 있는 작가다. 플롯과 관련 없는 디테일로 아까운 글을 낭비하지 않고 불필요한 기교는 미련 없이 포기할 줄 안다. 『숨바꼭질』이 300페이지가 채 되지 않는 짧은 작품임에도 꽉 찬 느낌이 드는 이유다.

『숨바꼭질』은 휴대폰과 개인 컴퓨터와 MP3 플레이어가 상용화되지 않왔던 시절의 이야기다. 최첨단 과학기술을 누리지 못해 악전고투하는 리버스를 보면 연민이 절로 느껴진다. 휴대폰이나 메신저가 있었다면 손쉽게 처리할 수 있는 문제도 그는 직접 발로 뛰어다니며 해결한다. 또한 자타가 공인하는 음악 마니아임에도 음질 좋은 CD 대신 축축 늘어지는 카세트테이프로 만족해야 한다. 하지만 그런 시대적 묘사는 답답함이 아닌, 오히려 큰 매력으로 와 닿는다. 요즘의 스릴러들이 자극적인 패스트푸드라면 『숨바꼭질』은 마치 몸에 좋은 슬로푸드를 먹는 듯한 느낌을 준다.

이 작품을 읽으면서 한 가지 흥미로운 점을 발견했는데, 랜킨은 왠지 사서들에게 유감이 있는 듯하다. 전작 『매듭과 십자가』에는 악마 같은 사서를 등장시키더니 『숨바꼭질』에서는 또 다른 사서가 수난을 당한다. 빌려온 책들의 반납일이 지나 엄청난 연체료를 물기라도 했던 것일까? 과연 속편들에서는 또 어떤 사서들이 비중 있게 그려지는지 지켜보는 것도 흥미로운 독서 포인트가 되지 않을까?

『매듭과 십자가』로 시동을 걸고 『숨바꼭질』로 잠자던 질주본능을 깨웠다면 이제 본격적으로 달려보자. 다음은 『이와 손톱(Tooth and Nail)』이다.

최필원

숨바꼭질

초판 1쇄 인쇄 2015년 8월 26일
초판 1쇄 발행 2015년 8월 31일

지은이 | 이언 랜킨
옮긴이 | 최필원
펴낸이 | 정상우
주간 | 정상준
편집 | 이민정 정희정 심슬기
디자인 | 박수연 김해연
관리 | 김정숙

펴낸곳 | 오픈하우스
출판등록 | 2007년 11월 29일 (제13-237호)
주소 | 서울시 마포구 동교로13길 34(121-896)
전화 | 02-333-3705 팩스 | 02-333-3745
openhousebooks.com
facebook.com/vertigo.kr

ISBN 979-11-86009-33-8 04840
    979-11-86009-19-2 (세트)

VERTIGO는 (주)오픈하우스의 장르문학 시리즈입니다.

이 도서의 국립중앙도서관 출판예정도서목록(CIP)은 서지정보유통지원시스템 홈페이지(http://seoji.nl.go.kr)와
국가자료공동목록시스템(http://www.nl.go.kr/kolisnet)에서 이용하실 수 있습니다.
(CIP제어번호: CIP2015022643)